Hella S. Haasse

Die Teebarone

Roman

Aus dem Niederländischen
von Maria Csollány

Wunderlich

Schutzumschlag- und Einbandgestaltung Susanne Müller
(Illustration «Indonesië Landraad», ca. 1860
B & U International Picture Service, Amsterdam)

1. Auflage April 1995

Die Originalausgabe erschien 1992
unter dem Titel «Heren van de Thee» bei
EM. Querido's Uitgeverij B. V., Amsterdam

Redaktion Tamara Trautner

Satz Baskerville (Linotronic 500)
Gesamtherstellung Clausen & Bosse, Leck
Printed in Germany
ISBN 3 8052 0554 6

Für W. H. J. Haasse, Wim, meinen Bruder

Du sagst: Die Briefe sind historisch nicht von Belang. Mag sein. Aber es ist dennoch eine Tatsache, daß die Nachwelt oft mehr von den «sidelights» lernt, die ein viel helleres Bild ergeben von den Verhältnissen und vor allem von den Vorstellungen der Vergangenheit als beispielsweise irgendwelche Zahlen. Die Gegenstände sind tot und können nicht auferstehen, doch die Personen werden wieder lebendig, wenn wir erfahren, was sie gedacht und gefühlt haben.

Bertha de Rijck van der Gracht-Kerkhoven an ihren Bruder Karel Kerkhoven, 1959

Un ouvrage de fiction mélange à sa guise le vrai et le faux, le vécu, le retranscrit, l'imaginaire, la biographie.

Philippe Labro

INHALT

GAMBUNG, DER ERSTE TAG
1. JANUAR 1873 11

SZENEN DER VORBEREITUNG
1869–1873 21

DIE RODUNG
1873–1876 129

DAS PAAR
1876–1879 159

DIE FAMILIE
1879–1907 201

GAMBUNG, DER LETZTE TAG
1. FEBRUAR 1918 329

QUELLENNACHWEIS 343

STAMMBAUM DER FAMILIE KERKHOVEN 344

DIE TEE-UNTERNEHMEN IM PREANGER 346

GLOSSAR 347

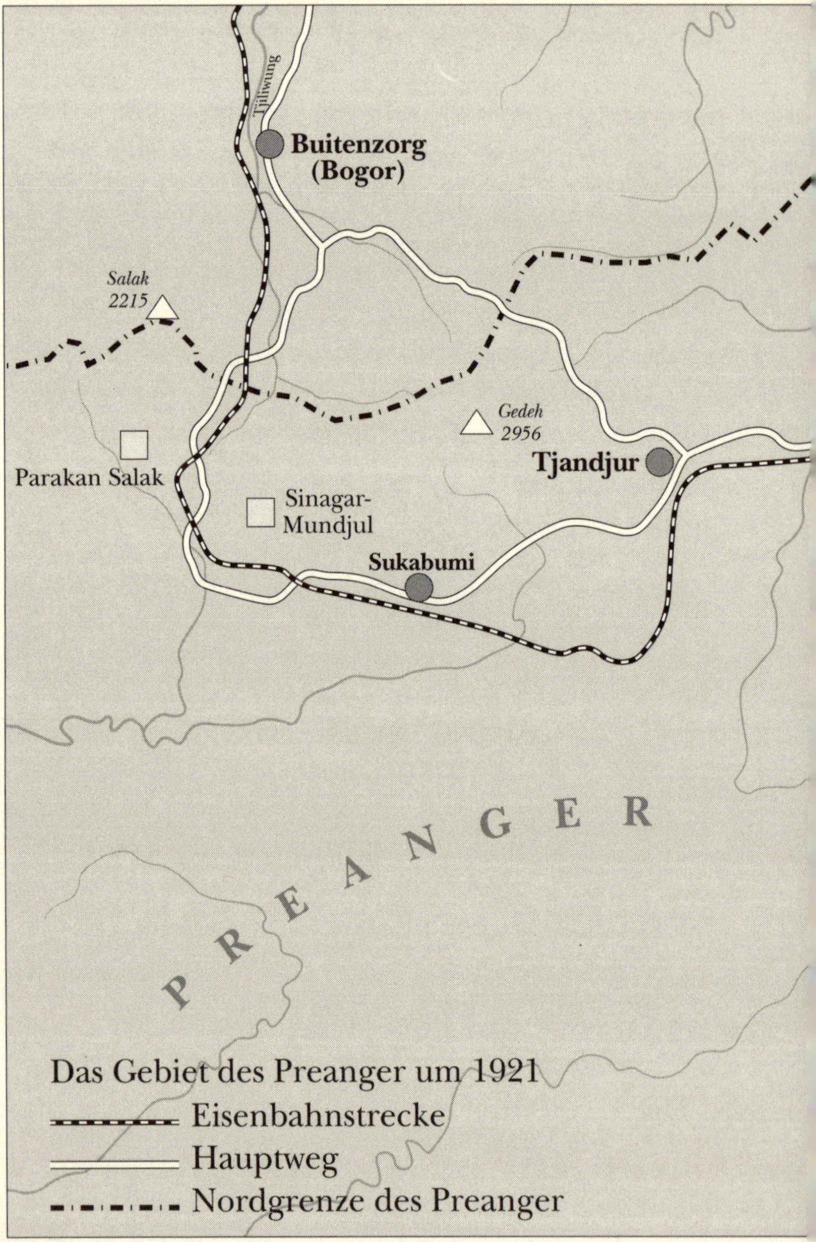
Tjiliwung
Buitenzorg
(Bogor)
Salak
2215
Gedeh
2956
Tjandjur
Parakan Salak
Sinagar-
Mundjul
Sukabumi
PREANGER
Das Gebiet des Preanger um 1921
Eisenbahnstrecke
Hauptweg
Nordgrenze des Preanger

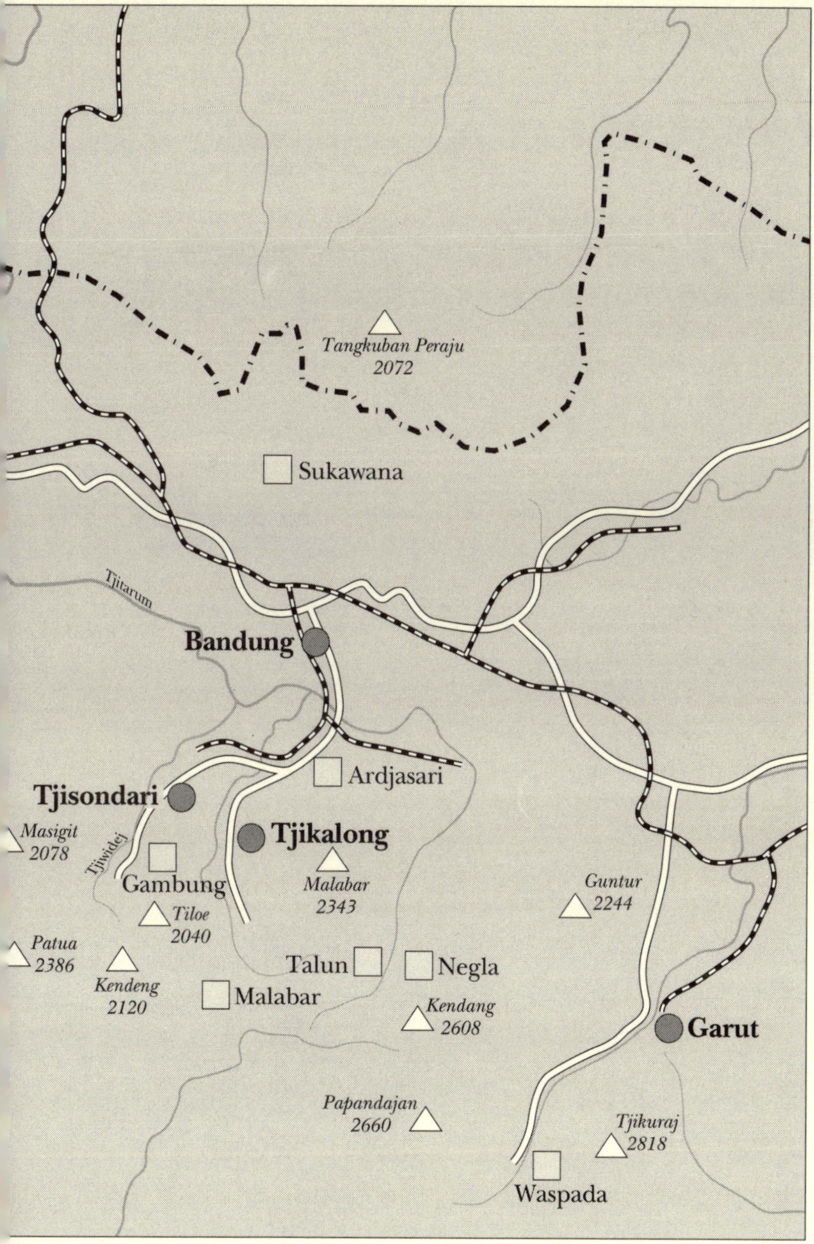

Tangkuban Peraju
2072
Sukawana
Tjitarum
Bandung
Ardjasari
Tjisondari
Tjikalong
Masigit
2078
Tjiwidej
Gambung
Malabar
2343
Guntur
2244
Tiloe
2040
Patua
2386
Kendeng
2120
Talun
Negla
Malabar
Kendang
2608
Garut
Papandajan
2660
Tjikuraj
2818
Waspada

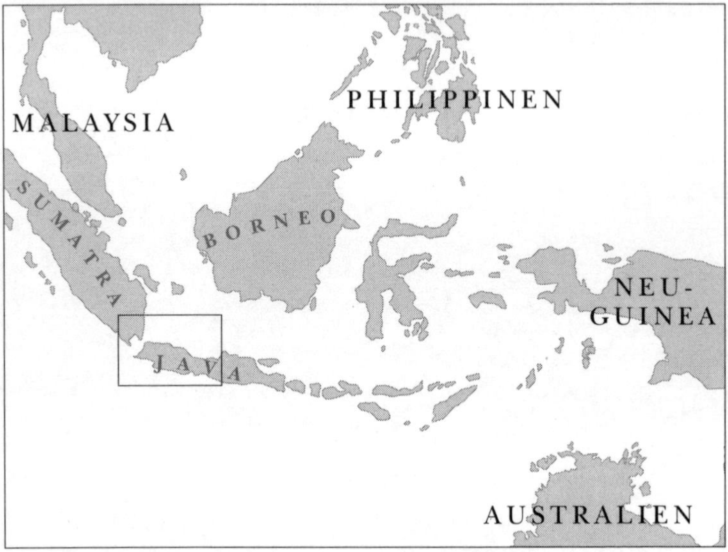
PHILIPPINEN
MALAYSIA
SUMATRA
BORNEO
NEU-
GUINEA
JAVA
AUSTRALIEN

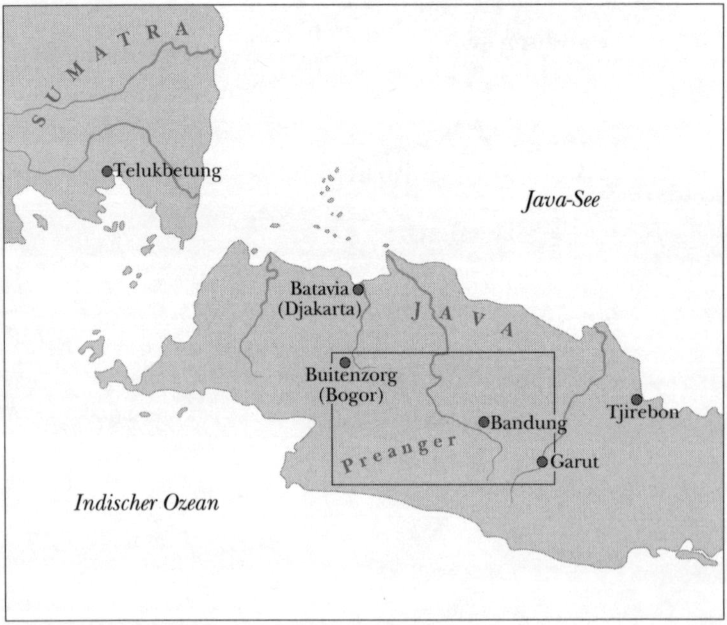
SUMATRA
Telukbetung
Java-See
Batavia
(Djakarta)
JAVA
Buitenzorg
(Bogor)
Tjirebon
Bandung
Preanger
Garut
Indischer Ozean

Gambung, der erste Tag
1. Januar 1873

«Hier!» sagte er laut. Seine Stimme klang dünn in der unermeßlichen Landschaft.

Er stand am Rande einer Schlucht. Mittagsnebel verschleierte die nahegelegenen Gipfel. Es waren die Vorgebirge des Gunung Tilu: tiefe Furchen im Boden, eine Schicht von dichtem, wüstem Grün über einem ruhenden Riesenleib. Zwischen den rauhen Flanken erstreckte sich ein schüsselförmiges Tal.

Hier, in der Umarmung des Urwaldes, wollte er für immer bleiben. Er war an dem Ort angelangt, wo seine ganze noch ungelebte Wirklichkeit auf ihn wartete.

«Ich traue mir das zu», hatte er gesagt, als sein Vater – nach dem ersten gemeinsamen Besuch in Gambung vor einem halben Jahr – die vielen Nachteile aufgezählt hatte, die mit der Pacht gerade dieses Landstücks einhergehen würden. Das Klima war offensichtlich zu feucht für eine gute Kaffee-Ernte, die alten Gouvernementsplantagen waren verwildert, die Wege zugewachsen. Unpassierbare Steilhänge und fast unzugängliche Ausläufer des Urwaldes machten das Gelände unwegsam; zudem war es abgelegen, der Abtransport der Produkte würde Schwierigkeiten bereiten. Außerdem war da noch die Frage, ob sich in diesem dünnbevölkerten Hügelland genügend Arbeiter finden würden.

Doch vom allerersten Augenblick an – dieses Panorama, dieses grüne Glänzen über Myriaden von Baumkronen! – hatte er sein ganzes Sinnen und Trachten auf Gambung gerichtet. Es gab keinen anderen Ort mehr für ihn. Daß die seit langem brachliegenden Kaffeeplantagen gründlich bearbeitet, vermutlich sogar ausgerodet und neu bepflanzt werden mußten, schreckte ihn nicht ab. Er empfand es als eine Herausforderung. Hatte er mit Kaffee keinen Erfolg, so würde er sich auf Tee umstellen, eine Kultur, mit der er sich nach einem Jahr Lehrzeit gründlich auskannte.

Sein Vater hatte beim Gouvernement die Erbpachtrechte beantragt. Die Bestätigung der Überschreibung war noch immer nicht eingetroffen. Zuvor mußte eine Untersuchungskommission das Gelände für die Anbauflächen begutachten. Daß Amtsmühlen langsam mahlen, wußte er inzwischen. Es würde ihn nicht daran hindern, mit der Urbarmachung des Bodens, auf dem er arbeiten und leben wollte, zu beginnen. Ein fruchtbarer Boden: die oberste, zwei bis drei Fuß tiefe Schicht war ein lockeres Gemisch aus Lehm und Vulkangestein.

Er stieg ab, bückte sich und schöpfte gleichsam mit der hohlen Hand einen Klumpen der dunkelroten, feuchten Erde.

Als er sich umdrehte, sah er, daß die Einwohner von Gambung seine beiden Diener Muntajas und Djengot, die Pferde und die Träger umringten, die er am Fuß des Bergkammes angeheuert hatte. Sein Gepäck stapelte sich vor dem Bambuswäldchen, in dem sich die Arbeitersiedlung versteckte, der *kampong**. Es wohnten höchstens noch sieben oder acht Familien dort; seinerzeit waren sie aus den *desas* der Umgebung auf die Kaffeeplantagen gezogen. Als sie bemerkten, daß er sie beobachtete, hockten sie sich nieder. Der älteste der Männer entbot ihm den traditionellen Gruß und redete ihn mit *djuragan,* Gutsherr, an. Er erwiderte den Gruß auf sundanesisch, das er recht gut beherrschte. Unterwegs hatte er sich auf die von ihm erwartete kurze Ansprache

* Indonesische Begriffe werden im Glossar (S. 347) erläutert.

vorbereitet, in der er die Leute um ihr Vertrauen und ihre Mitarbeit bat. Zwar sah ihn niemand an – das schickte sich nicht –, aber das Schweigen der Menschen war freundlich.

Die Gambunger waren robuster und zäher gebaut als die Leute, mit denen er auf den Plantagen bei Buitenzorg umzugehen gewohnt war, schienen aber zurückhaltender. Auf ihre Einstellung kam es an. Wenn sie nicht bereit waren, auf seiner Plantage zu arbeiten oder Leute von auswärts in ihren Reihen zu dulden, bekam er Schwierigkeiten. Ihr Wortführer machte einen ruhigen, vernünftigen Eindruck. Dieser Mann mußte ihm helfen, sich richtig zu verhalten und den passenden Ton zu finden.

Aber zuerst das Land. Er konnte kaum mehr warten. Seine Schimmelstute Odaliske – ihr Fell dampfte nach der steilen Kletterpartie über den Reiterpfad – überließ er der Obhut von Muntajas. Von Djengot gefolgt, stieg er zu Fuß ins Tal hinunter, in dem er später sein Haus zu bauen hoffte. Die Regenwolken des Westmonsuns ballten sich schon wieder hinter den Berggipfeln, die Luft war mit Feuchtigkeit gesättigt. Auf dem Flachhang vor dem Waldrand standen einzelne Bäume in feuerroter Blüte; die kerzengeraden, glatten Stämme Dutzender Rasamala-Bäume hoben sich glänzend gegen den dunklen Urwald ab, den ihre Kronen turmhoch überragten.

Da er sein Gewehr bei sich hatte, wagte er einen Streifzug durch die Wildnis. Djengot ging vor ihm her und schlug mit dem Buschmesser einen Weg durch das dichte Unterholz. Größeres Wild war nicht zu sehen – sie konnten auch keine frischen Fährten entdecken, nur tief eingetretene alte Wildwechsel –, aber hoch oben in den Bäumen raschelte und knackte es, Kerne und Schalenreste regneten auf sie herab, und auf einer Lichtung erblickten sie eine Affenherde, ein Gewimmel grauer, weißbäuchiger Leiber, die sich von Ast zu Ast schwangen und sie immer neugieriger, mit immer schrillerem Keckern begleiteten.

Er strengte die Augen an und fand schließlich, was er suchte: die alte Wasserleitung entlang einem der Bergbäche, die das

Gelände durchschnitten. Tief im Wald verborgen rauschte ein Wasserfall. Sie folgten dem Geräusch und erreichten einen Fluß, der breiter und wilder war als die anderen Wasserläufe. Dies mußte der Tjisondari sein; das Steilufer an der anderen Seite hielt er für die natürliche Grenze der Plantage. Doch Djengot, der die Gegend kannte, beharrte darauf, daß dies nicht der Fall sei. Sie gingen am Ufer des Tjisondari entlang bis zu einer Stelle, wo sie den Fluß watend und von Stein zu Stein springend überqueren konnten. Überraschenderweise waren auf der anderen Seite tatsächlich alte Anpflanzungen sowie ein mehr oder minder offenes Gelände, das sich für neue Felder eignen könnte.

Am liebsten hätte er sofort den Gipfel des Gunung Tilu bestiegen, um von dort aus zu schätzen, wie groß sein Besitz war – noch hatte er keine Ahnung, wie er die Grenzen der unregelmäßig über die Berghänge verstreuten Kaffeegärten auf einer Karte erfassen sollte. Seine erste Aufgabe war die Vermessung des Landes. Aber dazu brauchte er fachkundige Hilfe. Die zahllosen für den Anbau ungeeigneten Schluchten waren schwer zu berechnen.

Djengot hörte das Donnergrollen in der Ferne früher als er. Obwohl es noch nicht drei Uhr nachmittags war, fiel Nacht über den Wald. Der Himmel, der hier und da durch eine Öffnung im Blätterdach sichtbar wurde, war pechschwarz. Die Männer sprangen und rutschten bergabwärts durch das Gestrüpp – er hörte, wie seine Jacke mit einem Krachen zerriß – und rannten los, als sie das offene Feld erreichten, doch der Sturzregen holte sie ein. Grelle Blitze spalteten die Wolkendecke, daß sie es mit der Angst bekamen.

Sein Vater hatte außerhalb des Kampongs einen *pondok* für ihn errichten lassen: ein auf Steinschwellen ruhender Bretterboden, Wände aus Bambusgeflecht und ein Dach aus Palmfasern. Der Pondok bestand aus zwei kleinen Kammern und einem schmalen Vorbau und enthielt nur das Allernötigste: eine Schlafpritsche,

Tisch, Stühle und einen Vorratsschrank. Solange die Vorbereitungen für das Roden andauerten, wollte er dort kampieren.

Als das Gewitter vorbeigezogen war, setzte er sich auf das Treppchen vor dem Eingang. Der Himmel war jetzt glasklar, im Licht des späten Nachmittags erschienen die zahllosen Grüntöne auf dem Gunung Tilu wie mit einem Pinsel aufgetragen.

Er zog Schuhe und Socken aus und sah, was er während des letzten Teils des Ausflugs schon befürchtet hatte: Unter den Filzgamaschen hatten sich Blutegel an seinen Waden festgesaugt. Seiner Begeisterung tat das keinen Abbruch.

«Mistviecher!» murmelte er und löste sie vorsichtig ab. In dünnen Fäden lief das Blut an seinen Beinen herunter. Er ließ sich von Djengot, der gerade auspackte, den Verbandskasten reichen. Watte hatte er mehr als genug.

Ihm wurde bewußt, daß er außer etwas Brot und ein paar Früchten auf dem Weg nach Gambung seit dem frühen Morgen nichts gegessen hatte. In der Küchenecke hörte er Muntajas wirtschaften, der zwar kein Koch war, sich aber bereit erklärt hatte, diese Aufgabe zu übernehmen.

«*Sedia?*» rief er über die Schulter. «Ist das Essen fertig?»

«*Mangkè*, sofort», ertönte Muntajas' schleppende, nasale Stimme.

Die Suppe war aus einem mitgebrachten Huhn gekocht. Scharfe Gerüche verrieten, daß Muntajas und Djengot sich hinter dem Häuschen an einheimischen Gerichten gütlich taten, an die er sich nach wie vor nicht gewöhnen konnte.

Mondlicht schien durch die Spalten und Ritzen in der Bambuswand und warf ein diffuses Muster auf Decke und Fußboden. Er lag auf dem Rücken und lauschte den Geräuschen der Nacht, dem Summen und Rascheln um das Haus, den fernen Schreien im Urwald. Er hoffte, daß die Pferde in den improvisierten Ställen sicher waren; wie er gehört hatte, drangen nach Einbruch der Dunkelheit oft Panther in die Umzäunung des Kampongs ein.

Die Bewohner hielten deshalb ihre Hunde, Hühner und Ziegen nachts hinter Schloß und Riegel. Er nahm sich vor, die Raubtiere zu jagen, sobald seine anderen Aufgaben ihm die Zeit dazu ließen.

Da er nicht einschlafen konnte, ging er in Gedanken noch mal alles durch, was er in den nächsten Tagen zu erledigen hatte. Harte Arbeit stand ihm bevor, das wußte er. Es würde ihm das Äußerste an Kraft und Durchhaltevermögen abverlangen. Kein anderer in seiner Familie hatte sich jemals an die Aufgabe gewagt, so lange vernachlässigte Anbauflächen wieder urbar zu machen.

Außer dem Abstecken des Terrains gab es noch weitere Prioritäten: Über den Tjisondari mußte eine Brücke gebaut werden, denn die seichte Furt lag zu weit entfernt; außerdem wollte er während der Rodungsarbeiten auf den alten Kaffeeplantagen auch einen Anzuchtgarten für junge Teesträucher anlegen. Er mußte Arbeiter für das Ausholzen der zugewachsenen Wege und der *ladangs*, der Anbauflächen, anwerben. Er wollte die porösen Wände seines Häuschens verputzen und weißen lassen und zwischen Gambung und Ardjasari, der einige Wegstunden entfernten Plantage seiner Eltern, einen täglichen Botendienst für Nachrichten, Gerätschaften und Lebensmittel einrichten. Letztere waren knapp im Kampong; er hatte begriffen, daß die Leute ihre Hühner nicht gern verkauften.

Schließlich schlief er dennoch ein. Das Krähen der Hähne weckte ihn. Es dämmerte bereits. Er trug einen Stuhl hinaus und sah atemlos zu, wie die Sonne über den Horizont stieg und ferne Wolkenfelder zum Glühen brachte. Wie mit Tinte umrissen zeichneten sich die Berggipfel gegen den Himmel ab. Glitzernde Nebelstreifen trieben durch das Tal und zwischen den Stämmen der Rasamala-Bäume. Aus dem Wald schallte der Gesang Tausender Vögel. Unter dem plätschernden Wasserstrahl am Waschplatz erklangen helle Stimmen in der Morgenluft, es roch nach Holzfeuer.

Djengot, den gebatikten Sarong als Schutz gegen den frischen Wind um die Schultern geschlungen, trat aus dem Bambuswald hervor, gefolgt von einem etwa siebenjährigen Jungen, der den ungewöhnlich folgsam daherschreitenden Schimmel an einem Seil führte.

«Si Djapan ist sein Name», erklärte Djengot. «Er kann aufpassen. Er hat keine Angst. Der Djuragan sieht es ja selber.»

Erstaunt und auch ein wenig beunruhigt sah er zu, wie die sonst so temperamentvolle Stute sich die Flanke tätscheln ließ von einem Fremden, einem Kind sogar, das nur halb so hoch war wie sie selbst. Er fand, daß Djengot den Stalljungen etwas voreilig angestellt hatte, aber nützlich war es immerhin. Djengot war vorläufig bei den Vermessungsarbeiten unabkömmlich, und Muntajas hatte auch anderes zu tun, als Pferde zu hüten.

«Schon gut», sagte er, während er Odaliske an der Kinnbacke kraulte. «Sei brav, Mädchen. Nicht beißen! Nicht weglaufen!»

Langsam trank er den Kaffee, den Muntajas gebracht hatte. Die Sonne stieg höher, aber noch war es kühl. Am Rand der Schlucht blühten Sträucher mit großen, lilienförmigen weißen Kelchen, die er noch nie zuvor gesehen hatte. Die Landschaft vor ihm, der Tag, sein Leben badeten im Morgenglanz.

Er war vierundzwanzig Jahre alt, zum erstenmal ganz auf sich allein gestellt, endlich sein eigener Herr. Alles, was er bislang erlebt hatte, war nur ein Vorspiel gewesen für diesen Augenblick. Er streckte sich und breitete die Arme weit aus. Eldorado!

Szenen der Vorbereitung

1869 – 1873

Nachdem er seine Bücher ausgepackt und geordnet und den Tisch näher ans Fenster gerückt hatte, gefiel ihm das neue Zimmer recht gut. Die Möbel waren einfach, von vielen Generationen Studenten benutzt, aber gut erhalten, und schafften mit den Sachen, die er mitgebracht hatte, eine gemütliche Atmosphäre. Er hatte ausgezeichnet geschlafen in dem altmodischen Alkoven, obwohl er eine einfache Bettstatt vorzog. Der Hauswirt und seine Frau schienen dienstfertig und ordentlich zu sein; man hatte ihm pünktlich warmes Wasser zum Waschen und Rasieren gebracht.

Während er sich ankleidete, sah er sich um und überlegte, was er sonst noch zu seiner Bequemlichkeit verändern könnte. Über der Kommode hing ein ovaler Spiegel. Er nahm ihn ab und schlug mit einem Schuhabsatz den Haken zehn Zentimeter tiefer in die Wand. Jetzt konnte er sich sehen, ohne sich auf die Zehenspitzen stellen zu müssen. Er sah klare Augen unter einer breiten, hohen Stirn, eine gerade Nase, einen Mund mit vollen, noch kindlichen Lippen. Das Haar war dunkelblond und nicht sehr dicht, am Scheitel lichtete es sich schon etwas. Es lag ein Anflug von Selbstgefälligkeit in seiner Miene, der ihn irritierte, denn an sich war ihm diese Regung fremd.

«Rudolf Eduard Kerkhoven!» sagte er zu seinem Spiegelbild, als stellte er sich einem Fremden vor. Er fand, daß er für einen

Einundzwanzigjährigen zu jung aussah, ein Milchbart. Sollte er sich einen Schnurrbart wachsen lassen? Er zog das schwarze Krawattenband unter dem Kragen durch und band es zur Schleife.

Am Fenster, das auf den in sonntägliche Ruhe versunkenen Brabanter Torfmarkt hinausging, las er den Brief aus Ostindien. Sein Vater schrieb, er habe endlich, nach vielen umständlichen Formalitäten, für die Dauer von zwanzig Jahren ein Stück Land gepachtet, auf dem er eine Teeplantage anlegen wolle. Das Gelände sei fast dreihundert Hektar groß, eine Wildnis, von alters her das Jagdgebiet der einheimischen Fürsten. Die vorbereitenden Arbeiten liefen auf vollen Touren, die Plantage habe auch schon einen Namen: Ardjasari, was auf sundanesisch soviel bedeute wie: Duftendes Glück.

Aus früheren Briefen wußte Rudolf von den Streifzügen seines Vaters auf der Suche nach einem geeigneten Gelände in dem erst teilweise erschlossenen Bergland von Preanger, südlich von Bandung. Zwischen den Berichten über häusliche Mißstände und sachlichen Mitteilungen gab es Passagen, in denen sein Vater voller Begeisterung über die unvorstellbare Mannigfaltigkeit und üppige Pracht der Natur in dieser Region schrieb. Rudolf berührten diese Beschreibungen auf eine Weise, die ihn selber erstaunte. Er wußte, dort drüben lag auch seine Zukunft. Sobald er seine Studien in Delft beendet hatte, wollte er die Koffer packen. Der bevorstehende Abschied, die Aussicht auf eine monatelange Seereise erfüllten ihn schon jetzt mit dem aufregenden Gefühl der Vorläufigkeit, von Nicht-mehr und Noch-nicht, das erst verschwinden würde, wenn er seinen Bestimmungsort erreicht hatte.

Java gehörte seit jeher zum Leben seiner Familie. Seine Eltern hatten sich vor zwei Jahren auf der Insel niedergelassen. Aber im Laufe der letzten beiden Jahrzehnte waren ihnen bereits viele Verwandte vorangegangen. Rudolf erinnerte sich, wie lebendig diese «Kolonisten» bei seinen Großeltern Kerkhoven auf Haus

Hunderen in Twello immer geblieben waren. Auf den Fotografien in aufwendig ausgestatteten Alben, posierend vor dem Hintergrund einer Veranda mit weißen Säulen oder einer von exotischen Bäumen gesäumten Allee, schauten sie den Betrachter in der niederländischen Heimat an, mit starrem Blick, weil sie für die Aufnahme so lange hatten stillhalten müssen. Geschenke aus Übersee – meist Jagdtrophäen: Hörner wilder Büffel, ein Pantherfell – prangten an den Zimmerwänden zwischen Seestücken und Delfter Blau. Vor allem waren die fernen Verwandten in der niemals nachlassenden Anteilnahme der Daheimgebliebenen an ihrem Wohl und Wehe anwesend. Unsichtbar nahmen sie die ihnen gebührenden Plätze ein, wenn sich die Familie auf Hunderen versammelte. Sie lebten gleichsam in den Zügen der bärtigen und schnurrbärtigen Herren Kerkhoven, Van der Hucht, Bosscha und Holle. Die Damen, sittsam frisiert und in voluminösen Röcken – Pauline, Cecilia und Octavia, Ida, Caroline, Albertine, Sophie und Cateau – trugen kunstvoll geflochtene Haarlocken der Abwesenden in goldgefaßten Broschen auf ihren hochgeschlossenen Kragen. Bei Tisch fielen immer wieder die Namen der Auswanderer; ständig wurde aus ihren langen Briefen vorgelesen, im Winter vor dem Kaminfeuer im großen Salon, in den Sommermonaten bei gutem Wetter unter den Bäumen hinter dem Haus. Die Kinder dieser Familien wuchsen auf in dem Bewußtsein, daß ihre Wirklichkeit sich weit über den Äquator hinaus erstreckte.

Wie die anderen war auch Rudolf von Kindesbeinen an vertraut mit jenem beispiellosen Ereignis in der Geschichte der niederländisch-ostindischen Beziehungen: 1845 waren gleich dreiunddreißig Mitglieder der Familie gemeinsam in die Kolonien gezogen. Nach langer wetterbedingter Verzögerung segelten im Monat Mai die Dreimaster Anna Paulowna und Jacob Roggeveen in endlich günstigem Wind durch das Nieuwe Diep in die offene See hinaus. Der Lotse brachte einen letzten Gruß an Land; wohlgemut und hoffnungsvoll traten die Passagiere ihre

Reise ans andere Ende der Welt an. Im September desselben Jahres gingen sie, Gott sei's gedankt, wohlbehalten an der Reede von Batavia vor Anker.

Unterdessen hatte manch einer ihrer Lieben in der Ferne sein Grab gefunden. Auch Rudolf hatte einen Verlust zu beklagen. Vor einem Jahr war sein Schwesterchen gestorben, das jüngste der Kinder, das seine Eltern auf die Reise mitgenommen hatten. Paulientje, mit verkrüppelten Händen und Füßen zur Welt gekommen, war zeitlebens das Sorgenkind der Familie gewesen. Wie Rudolf meinte, war ihr früher Tod die Folge des angeborenen Gebrechens und vermutlich eine Erlösung. Als er dies in der Absicht, die trauernden Verwandten zu trösten, aussprach, machten sie ihm zu seinem Erstaunen den Vorwurf, er sei gefühllos.

«Rudolf ist hartherzig», lautete das allgemeine Urteil, das ihm durch seinen jüngeren Bruder Julius hinterbracht wurde, der in Deventer im Internat war und sonntags oft von den in oder nahe der Stadt wohnenden Angehörigen eingeladen wurde. «Juus» verkündete die Kritik nicht ohne eine gewisse Genugtuung. Er hatte den Eltern versprochen, seinem älteren Bruder zu gehorchen und seinem Rat zu folgen. Doch in seinen Augen war der Bruder übertrieben streng und darüber hinaus ein Wichtigtuer, der sich in alles einmischte. Julius war sechzehn Jahre alt, unausgeglichen und leicht zu beeinflussen. Obwohl keineswegs dumm, hatte er Schwierigkeiten beim Lernen, wenn man ihn nicht ständig beaufsichtigte. Er dachte nicht daran, sich zu etwas zu zwingen, das ihm zuwider war. Rudolf berief sich auf seine Verantwortung. Als Julius in seinen Augen wieder einmal zu faul und lahm gewesen war, zitierte er mit dem ganzen Ernst des Älteren und Weiseren einen Satz aus den Briefen des Vaters, den er in sein Notizbuch geschrieben hatte: «Die Aussicht, daß ihr beide mir einst hier zu Hilfe kommen werdet und daß ich dann zwei tüchtige Assistenten habe, mit denen ich die Sache erst richtig anpacken kann, *unverdorbene, gute* Jungen... das ist für mich ein wunderbarer, ermutigender Gedanke.»

Rudolf, der diese Worte als Auftrag empfand, erwartete von seinem Bruder die gleiche Disziplin, die er sich selber auferlegte. Er wußte, daß er keineswegs hartherzig war. Und es kränkte ihn, daß er kein Verständnis fand für sein Bestreben, sich erwachsen und männlich zu verhalten.

Es klopfte.

«Meneer, Ihr Frühstück.»

Rudolf öffnete die Tür. Die Zimmerwirtin trug außer dem Tablett auch den Geruch herein, der unten in ihrem Kurzwarengeschäft hing, ein Geruch von Stoff und Stärke, der ihm aus der Leinenkammer von zu Hause vertraut war. Ihre Augen unter dem Volant der Mütze bemerkten sofort die veränderte Anordnung der Möbel.

«Van der Drift hätte den Spiegel für Sie tiefer hängen sollen. Unser voriger Mieter war ein Stück größer als Sie.»

Sie breitete eine Serviette über den Tisch und stellte das Brot und den Kaffee darauf. Ihr Blick wanderte von seinen bestrumpften Füßen zu der schmutzigen Wäsche, die er in die Ecke auf den Boden geworfen hatte.

«Van der Drift wird auch Ihre Stiefel putzen, Meneer. Die Wäsche übernehme ich. Wir sorgen für alles, außer für warme Mahlzeiten. Das geht wegen meines Ladens nicht.»

Rudolf hatte dies schon von ihrem Ehegatten erfahren, einem blassen, hüstelnden Mann, als er das Zimmer angemietet hatte.

«Macht nichts, ich kann in der Pension eines Freundes essen», sagte er kurz angebunden. Es war ihm peinlich, daß Frau Van der Drift seine Hemden und Unterhosen einsammelte. Zwei unverheiratete Tanten in Den Haag hatten ihm zugesagt, sich um seine Flickwäsche zu kümmern, aber in den vergangenen Monaten hatte er keinen Gebrauch von diesem Angebot gemacht. Es war ihm klar, daß seine ungepflegte Wäsche seinem Ansehen schaden könnte. Der Gesichtsausdruck seiner Wirtin verriet, daß sie die fehlenden Knöpfe und ausgerissenen Falten und Säume sofort bemerkt hatte. Aber ihre distanzierte Dienstbeflissenheit fiel kaum merklich von ihr ab, und Rudolf wußte, was das bedeutete: Sie hatte ihn «angenommen».

«Soll der Ofen angezündet werden? Es ist Oktober, zu kalt, um beim Lernen ohne Feuer dazusitzen.»

«Nicht nötig, ich werde den ganzen Tag fort sein.»

«Machen Sie bald Ihr Examen? Was studieren Sie, wenn ich fragen darf?»

«Technologie. Ich werde im Juni nächsten Jahres fertig», fügte Rudolf hinzu, um ihr klarzumachen, daß er trotz seines jugendlichen Äußeren und seiner wenig imposanten Größe von einem Meter siebzig ernst genommen werden wollte.

«Wie schön. Und dann?»

«Dann gehe ich nach Ostindien*.»

Sie sah ihn weiterhin schweigend an. Würde er jetzt mehr von sich erzählen, könnte er rasch eine gewisse Vertraulichkeit zwischen ihnen schaffen. Er wußte nicht, ob er das wünschte. Von Kindesbeinen an hatte er die Dienstboten und Gärtner zu Hause und auf Hunderen als Träger der erweiterten Autorität seiner Eltern und Großeltern betrachtet. Sie waren Teil eines feudalen Systems, in dem Unterschiede in Rang und Stand selbstverständlich und funktionell bedingt waren, dabei aber keinen Hinderungsgrund für ein Vertrauensverhältnis darstellten. Die Leichtigkeit, mit der die erwachsenen Mitglieder der Familie den jovialen Umgang mit ihnen übten, ohne die Standesunterschiede jemals aus den Augen zu verlieren, diente ihm als Vorbild und Maßstab. Erst wenn er den richtigen Ton zu treffen wußte, eignete er sich für die Aufgabe, die ihn auf Java als Assistent seines Vaters erwartete, inmitten von Menschen, bei denen – wie ihm immer wieder vorgehalten wurde – die strikte Abgrenzung von Rang und gegenseitigen Pflichten geboten war. Gab er jetzt

* Bis 1949 wurde das heutige Indonesien in den Niederlanden «Ostindien» (bzw. «Indien» oder «Niederländisch-Ostindien») genannt. Dieser Sprachgebrauch wird bewußt beibehalten. H. S. H.

seinem Hang zur Leutseligkeit nach, wie seine Natur und die Umstände es nahelegten, war er vielleicht später nicht imstande, mit der notwendigen Autorität aufzutreten.

Bei den beiden vorigen Wirtinnen – die eine dumm und patzig, die andere widerlich unterwürfig – war ihm selbstbewußtes Auftreten nicht schwergefallen. Zu seiner eigenen Überraschung gelang es ihm wiederholt, jenen kurz angebundenen Befehlston anzuschlagen, den er bei anderen Studenten so rüpelhaft fand; wie sie hatte er Nachlässigkeit und Schlamperei in seiner «Bude» mit einem ordentlichen Rüffel beanstandet, kurzum, er hatte jenes anmaßende Benehmen gezeigt, das junge Leute seines Standes sich gegenüber Dienstboten erlaubten. Die kleine propere Frau mit dem scharfen Blick, die jetzt vor ihm stand, würde sich niemals so behandeln lassen. Sie wußte besser als er, was sich in ihrem Umgang schickte und was nicht. Es lag bei ihm, ihr mit einigen freundlichen Worten zu bedeuten, daß er nichts mehr zu fragen oder zu sagen habe, ein andermal aber durchaus zu einem gemütlichen Plausch bereit sei. Seine Verlegenheit entging ihr nicht.

«Trinken Sie jetzt Ihren Kaffee, Meneer, bevor er kalt wird.»

Sie rollte die Wäsche zu einem Bündel und ließ ihn allein.

Rudolf schämte sich wegen seiner mangelnden Gewandtheit. Die kurze Unterhaltung mit Frau Van der Drift hinterließ bei ihm denselben schalen Nachgeschmack wie viele andere Begegnungen, seit er auf eigenen Füßen stand. Es war ein Problem, über das er mit niemandem reden konnte. Er wünschte sich, daß man ihn anerkannte und nett fand, hatte aber oft den Eindruck, daß man ihn insgeheim nicht mochte. Es war, als hielte er Abstand zu den anderen, obwohl er sich innerlich nach Kontakten sehnte. Widersprüchliche Gefühle bestürmten ihn im Umgang mit den Menschen, denen er seit der Abreise seiner Eltern selbständig entgegentreten mußte. Er erwartete Verständnis für sein Bemühen, als ältester Sohn, und in gewisser Hinsicht auch als Stellvertreter seines Vaters, bedächtiger und würdevoller aufzutreten, als man es üblicherweise von einem jungen Menschen erwartete. Er hielt sich nach Kräften an die Benimm- und Anstandsregeln, die man ihm im Kinderzimmer eingebleut hatte und die er in den Honoratiorenkreisen in Deventer, zu denen seine Eltern gehörten, stets befolgt hatte. Galt er deshalb als steifer Provinzler? Es ärgerte und verunsicherte ihn, wenn er während eines Besuchs bei Bekannten in Amsterdam oder in Den Haag, wo es weltläufiger zuging als in Overijssel, unbekannten Gästen nicht vorgestellt wurde (als wäre er ein Kind oder ein ungeladener Gast), so daß er gemäß den Regeln der Etikette an der Unterhaltung nicht teilnehmen konnte und sich wie ein fünftes Rad am Wagen vorkam. Steckte etwas Wahres dahinter, wenn Julius behauptete, man halte ihn für altklug und eigensinnig, für einen schulmeisterlichen «Grünschnabel»?

Er brachte es nun einmal nicht fertig, seine Meinung für sich zu behalten, wenn er die Auffassung oder das Verhalten eines anderen für falsch oder unangemessen hielt. Er hatte das Glaubensbekenntnis abgelegt und war als Bruder in die Mennonitengemeinde von Deventer aufgenommen worden, doch das hieß noch lange nicht, daß er künftig die Äußerungen von Mitbrüdern, die ihm scheinheilig oder anmaßend vorkamen, kommentarlos anhörte. Sehr zum Mißfallen seiner Umgebung weigerte er sich, an den Festtagen des königlichen Hauses Orange, die Farbe der Oranier, zu tragen, da in seinen Augen Wilhelm III. eine würdelose Figur war. Statt dessen steckte er sich die Farben Rot-Weiß-Blau ans Revers, eingedenk seiner patriotisch gesinnten Vorfahren, und ertrug stoisch, daß man seine Haltung als Provokation empfand und ihn beleidigte, ja sogar bedrohte.

In seinem Elternhaus war der Kirchgang freiwillig, jeder konnte für sich entscheiden. Darum erhob er Einspruch dagegen, daß Julius gezwungen wurde, jeden Sonntag dem Gottesdienst in Deventer beizuwohnen. Der Internatsleiter erklärte, diesbezügliche Beschwerden könne er nur von Julius' Vater entgegennehmen. Rudolfs Argument: Julius, der langsam lernte, nehme heimlich die Schulbücher in die Kirche mit, weil er sonntags nicht ausgehen durfte, bevor er mit den Hausarbeiten fertig war. Julius war wütend über den Verrat: «Petzer! Besserwisser! Kleinkrämer!» Die Familie schimpfte, Rudolf sei hinterhältig.

In jenen Frauen, die als Damen galten, sah Rudolf Wesen einer höheren Ordnung, Hüterinnen von verfeinertem Geschmack und guten Sitten. Nie hätte er sich in ihrer Gegenwart einen burschikosen Ton erlaubt. Oft verliebte er sich aus der Ferne in ein hübsches Gesichtchen, das sich über eine Handarbeit neigte, in eine zierliche, heitere Gestalt am Klavier oder am Teetisch. Was seine heimlich Angebeteten von ihm dachten (meistens begegneten sie ihm ziemlich gleichgültig), blieb ein quälendes Rätsel für ihn. Was machte er falsch? Was fehlte ihm? Täglich kämpfte er mit solcherlei Gefühlen. Wenn Menschen, deren Freundschaft er suchte oder die er verehrte, ihm mit Zurückhaltung begegneten, war er allein bei der Erinnerung an den peinlichen Augenblick tagelang außer sich. Auch jetzt vermutete er, daß Frau Van der Drift ihn für einen Langweiler hielt und ihn fortan über einen Kamm schor mit den Flegeln, die er so sehr haßte.

Aus der obersten Lade der Kommode nahm er eine Fotografie, die ihm die Eltern geschickt hatten, bevor sie von Batavia nach Bandung verzogen waren. Dort warteten sie jetzt, bis sie die Wohnung auf der Plantage beziehen konnten.

Die Familie posierte mit zwei Dienstmädchen auf den Stufen einer Veranda. Seine Mutter und die Schwestern trugen die Kleidung der einheimischen Frauen: eine lange weiße Jacke über einem um die Hüften gewickelten, mit Streifen und Figuren bedruckten Baumwolltuch. Bertha und Cateau trugen das Haar offen. Das Gesicht seiner Mutter wirkte maskenhaft und hatte sonderbare Flecken, als ob die Haut sich an einigen Stellen schälte. Sein Vater lehnte an einer Balustrade und schaute schräg nach unten zu Rudolfs jüngstem Bruder August, der etwas seitlich von der Gruppe stand, ein kleiner Junge mit sehr kindlichem Gesicht. Nur Cateaus unbefangener Kinderblick war derselbe geblieben. Die Aufnahme mußte kurz nach Paulientjes Tod gemacht worden sein. Ihre Kleidung und die Veranda hinter ihnen wirkten ärmlich und irgendwie heruntergekommen. Es waren nicht mehr dieselben Menschen, von denen er sich verabschiedet hatte. Rudolf hätte sie am liebsten vom Papier abgelöst und ihnen Mut zugesprochen.

Er sagte sich, daß dieses Foto über sechs Monate alt war. Jetzt, im kühleren Klima des Preanger-Berglandes und vollauf beschäftigt mit den Vorbereitungen für ihr neues Leben auf der Plantage, sahen sie bestimmt wieder aus wie auf den Porträts, die sie bei ihrem Abschied als Andenken verteilt hatten. Die Bildchen standen eingerahmt vor Rudolf auf dem Tisch. Er nahm sie in die Hand.

Wie immer beeindruckte ihn das würdige, vornehme Äußere seines Vaters: die hohe Stirn, der gütige, offene Blick. Meneer R. Kerkhoven senior saß entspannt in einem geschnitzten Sessel, den rechten Arm locker auf einen Tisch gestützt, die Glacéhandschuhe in der Linken. Sein Bart, der eigentlich dunkelblond war, sah auf dem Porträt tiefschwarz aus. Es leuchtete Rudolf ein, daß diese würdevolle Persönlichkeit auf die Dauer keine Befriedigung finden konnte im Anwaltsbüro in Deventer, im Torfmoor- und Gärtnereibetrieb in Dedemsvaart oder im Amt des Inspektors für Grundschulunterricht in Overijssel – nicht einmal als Mitglied der Provinzialverwaltung hatte er genügend Spielraum für seinen Ehrgeiz, den sozialen Fortschritt und die Volksbildung voranzutreiben. Diese Bestrebungen gehörten zu den Familientraditionen, auf die Rudolf stolz war. Hatte nicht sein Großonkel Jan Pieter van der Hucht, der Anführer jener Gruppe, die sich 1845 eingeschifft hatte, ein Jahr vor der Abreise mit seiner *Erörterung zur Empfehlung der niederländischen Kolonisation auf Java* das vordringliche Ziel verfolgt, die Arbeitslosigkeit zu bekämpfen und in Übersee den Fortschritt zu fördern? Und hatte nicht ein angeheirateter Vetter, Meneer Engelbertus de Waal, nach einer erfolgreichen Karriere in Ostindien jetzt Kolonialminister, sich für die Erneuerung der Agrargesetze auf Java eingesetzt? Die «Kolonisten» hatten bewiesen, daß sie sich zu Recht an ein Projekt gewagt hatten, dessen Ausgang unsicher war. Was die Allgemeinheit seinerzeit als überspannt und kühn bezeichnete, wurde jetzt, da der Versuch gelungen war, mit Lob bedacht. Zwei Holle-Vettern und ein Onkel Kerkhoven hatten von Großonkel Willem van der Hucht, dem letzten noch lebenden Vertreter der ersten Pflanzergeneration, die Pacht der Teeplantagen im Distrikt Buitenzorg übernommen und dort ihr gutes Auskommen gefunden. Rudolf zweifelte keinen Augenblick, daß es auch seinem Vater gelingen werde, Ardjasari zu einem blühenden Unternehmen zu machen – immerhin wurde jetzt in der ganzen Welt Tee getrunken. Daß er und seine Brüder den Betrieb später weiterführen würden, war für ihn eine ausgemachte Sache.

Das Porträt seiner Mutter warf bei näherer Betrachtung Fragen auf. Rudolf bewunderte ihre schönen Augen, meinte jedoch in den Mundwinkeln schon jene Spur von Traurigkeit zu erkennen, die sich auf der Fotografie aus Batavia zu einem verbissenen Zug erhärtet hatte. Aus den Briefen wußte er, daß sie oft an Kopfschmerzen litt und von einem Unwohlsein geplagt wurde, das sein Vater als «Nervosität» bezeichnete. Im Familienkreis in Overijssel ging das Gerücht, daß Bertha und Cateau so gut wie verlobt waren. Wie man munkelte, nahm man es in den Tropen mit der Gepflogenheit, sich vor der Ehe gründlich kennenzulernen, nicht so genau. Die Mädchen wurden oft von Bekannten eingeladen. Mit Erstaunen hatte Rudolf den Bericht über einen solchen mehrtägigen Besuch bei einer befreundeten Familie unweit von Batavia gelesen: Seine Schwestern waren mit den Töchtern des Hauses barfuß über die Reisfelder gelaufen und hatten – nur mit einem Tuch bekleidet! – in einem Fluß gebadet. Wie reagierte seine Mutter auf diese fremden Bräuche, auf die vielleicht völlig unterschiedlichen Moralvorstellungen?

Eldorado: So hatte er als Kind, kaum daß ihm dieses Fremdwort geläufig war, Hunderen genannt, den Landsitz seiner Großeltern Kerkhoven bei Twello in Overijssel. Eldorado: hohe, rauschende Bäume, Rhododendronbüsche, dichte Hecken um einen Rasen, sich unter dem Laubdach schlängelnde Wege, die hin und wieder die Aussicht auf Wiesen und Äcker freigaben. Eldorado war auch das Innere des großen Hauses mit seinen Zimmern und Nebenzimmern, Alkoven, Gängen, Treppen, tiefen Schränken und dem riesigen Dachboden mit den vielen Balken, auf dem man sich verstecken konnte. Mehr als für seine Schwestern, Vettern und Cousinen, die Spielgefährten in langen Sommern, war Hunderen für Rudolf eine Stätte der Freiheit, eine Welt für sich. Als der Landsitz nach dem Tode der Großeltern verkauft wurde, traf den – damals zwölfjährigen – Rudolf ein unwiederbringlicher Verlust. Der Abschied von Hunderen war gleichsam der Abschied von seiner Kindheit. Für den Mittelschüler in Deventer begann der Ernst des Lebens. Seither hatte er nie wieder selbstvergessen gespielt.

Der Stil der Großeltern prägte indes weiterhin den Stil der ganzen Familie: gediegen, aber großzügig, gütig und humorvoll, aber unnachsichtig bei Verstößen gegen die guten Sitten. Seine Großmutter, stets in glockenförmige dunkle Kleider gehüllt, auf den grauen Korkenzieherlocken eine Haube, von der beiderseits lange Bänder herabhingen, thronte in seiner Erinnerung als die Verkörperung der Gelassenheit. Selten und nur widerwillig verließ sie Hunderen; auf Hunderen hatte sie ihre eigenen Wohngemächer, ein kleines Wohnzimmer, in dem ihr Nähtischchen stand, eine Küche mit den zum Einmachen von Gemüse und Konfitüre erforderlichen Gerätschaften und im Garten eine Laube, die wie ein großer umgestülpter grüner Korb aussah.

Großvater Kerkhoven wurde von seiner Frau liebevoll «Kerkje», «Kirchlein», gerufen, was die Kinder, wenn sie in Hunderen waren, immer wieder zu prustendem Gelächter reizte, da das heraufbeschworene Bild keineswegs zu seiner hochgewachsenen Gestalt und dem auffallend kräftigen Kopf paßte. Im Gegensatz zu seiner Frau war er – obwohl als Rentner im «Ruhestand» – ständig in Bewegung und oft unterwegs, um seinen Polder im Nordwesten Groningens zu inspizieren, oder er besuchte Geschäftsfreunde aus der Zeit, als er noch Direktor der Amsterdamer Firma Kerkhoven & Co, Effektenmakler, war. Wenn er in Hunderen an seinem Schreibtisch saß, fühlte er sich nie gestört durch das ständige Kommen und Gehen der Hausgenossen (immer gab es Feriengäste und Besucher) oder durch die spielenden Kinder. Unermüdlich führte er Interessenten in seinem Kuriositätenkabinett herum und öffnete Schachteln und Schubladen, um seine Sammlungen von Muscheln und aufgespießten Insekten zu zeigen. Rudolf hatte sich damals immer den seltenen, im sechzehnten Jahrhundert von Ortelius zusammengestellten Weltatlas anschauen wollen und das Teleskop, das der große deutsche Naturwissenschaftler und Optiker Fraunhofer entworfen hatte. Nichts regte Rudolfs Phantasie so sehr an wie die Karten der Kontinente und Ozeane (noch nicht ganz wirklichkeitsgetreu, wie sein Großvater nachdrücklich betonte, aber dennoch Zeugnisse eines erstaunlichen Vorstellungsvermögens) oder die Metallzylinder und kunstvoll geschliffenen Linsen, die dem Auge alles näher brachten, was weit entfernt war, einschließlich der Sterne und Planeten.

Seine Großmutter war eine Meisterin im Erzählen. Rudolf war überzeugt, daß diese Gabe mit ihrer Unbeweglichkeit und der intensiven, nie nachlassenden Aufmerksamkeit für ihre nächsten Angehörigen zusammenhing. Er erinnerte sich fast noch an den Wortlaut der Geschichten, die ihn als Kind mehr gefesselt hatten als die Bilder der Zauberlaterne. Da war etwa die Geschichte eines schwerreichen Onkels aus der Perückenzeit, der gestorben war, ohne seinen Erben mitzuteilen, wo er unter den Dielen oder hinter der Tapete seinen Gold- und Juwelenschatz versteckt hatte; nach langem vergeblichem Suchen verkauften sie schließlich das bis auf die Mauern durchwühlte Gebäude. Zu ihrer Bestürzung mußten sie bald erfahren, daß die neuen Eigentümer innerhalb kürzester Zeit im Geld schwammen. Die Moral, auf die Großmutter Kerkhoven niemals versäumte hinzuweisen: Es war falsch, auf eine Erbschaft und anderer Leute Geld zu lauern oder sich falschen Erwartungen hinzugeben. Mit harter Arbeit und Genügsamkeit mußte man für sich und die Seinen eine auskömmliche Existenz aufbauen und das, was man von Haus aus besaß, sparsam verwalten.

Eine andere Geschichte handelte davon, wie Großvater ihr, der bildschönen Antje van der Hucht, den Hof gemacht hatte. Als er sie zum erstenmal in einer Loge des Amsterdamer Stadttheaters erblickt hatte, war er ihrer Kutsche nachgerannt in der Hoffnung, herauszufinden, wo sie wohnte; doch als das Fahrzeug durch das Haarlemer Tor hinausfuhr, gab er auf. Die Nachforschungen des in verzweifelter Liebe entbrannten Jünglings brachten ans Licht, daß der Mann, den er für ihren Vater hielt, in Haarlem Spitzenfabrikant war. Um zu dessen Büro und Wohnhaus Zutritt zu erhalten, begann er ebenfalls in dieser Branche zu handeln, doch vergeblich. Erst viel später führte der Zufall sie zusammen, und es stellte sich heraus, daß sie die Schwester eines Studienfreundes war. Da sie bei Pflegeeltern in Haarlem wohnte, war er ihr nie begegnet, wenn er den Freund besuchte.

Die Geschichte dieser Brautwerbung gefiel Rudolf besonders. So stellte er sich die wahre Liebe vor: auf den ersten Blick die Gewißheit, die Richtige gefunden zu haben – und dann der Wille und die Kraft, notfalls jahrelang zu warten, bis man durch Taten bewiesen hatte, der Angebeteten würdig zu sein. Die Zusammengehörigkeit von Mann, Frau und Kindern war für ihn der einzige Bund, der alle Freiheiten aufwog, vielleicht sogar die Grundbedingung für eine wahre Selbständigkeit. Er wies den Gedanken zurück, «altmodisch» zu sein, nur weil er an etwas glaubte, das ihm vollkommen natürlich erschien. Wie er hoffte und erwartete, würde es ihm dereinst ebenso ergehen. Einmal würde er jener Frau begegnen, die für ihn bestimmt war wie er für sie, und um ihretwillen würde er sich trotz aller Anfechtungen in Geduld und Selbstbeherrschung üben.

Solchen Anfechtungen zu widerstehen gelang ihm besser, seit er gemerkt hatte, daß er auch in dieser Hinsicht ein Vorbild für Julius sein mußte. Schmutzige Zoten verachtete er, Hurerei erfüllte ihn mit Angst und Abscheu. Er distanzierte sich von diesen Dingen und erklärte sie für verwerflich. Die Versuchung jedoch, der Julius, wie er wußte, allzu häufig erlag, kannte er selber nur zu gut. Er glaubte zwar nicht, daß Selbstbefriedigung eine Sünde war, die schreckliche Krankheiten zur Folge hatte, doch haftete etwas Beschämendes an den heimlichen, einsamen Handlungen, die ihn nicht einmal wirklich befreiten. Dem manchmal quälenden Drang gab er nicht mehr nach, seit er zufällig dahintergekommen war, daß die üble Angewohnheit in Julius' Internat gang und gäbe war. Das erklärte nach Rudolfs Meinung auch die blasse Gesichtsfarbe und die Trägheit seines jüngeren Bruders. Doch wie konnte er Julius von der Notwendigkeit, sich zu beherrschen, überzeugen, wenn er es selber nicht fertigbrachte? Es entging ihm nicht, daß er Julius mit seinen diesbezüglichen Vorhaltungen beschämte und erboste, aber er ließ nicht nach zu tun, was er für seine Pflicht hielt.

Er hatte versucht, den Eltern darüber Bescheid zu geben (in verblümten Worten, da auch seine Schwestern die Briefe lasen). Er hielt es für ausgeschlossen, daß Bertha und Cateau die Probleme kannten, mit denen ein junger Mann zu kämpfen hatte. Wie beiläufig machte er Anspielungen auf den *großen* und *guten* Einfluß, der von jungen Mädchen ausgehen konnte. Er unterstrich die Worte in der Hoffnung, daß die Eltern schon erfassen würden, was er meinte.

Zu den Geschichten, denen die Kinder einst auf Hunderen atemlos gelauscht hatten, gehörte auch die Geschichte von Großonkel Guillaume van der Hucht (der Vorname stammte noch aus der Zeit der französischen Vorherrschaft). Er war eine Gestalt von fast mythischer Größe. Im Alter von vierzehn Jahren trat er – um seiner Mutter, einer verarmten Witwe vornehmer Herkunft, nicht zur Last zu fallen – den Dienst als Schiffsjunge auf einem Kauffahrteischiff an. Als «Mädchen für alles» hatte er ein hartes Los, doch Willem (wie er an Bord genannt wurde) ließ sich dadurch nicht abschrecken, im Gegenteil! In seiner knapp bemessenen freien Zeit kletterte er mit Lehrbüchern in den Mastkorb und bereitete sich auf die Prüfungen zum Dritten, Zweiten und Ersten Steuermann vor, die er alle mit Erfolg ablegte. Einige Jahre darauf starb der Kapitän auf hoher See. Willem, der inzwischen beim Schiffsvolk in hohem Ansehen stand, übernahm das Kommando. Danach befuhr er lange die Weltmeere auf einem eigenen Kauffahrer, der Sara Johanna, und machte dabei gute Geschäfte. Seine letzte Reise als Kapitän führte ihn nach Java.

In jenen Tagen hatte die niederländisch-indische Regierung beschlossen, im Gouvernement weitere Teekulturen zu erschließen, und suchte nach neuen Vertragspartnern. Willem entpuppte sich als gewiefter Unternehmer. Er investierte sein Geld in Teepflanzungen, die seine bereits auf Java ansässigen Verwandten und befreundete Privatleute gepachtet hatten. Die Eigenschaften der aristokratischen Vorfahren seiner Mutter, einer geborenen Baronesse Van Wijnbergen, lebten in Willem auf. Diese Herren waren Berufssoldaten und leidenschaftliche Jäger gewesen. Am liebsten hätte er Söhne in ihrer Tradition erzogen, doch er bekam drei Töchter, von denen zwei im Kindesalter starben. Zum Witwer geworden, heiratete er eine wesentlich jüngere Engländerin, die jedoch seinem Töchterchen Mientje weder Vertraute noch Mutter sein wollte. Er konnte nicht mehr für sein Kind tun, als es mit einer stattlichen Mitgift zu verheiraten. Fortan galt seine väterliche Sorge den Söhnen seiner aus Holland herübergekommenen Geschwister. Er war unumstritten das Oberhaupt des Familienclans, sein Wort war Gesetz.

Außer jenen frühen Geschichten, in denen Großonkel Van der Hucht als Held dargestellt wurde, hatte Rudolf im Laufe der Jahre auch andere, kritischere Töne vernommen. Seit Großonkel Willem, schwerreich in die Niederlande zurückgekehrt, auf einem Landgut in den Kennemer Dünen wohnte und als Sachverständiger für koloniale Angelegenheiten einen Sitz in der Zweiten Kammer innehatte, trat er innerhalb der Familie manchmal allzu autoritär auf. Noch immer hatte er ein wachsames Auge auf die inzwischen längst herangewachsenen und selbständigen Neffen in Ostindien, denen er seinerzeit in den Sattel geholfen hatte. Rudolf erinnerte sich, wie sein Vater vor der Auswanderung wiederholt den Onkel in seiner Villa «Duin en Berg» (Düne und Berg) besucht hatte, um dessen Rat einzuholen; doch was damals besprochen wurde, wußte er nicht. Sein Vater hatte ihn noch für zu unreif gehalten, um ihn in seine Zukunftspläne einzuweihen. Dagegen war ihm bekannt, daß einige Familienmitglieder gewillt waren, sich an der Gründung des neuen Unternehmens finanziell zu beteiligen. Doch während sie auf nähere Informationen aus Batavia warteten, ging aus einem abgefangenen Bericht hervor, daß das Grundstück längst ausgewählt und eine Kapitalgesellschaft gegründet worden war. Es stellte sich heraus, daß auch sonst noch allerlei hinter dem Rükken von Großonkel Willem geschehen war, der beleidigt war, weil man seine Ratschläge in den Wind geschlagen hatte, und der sich über den «eigensinnigen Trottel» von einem Kerkhoven in krassen Worten äußerte.

Rudolf hatte die Gelegenheit ergriffen, um sich als ältester Sohn und Betroffener einzumischen. Vorsichtig hatte er seinen Vater in Kenntnis gesetzt über die entstandene Verwirrung in der Familie und über die Verstimmung des Onkels Van der Hucht, des «Doyens». Er verstand zwar noch immer nicht genau, was für Transaktionen und Manipulationen auf Java erforderlich waren, um das Unternehmen auf die Beine zu stellen, und welche Rolle dabei seine Vettern Holle und Kerkhoven spielten, doch er hatte sehr wohl bemerkt, daß sich etwas verändert hatte. Die seinen Vater betreffenden Beleidigungen kränkten ihn. Er hatte beschlossen, etwas zu unternehmen, und Onkel Van der Hucht um eine Unterredung gebeten. In einem förmlichen Schreiben wurde er eingeladen, das sonntägliche Mittagessen auf «Duin en Berg» einzunehmen. Ein Wagen werde ihn in Haarlem am Bahnhof abholen.

Gepolter kündigte an, daß jemand die Treppe heraufkam. Die Tür flog auf und Rudolfs Studiengenosse Cox stolperte ins Zimmer.

«Verflixt noch mal, Kerkhoven, was ist das für eine Treppe! Ich hätte mir fast den Hals gebrochen!»

«Ich wohne hier also genau richtig», sagte Rudolf lachend. «Jetzt weiß ich wenigstens, daß du mich nicht mehr so oft von der Arbeit abhalten wirst.»

«Warum warst du gestern nicht im Club? Wir haben ein famoses Spielchen gemacht.»

«Ich bin umgezogen. Und als ich hier fertig war, hatte ich keine Lust mehr auszugehen.»

«Ganz nett.» Cox schaute sich um. «Hut ab! Nur diese Treppe! Nun gut, in deiner vorigen Bude hat es gestunken. Aber dieses Zimmer ist schön. Sag mal, kommst du am nächsten Samstag zum Jubiläumsfest von Apollo?»

«Ich bin kein Mitglied von Apollo.»

«Ich auch nicht. Und Ribbius und Berlage auch nicht. Wir zahlen einfach Eintrittsgeld.»

«Es ist nicht recht, zu schmarotzen.»

«Sei doch nicht so ein Prinzipienreiter. So billig ist der Eintritt nun auch wieder nicht. Fünf Gulden.»

«Das ist mir zu teuer.»

«Dacht ich mir's doch!» Cox warf theatralisch die Arme hoch. «Ich kenne niemanden, der so sparsam lebt wie du.»

«Du drückst dich eleganter aus als mein Bruder Julius. Der sagt: Ru knausert mit jedem Cent. Ja, ich bin sparsam. Schließlich ist es das Geld meines Vaters.»

«Warst du wieder eifrig am Studieren?» Cox trat an den Tisch und beugte sich über die Fotografie. «Nicht zu glauben. Die kleine Cateau! Dieser Springinsfeld! Wie alt ist sie jetzt, achtzehn, neunzehn? Angeblich haben europäische Mädchen drüben in Ostindien zehn Freier an jedem Finger.»

«Sie ist noch ein Kind», sagte Rudolf kurz angebunden und entzog das Familienfoto Cox' dreisten Blicken. Cateau war immer sein Liebling gewesen. Die Bemerkung des Freundes, daß «Toosje» aus der Rolle des verhätschelten Kindes und Spielgefährten herausgewachsen war, ärgerte ihn.

«Kommst du mit Billard spielen? Berlage kommt auch.»

«Nein, merci, ich kann nicht.»

«Erzähl mir jetzt bloß nicht, daß du in die Kirche mußt.» Cox machte eine Kopfbewegung in Richtung des Fensters. Draußen läuteten die Glocken, nicht zum erstenmal an diesem Morgen. Kirchgänger in dezenter Kleidung gingen mit gemächlichen Schritten an den Häusern auf der anderen Straßenseite entlang.

«Mein Großonkel in Santpoort hat mich zum Essen eingeladen.»

«Ach, dieser Nabob! Der eine Onkel Millionär mit einem Sitz in der Kammer, der andere Onkel Kolonialminister, es ist nicht zu fassen! Weißt du, mit solchen Fürsprechern hätte ich ehrgeizigere Pläne, als Angestellter auf der väterlichen Plantage zu werden. Du studierst an der Polytechnischen Schule in Delft. Du gehörst zur Elite!»

«Zufällig möchte ich lieber nach Ostindien.»

«Du bist doch weder ein verbummelter Student noch ein Schwächling.»

«Gerade deshalb will ich nach Ostindien.»

«Was in Gottes Namen willst du als Technologe auf einer Teeplantage anfangen?»

«Wenn du zum Bahnhof mitkommst, werde ich dir's erklären», sagte Rudolf.

Es war nicht das erste Mal, daß er dem Luftikus Cox etwas

beizubringen versuchte von den Dingen, die für ihn und seine Familie von Belang waren. Wie vieles hatte er mit dem Jungen, den er seit der Mittelschule in Deventer kannte, schon besprochen! Offensichtlich reichte die Welt für Cox nicht weiter als bis zu den Grenzen der Niederlande. In seinem Freund sah Rudolf eine Verkörperung dessen, was er selber nicht (mehr) sein wollte, einer Kleinbürgerlichkeit, die zumindest die Indienfahrer unter seinen Verwandten abgestreift hatten wie eine zu knapp gewordene Haut. Aber er wußte auch, daß Deventer und Dedemsvaart noch an ihm klebten und daß sogar in Delft Engstirnigkeit herrschte.

«Bei Großonkel Van der Hucht auf ‹Duin en Berg›. Prächtiges Landgut mit mindestens ein paar hundert Hektar Boden. Viele Strandkiefern und Eichen. Ein Park mit Weiher, eine Orangerie. Der Reichtum im Hause. Großtante Mary sehr schick gekleidet, aber nicht liebenswürdig, englisch-kühl, förmlich, genau wie ich sie mir immer vorgestellt habe. Verstehe jetzt, warum Cousine Mientje nicht mit ihr auskommen konnte. Der Empfang zuerst steif, dann jovial (vor allem, was Onkel betrifft). Nach dem Essen (sechs Gänge, Hausdiener mit weißen Handschuhen!) Gespräch mit Onkel unter vier Augen in dessen ‹Study›, wie Tante Mary es nennt. Onkel rügte mich wegen meiner Einmischung, zeigte jedoch später Anerkennung für dieselbe, da Papa infolgedessen offenbar Onkels Ratschläge beherzigt hat. Habe vieles gehört, was ich noch nicht wußte. Onkel ist ein nüchterner Pragmatiker. Dabei ist viel für ihn herausgesprungen. Hoffe, mich dereinst genauso reich aus den Geschäften zurückzuziehen.»

Rudolf legte die Feder nieder. Er war noch ganz erfüllt von seinem Besuch in der Villa in Santpoort und von der dort herrschenden Atmosphäre, die völlig anders war als alles, was er von den wohlhabenden Häusern seiner Verwandten in Overijssel gewohnt war. Er hatte sich nicht satt sehen können. Die kostbaren Kuriositäten, vom Onkel auf den Seereisen gesammelt, verliehen dem Interieur von «Duin en Berg» einen exotischen Charakter. Zwischen dem chinesischen und japanischen Porzellan, den Lackkästchen, den bunten Tüchern und Masken und den mit Holzschnitzereien verzierten Möbeln aus der Zeit der Ostindischen Kompanie hätte er stundenlang herumgehen mögen. Doch der Onkel hatte ihn nach dem Diner ins Herrenzimmer geführt, um am Kaminfeuer eine Zigarre mit ihm zu rauchen. Dort stand alles im Zeichen der Jagd: Die Wände waren mit Trophäen, Waffen, Geweihen, Köpfen und Fellen exotischer Tiere bedeckt. Vor dem Kamin lag ein Tigerfell, ein ausgestopftes Krokodil diente als Fußbank.

Rudolf überlas nochmals die Aufzeichnungen, die er – teilweise schon auf der Rückreise im Eisenbahncoupé – hastig in sein Notizbuch gekritzelt hatte, um seinem Vater einen ausführlichen Bericht über das Gespräch in «Duin en Berg» zu erstatten. Noch klang ihm die schwere, etwas heisere Stimme des Onkels, eines starken Rauchers und Trinkers, in den Ohren, noch meinte er den Rauch der teuren Zigarre in der Nase, den Geschmack des vortrefflichen Cognacs auf der Zunge zu spüren. Im Geist sah er seinen Onkel vor sich sitzen, mit dem von Seewind und Tropensonne gegerbten Gesicht und dem verwegenen Schnurrbart, die kräftige Gestalt in eine Samtjacke gehüllt, die er beim Betreten seines «Study» angezogen hatte, um, wie er sagte, keinen Tabakgeruch in den Salon seiner Frau zu tragen. Die Erinnerung an die behagliche Glut des Kaminfeuers machte Rudolf die Oktoberkälte in seinem Zimmer bewußt. Bei seiner Heimkehr hatte Frau Van der Drift das Abendbrot gebracht und gefragt, ob sie nicht doch den Ofen anzünden solle. Jetzt reute es ihn, daß er – schon wieder diese Sparsamkeit, nun ja, für die paar Stunden! – nein gesagt hatte. Er entkleidete sich und schlüpfte ins Bett. Nun konnte er das ganze Gespräch nochmals an sich vorüberziehen lassen und in Ruhe darüber nachdenken, was er gehört hatte.

«Junger Mann, du hast es offenbar für nötig befunden, dich mit Dingen zu beschäftigen, die dich nichts angehen. Zumindest vorläufig noch nicht. Sieh zu, daß du zuerst dein Diplom erwirbst.»

«Onkel, Sie haben vor anderen Leuten mit Worten über meinen Vater gesprochen, die ich als guter Sohn nicht hätte durchgehen lassen, wenn ich dabeigewesen wäre. Es wäre ein Grund für mich gewesen, Ihnen künftig nicht mehr die Hand zu drükken.»

«Deine Treue ehrt dich, aber trotzdem halte ich dich für einen Hitzkopf. Und du hast von nichts eine Ahnung. Genau das war übrigens auch mein Vorwurf gegen deinen Vater: Handeln ohne die genaue Kenntnis der Tatsachen. Unterdessen hat er wohl begriffen, daß man im Osten nichts übereilen darf und auf die Gepflogenheiten des Landes Rücksicht nehmen muß.»

«Papa war enttäuscht, weil er nicht sofort anfangen konnte. Er hegte diesen Traum schon seit Jahren.»

«Meiner Meinung nach ist dein Vater aus Verdrossenheit in den Osten gegangen. Ja, da staunst du. Er hat es nie verwunden, daß dein Großvater Kerkhoven seine Position im Effektengeschäft einem jüngeren Sohn übertragen hat. Die Familie hat sehr wohl erkannt, daß dein Vater kein Geschäftsmann ist. Mit seinem Torf- und Gärtnereibetrieb hat er es auch nicht weit gebracht.»

«Und doch hat Papa ihn gut verkaufen können.»

«Ja, das war nicht übel. Aber viel Geld hat er an alledem nicht verdient. Und das hätte er gebraucht, denn als dein Großvater starb, war nicht viel übrig. Er hat zu viele Kinder in die Welt gesetzt.»

«Mein Vater ist nicht des Geldes wegen nach Ostindien gegangen.»

«Ich zweifle nicht an seinen guten Absichten. Er glaubt, er

könne dort seine humanitären und philanthropischen Ideale verwirklichen. Es ist ihm nicht gelungen, den Kleinbauern in Overijssel Kultur beizubringen, also will er jetzt als Gutsherr auf Java zu den neuen Formen der Arbeitsbeschaffung, die das Gouvernement einzuführen gedenkt, seinen Beitrag leisten. Hervorragend, aber man muß wissen, worauf man sich einläßt. Ich habe ihm geraten, sein Geld anderen, erfahreneren Männern anzuvertrauen, zum Beispiel deinem Onkel Eduard Kerkhoven zur Erweiterung der Plantage Sinagar, aber nicht selbst mit Anpflanzungen zu beginnen. Und ganz abgesehen von seinen mangelnden Fachkenntnissen: Er ist zu alt.»

«Aber er hat es trotzdem geschafft. Er ist heute Pächter von Ardjasari.»

«Hoffen wir das Beste! Wenn er jetzt nur auf unsere Vettern hört. Sie wissen alles über Teekulturen, insbesondere Adriaan und Albert; und auch in den geschäftlichen Seiten der Kolonialpolitik kennen die Holles sich besser aus als jeder andere. Und was noch wichtiger ist, sie haben Kontakte zur Bevölkerung und sind mit den einheimischen Regenten befreundet – wie ich zu meiner Zeit auch, wir gingen mit den Herren auf die Jagd und respektierten ihren *adat*, ihre überlieferten Gewohnheiten. Wenn die Holles aufs Land fahren, binden sie ein gebatiktes *Kain*-Tuch um den Kopf. Sie kennen die Sitten und Gebräuche. Karel Holle geht nach meinem Geschmack dabei allerdings etwas zu weit. Sein Busenfreund ist ein mohammedanischer Religionslehrer, ebenfalls ein Aristokrat mit angenehmen Umgangsformen, aber man kann nie wissen. Religion und Politik gehen im Islam Hand in Hand, es gibt viele Fanatiker. Dieser *penghulu* hat großen Einfluß im Preanger. Karel und er wetteifern in der Erziehung des Volkes, sie schreiben Bücher auf sundanesisch, und Karel hat ein Institut für einheimische Lehrer gegründet: ein Wohltäter reinsten Wassers. Nach meinem Dafürhalten macht er zuviel Aufhebens von seinem Idealismus.»

«Mein Vater spricht mit großem Respekt von Cousin Karel.»

«Das sollte er auch. Immerhin hat Karel durch seine Beziehungen im Bezirk Bandjaran deinem Papa zu seinem Unternehmen verholfen. Da es so aussieht, als werde das Zwangssystem des sogenannten ‹Cultuurstelsels› endlich definitiv abgeschafft, kann dein Vater auf Ardjasari sofort die Lohnarbeit einführen. Auf Karels Landgut Waspada gilt diese Regelung schon. Er bespricht alles mit den einheimischen Aufsehern und hält Sprechstunden für seine Arbeiter. Ich frage mich, worauf das hinausläuft. Er ist ein Träumer. Ich sehe Baud schon schmunzeln.»

«Wer ist Baud, Onkel?»

«Unser Konkurrent. Ein Sohn des ehemaligen Generalgouverneurs. Als er erkannte, daß die Reformen bevorstanden, hat er alle Ländereien unter Kontrakt genommen, die er bekommen konnte. Es war nicht schwer für ihn, er kennt sämtliche Beamte. Im Augenblick ist er der größte Teeproduzent auf Java. Immer versucht er uns Knüppel zwischen die Beine zu werfen, wenn unsere Familie irgendwo Boden pachten will. Er bezeichnet uns als Blutsauger und behauptet, wir seien nur am eigenen Gewinn interessiert. Aber als Geschäftsführer würde er liebend gern einen von uns anstellen, zu lächerlichen Bedingungen versteht sich, oder unser Kapital in seinen eigenen Unternehmen anlegen. Ich hatte eine Heidenangst, dein Vater, der sich in solchen Dingen nicht auskennt, könnte sich von Baud herumkriegen lassen. Wir von Parakan Salak sind die Pioniere, wir müssen uns durchsetzen.»

«Der König hat in seiner Thronrede gesagt, dies werde ein bedeutsames Jahr für Ostindien ...»

«Das Agrargesetz unseres Cousins De Waal ist so gut wie angenommen. Ich habe ihn in der Kammer nach Kräften unterstützt.»

«Gegenüber den Großplantagen des Gouvernements ist die Möglichkeit, sich als Privatunternehmer niederzulassen, demnach ein Fortschritt? Und dennoch halten sich viele Liberale zurück. Das verstehe ich nicht.»

«Das sind Liberale mit radikalen Tendenzen. Sie haben nicht

gerade übergroßes Sachverständnis. Sie berufen sich auf die Ideen unseres angeheirateten Neffen Douwes Dekker, der sich zur Zeit Multatuli nennt. Und du mußt wissen, daß dieser Mann alles andere als liberal denkt.»

«Aber er schreibt mit feuriger Begeisterung. Ich habe sein Buch *Max Havelaar* gelesen.»

«Ich will dir mal was sagen. Dekker hat sein Thema, seine Geschichten geklaut, excusez le mot, und zwar von Pastor Van Hoevell, der schon vor zwanzig Jahren den Finger auf die wunde Stelle gelegt hat. Der Mann war wirklich ein Märtyrer der guten Sache – sie haben ihn seinerzeit aus Ostindien ausgewiesen –, aber er hat nicht so großen Wirbel gemacht wie Dekker. Kennst du Dekker eigentlich? Als er mit seiner Frau in den Niederlanden war, hat er unsere Familie häufig besucht.»

«Ich war damals noch ein Kind, ich erinnere mich nicht. Aber ich habe ihn voriges Jahr bei einer Lesung in Den Haag gehört. Ich finde, er ist ein beeindruckender Redner. Mir schien, daß er in vieler Hinsicht recht hat.»

«Natürlich fordern die einheimischen Herrscher Frondienste von der Bevölkerung, das gehört dort zum *adat*, und natürlich taugen ihre Methoden nicht. Aber man muß mit Blindheit geschlagen sein, wenn man glaubt, das ändern zu können, indem man die Regenten beim Gouvernement anklagt, das selber die größte Schuld an den Mißständen trägt. Das gesamte System muß verändert werden, damit es der Bevölkerung besser geht und die Herrscher weder Ansehen noch Geld einbüßen. Und vor allem dürfen sie ihr Gesicht nicht verlieren. Jeder Beamte, der ein paar Jahre auf Java gedient hat, weiß das.»

«Am Ende der Lesung bin ich zu ihm – Dekker, Multatuli – hingegangen und habe ihm gratuliert. Als ich mich vorstellte, sagte er: ‹Ach, ein Kerkhoven.› Ich erklärte ihm, wer ich sei, und dann erzählte er mir, daß er damals in Ostindien mit Ihnen befreundet war.»

«Vor seiner Heirat mit meiner Cousine Tine van Wijnbergen

war er oft auf Parakan Salak zu Gast, um sich mit ihr zu treffen. Er rechnete mit einer Anstellung bei uns oder durch unsere Vermittlung bei einem anderen Unternehmen, weil er aus dem Beamtendienst scheiden wollte. Er erwartete damals von uns eine Art Eignungszeugnis und glaubte, wir legten ihm Steine in den Weg. Aber wir wollten ihn einfach nicht bei seinen aussichtslosen Plänen unterstützen. Er hatte keine blasse Ahnung von irgendwelchen Kulturen oder Geschäften und war völlig ungeeignet für das Leben auf einer Plantage. Wir hätten zu jener Zeit auf Parakan Salak durchaus Hilfe brauchen können, aber glaube nicht, daß Mijnheer auch nur einen Finger rührte. Er spazierte mit den Damen herum oder saß in einer Ecke und las; der Betrieb interessierte ihn nicht die Bohne. Aber es stimmt, ich bin mehr oder weniger mit ihm befreundet gewesen, bis ich sah, wie er Cousine Tine behandelte. All die schönen Worte! Es ging ihm nur ums Geld. Jahrelang glaubte er, sie habe eine Erbschaft zu erwarten. Frag nur deine Onkel und Tanten, wie er bei der Familie bettelte und schnorrte, als sie den ersten Jahresurlaub in Holland verbrachten, ich glaube, es war 1853.»

«Meine Großmutter auf Hunderen hielt ihn für einen amüsanten Mann, der fesselnd erzählen konnte.»

«Er ist ein Phantast. Ein Scharlatan! Er logierte wie ein Grandseigneur in einem teuren Hotel, doch als es ans Bezahlen ging, hatte man ihm angeblich die Brieftasche gestohlen. Unsere alten Tanten haben ihm einen stattlichen Betrag geborgt, den sie nie zurückbekommen haben. Und jetzt! Du weißt sicherlich, wie er lebt. Ich bin kein Moralapostel, aber das schlägt dem Faß den Boden aus! Seine Frau und seine Kinder überläßt er ihrem Schicksal und reist mit seiner Mätresse herum, hält Lesungen und posiert als Held der Javaner. Was er schreibt, mag brillant sein, aber was hat er damit erreicht? Nicht einen Bruchteil von dem, was Karel Holle geleistet hat... Ich ärgere mich, das ist nicht gut für meine Leber.»

«Sie haben also eine hohe Meinung von Cousin Karel?»

«Daß er sich kleidet und benimmt wie ein Moslem... und sich so weit mit der Bevölkerung identifiziert... das halte ich für falsch. Im Preanger nennen sie ihn heute schon Said Mohammed Ben Holle. Aber ich bestreite nicht, daß er unter Umständen als Vermittler eine wichtige Rolle spielt. Das Gouvernement wird seine Dienste noch in Anspruch nehmen. Es ist gut, wenn er einsieht, wie nützlich gerade die Privatunternehmer für die Entwicklung des Volkes sein können, das ihm so sehr am Herzen liegt. Wie sollen diese Menschen etwas von Kulturen verstehen, wenn wir es ihnen nicht beibringen? Reis, damit sind sie von alters her vertraut, da macht ihnen niemand etwas vor, aber von Tee verstehen sie nichts, sie haben keine Ahnung vom Pflücken, und den Kaffee lassen sie verkommen, wenn sie auf sich allein gestellt sind. Sieh mal, es ist natürlich wunderbar, wenn die Leute im freien Lohndienst arbeiten. Aber man wird schon noch dahinterkommen, daß das Volk auf Java eine völlig andere Auffassung vom Geldverdienen hat als die Menschen aus dem Westen. Begriffe wie sparen oder Geld anlegen sagen ihnen nichts. Der Bauer ist zufrieden, wenn er genug zu essen hat und sich ein paar Ziegen oder einen Büffel halten kann.»

«Aber Onkel, ist das nicht darauf zurückzuführen, daß die Menschen bisher in einer Art Sklaverei gelebt haben... und darauf, daß das Land so warm und fruchtbar ist? Mein Vater sagt, schon mit einem eigenen Garten und ein paar Hühnern kann man dort leben wie im Paradies.»

«Mir ist, als hörte ich Dekker. ‹Bezieht eine Bambushütte, kleidet und ernährt euch wie die Einheimischen, habt einander aufrichtig lieb, und ihr werdet glücklich sein!› Die Zeit steht nicht still, nicht einmal im Paradies. Die Menschen müssen den Nutzen des Geldes kennenlernen und wie man das Verdiente zum Wohl der Allgemeinheit einsetzen kann. Die Bodenschätze des Landes sind unerschöpflich. Um sie in sinnvoller Weise abzubauen, nun, das ist eine Aufgabe, die vorläufig die Kräfte der Regierung übersteigt... und jedenfalls nichts für Bürokraten.

Ich weiß, wovon ich rede. Ich habe mich eine Zeitlang mit der Zinngewinnung auf Billiton befaßt. Darüber könnte ich dir lange Geschichten erzählen! Ich beneide dich, weil du jung bist und nach Java gehst.»

«Ich habe vor, hart zu arbeiten, Onkel.»

«Du darfst dich vor allem nicht durch Schwierigkeiten entmutigen lassen. Ich habe auch schlechte Zeiten erlebt. 1850 konnte ich die Raten für Parakan Salak an das Gouvernement nicht aufbringen und mußte einen Vorschuß erbitten, um das Unternehmen in Gang zu halten. Erst nach meiner Heirat mit deiner Tante Mary konnte ich meine Finanzen wieder in Ordnung bringen, zusammen mit meinem Schwager, beim Handelsunternehmen Pryce in Batavia... Aber glaub mir, ich würde alles, was ich hier besitze, hingeben, wenn ich die Jahre in Ostindien wiederholen könnte... Noch eines: Suche vor allem den Kontakt zu Eduard auf Sinagar. Das ist ein tüchtiger Mann.»

Onkel Van der Hucht hatte Rudolf bis zum Portal hinausbegleitet, wo das Fahrzeug auf ihn wartete. Von fern erhaschte er noch einen kurzen Blick auf Tante Mary, die zwischen drapierten Portieren ihren Damenbesuch begrüßte.

«Nun denn, adieu», sagte der Onkel. «Halte mich auf dem laufenden.»

Rudolf dachte an Onkel Eduard Kerkhoven, den jüngsten Bruder seines Vaters. Als Kind hatte er wie alle seine Vettern und Cousinen den hübschen, jungenhaften Onkel, der noch nicht richtig zu den erwachsenen Familienmitgliedern gehörte, sehr verehrt. Eduard wußte alles über Pferde und Hunde, er war ein tollkühner Reiter, ein besessener Jäger, ein lebensfroher, abenteuerlustiger Naturbursche. Daß er in den Niederlanden nicht zurechtkam, wunderte niemanden. Er folgte den «Kolonisten» und wurde nach einer Lehrzeit auf Parakan Salak mit einem Pflegesohn von Großonkel Van der Hucht auf der Teeplantage Sinagar am Westhang des Gedeh angestellt. Viele Jahre hindurch hatte Eduard regelmäßig in langen Briefen von seinen Erlebnissen berichtet; die höchst spannenden und amüsanten Beiträge zur Familiengeschichte pflegten die Kerkhovens unter dem nostalgischen Titel «Die Hunderener Zeitung» untereinander herumzuschicken.

Da Eduard die Epistel vorzugsweise an Rudolfs Vater richtete, mit dem er seit der Kindheit eng verbunden war, wurden die Geschichten zuerst in seiner Familie gelesen und abermals gelesen. An manche konnte Rudolf sich noch fast wörtlich erinnern: wie Eduard von einem wütenden Hirschbock angegriffen und so schwer verwundet worden war, daß, wie im Brief stand, «Klein-Eduard dem Freund Hein mit der Hippe noch nie so nahe gewesen war». Oder wie Eduard auf Sinagar einen Lagerschuppen hatte säubern lassen, in dem Hunderte von Ratten hausten: «Verschiedentlich krochen sie den Einheimischen in die Hosenbeine und sprangen beim Hals wieder heraus und von dort hinunter.» Oder wie er den Krater des Vulkans Salak besucht hatte und dort im Adamskostüm zwischen den brodelnden Schwefel- und Schlammquellen herumspaziert war: «Ich dachte mir, das ist doch mal ganz was anderes, als beispielsweise bei Herrn und Frau Soundso in Twello einen Besuch zum Tee zu machen.» Oder wie sein geliebter Jagdhund Vesta, im Urwald abhanden gekommen und für tot erklärt, nach Wochen wieder den Weg zur Plantage gefunden hatte.

Im vergangenen Frühjahr hatte eine von Rudolfs Tanten ihn unter dem Siegel der Verschwiegenheit einen Brief lesen lassen, den seine Mutter geschrieben hatte. Es standen Dinge über Eduard darin, von denen sonst niemand in der Familie wußte. Der in aller Augen «ewige Junggeselle» hatte eine Frau und zwei Kinder. Doch die Frau war Chinesin, und ihre Verbindung war nicht gleichrangig mit einer europäischen Ehe.

Rudolfs Mutter schrieb, Eduard habe die Kinder anerkannt, so daß sie, obwohl Mischlinge und halbe Asiaten, als Kerkhovens angesehen werden müßten. Es ginge nicht an, sie in einem so ungeordneten Haushalt wie Sinagar aufwachsen zu lassen. Sie und auch ihr Mann seien der Meinung, die Familie in Holland müsse die kleine Non (die eigentlich Pauline hieß) und den kleinen Adriaan in ihre Obhut nehmen.

Die Nachricht hatte besagte Tante sehr belastet – sie wußte nicht, wie sie es den anderen mitteilen sollte. Rudolf hatte es auch nicht gewußt. Er hatte gemeint, er müsse den Eltern verheimlichen, daß er von dem Geheimnis wußte, bevor sie ihn ins Vertrauen zogen.

Jetzt tat es ihm leid, daß er die Angelegenheit nicht zur Sprache gebracht hatte, als Großonkel Van der Hucht Eduard erwähnte.

Nach der Euphorie des mit guten Noten bestandenen Examens (nur eine Fünf in Architektur), nach dem Champagner und der festlichen Kutschfahrt mit Cox und anderen Freunden, nach dem triumphalen Anblick der aus dem Dachfenster hängenden Fahne bei den Van der Drifts («Unser Meneer hat bestanden!» verkündete seine Vermieterin ihren Kunden den ganzen Tag über) und der Genugtuung, nun auf seinen Visitenkarten unter dem Namen in zierlichen Lettern die Berufsbezeichnung «Technologe» drucken lassen zu dürfen – traf ihn die Reaktion um so härter. Er hatte aus Ostindien Begeisterung erwartet und den Auftrag, sofort einen Platz auf einem schnellen Schiff zu buchen und die Koffer zu packen.

Daß die Aufforderung der Eltern ausblieb, schrieb Rudolf in erster Linie der Tatsache zu, daß zwischen Frankreich und Deutschland der längst vorhergesehene Krieg ausgebrochen war, vielleicht auch der schlechten Note in Architektur, einem Fach, das ihm eigentlich gefiel und für das er hart gearbeitet hatte; er konnte die Fünf selber nicht erklären. Die Gleichgültigkeit seiner Angehörigen dämpfte seinen Überschwang. Sein Kommen war nicht erwünscht.

Befürchtete sein Vater etwa, er werde auf Ardjasari weniger brauchbar sein, nur weil er auf dem Gebiet des Straßenbaus und der Konstruktion von Brücken und Fabrikhallen nicht die besten Ergebnisse erzielt hatte?

Er war ruhelos und mißmutig und verfolgte ungeduldig die Kriegsnachrichten: Wenn all diese Gewalt nur schon zu Ende wäre, zumal die Franzosen bei Sedan eine katastrophale Niederlage erlitten hatten.

«Ein Jammer, daß die verschlungenen Pfade der Diplomatie nicht zulassen, daß man jemals erfährt, wer eigentlich die Schuld an diesem Krieg hat», schrieb er in sein Notizbuch. «Aus allem, was allmählich ans Licht kommt, würde ich schließen, daß die kaiserliche Regierung Frankreichs den Streit vom Zaun gebrochen hat; daß sie darin dem Volkswillen gemäß handelte, zeigt sich in der Begeisterung, mit der Frankreich den Krieg angefangen hat, und in der Hartnäckigkeit, mit der er fortgesetzt wird. Mit Bismarcks Politik bin ich nicht einverstanden, aber ich glaube nicht, daß dieser Krieg unmittelbar damit zusammenhängt. Er wurde von den Franzosen nur provoziert, damit sie den Deutschen Bund zerschlagen können. War denn die Teilung Deutschlands nicht schon immer das politische Ziel der französischen Regenten? Die Politik Bismarcks verfolgt meiner Ansicht nach das eigentlich rein innenpolitische Ziel, mit allen Mitteln, notfalls auch mit Gewalt (und gerade das halte ich für verwerflich, aber schließlich geht das die anderen Völker doch gar nichts an) das deutsche Ideal der Einheit zu verwirklichen. Das Streben nach der Einheit Deutschlands erscheint mir gerecht, aber wie sie dann 1866 herbeigeführt werden sollte, war ein Fehler. Der deutsche Volkscharakter wird durch den großen Machtzuwachs gewiß nicht sympathischer, aber eine unmittelbare Gefahr, will mir scheinen, besteht für uns nicht. Wir sind und waren niemals Deutsche und wurden niemals von ihnen bedroht. Dagegen hat Napoleon I. uns seinerzeit annektiert und uns ‹Franzosen› genannt.»

Rudolf wunderte sich, daß sein Vater in seinen Briefen ausgesprochen französisch-gesinnt war und der ‹pour-la-gloire›-Attitüde der Franzosen so unkritisch gegenüberstand. Er meinte zwischen den Zeilen zu lesen, daß seine eigene Ansicht, die Deutschen seien zwar recht unangenehme, aber zuverlässige und überwiegend friedliebende Nachbarn, von seinem Vater nicht geteilt und für recht naiv angesehen wurde.

Die Eltern kamen in ihren Briefen immer wieder darauf zurück, daß sein jüngster Bruder August in Kürze nach Holland kommen werde, um das Gymnasium in Den Haag zu besuchen, und daß seine Schwester Bertha sich mit Jan Joseph van Santen verlobt hatte, einem Angestellten der Niederländisch-Indischen Handelsbank in Batavia, der achtzehn Jahre älter war als sie.

Rudolf bekam von seinem Vater nur den Rat, sich in der Seidenverarbeitung und in der Gewinnung ätherischer Öle aus Blüten kundig zu machen; Cousin Karel Holle meine, es handele sich um neue, vielversprechende Möglichkeiten für Kulturen auf Java, vielleicht geeignet für einen jungen Mann wie Rudolf, der in angewandter Chemie immer gute Noten bekommen hatte. Diese vagen Vorschläge verstörten Rudolf zutiefst: Sollte er denn noch einen Winter in Holland verbringen? Wo sollte er die neuen Fächer studieren? Weder auf der Polytechnischen Hochschule noch von den zu Rate gezogenen Professoren bekam er eine Auskunft, die ihm weiterhalf. Über ätherische Öle und Seidenzucht könnte man in Frankreich einiges erfahren, aber wie sollte man in ein Land reisen, das sich im Krieg befand?

Offensichtlich wurde sein Vater bei der Finanzierung von Ardjasari durch seinen angehenden Schwiegersohn Van Santen tatkräftig unterstützt. Ein mit dessen Hilfe aufgesetzter Rundbrief, der zur Teilhaberschaft am Unternehmen aufrief, kursierte in der holländischen Verwandtschaft. Die positiven Reaktionen der Onkel und Tanten bestärkten Rudolf in seiner Überzeugung, daß drüben auf Ardjasari auch für ihn genügend Arbeit anfallen werde. Daß sein Vater im Hinblick auf die bevorstehende Tee-Ernte einen Aufseher eingestellt hatte, leuchtete ihm ein. Die erste Ernte hatte etwa neunhundert Kilogramm verwertbaren Tee erbracht. Man erwartete, daß das Produkt auf der Amsterdamer Versteigerung einen guten Preis erzielen würde.

Sein Vater schrieb, daß die Unternehmer auf Java sich auch die einfachsten Maschinen und Werkzeuge aus Europa kommen lassen mußten. Ein Mann mit praktischen Kenntnissen in der Herstellung und Wartung von Maschinen war demnach unentbehrlich. Rudolf beschloß, nicht länger darauf zu warten, daß man ihm sagte, was er tun sollte. Er mietete ein Zimmer in Amsterdam und meldete sich als Volontär bei «De Atlas», einer Fabrik für Dampf- und Werkzeugmaschinen auf der Realen-Insel, um sich in der Technik des Schweißens, Schmiedens und Feilens ausbilden zu lassen. Er bestellte auch das Material für ein kleines chemisches Labor, das er nach Java mitnehmen wollte. Für ihn stand fest, daß er spätestens im Frühjahr 1871 abreisen werde.

«Sapperlot, Gus, wie ich mich freue, dich zu sehen! Du bist ein Stück gewachsen, aber sonst hast du dich kaum verändert.»

Rudolf hatte seinen Bruder in Den Helder am Schiff abgeholt und ihn nach Den Haag zu Onkel und Tante Bosscha-Kerkhoven gebracht, bei denen er während der Jahre auf der Mittelschule wohnen sollte. Nach den ersten bewegten Augenblicken des Wiedersehens auf dem Kai, dem unverbindlichen Plaudern im Zug und der ungestümen Begrüßung in der kinderreichen Pflegefamilie waren die Brüder nun damit beschäftigt, in Augusts Zimmer die Koffer auszupacken. Der Zwölfjährige war nicht zu klein für sein Alter, aber noch sehr kindlich, fand Rudolf. Er hatte Mitleid mit August, der sich offensichtlich nicht wohl fühlte in dem «holländischen Anzug», den ein chinesischer

Schneider in Bandung genäht hatte. Aus dem wenigen, das der Junge erzählte, ging deutlich hervor, daß auch ein gastfreundliches Haus mit vielen Spielkameraden kein Ersatz sein konnte für das Leben, an das er in Ostindien gewohnt war. Besonders schwer gefallen war ihm der Abschied von seinem Pferd, das er an seinem letzten Geburtstag von Onkel Eduard auf Sinagar geschenkt bekommen hatte.

August legte nacheinander die sorgfältig eingepackten Geschenke auf den Tisch, die er für die Familie mitgebracht hatte.

«Für Juus habe ich Muscheln von der Südküste. Meinst du, daß sie ihm gefallen? Hat er eine Sammlung? Und das da ist für dich. Ein *budjang* auf Ardjasari stellt die Dinger her.»

«Was ist ein *budjang*?» Rudolf wickelte ein scharf geschliffenes Stück Büffelhorn aus dem Seidenpapier. «Schön! Das kann ich als Federmesser benutzen.»

«Dazu ist es auch gedacht. *Budjangs* sind die jungen Burschen, die auf der Plantage arbeiten. Dieser heißt Si Ramiah. Er ist Zimmermann, er kann praktisch alles.»

«Ich kann es kaum erwarten, nach Ardjasari zu kommen.»

«Es wimmelt dort von wilden Kerabaus. Sie zertrampeln die Pflanzungen und sind eine richtige Plage. Papa hat eine Belohnung für jeden gefangenen Büffel ausgesetzt.»

«Und das Haus? Ist es bald fertig?»

«Ja, aber sie werden bis nach Berthas Hochzeit im Oktober in Bandung wohnen.»

«Warum gibt es denn keine richtige Hochzeitsfeier?» fragte Rudolf. «Ist das nicht ein bißchen sonderbar? Ich meine, Papa und Mama haben doch sicher Bekannte in Bandung?»

«Nicht sehr viele. Es ist nur eine kleine Ortschaft. Und Bertha will kein großes Fest.»

«Ist Bertha glücklich, Gus? Scheint mir doch ziemlich alt zu sein, dieser Van Santen.»

August zuckte die Achseln. Sein blasses Kindergesicht wirkte mit einemmal verschlossen. «Hör mal, das weiß ich nicht. Er redet ziemlich bedächtig, wie ein Notar eben, aber er ist recht nett.» Nachdem er sich eine Weile schweigend mit den Päckchen beschäftigt hatte, fügte er hinzu: «Bertha möchte gern in Batavia wohnen. Van Santen arbeitet in Batavia. Er hat dort ein Haus.»

«Und Cateau? Ist Too glücklich?»

«Wieso? Warum sollte Too nicht glücklich sein?»

Auf Geschichten über Ardjasari brauchte Rudolf nicht lange zu warten. Obwohl August höchstens ein halbes Dutzend «Ausflüge», wie er sie nannte, zur Plantage gemacht hatte, die von Bandung aus zu Pferd in drei Stunden erreichbar war, wußte er so viel darüber zu erzählen, daß Rudolf das Gefühl bekam, er sei selber dort gewesen. Er sah das offene Gelände auf einer Hochebene, umgeben von welligem Hügelland, die ausgedehnten, verwilderten Grundstücke des ehemaligen Tegal Mantri, wo bislang die einheimischen Fürsten auf die Tiger- und Hirschjagd gegangen waren; er sah die paar urbar gemachten Anzuchtgärten mit den jungen Teesträuchern, die kleinen Bambushüttensiedlungen. August beschrieb das Gründungsfest von Ardjasari, das vor zwei Jahren stattgefunden hatte, und das feierliche Aussetzen der ersten Pflänzchen. «Da hättest du dabeisein müssen! Ein Umzug mit Musik, dahinter eine Menge vornehme Einheimische, dann Papa und Cousin Karel Holle und Onkel Eduard von Sinagar und ich, mit Dienern, die *pajungs* über unsere Köpfe hielten, was dort als ganz fein gilt, und hinter uns die vielen Arbeiter... und dann hat jeder der Anwesenden, auch ich, ein Pflänzchen in den Boden gesteckt... und danach gab es Essen, nein, zuerst ein mohammedanisches Gebet, und Cousin Karel Holle hat eine Rede gehalten, aber die habe ich nicht ganz verstanden, ich spreche noch nicht gut Sundanesisch.»

«Das werde ich auch bald lernen müssen», sagte Rudolf. «Hast du Muster mitgebracht für die Kleider, die ich machen lassen soll? Mama hat versprochen, sie mir zu schicken.»

Aber die Schnittmuster für Pyjamahosen und *baadjes* blieben unauffindbar. Seine Mutter hatte nicht daran gedacht. Und über die Frage, die Rudolf den Eltern seit seinem Examen nicht zu stellen gewagt hatte: Wollt ihr wirklich, daß ich komme, oder im Grunde doch lieber nicht?, konnte er unmöglich mit August sprechen.

Er trat zu dem Jungen, der vor dem Fenster stand und durch die Vorhänge (Filetgardinen und Übergardinen aus schwerem Samt) hinausschaute, wo die späte Sonne die Hinterfronten einer Häuserreihe vergoldete.

«Heimweh, Gus?»

Rudolf machte es sich zur Gewohnheit, einmal in der Woche nach Den Haag zu fahren, um mit August zu reden. Bei gutem Wetter machten die Brüder nach dem Abendessen einen Spaziergang im Scheveninger Wäldchen. Daß August sich nicht trübseligen Stimmungen überließ, wenn ihn das Heimweh packte, fand Rudolf lobenswert, aber er machte sich Sorgen über seine mutwilligen Streiche, die die Familie Bosscha immer wieder in Aufregung versetzten. August plagte die Dienstmädchen und Haustiere auf eine sonderbare, gänzlich «unholländische» Weise und war beim Spielen außergewöhnlich grob und herrisch zu den jüngeren Kindern. Rudolf schloß daraus, daß Gus (nach Paulientjes Tod der Benjamin der Familie) von Eltern und Schwestern maßlos verwöhnt worden war. Um ihnen anzudeuten, daß er seine Aufgabe als stellvertretender Erzieher ernst nahm, schrieb Rudolf nach Bandung: «Ich habe Gus gesagt, er müsse beim Spielen nett zu seinen kleinen Vettern und Cousinen sein und lieber ein wenig nachgeben, als alles so genau zu nehmen. Nachdem ich ihm das gesagt und natürlich ein entsprechendes Vorbild gegeben hatte, merkte ich zu meiner Genugtuung, daß er sich diesbezüglich änderte und den Kleinen geringfügige Verletzungen der Spielregeln nachsah. Er fand sogar Gefallen daran und hielt die anderen dazu an, beim Spielen ebenso großmütig zu sein.»

Rudolf ließ von August und von Julius Fotografien in Postkartengröße machen und schickte sie nach Java. Sich selbst ließ er aus, um damit anzudeuten, daß er ja bald persönlich bei ihnen erscheinen würde.

Mit Julius gab es ganz andere Probleme. Er war ungewöhnlich schüchtern und bescheiden, sogar in Gesellschaft von Altersgenossen. Es mißfiel Rudolf, daß Julius – fast achtzehn Jahre alt – neuerdings seine Freizeit mit einem etwas zurückgebliebenen vierzehnjährigen Cousin verbrachte und sich offensichtlich dabei wohl fühlte. Außerdem hatte er sich von einem Prediger in Deventer überreden lassen, das Glaubensbekenntnis abzulegen, obwohl ihm im Grunde nichts daran lag. Rudolf versuchte, ihm die Verlogenheit des Aktes klarzumachen, und bekam – gerechtfertigterweise – den Vorwurf der Heuchelei zu hören. Er selbst habe sich schließlich auch ohne inneres Bedürfnis, einzig und allein, um der Familie in Overijssel einen Gefallen zu tun, in die Gemeinde der Mennoniten aufnehmen lassen. Noch heute schämte er sich, wenn er an das obligatorische schriftliche Bekenntnis dachte, einen Aufsatz von gut zwanzig Seiten. «Wie habe ich das alles nur zusammengeschrieben?» hatte er erstaunt gemurmelt, als er das Opus später überlas, ein wenig erschrocken darüber, daß er sich in solchem Maße verstellen konnte. Er hatte geschworen, so etwas würde ihm nie wieder passieren.

Julius sollte ebenfalls in Delft studieren. Das Lernen fiel ihm eigentlich nicht schwer, aber er vertrug keine längeren Anstrengungen. Rudolf riet seinem schüchternen Bruder, auf die nervenzerreißenden Examina lieber zu verzichten und als Gasthörer die Fächer zu belegen, die ihm später in Ostindien von Nutzen sein konnten. Doch Julius wollte nichts davon hören und legte plötzlich eine überraschende Entschlossenheit an den Tag. Rudolf nahm sich vor, ihn mit den jüngeren Mitgliedern seines eigenen Clubs bekannt zu machen und dafür zu sorgen, daß er nicht völlig vereinsamte. Bei den Eltern drängte er darauf, daß sie Julius die Zuwendungen für seine persönlichen Ausgaben nicht allzu knapp bemaßen: «Juus muß ab und zu ein Konzert oder eine Oper besuchen können und Mitglied in einem Verein werden, wo er sich entspannen kann. So etwas braucht man, wenn man jung ist. Später kommt man meistens nicht mehr dazu.»

Während seiner eigenen Studienjahre hatte Rudolf auf solche Vergnügungen verzichten müssen. Daß sein Vater ihn so knapp bei Kasse gehalten hatte, schrieb er nicht nur dessen Existenzproblemen in Ostindien zu, sondern mehr noch seiner eigenen Scheu, mehr zu fordern. So gerne er manchmal groß ausgegangen wäre wie die anderen jungen Leute, die er kannte, auf einen Maskenball zum Beispiel oder in eine Theateraufführung, hatte er doch nicht das Gefühl, daß er durch seine Zurückhaltung einen wesentlichen Schaden in seinem Werdegang erlitten hätte. Für die Förderung der guten Eigenschaften, die in Julius' träger und stiller «Philosophennatur» schlummerten, waren sorgfältig ausgewählte weltliche Vergnügungen indes eine absolute Notwendigkeit.

«Aber ich brauche das alles nicht!» hatte Julius entsetzt gerufen, als Rudolf ihm seine Ansichten darlegte.

«Was willst du sonst tun? Jeden Tag gründlich ausschlafen, einen kleinen Spaziergang machen, Vorlesungen hören, wieder spazierengehen, essen, allein in deinem Zimmer herumsitzen und lesen?» Rudolf wurde böse; wer sollte auf Julius aufpassen, ihn beraten und leiten, wenn er nicht mehr da war? Denn fortgehen würde er, sobald er sich die erforderlichen handwerklichen Fertigkeiten in der Fabrik «De Atlas» angeeignet hatte, das stand fest.

Als ihm in der Schlosserei das Feilen gut von der Hand ging, wurde er in der Schmiedewerkstatt einem der besten Facharbeiter als Hilfskraft zugeteilt. Er mußte einen schweren Vorschlaghammer, den er nur mit beiden Händen heben konnte, auf die vom Schmied angegebene Stelle des glühenden Eisens aufsetzen, eine schwere, anstrengende Arbeit, bei der er sehr schmutzig wurde. Die Hände wurden fast nicht mehr sauber, was ihn, wenn er während eines Besuchs die Handschuhe ausziehen mußte, zu immer derselben Entschuldigung nötigte: «Ein halbes Jahr lang bin ich Arbeiter.» Die Onkel, Tanten und ihre Bekannten hätten große Augen gemacht, wenn er außer den schwarzporigen Händen mit den abgebrochenen und gespaltenen Nägeln auch die Sprache und Umgangsformen seiner Atlas-Kumpel in ihre Wohnzimmer mitgebracht hätte.

Er spürte instinktiv, daß er noch viel mehr und ganz andere Erfahrungen sammeln mußte als die der Eisenbearbeitung. Anfangs war er schockiert über die derben Scherze und das aufbrausende Wesen der Menschen, mit denen er jetzt täglich zu tun hatte, doch bald blickte er hinter ihre rauhe Schale und erkannte, daß alles, was er in «De Atlas» sah und hörte, ein notwendiges Gegengewicht bildete zu dem zivilisierten, «gutbürgerlichen» Verhaltenskodex, mit dem er aufgewachsen war. Er begriff sehr wohl, daß dieser Kodex letztendlich sein Leben bestimmte; er würde ihn nie ablegen können.

Aber er sah auch ein, daß die Zeiten, in denen ausschließlich der «Gentleman» das Sagen hatte, für immer vorbei waren. Die Ereignisse in Paris, wo nach der Niederlage der kaiserlichen Truppen das Volk die Macht übernommen hatte und eine Kommune die Politik bestimmte, stellten eine ernsthafte Warnung dar für jene liberalen Politiker, die aus Frankreich abermals eine Republik machen wollten. Sie mußten mit Kräften rechnen, die sich nicht mehr unterdrücken ließen. In «De Atlas» tat Rudolf sein Bestes, sich anzupassen; er brauchte diese Lehre. Doch die anderen behandelten ihn weiterhin wie eine fremde Ente im Teich: als den «mijnheer», der es sich erlauben konnte, dem Meister von Zeit zu Zeit eine Zigarre anzubieten.

Einen so strengen Winter hatte er noch nicht erlebt. Seit Mitte Dezember lag Schnee; auf den Grachten und auf den Weihern im neuen Vondelpark vor dem Leidener Tor tummelten sich die

Schlittschuhläufer. Als er ihnen zusah, bemerkte er zu seiner Überraschung, daß sich viele Damen und junge Mädchen unter ihnen befanden, die trotz ihrer langen Röcke, pelzgefütterten Jacken und Mäntel den Sport ernsthaft betrieben und elegant über das Eis glitten. Das Schauspiel zog viel Publikum an: Hier versammelte sich der ganze *beau monde* der Stadt. Doch für Rudolf war auf den Teichen zuviel Gedrängel, er bevorzugte die Amstel, auf der man in flinker Fahrt bis Ouderkerk laufen konnte.

Er hörte, daß im Oosterdok ein gutes Schiff lag, eine Klipperfregatte namens Telanak, die für renommierte Reeder und Schiffsmakler nach Java fuhr. Im Laufe des Herbstes hatte er mehrere Schiffe besucht und sich über Kosten, Route und Reisedauer informiert. Seine Eindrücke waren nicht die besten. Die Unterkünfte waren unbequem: enge, stickige Kabinen, zuwenig Raum an Deck. Auch die Preise waren seiner Meinung nach zu hoch. Die Telanak war kein schnelles Schiff. Wie der Kapitän erklärte, würde die Überfahrt etwa hundertzwanzig Tage dauern. Die Route ging um das Kap, da die Verbindung durch den 1869 offiziell eröffneten Suezkanal noch viel zu wünschen übrigließ. Die Reeder verlangten fünfhundert Gulden für eine Schiffspassage. Das war fünfzig Gulden unter dem Preis, den seinerzeit Rudolfs Eltern bezahlt hatten, außerdem gefiel ihm die angebotene Kabine mit den vielen Schränkchen und Regalen, in denen er seine Sachen unterbringen konnte, so daß er den Vertrag unterzeichnete. Man gedachte in einige Wochen, wenn das Wasser «offen» war, doch keinesfalls vor Anfang März auszulaufen.

«Wenn ich noch diesen Monat aufbrechen müßte, wäre mir das nicht recht», schrieb er seinen Eltern. «Aber jetzt liegt meine Telanak ohnehin noch fest von Eis umschlossen im Oosterdok. Ich kann nicht einmal an Bord gehen. Natürlich ließe es sich machen, aber ohne zwingende Notwendigkeit will ich ein so gefährliches Unterfangen nicht versuchen. Man klettert zuerst auf einer sehr schmutzigen und glitschigen Leiter die Kaimauer hinunter und landet dann mit einem Sprung auf dem Eis, auf dem sich seit Beginn des Tauwetters große Pfützen gebildet haben. Danach läuft man ein Stück über das Eis, steigt über ein paar Torfkähne, läuft wieder übers Eis und gelangt endlich zu einer aufgehackten Wasserrinne. Dort wartet man, bis irgendein hilfsbereiter Schiffer seine Schute quer über das Wasser legt, damit man wie auf einer Brücke darüber gehen kann. Noch ein Stück übers feste Eis, bis man schließlich in einem Boot durch das Treibeis zum Schiff gelangt. Ein paar Matrosen und Arbeiter legen den Weg täglich zurück, aber ich warte lieber, bis man eine Fahrrinne vom Kai zum Schiff freigehackt hat. Als ich das Schiff zum erstenmal besuchte, konnte man das Eis noch überall betreten, doch seit dem Tauwetter ist das nicht mehr möglich, obwohl es an vielen Stellen noch anderthalb Fuß dick ist.»

Rudolf machte seine Abschiedsbesuche. Der Weg führte ihn über Arnhem, Elst, Velp, Deventer und Zwolle nach Leeuwaarden – und dann zurück über Putten, Utrecht und Ameide. In den Wohnzimmern seiner Verwandten (überall schweres Mahagoni- oder Eichenholz, bezogen mit Samt oder Plüsch in düsteren Farben) wiederholte er vor würdigen, wohlwollenden Onkeln und Cousins und herzlich-besorgten Tanten und Cousinen die Einzelheiten über das Unternehmen seines Vaters, die er aus Briefen und Augusts Erzählungen kannte. Da und dort hatte sich die Überzeugung durchgesetzt – wie er vermutete, unter dem Einfluß eines gewissen Predigers in Deventer –, seine Eltern hätten sich vor allem deshalb im Fernen Osten niedergelassen, um die Javaner zum Christentum zu bekehren. Rudolf widersprach nicht so heftig, wie er vorgehabt hatte, aus Angst, die Bereitwilligkeit der Verwandten, sich an der Finanzierung von Ardjasari zu beteiligen, könnte nachlassen. Doch einmal, als ein Onkel auf das von Julius abgelegte Bekenntnis zu sprechen kam und erklärte, es sei wichtig, getauft zu sein, «weil der Getaufte gegenüber den Heiden auch gewisse materielle Vorteile beanspruchen kann», konnte Rudolf sich nicht mehr zurückhalten. Es löste wohl noch größere Bestürzung aus, als er sagte: «Ich hoffe, daß sich nach dem Deutsch-Französischen Krieg die republikanischen Prinzipien durchsetzen und daß wir in absehbarer Zeit allen Monarchen und Fürsten den Laufpaß geben werden.»

Solche und ähnliche mit Kopfschütteln und Stirnrunzeln bedachten Äußerungen Rudolfs warfen in manchen Familien einen Schatten auf den Abschied.

Betroffen über die eigene Reaktion hielt er sich an den Orten auf, wo er als Kind gewohnt hatte oder zu Besuch gewesen war, Orte, die er seit 1867, dem Jahr seiner Übersiedlung nach Delft, nicht mehr gesehen hatte. Vor allem Deventer, die Stadt seiner Kindheit und Mittelschuljahre, enttäuschte ihn sehr. In sein Notizbuch schrieb er: «Es war alles so klein und erschien mir dermaßen zurückgeblieben und altmodisch, daß ich manchmal das Gefühl hatte, die Welt sei fünfzig Jahre lang stehengeblieben. Der Deventer Dialekt irritierte mich sogar bei gebildeten Leuten maßlos, und ich, der ich diesen Akzent einigermaßen abgelegt habe, fühlte mich nicht mehr zu Hause. Sie betrachteten mich denn auch ein bißchen wie ein exotisches Tier, das ‹bei dieser seltenen Gelegenheit zur Schau gestellt wird›, und mancher, im Begriff auszurufen: ‹Wie bist du groß geworden!›, verschluckte die Worte gerade noch rechtzeitig, als er meinen Hut und meine Handschuhe sah, und wußte nicht mehr, was er sagen sollte. Nein, die Leute von Deventer mögen ein guter und gediegener Menschenschlag sein, aber sie sind *steif*. Gefällige Umgangsformen haben sie nicht.»

In den Westen des Landes zurückgekehrt, unternahm er mit seinen Brüdern eine letzte lange Wanderung in den Dünen bei Scheveningen. Hinter dem wild davonspringenden August suchte er den kürzesten Weg durch den lockeren Sand und Strandhafer. Julius, wie gewöhnlich träge, folgte bedächtig einem geraden Pfad und erreichte als erster den Leuchtturm.

August weinte beim Abschied, war aber rasch getröstet, als

Onkel und Tante Bosscha ihm eine Uhr schenkten. Julius begleitete Rudolf nach Nieuwe Diep, um ihn zu verabschieden.

Am achtundzwanzigsten März 1871 lief die Telanak aus. Rudolf stand an Deck und schwenkte den Hut, bis er die Gestalt seines Bruders auf dem Kai nicht mehr erkennen konnte.

Noch nie im Leben war Rudolf so erleichtert gewesen wie in dem Moment, als die Telanak auf der Reede von Batavia den Anker warf. Die lange Seereise, die er sich, bevor er an Bord ging, als aufregendes Abenteuer vorgestellt hatte, war in Wirklichkeit todlangweilig gewesen. Hundertsieben und einen halben Tag hatte er in den engen Räumen, die mittschiffs und an Deck den Passagieren vorbehalten waren, mit Menschen verbracht, von denen er sich im nachhinein nicht vorstellen konnte, daß er sie freiwillig als Gesellschaft gewählt hätte. Nachdem sie den Äquator passiert hatten, war es in seiner Kabine tagsüber zu stickig und auch nachts oft so warm gewesen, daß er nicht schlafen konnte.

Außer der Mannschaft waren neun Erwachsene und vierzehn Kinder an Bord, sechs davon im Kleinkindalter. Da die Eltern ihre Kabinen selten vor Mittag verließen und das einzige Kindermädchen oft verschlief, hatten Rudolf und ein anderer Junggeselle sich täglich vor dem Frühstück mit der unbeaufsichtigt durch das Schiff tobenden Kinderschar beschäftigt, die immer lästiger wurde. Ein paar heftige Auseinandersetzungen mit den Eltern blieben nicht aus. Eine «Salzwasserliebe» endete mit einer Verlobung, und Rudolf hoffte, weder ihn noch sie jemals im Leben wiederzusehen. Während der schweren Stürme am Kap wurden alle seekrank. Sturzseen schlugen donnernd über das

Schiff, ein beängstigendes Erlebnis. Der Liegestuhl, den Rudolf an Deck mitgenommen hatte, wurde gegen die Reling gefegt und zerschmetterte. Dreihundert lebende Hühner, in Nieuwe Diep an Bord gebracht (samt einer Kuh, die Milch für die Kinder lieferte), waren in die Kochtöpfe gewandert, und Rudolfs privater Proviant an Deventer Kuchen, Zwieback, Wein und Bier schmolz dahin.

Die besten Erinnerungen bewahrte er an die Stunden, die er an Deck verbracht hatte, etwas abseits von dem mit einer Zeltplane überdachten Raum, in dem die Herren Karten spielten und einige Damen, in Capes und Schals gewickelt, dem Wind und der Gischt trotzten. Immer wieder atemberaubend war der Anblick der mächtigen, prallen Segel, die Geschäftigkeit der Seeleute und vor allem der Ozean mit seinen sich hebenden und senkenden Wassermassen, mal indigoblau, dann wieder durchscheinend grün und durch die Schaumkronen wie marmoriert, die fliegenden Fische, die springenden Delphine und die Quallenschwärme in allen Farbschattierungen von Weiß bis Violett. Einen tiefen Eindruck hinterließen auch die Abende, an denen er der stickigen Atmosphäre seiner Kajüte entfloh, sich auf Deck in eine stille Ecke zurückzog und gegen eine Kiste oder Taurolle gelehnt in die Unendlichkeit des südlichen Sternenhimmels schaute.

In der unermeßlichen Weite des Indischen Ozeans wurde die Atmosphäre der Tropen spürbar. Manchmal herrschte tagelang Windstille, und das Schiff kam kaum von der Stelle. Das Pech schmolz in den Fugen, die Reisenden hockten verschwitzt und nach Luft schnappend auf den wenigen schattigen Plätzen an Deck, denn im Inneren des Schiffes war es nicht auszuhalten. In Padang gingen sie das erste Mal an Land und wandelten unter Kokospalmen; wenige Tage später, auf der Fahrt durch die Sunda-Straße, erblickten sie die Küste Bamtams und – eine Sensation – den aus dem Meer emporsteigenden Vulkan der Insel Krakatau.

Sie waren in Ostindien!

Rudolf hatte schon lange mit Sack und Pack an Deck gestanden und ungeduldig darauf gewartet, an Land gehen zu können, dort, wo Schuppen, niedrige Gebäude und die Kronen der Palmen in der vor Hitze flimmernden Luft zitterten, und endlich durfte er nun den Kapitän in einem Ruderboot zum Zollgebäude am «Kleinen Boom» begleiten. Erstaunt sah er, daß holländisch anmutende Ziegeldächer über den tropischen Büschen hervorragten, die mit ihren großen, länglichen Blättern an riesige Zimmerpflanzen erinnerten. Auf dem Kai roch es nach Fisch und Schlamm. Eine heiße Dunstwelle schlug über ihn hinweg.

Aus der Gruppe der Wartenden, die die Passagiere abholten, trat ein großer, hagerer, korrekt gekleideter Mann mit Hut und Spazierstock auf ihn zu und stellte sich als sein Schwager Joseph van Santen vor. Nach der äußerst förmlichen Begrüßung – Rudolf hatte ein persönliches Wort oder wenigstens eine gewisse Herzlichkeit erwartet – führte Van Santen ihn zu einer Kutsche. Das Gepäck sollte später geholt werden.

Rudolf gingen auf den Straßen fast die Augen über: Männer, ein Tuch um die Lenden gebunden und ein offenes *baadje* auf dem nackten Oberkörper, schleppten Körbe oder Kisten an Schulterjochen; zweirädrige Ochsenkarren und ebenfalls zweirädrige Wagen, die von kleinen, knochigen Pferden gezogen wurden, die sein Mitleid erweckten, verstopften die Straßen.

«Was für merkwürdige Häuser!» sagte er und beugte sich unter dem Verdeck des Landauers vor, um die Fassaden zu betrachten, an denen sie gerade vorbeifuhren. «So verschlossen und ärmlich. Ganz anders, als ich sie mir vorgestellt hatte.»

«Dort wohnen Chinesen, wie man an der Form der Dächer sehen kann.» Van Santen zeichnete mit dem Stock eine Wellenlinie in die Luft. «Die Armut ist nur Schein. Drinnen gibt es wunderschöne Sachen. Die Herren sind gerissene Händler, sie häufen Vermögen an. Ab und zu habe ich geschäftlich in einem solchen Haus zu tun. Für den Fall der Fälle steht auf der Innenveranda immer der Sarg bereit, aber die Zimmer sind voll von vergoldeten Schnitzereien, roter Seide, meterhohen Vasen und Hausaltären mit Götzenbildern aus Porzellan ...»

«Ich würde mich gern mal bei so einem Chinesen umsehen.»

Van Santen lachte kurz, das erste Mal, seit sie sich kannten. «Du wirst noch genug mit ihnen zu tun bekommen, Kerkhoven. Wenn du nach Sinagar gehst, ganz gewiß.»

«Zu Onkel Eduard?» fragte Rudolf, der in Van Santens Worten eine versteckte Anspielung zu hören glaubte auf das, worüber in der Familie nicht gesprochen wurde.

«Ja, dort wirst du arbeiten. Weißt du das noch nicht? Die Holles meinen, daß du bei ihnen und bei Kerkhoven von Sinagar das Handwerk lernen sollst.»

«Aber mein Vater erwartet mich auf Ardjasari! Kurz bevor ich mich eingeschifft habe, bekam ich die Nachricht, daß sein Assistent gekündigt hat.»

«Es ist schon ein anderer da. Einer, der sich gut anläßt, wie man hört.»

«Und warum nicht ich?»

«Die Holles wollen, daß du den Teeanbau gründlich erlernst. Das ist auch im Interesse von Ardjasari.»

Rudolf war sprachlos.

In sein Staunen mischte sich der Ärger darüber, daß man über ihn verfügte, als sei er noch ein Schuljunge. Aber er war durchaus kein dummer Junge mehr. Die Holles meinten, die Holles wollten ... Und sein Vater fügte sich stets ihren Wünschen und Meinungen?

Sie fuhren jetzt an einem Kanal entlang, in dem es von badenden und Wäsche waschenden Menschen wimmelte. Frauen, bis zur Taille im braunen Wasser, zeigten unbekümmert die nackten Schultern, und wenn sie die Haare wuschen, sogar noch mehr. Rudolf hatte schon an Bord manche Beschreibung dieser für Europäer oft peinlichen, aber charakteristischen Szenen des einheimischen Lebens gehört. Jetzt überraschte es ihn doch, und er wandte den Blick ab.

Er versuchte zu verarbeiten, was Van Santen ihm soeben mitgeteilt hatte, doch ihm blieb keine Zeit, seine Gedanken zu ordnen. Die Kronen der hohen Bäume rechts und links der Straße berührten einander in der Mitte, im Schatten darunter war es erfrischend kühl. In den großen, grünen Gärten standen Häuser, die Rudolf an die Fotografien in den Alben auf Hunderen erinnerten. Die Kutsche bog in eine Auffahrt, grober Kies knirschte unter den Rädern. Noch bevor das Gefährt hielt, kamen zwei weißgekleidete Gestalten auf klappernden Pantoffeln die Stufen der vorderen Veranda herunter und liefen mit offenen Armen auf ihn zu: Es waren Bertha und Cateau in langen *kebajas*. Nun, da er sie leibhaftig in der für ihn ungewohnten Tracht vor sich sah, kamen sie ihm noch fremder vor als auf dem Gruppenbild, das sie ihm seinerzeit geschickt hatten. Bertha ist dick geworden, dachte er enttäuscht, aber als er sie umarmte, erkannte er die wahre Ursache ihrer Korpulenz.

«Ja, du wirst Onkel!» lachte Cateau, die nicht mehr die kleine Cateau war, sondern eine junge Frau mit reifen Formen und lebendigem Gesicht. «Diese Überraschung haben wir für dich aufgehoben.»

«Ihr wohnt ja in einem Palast, so viel Platz! Und das ganze Personal, ich weiß gar nicht, wie mir ist», sagte Rudolf am späten Nachmittag, als Stunden verflogen waren mit Gesprächen, Erzählungen, aufgefrischten Erinnerungen und Fragen – seine Schwestern hatten sich nicht einmal die Zeit zum Umziehen genommen und saßen nach dem Tee noch im *sarong-kebaja* da, das Haar unfrisiert. «Aber ich will so rasch wie möglich nach Ardjasari. Ich sehne mich nach meinen Lieben, und ich muß wissen, woran ich bin, was die Arbeit auf dem Unternehmen betrifft.»

Bertha wechselte einen Blick mit ihrem Mann.

«So eine Reise in den Preanger muß lange vorbereitet werden», sagte Van Santen. «Man ist zwei bis drei Tage unterwegs und muß an den Poststationen vorgemerkt sein, damit man frische Pferde bekommt. Im Landesinnern geht viel Zeit verloren, wenn man die Sprache nicht kennt. Es ist ratsam, sich einem landeskundigen Reisegefährten anzuschließen. Leider kann ich im Augenblick nicht von der Arbeit fort.»

«Ich schaffe das schon, ich bin immerhin schon trocken hinter den Ohren», sagte Rudolf gereizt.

Cateau sprang auf. «Jetzt hat er von Batavia noch nichts gesehen außer den Weg von de Boom bis hierher. Machen wir eine Ausfahrt! Aber zuerst gehen wir baden.»

«Nehmt nur die Kalesche.» Van Santen seufzte und wischte sich den Schweiß von der Stirn. Er sah müde aus. Die Ruhestunde war heute ausgefallen. «Ihr müßt mich entschuldigen, ich habe noch zu tun.»

Rudolf saß zurückgelehnt im offenen Wagen, seine Beine verschwanden unter den bauschigen Röcken seiner Schwestern. Die kleinen, aber temperamentvollen Batak-Pferde trabten in gleichmäßigem Tempo unter den Tamarindenbäumen dahin.

«In der Dämmerung ist die Stadt am schönsten», sagte Cateau. «Sieh mal, der Mond geht auf.»

Rudolf war wie verzaubert. Der leichte Wind trug Gerüche herbei, die er nicht kannte, von Blumen und Früchten, von Holzkohlefeuern und fremden Gewürzen. In den kleinen Kramläden am Straßenrand flackerten Öllämpchen; er konnte im Vorbeifahren nicht gleich erkennen, was dort feilgeboten wurde, aus jedem Winkel roch es anders. Im rötlichen Schein bewegten sich Silhouetten und vorbeihuschende Farbtupfen.

Sie fuhren über die weite Fläche des Koningspleins. Zur Linken schimmerten große weiße Häuser in der Dämmerung. Auf vielen Veranden brannten Lampen oder, altmodisch aber stilvoll, mit Kerzen besteckte Kronleuchter; ihr goldgelber Schein fiel nach draußen über die Vorhöfe und beleuchtete von unten das Laub der riesigen Bäume. Bertha und Cateau nannten die

Namen der Bewohner; wie in einem Dorf schienen sie alle Leute zu kennen, und doch war Rudolf noch nie in einer so wenig dörflichen Umgebung gewesen.

Kaleschen, Landauer, Tilburys und kleine einheimische Fahrzeuge fuhren in dichten Reihen um den Platz herum. Die hellen Toiletten der Damen, das Reden, Lachen und Grüßen, der Dunst der Pferde, die Laternen an Vorder- und Rückseite der Wagen, die Fackelträger, die einige luxuriöse Equipagen begleiteten, der Mond, der honigfarben über den Bäumen aufging... Rudolf fühlte sich wie in einem Rausch, einem Traum.

Sie fuhren am Palast des Generalgouverneurs vorbei. «Seht mal, ein Empfang», riefen die Schwestern, und tatsächlich erblickte er unter den Kronleuchtern ein Gewimmel von Uniformen und schwarzen Fracks. Weiter ging es, vorbei an einer runden Kirche in der Form eines antiken Tempels, an dem mit Öllämpchen erleuchteten Garten des Concordia-Klubhauses, wo ebenfalls ein Fest im Gang war, dann über einen anderen großen Platz entlang dem Amtssitz des Gouvernements und dann wieder durch stille dunkle Alleen, die wie Tunnel aus Laub wirkten und aus denen hie und da die Kronen von Königspalmen emporragten; die im Mondlicht schimmernden, gefiederten Blätter neigten sich vor einem Himmel aus nachtblauem Glas.

«Wie herrlich, so herumzufahren», seufzte Cateau. «Verstehst du nun, Ru, warum ich lieber hier bei Bertha bin als auf Ardjasari in den Bergen? Oh, um ein bißchen frische Luft zu schnappen, fahre ich gern hinauf, aber auf die Dauer könnte ich dort nicht leben. Dort gibt es absolut nichts. Zum Glück braucht Bertha mich noch ein paar Monate.»

«Vielleicht heiratest du später einen Pflanzer», sagte Rudolf lachend.

Cateau schlug ihm mit dem geschlossenen Fächer aufs Knie. «Niemals! Nie im Leben! Das weiß ich ganz sicher.»

Es dauerte lange, bis er unter dem Moskitonetz, einem großen, viereckigen Käfig aus weißer Gaze, einschlummerte, aber dann schlief er so fest, daß die Sonne schon hoch am Himmel stand, als er die Augen wieder öffnete. Er sah es am Licht, das durch die Jalousien einfiel. Draußen fegte jemand den Hof, und er hörte Berthas Stimme, die auf malaiisch Befehle erteilte. Mit den Handtüchern überm Arm lief er verschämt im Schlafanzug über die schmale Galerie zum Badezimmer im Nebengebäude. Vor der Tür des *gudang*, der Vorratskammer, sah er Bertha mit dem Schlüsselkörbchen am Arm; sie hatte gerade die Lebensmittel für den Tag ausgegeben. Das Küchenmädchen trug ein Tablett mit vollen Einmachgläsern und Schüsseln. Wegen seines Aufzugs rief er seiner Schwester nur einen Morgengruß zu und verschwand in dem dämmrigen Raum, wo aus einem großen Wasserbehälter leichter Brunnengeruch aufstieg. Die ostindische Art zu baden, sich also mit einem Eimerchen Wasser über den Kopf zu gießen, gefiel ihm gut; er wurde davon hellwach.

Bertha blieb auf der Galerie stehen und sprach mit den Bediensteten. Wie schon am Tag zuvor war Rudolf über den barschen Befehlston erstaunt, den die Europäer gegenüber den Einheimischen anschlugen. Er war überzeugt, daß weder die Gärtner und Waschfrauen auf Hunderen noch die Arbeiter im Torfgeschäft seines Vaters in Dedemsvaart, Leute also, die gewohnt waren, ihren Arbeitgebern respektvoll zu begegnen, sich jemals so herumkommandieren lassen würden. Die groben, gebieterisch auftretenden Männer, die bei der Ankunft am «Kleine Boom» die Gepäckträger angeherrscht hatten, hatte er sofort den allgemein verachteten «Kolonialen» zugeordnet, ungehobelten Kerlen, die man in den Niederlanden gesellschaftlich ablehnte.

«Liebe Schwester, du klingst wie ein Feldwebel», sagte er, als er Bertha auf dem Rückweg vom Badezimmer an der Treppe zur hinteren Veranda antraf. «Bei deinem Glaubensbekenntnis in Deventer hast du dem Pastor dein Ehrenwort gegeben, hier auf Java das Gebot der Nächstenliebe zu befolgen. Weißt du noch?»

Bertha errötete. Ihr schönes Gesicht wurde starr, sie hatte Ringe unter den Augen. Ihr dicker Bauch, der unter dem Morgenmantel deutlich zu sehen war, berührte ihn peinlich. Sie war nur ein Jahr älter als er, schien aber durch eine ganze Welt von Erfahrung von ihm getrennt.

«Van Santen war zu lange Junggeselle. Die Diener taten, was sie wollten, und spielten die Herren im Haus. Wenn ich mich nicht durchsetze, kann ich den Haushalt hier nicht führen. Die Menschen in Batavia sind frech und lieber faul als müde, ich muß also streng sein. Wo gehst du hin?»

«Mich anziehen.»

«Komm zuerst frühstücken, dann kann Sidin abräumen.»

Van Santen war schon fort ins Büro, aber Cateau erwartete ihn, «holländisch» angezogen, am Tisch. «Langschläfer!» sagte sie lachend, als sie ihm den Kaffee einschenkte. «Wenn Bertha fertig ist, fahren wir los.»

«Einkaufen mit meinen beiden Schwestern, das habe ich noch nie getan. Ich bin euch für eure Hilfe und Ratschläge dankbar. Aber bringt mich zuerst zur Poststation, damit ich mich nach einer Fahrgelegenheit nach Ardjasari erkundigen kann.»

«Einkäufe machen wir später. Heute sind wir von Großtante Holle zur Reistafel eingeladen. Das ist schon lange abgemacht.»

«Das Leben in Ostindien beginnt immer mit Antrittsbesuchen beim Holle-Clan», sagte Bertha leicht ironisch, wie ihm schien. Sie stellte einen Teller mit sorgfältig geschälten und entkernten tropischen Früchten vor ihn hin.

Rudolf wollte protestieren, er hatte sich fest vorgenommen, an diesem Tag eine Menge zu erledigen. Doch die Schwestern ließen kein Argument gelten; sie hatten die Einladung angenommen, bevor er an Land gegangen war. Als erstes mußte er seine Verwandten in Batavia kennenlernen.

«Können wir zu Fuß dorthin gehen?» erkundigte er sich. «Dann sehe ich den Stadtteil mal bei Tag.»

Cateau brach in Gelächter aus. «Hast du gehört, Bertha? Was

für ein Grünschnabel! Mein lieber Junge, nach neun Uhr morgens geht hier niemand zu Fuß. Es ist viel zu warm.»

«Ich kann mich auch nicht mehr außer Haus sehen lassen», sagte Bertha matt. «Spazierenfahren, wenn es dunkel ist, oder Verwandte besuchen, das geht gerade noch.»

In Großtante Alexandrine Holle, geborene Van der Hucht, erkannte Rudolf seine Großmutter Kerkhoven wieder, und auch Großonkel Willem van der Hucht, gleichsam in weiblicher Gestalt. An die Schwester erinnerten ihre Gesichtszüge und ihre enge Beziehung zu den nächsten Verwandten; an den Bruder das imponierende Auftreten und der nüchterne Verstand in geschäftlichen Dingen. Sie bewohnte ein fürstliches Haus am Koningsplein. Jede Woche versammelten sich ihre in Batavia lebenden Kinder bei einer Reistafel, um Familienangelegenheiten zu erörtern. Da sie schon lange in der Stadt wohnte und alle Welt kannte, gelang es ihr, durch einen kurzen Brief oder ein persönliches Wort Verbindungen herzustellen oder Verhandlungen in die Wege zu leiten, die andere nur mittels komplizierter und langwieriger Taktiken zustande gebracht hätten.

Rudolf wurde allmählich klar, daß die Holles in der ostindischen Gesellschaft eine Schlüsselposition innehatten. Der älteste Sohn Herman Holle war Chef der Firma Pryce & Co, einer seinerzeit von Onkel Willem van der Hucht mitgegründeten Handelsgesellschaft; die jüngeren Söhne Karel, Adriaan und Albert verwalteten große Unternehmen im Preanger; eine Tochter war mit einem Bankier verheiratet, die zweite mit dem leitenden Direktor einer bedeutenden Faktorei in Batavia, die dritte mit dem Geschäftsführer einer Plantage bei Buitenzorg. Karel Holle war zudem vor kurzem zum ehrenamtlichen Berater für koloniale Angelegenheiten beim Innenministerium ernannt worden, so daß die überwiegend kaufmännisch und landwirtschaftlich orientierte Familie nun auch politischen Einfluß hatte.

Tante Holle trug mit gelassener Würde ein schwarzseidenes

Kleid von altmodischem Schnitt mit einer Krinoline, ihre Frisur stammte ebenfalls aus einer vergangenen Epoche. Schon bald nach der Begrüßung fiel Rudolf auf, wie lebhaft sie trotz ihres hohen Alters war und daß sie in allen Einzelheiten wußte, was draußen in der Welt vorging. Von ihrem Sessel aus, zwischen Farnen und anderen Zimmerpflanzen, überblickte sie ihren großen Haushalt wie ein Feldherr.

Wagen fuhren vor, und nacheinander kamen sie herein: das Ehepaar Denninghof Stelling (Albertine Holle und Gatte), das Ehepaar Van den Berg (Caroline Holle und Gatte), Herman Holle und schließlich Van Santen. Rudolf war zumute, als sei er unter die ostindischen Antipoden der Sippe in Hunderen geraten. Seine Cousinen waren hübsche Frauen mittleren Alters, vor allem Albertine, die sich nach der Pariser Mode kleidete und frisierte. Cousin Herman war ein behäbiger Junggeselle, ziemlich untersetzt, mit einem ausgebleichten rötlichen Schnurrbart. Denninghof Stelling wirkte überaus jovial, sein Backenbart war genauso modisch wie das teure Kleid seiner Frau. Für die liebenswürdige Caroline empfand Rudolf sofort Sympathie. Einfach und direkt im Auftreten war auch Van den Berg, etwas hager von Gestalt, mit intelligenten, scharfblickenden Augen hinter den Gläsern der Lorgnette.

Auf der hinteren Veranda, deren Marmorboden vom Mittagslicht glänzte, das gedämpft durch einen Sonnenschutz aus dünnen Bambuslatten fiel, wurde eine üppige indonesische Mahlzeit aufgetragen. Tante Holle mußte herzlich lachen, als sie sah, wie Rudolf nur zögernd und häppchenweise von den Gerichten nahm, deren Geruch und Farbe ihm fremd waren.

«Du wirst dich schon daran gewöhnen, Neffe. Deinen Schwestern hat es zuerst auch nicht geschmeckt, und jetzt sieh sie dir mal an.»

«*Kepiting*-Pasteten, herrlich! Ru, das sind Krabben. *Dendeng*, Rindfleisch mit Kräutern, das mußt du einfach kosten.» Cateau wählte sorgfältig aus den vielen kleinen Schüsseln, die von zwei

Hausjungen herumgereicht wurden. Mit erhobener Hand hinderte Rudolf sie daran, ihm über den Tisch Leckerbissen auf den Teller zu legen.

«Deine Mutter macht gutes *atjar* und Gelee», sagte Tante Holle, «aber sonst mögen deine Eltern leider keine ostindische Kost. Das ist unpraktisch und auch teuer. Dafür ziehen sie auf Ardjasari Gemüse, das wir hier unten nicht bekommen.»

Van den Berg legte ein abgenagtes Hühnerbein hin und tauchte die Finger in das Wasserschälchen neben seinem Teller. «Wie immer eine großartige Reistafel, Mama.»

«Die eure kann sich aber auch sehen lassen», sagte Denninghof Stelling.

«Caroline und Norbert haben jeden Sonntag offenen Mittagstisch», erklärte Albertine. «Manchmal kommen bis zu dreißig Gäste.»

«Sie müssen nächsten Sonntag auch kommen, Cousin», fügte Caroline hinzu. «Ich rechne mit Ihnen.»

«Aber am Sonntag möchte ich schon auf Ardjasari sein», sagte Rudolf. «Ich habe meine Eltern mehr als fünf Jahre nicht gesehen, ich möchte gern nach Hause.»

«Ist schon geregelt!» Tante Holles Stimme klang freundlich, aber bestimmt. «Herman bringt dich zu Adriaan nach Parakan Salak, das ist deine erste Station. Dort werden Albert und natürlich auch Eduard Kerkhoven warten und dich von dort nach Sinagar und Mundjul mitnehmen. Doch vorher solltest du noch rasch unsere Pauline und ihren Mann Hoogeveen auf Tjisalak besuchen, das grenzt im Süden an Parakan Salak.»

«Wenn ich richtig verstanden habe, wirst du entweder auf Parakan Salak oder auf Sinagar Karel antreffen. Er wird dir natürlich sein Landgut Waspada zeigen wollen. Auf einem Umweg kommst du von dort nach Ardjasari», fügte Herman hinzu, und Cateau rief: «Auf diese Weise hast du unterwegs keine *susah* mit dem Mieten von Pferden und Wagen und auch nicht mit der Unterkunft. Es ist für alles gesorgt.»

«Aber zuerst möchte ich nach Hause gehen», wiederholte Rudolf. Er bemerkte, daß Bertha ihn ansah und leicht den Kopf schüttelte.

Albertine legte die Hand auf seinen Arm. «Überlaß das uns. Deine Eltern wissen Bescheid. Sie rechnen noch nicht damit, daß du kommst.»

Die Mahlzeit schien kein Ende nehmen zu wollen. Immer neue Schüsseln mit warmem Reis und anderen Beilagen wurden aufgetragen. Für die Herren gab es einen guten, angenehm kühlen Weißwein. («Wir stellen unsere Flaschen in das *mandi*-Becken», erläuterte Tante Holle.) Die Damen tranken kalten Tee. Die lebhafte Unterhaltung war wie ein Mosaik aus den unterschiedlichsten Themen. Man sprach über die Willem III., das neue Dampfschiff, das auf der Jungfernfahrt ausgebrannt und untergegangen war. Rudolf sagte, er habe ursprünglich mit gerade diesem Schiff reisen wollen, was große Betroffenheit auslöste. Nach der ausführlichen Erörterung mehrerer Reiseunfälle kam die Rede auf Cousin Engelbert de Waal, den zurückgetretenen Kolonialminister, der sich Gott sei Dank von den Verletzungen erholte, die er bei einem Eisenbahnunglück im Süden Frankreichs erlitten hatte: Ein mit Munition beladener Güterwaggon des Zuges, mit dem er nach Nizza fahren wollte, war explodiert.

«Ein Skandal! Daß die französische Bahn Schießpulver zusammen mit Personen befördert!»

«Und ohne es den Reisenden mitzuteilen.»

«Glasscherben haben Cousin De Waal das Gesicht zerschnitten. Hoffentlich wird er nicht blind.»

«Das wäre fürchterlich. Sein Buch *Unser Finanzwesen in Ostindien* wird er jetzt vielleicht auch nicht mehr vollenden können. Es ist ein überaus wichtiges Werk, man erwartet viel davon.»

«Cousin De Waal hat einen unglaublich starken Willen», bemerkte Tante Holle. «Ich habe das ganz aus der Nähe miterlebt. Was er damals als Gouvernementssekretär gearbeitet hat!

Vom frühen Morgen bis zum späten Abend saß er über seinen Akten. Er ging niemals aus. Und dazu immer dieses Asthma, *kasian*!»

«Und alles für einen Hungerlohn», bemerkte Denninghof Stelling trocken.

«Wäre seine Gesundheit nicht so angegriffen gewesen, er hätte Generalgouverneur werden können», meinte Van den Berg. «Apropos Frankreich. Wie man hört, hat Thiers ganze Arbeit geleistet. Die Kommune gehört der Vergangenheit an.»

«Als wir gestern von Bord gingen, war gerade ein Telegramm eingetroffen mit der Nachricht, daß Teile von Paris in Trümmern liegen.» Rudolf war froh, auch etwas zum Gespräch beitragen zu können, dem er bislang nur zugehört hatte. «Man hat auf das Volk geschossen. Ist es vernünftig, daß die Regierung Thiers zu solchen Mitteln greift? Dadurch erscheint die Republik, die demokratische Prinzipien vorschützt, doch ziemlich reaktionär.»

Alle Augen waren auf ihn gerichtet.

«Darin liegt das Problem», sagte Van den Berg. «Wie weit darf man bei der Bekämpfung radikaler Elemente gehen? Wie kann man ohne die Gefahr der Erstarrung bewahren, was von den konservativen Ideen wertvoll ist? Unsere eigene Politik befindet sich heutzutage in demselben Dilemma. Echte Liberale sind dünn gesät.»

«Wie Neffe De Waal!» rief Tante Holle, die das Gespräch wieder auf häuslichere Bahnen lenken wollte. «Ein außergewöhnlicher Mann. Er wird es schon schaffen. Ich werde ihm ewig dankbar sein für den guten Einfluß, den er durch seinen Fleiß und gesunden Menschenverstand auf meine Jungen hatte.»

Erinnerungen wurden aufgefrischt aus der Zeit, als sie, vor kurzem Witwe geworden, mit ihren Kindern auf Parakan Salak gewohnt hatte; und jetzt fiel auch der Name des aufsehenerregenden und skandalumwitterten Cousins Douwes Dekker. Rudolf ergriff die Gelegenheit und fragte nach dem entfernten Verwandten, der ihn so sehr interessierte.

«Dekker?» rief Albertine. «Er war sehr gescheit, und wenn er wollte, auch sehr charmant, aber furchtbar eitel. Er flirtete mit Caro, Pau und mir, sogar wenn seine Frau, unsere Cousine Tine, daneben saß. Obwohl wir noch Kinder waren, schwärmten wir für ihn. Alle jungen Mädchen verehrten ihn.»

«Ach ja, sein Charme», sagte Holle kopfschüttelnd. «Ich weiß noch genau, wie Tine eines Abends in einer Mietdroschke hier auftauchte. Das muß 1851 gewesen sein, wir wohnten erst seit kurzem in diesem Haus. Sie war ausgerissen, weil Dekker sie so schikaniert hatte. Ein wenig später erschien er selber, um sie zurückzuholen. Ein Mundwerk hatte dieser Mann! Ich war ganz verblüfft, wie unterwürfig sie wurde und wie sie sich ihm an den Hals warf. Sie machte sich lächerlich. Vor allem junge Leute himmelten Dekker geradezu an. Zum Glück haben meine Kinder das nie getan.»

«Karel schon, zumindest damals, als er bei der Gemeindeverwaltung in Tjandjur arbeitete», warf Caroline ein. «Ich erinnere mich sehr genau daran, Mama. Wenn Dekker zu uns nach Parakan Salak kam, erzählte er oft von einem französischen Roman, den er großartig fand. Der Held war ein wahrer Menschenfreund und Wohltäter... Ein Beschützer der Armen und Unterdrückten. Dekker hat sich diese Figur zum Vorbild genommen. Und Karel tat es ihm nach.»

Albertine pflichtete ihr bei: «Dekker wollte Kaiser von Insulinde werden! Und Karel der Ratu Adil. Ich höre sie noch im Mondschein auf der vorderen Veranda darüber diskutieren, wie sie das javanische Volk aus der Sklaverei befreien wollten.»

«Karel hat Wort gehalten. Er tut wirklich sehr viel Gutes.»

«Oft auf eigene Kosten. Geld ist ihm gleichgültig.»

«Wenn er es für seine Projekte braucht, weiß er uns allerdings zu finden», bemerkte Van Santen nüchtern.

«Wie schön, daß wir jetzt finanzkräftige Familienmitglieder haben.» Tante Holle nickte ihren Schwiegersöhnen lächelnd zu. «Früher war das anders. Wie schwer haben wir es anfangs gehabt. Und trotzdem waren wir glücklich auf Parakan Salak, solange wir nur alle beisammen waren. Schade, daß Adriaan das alte Haus hat abreißen lassen.»

«Aber das neue muß wunderschön sein. Jans ist ganz hingerissen», sagte Albertine.

«Jans ist Adriaans Frau, Rudolf. Vor vier Monaten haben sie geheiratet. Sie ist eine geborene Motman.»

Cateau ergänzte: «Bertha und ich sind oft bei den Motmans auf ihrem Gut oberhalb von Buitenzorg zu Gast gewesen. Es sind einfache Leute, teils eurasischer Herkunft, aber sehr herzlich und gastfreundlich.»

«So einfach sind sie nun auch wieder nicht», bemerkte Herman. «Die Familie lebt seit dem Anfang des vorigen Jahrhunderts auf Java. Es sind Großgrundbesitzer von altem Schrot und Korn, ostindischer Landadel, könnte man sagen.»

«Rudolf, hast du vor deiner Abreise noch mit meinem lieben Bruder Willem gesprochen?» fragte Tante Holle.

Rudolf beschrieb das Landgut «Duin en Berg», das er zum Abschied noch einmal besucht hatte, und fügte hinzu: «Anfang des Jahres stand ein sonderbarer Artikel über den Onkel in der Zeitung. Es hieß darin: ‹Dieser Herr Van der Hucht, von dem wir lediglich wissen, daß er in Ostindien Tee verkauft hat und jetzt in Velsen auf Kaninchen schießt, stimmt in der Zweiten Kammer in einer Weise ab, die nicht verrät, welche politischen Grundsätze er eigentlich vertritt.› Der Schreiber des Artikels gab zu bedenken, daß die Parteien besser daran täten, auf seine Stimme dankend zu verzichten.»

Herman lachte schallend. «Er hat eben ostindische Grundsätze. Davon versteht man in Den Haag nichts.»

Daß die Stadt Batavia nicht aus lauter weißen Palästen bestand, erkannte Rudolf in den folgenden Tagen, bevor er mit Herman Holle die Reise antrat. Er ging viel spazieren, zumeist allein; Cateau war lediglich bereit, ihn frühmorgens in den schattigen

Alleen westlich des Koningspleins zu begleiten. Sie gingen über den Tanah Abang zum Friedhof, lasen die Inschriften auf den Sarkophagen und Grabsteinen und blieben vor der Grabplatte stehen, unter der ihr Schwesterchen Pauline ruhte.

Mit Hut und Sonnenschirm erkundete Rudolf zu Fuß (was einiges Aufsehen erregte) die entfernteren Bezirke: die Unterstadt, wo er sich zwischen den Häusern mit den buntglasierten Drachen vor den Türen, den Schildern mit bizarren Schriftzeichen an den Fassaden und den Passanten, die das Haar in einem langen Zopf trugen, in China wähnte. Und dann die Märkte, wo Früchte, Tabak, lebende, an den Füßen zu Bündeln zusammengeschnürte Hühner, Baumwollstoffe und eine unendliche Vielfalt ihm unbekannter Gegenstände zum Kauf angeboten wurden und wo er die Bewohner der Stadt aus der Nähe betrachten konnte, in ihrem eigenen Lebensraum, der voller Farben und Bewegung war und völlig anders als die lautlose Dienerschaft in den Häusern der Van Santens und Holles. Zwischen den europäischen Behausungen führten ihn schlängelnde Wege in die weitläufigen Kampongs, Labyrinthe aus dichtem Grün, Bambushütten (oft nicht mehr als ein Überdach auf Pfosten) und umzäunten kleinen Äckern; oder er stand plötzlich am Ufer des Flusses, der durch die Stadt strömte, sah dort die Menschen baden oder ihre Notdurft verrichten; kleine nackte Kinder umringten ihn und starrten ihn an.

Es war Juli, mitten in der Trockenzeit. Unter dem weißglühenden Himmel fiel in der Mittagsstunde lähmende Trägheit über das Land. Rudolf lechzte nach Wind. Nur während der Spazierfahrten nach Sonnenuntergang atmete er auf. In Berthas Haus wurden ihm die Abende durch Moskitos vergällt, so daß er früher, als er eigentlich wollte, unter dem Moskitonetz seines Bettes Zuflucht suchte.

Obwohl jeder Tag neue, aufregende Erlebnisse mit sich brachte und ein Brief aus Ardjasari bestätigte, daß seine Eltern den Plan der Holles kannten und guthießen, verging er vor Ungeduld, endlich Sicherheit zu erlangen über die Zukunft, auf die er sich in den verflossenen Jahren vorbereitet hatte. Er fühlte sich wohl in Berthas tadellosem Haushalt und in der Gesellschaft der Schwestern, aber nach einer Woche hatte er genug von ihren Gesprächen über Angehörige und Bekannte, über Babywäsche und die bevorstehende Entbindung. Van Santen sah er kaum. Ein paarmal hatte er versucht, ein wenig mehr über die Finanzierung von Ardjasari und anderen geschäftlichen Aspekten des Unternehmens zu erfahren, doch sein Schwager gab sich zurückhaltend und berief sich auf das Bankgeheimnis.

Von Cateau beraten, ergänzte Rudolf seine Tropenausrüstung durch Kleidungsstücke und Gebrauchsgegenstände, die den Holles zufolge auf einer Plantage unentbehrlich waren.

Gerade als er sich gegen den Rat seiner Schwestern anschickte, Herman zum Aufbruch zu drängen, kam die Nachricht, daß alles für die Abreise fertig sei.

Im Morgengrauen, es war noch nicht ganz hell, fuhr die von vier Pferden gezogene Reisekutsche vor. Das Gepäck wurde hinten festgeschnürt. Bertha und Cateau gaben ihnen Erfrischungen mit auf den Weg.

Im dunstigen Licht des frühen Morgens, in den Stadtkampongs krähten die ersten Hähne, trabte der Vierspänner aus Batavia hinaus nach Süden. Herman hatte sich schläfrig in eine Ecke der Kutsche gelehnt, doch Rudolf wollte von der Fahrt ins Landesinnere nichts versäumen. Solange es kühl war und die Vorhänge, die an beiden Wagenseiten als Sonnenschutz dienten, nicht herabgelassen waren, hatte er eine großartige Aussicht über die Reisfelder und Obstgärten; im wuchernden Laub erkannte er die länglichen *Pisang*-Blätter und die handförmigen Blätter der Papajabäume, die er auch schon bei Bertha auf dem Hof gesehen hatte. Die Üppigkeit und die zahllosen Grüntöne der Landschaft begeisterten ihn, und er begriff, warum sein Vater in den Briefen so oft von der unbeschreiblichen Schönheit der tropischen Natur geschwärmt hatte. In der Ferne tauchten die ersten Berge des Preanger auf; während die Sonne höher stieg und die unteren Luftschichten erhitzte, verblaßte ihr Blau.

«Guck mal dort, der Salak!» sagte Herman erwachend. «Jetzt sind wir bald in Buitenzorg.»

Rudolf bedauerte, daß nicht einmal für einen kurzen Besuch im botanischen Garten des Landes Zeit war, den er immer als Weltwunder hatte rühmen hören. Doch Herman drängte darauf, sofort weiterzufahren, nachdem sie sich im Hotel Bellevue erfrischt und etwas gegessen hatten und frische, an das bergige Gelände gewöhnte Pferde angespannt waren.

«Adriaan erwartet uns vor Sonnenuntergang. Der Weg von hier nach Parakan Salak ist schlecht, vor allem die letzte Strecke durch das Bergland. Es ist gut, wenn wir etwas Spielraum haben für den Fall, daß uns unterwegs ein Mißgeschick zustößt.»

Einmal hielten sie an, um die Pferde ausruhen zu lassen. An einem schattigen Platz, wo Wasser an dem bewachsenen Hang herunterrieselte, vertraten Herman und Rudolf sich die Beine. Rudolf hatte das Gefühl, als könnten seine Sinne die vielen Eindrücke gar nicht erfassen. Das Licht, die Düfte, die aus den warmen Sträuchern aufstiegen, die Aussicht über die offene Landschaft, die sich in der Tiefe und Ferne vor ihm ausbreitete, überwältigten ihn. In der Ebene glitzerten nasse *sawahs*. Die Hügelrücken lagen wie ausgebleicht unter der Mittagssonne. Doch über den Bergspitzen türmten sich schon die tiefblauen Schatten der Wolken, die sich wie durch Zauberschlag in den hohen, undurchsichtigen Luftschichten zusammenballten.

Adriaan Holle kam ihnen an der Grenze der Teeplantage Parakan Salak auf einem arabischen Vollblut entgegengeritten. Rudolf bewunderte den prächtigen Hengst und die Haltung seines Cousins, der das ungestüme Tier vor dem Reisewagen tänzeln ließ.

Betroffen musterte er Adriaans leidenden Gesichtsausdruck,

der so gar nicht der hageren, aber muskulösen Gestalt entsprach. Der dunkle Schnurr- und Spitzbart wirkten auf der blassen Haut wie aufgemalt.

«Adriaan ist nicht gesund», sagte Herman halblaut. «Er hat Probleme mit der Verdauung und oft starke Kopfschmerzen. Schade, er war immer ein zäher Bursche, der stärkste von uns allen. Früher hatte er vor nichts Angst. Als wir noch im alten Haus wohnten, machten uns die tollwütigen Hunde zu schaffen. Oft verkroch sich so ein Tier im *kolong*, im Hohlraum zwischen den Pfosten unter dem Haus, und niemand traute sich in seine Nähe, doch Adriaan ging barfuß mit einem langen Stock auf den Hund zu, und als er einmal gebissen wurde, brannte er sofort die Wunde selber aus. Du hättest ihn auf der Tigerjagd erleben müssen! Das ist nun vorbei, er geht nicht mehr auf die Jagd, es strengt ihn zu sehr an.»

Adriaan lenkte sein Pferd zurück an die Seite der Reisekutsche und zeigte nach vorn: «Mein *gedung*!»

In der Ferne erblickten sie auf einer Hügelkuppe, umrahmt von hohen Bäumen vor einem Hintergrund nebliger Bergkämme, das vielgerühmte neue Haus. Soweit das Auge reichte, erstreckte sich die wellige, mit gleichmäßigen Strauchreihen bewachsene Landschaft. Rudolfs erster Eindruck von einer Teepflanzung war die eines grünen, rippenförmig geschorenen dikken Teppichs, hie und da überschattet von dem schütteren Laub einer ihm unbekannten Baumart; er kannte nur die Palmen mit ihren riesigen gefiederten Blättern und die langen Bambusstengel, die mit ihren herabhängenden Büscheln aus spitzen Blättern aus dem Gebüsch am Wegrand ragten.

Durch ein doppeltes Spalier hoher Damarbäume näherten sie sich dem Gebäude. Es stand an derselben Stelle, wo früher das von Tante Holle beschriebene schlichte, in erprobtem ostindischem Baustil errichtete Verwaltungshaus gestanden hatte. Die kolossale zweistöckige Villa, die Adriaan vor seiner Heirat mit Jans van Motman hatte bauen lassen, verkörperte gleichsam den wachsenden Wohlstand des Unternehmens. Eine Veranda im Obergeschoß mit einem viereckigen Vorbau in der Mitte der Vorderfront erinnerte an eine Schiffsbrücke, von der aus man die Landschaft überblicken konnte.

Vor dem Haus erwarteten sie Stallburschen und Diener, im Innern des Hauses die Gastgeberin. Wie Rudolf feststellte, hätte man sich kaum einen unpassenderen Namen als «Jans» ausdenken können für die stattliche exotische Erscheinung in Sarong-Kebaja, die ihn und Herman mit ungestümer Herzlichkeit begrüßte und ihnen dann zu den ebenerdig gelegenen Gästezimmern voranging, sich mit einem Wortschwall entschuldigend, daß so kurz nach der Vollendung des Bauwerks noch nicht alles war, wie es sein sollte.

Nachdem Rudolf gebadet hatte, kleidete er sich bei der kurzlebigen Purpurglut der untergehenden Sonne an. Sein Fenster ging nach Westen; die Schatten auf den Flanken der umliegenden Berge wurden tiefer, in den Bäumen ertönte das laute Zirpen der Grillen.

Die Öllampen brannten schon, als er die Treppe zum Obergeschoß hinaufstieg, wo ihn eine völlig andere, noch fremder anmutende Welt erwartete. Der Raum hatte ein hohes Kuppeldach, das innen tiefblau bemalt und mit Ornamenten in helleren Farben geschmückt war. Man fühlte sich in eine italienische Renaissancevilla versetzt. Die Wände waren nach europäischer Art tapeziert, auf dem Boden lag ein großer bunter Teppich.

Adriaan und Herman saßen schon am gedeckten Tisch und tranken einen Kräuterschnaps. Auf einen Wink von Jans schenkte ein Hausdiener am Büffet auch Rudolf ein Gläschen ein. Er hatte den starken Aperitif, eine Spezialität des Landes, schon bei den Van Santens kennengelernt und sich vorgenommen, ihn sparsam zu genießen.

«Nimm Platz», sagte Adriaan. «Morgen erwarte ich Eduard und Albert. Sie bringen Karel mit, der zuerst nach Sinagar geritten ist.»

Am nächsten Morgen führte Adriaan sie in den Ställen herum, in denen über fünfzig Pferde standen, darunter seine Favoriten, die auf den jährlichen Pferderennen in Buitenzorg viele Preise gewonnen hatten. Die träge Zerstreutheit, die Adriaans Haltung bei Tisch geprägt hatte (Jans hatte die Unterhaltung mit Verve in Gang gehalten), fiel völlig von ihm ab, als er zwischen seinen Pferden herumging, ihnen zuredete, sie Salz und junge Reishalme aus der Hand fressen ließ und den Stallburschen Anweisungen gab. Die Pferde mit den edlen Köpfen und den großen glänzenden Augen unterschieden sich voneinander wie Personen; sie hörten auf klangvolle Namen und wurden von Adriaan väterlich streng und liebevoll, von den Bedienten ehrerbietig behandelt. Rudolf fiel auf, wie viele unterschiedliche Rassen vertreten waren, außer den kostbaren Arabern gab es Batakker, Makassare, große Australier und sogar einige Sandalwoods.

Nach den Stallungen besichtigten sie die Fabrik. In einer aus Pfosten und Bambuswänden errichteten Halle standen lange Reihen von runden flachen Schüsseln aus Flechtwerk.

«Das sind *tampirs*», erklärte Adriaan. «Wenn die Pflückerinnen aus den Gärten kommen und ihre Ernte gewogen haben, schütten sie das nasse Blattgut in diese Körbe.»

«Aber es regnet doch nicht!» sagte Rudolf. Adriaan lachte auf.

«Nasses Blattgut heißt: die frisch gepflückten Blätter vor der Bearbeitung. Mindestens die Hälfte der Feuchtigkeit muß raus, wir nennen das Welken, und das geschieht auf diesen Tampirs. Nach einigen Stunden, die genaue Zeit hängt vom Wetter ab, meistens dauert es eine Nacht, erfolgt das Rollen der Blätter. Das wird mit den Händen gemacht, manchmal auch mit den Füßen, aber das sehe ich nicht gern. Komm mit, dann kannst du sehen, wie sie das welke Blattgut von gestern verarbeiten.»

Sie gingen in die nächste Halle. Volle Tampirs bedeckten die ganze Bodenfläche. Männer und Frauen hockten zwischen den flachen Körben, nahmen jeweils ein paar Blätter heraus und rollten sie unter der Handfläche auf einem Brett. Rudolf sog genüßlich den herben Geruch des austretenden Saftes ein. Die gerollten Blätter bildeten eine grünbraune, klebrige Masse.

«Wie lange dauert es, bis der Tee fertig ist?»

«Drei bis vier Tage, es ist immer eine Frage des Wetters und der Temperatur. Den gerollten Tee lassen wir in Pfannen über Holzkohlenfeuer fermentieren, ‹braten› nennen wir das, und dann trocknen. Ich mache Souchong, eine gröbere Sortierung, die sich leicht pflücken läßt.»

Er ging Rudolf voran zu einer dritten Halle. «Hier wird der Tee verpackt. Und dahinter ist die Schreinerei, in der die Kisten hergestellt werden. Wie du siehst, habe ich allein schon in der Fabrik an die hundert Arbeiter. Neuerdings gibt es Maschinen für das Rollen. Mein Assistent ist sehr dafür, daß ich mir so ein Gerät anschaffe. Es spart natürlich Zeit und bedeutet auch, daß ich weniger Leute brauche.»

«Es wäre also vorteilhaft?»

«Ja. Aber unser Anliegen ist ja gerade, dem Volk Arbeit zu verschaffen. Ich weiß noch nicht, was ich tun werde, ich will zuerst mit Karel darüber reden.»

Als sie wieder draußen standen, sagte Adriaan: «Stimmt es, daß du nicht reiten kannst? Schade, ich wäre gern mit dir durch die Gärten geritten. Aber du mußt unbedingt einen meiner Kampongs sehen. Vor ein paar Jahren habe ich alles renovieren lassen.»

Im Schatten dichter Bäume spazierten sie zu der am nächsten gelegenen Arbeitersiedlung. Sie war so anders als die Stadtkampongs in Batavia, daß Rudolf einen Ausruf des Staunens nicht unterdrücken konnte. Gepflegte, gerade Wege und Seitenwege teilten das Kampong in viereckige Grundstücke, auf denen Hekken aus blühenden Sträuchern kleinere Höfe abgrenzten. Die weiß gekalkten Hütten machten einen gepflegten Eindruck. Zu dieser Tagesstunde hielten sich nur ein paar alte Leute und Kinder im Kampong auf. Sie grüßten Adriaan mit einer in Rudolfs

Augen übertriebenen Ehrerbietigkeit. Sie kauerten sich hin und hoben die gefalteten Hände zur Stirn. Adriaan erwiderte jeden Gruß mit ein paar freundlichen Worten.

Auf dem Heimweg machten sie einen Umweg. Adriaan zeigte auf ein kleines Gebäude mit einem verputzten Kuppeldach und einem schmalen Turm: «Unsere Moschee! Ich habe sie auf Karels Anraten bauen lassen. Seitdem habe ich bei den mohammedanischen Imams einen Stein im Brett. Sie halten das Volk an, tüchtig zu arbeiten und die Siedlung in Ordnung zu halten. Die Leute wetteifern miteinander, wer das hübscheste Haus und den schönsten *pagger* hat.»

«So muß Großonkel Jan sich seinerzeit die ideale Kolonie vorgestellt haben!» sagte Rudolf lachend.

Aus dem Haus kamen ihnen zwei Männer entgegen. Adriaan brauchte nicht zu erklären, wer sie waren. Der eine, der sowohl Adriaan als auch Herman ähnelte, mußte Albert Holle sein. Den anderen erkannte Rudolf sofort, obwohl er ihn vor zehn Jahren das letzte Mal gesehen hatte. Seit Eduard Kerkhoven sich einen Schnurrbart hatte stehen lassen, konnte man ihn gut für einen Sohn von Großonkel Van der Hucht halten. Er trug eine merkwürdige Kopfbedeckung, eine Mütze, wie Rudolf sie bei Schotten gesehen hatte, mit einem Kniff in der Mitte und zwei hinten herabhängenden karierten Bändern. Eduard war groß und stattlich, hatte aber in seinem Gang und seinen Gesten das Jungenhaft-Ungestüme beibehalten, an das Rudolf sich von den Tagen auf Hunderen erinnerte.

«Willkommen!» rief Eduard. «Wo bleibt ihr denn? Karel wartet schon im Gedung.»

Der Mann, der aufstand, um Rudolf zu begrüßen, sah seinem Vater dermaßen ähnlich, daß er einen Augenblick lang glaubte, er sei nun doch aus Ardjasari herübergekommen.

Karel Holle war etwas jünger, hatte aber ungefähr die gleiche Gestalt, trug ebenfalls einen Vollbart, und seine Augen, wenn auch ein wenig heller, hatten den gleichen strahlenden, gutherzigen Blick wie Rudolfs Vater. Doch in Haltung und Auftreten unterschieden sich die Vettern grundlegend. Karel trug einen türkischen Fez mit herabhängender Quaste, am kleinen Finger der linken Hand prunkte ein Ring mit einem großen Diamanten, der bei jeder Bewegung Funken sprühte. Seine Jacke war von exotischem Schnitt, die Füße steckten in Lederpantoffeln. Er berührte kurz seine Lippen mit den aneinandergelegten Daumen, bevor er Rudolf die Hand reichte.

«So, Neffe, du bist also gekommen, um unsere Reihen zu verstärken. Bismillah!»

Von Anfang an zeigte sich Karel als souveräne Führungspersönlichkeit. Die anderen behandelten ihn wie einen älteren, weisen Lehrmeister. Noch auffälliger war das Ansehen, das er bei Adriaans sundanesischen Dienern genoß, die sich ihm mit fast abergläubischer Ehrfurcht näherten, wenn sie ihm etwas reichten. Karel Holle saß auf einer niedrigen Bank; er hatte das rechte Bein hochgezogen und den Fuß unter das linke Knie geschoben. Er sprach leise und bedächtig in singendem Tonfall. Er glich einem Fürst, der eine Audienz gewährt. Rudolf starrte fasziniert auf diesen Verwandten, von dem er schon so viel gehört hatte.

«Hier auf Parakan Salak hat alles angefangen, dies ist die Wiege unserer Unternehmungen. Es ziemt sich daher, daß du dieses Teeland als erstes besuchst. Du hast gesehen, wie ausgedehnt die Teegärten sind. Ich hoffe, Adriaan hat dir auch erzählt, wie diese Plantage betrieben wird, nach einem System, das ich für das einzig richtige erachte. Jeder meiner Arbeiter bekommt für sich und seine Familie ein Stück Land zugewiesen und ist verantwortlich für das Schneiden und Pflücken der Teesträucher, die darauf wachsen. Ich sähe es gern, wenn dein Vater auf Ardjasari Adriaans Beispiel folgen würde.»

«Ich bin noch nicht auf Ardjasari gewesen, Cousin Karel. Ich weiß nicht, wie es dort zugeht und welche Methode mein Vater anwendet.»

«Es geht nicht nur um die richtige Behandlung der Anpflanzungen. Meines Erachtens ist es von grundlegender Bedeutung, daß die Menschen, die auf den Unternehmen arbeiten, persönlich am Produkt beteiligt werden. Es muß eine Lebens- und Arbeitsgemeinschaft entstehen, wie die Bauern sie hier von früher kannten, denn dann hängen sie an Grund und Boden. Ich bin froh, daß Adriaan meinem Rat gefolgt ist und für seine Leute hübsche Behausungen gebaut hat. Hast du sie gesehen? Gib den Menschen eine ordentliche Unterkunft und gute Werkzeuge, dann werden sie mit Freude arbeiten und das anvertraute Gut pfleglich behandeln. Nicht wahr, Adriaan?»

«Ich bin zufrieden, so wie alles läuft», sagte Adriaan.

Karel Holle wandte sich wieder Rudolf zu. «Laß dir niemals einreden, die Sundanesen seien arbeitsscheu. Es stimmt allerdings, daß man diesen Menschen erfahrungsgemäß nur ganz allmählich und in aller Ruhe den Nutzen des neuen Anbausystems vermitteln kann. Den gewaltigen Vorteil, den sie selber daraus ziehen, begreifen sie nicht gleich. Trotzdem habe ich auch auf diesem Gebiet schon manches erreicht. Sie wissen jetzt, wie sie auf bergigem Gelände die Erosion durch Regenfälle verhindern können, nämlich indem sie Terrassen anlegen, wie sie das seit Jahrhunderten bei ihren *sawahs* tun. Und ich habe ihnen gezeigt, daß sie die *bibit*, die jungen Reispflanzen, in größeren Abständen setzen müssen, um höhere Ernteerträge zu bekommen. Mit dem Tee ist es genauso. Wenn ein Gewächs sie persönlich etwas angeht, wenn es zu ihren eigenen Lebensbedürfnissen gehört, werden sie auf lange Sicht auch bessere Anbaumethoden anwenden. Die hiesige Bevölkerung bevorzugt übrigens wie die Chinesen und Japaner für den eigenen Gebrauch den sogenannten grünen Tee.»

Rudolf bemerkte, daß Eduard und Albert einen verständnisvollen Blick wechselten, was offensichtlich auch Karel nicht entgangen war.

«Ich habe euch schon oft gesagt, es würde sich lohnen, zur

Produktion von grünem Tee überzugehen. Das heißt, ihn nur leicht oder gar nicht fermentieren. Dabei spielt die Größe der Blätter keine Rolle, was das Pflücken sehr erleichtert und das Sortieren überflüssig macht.»

«In Europa gibt es keinen Markt für grünen Tee», bemerkte Eduard. Karel schwieg eine Weile. Die Blätter der Farne in den glasierten Tontöpfen bewegten sich im Luftzug. In der hochgelegenen Veranda war es angenehm kühl.

«Durch die neue Agrarpolitik des Gouvernements hat sich unser Verhältnis zur Bevölkerung grundlegend verändert», fuhr Karel in weniger dozierendem Tonfall fort. «Das muß man verstehen! Entsprechend muß man handeln! Die Leute arbeiten nicht nur für uns, wir arbeiten auch für sie. Wenn wir grünen Tee erzeugen, finden wir hier ein großes Absatzgebiet für das Blattgut der einheimischen Plantagen. Das fördert den Arbeitseifer und den Wohlstand, und genau das ist unser Ziel. Für den grünen Tee öffnet sich der riesige asiatische Markt. Es wäre durchaus im Interesse der europäischen Pflanzer, das einzusehen. Jawohl, ich bleibe dabei!» sagte er heftig. «Laßt uns um Himmels willen nicht wieder in die Fehler der Vergangenheit verfallen. Sieh mal, Rudolf... seit dem Augenblick, als ich hierher kam – ich war damals noch ein Junge –, schmerzt mich eine Sache unsäglich: der Gegensatz zwischen der Fruchtbarkeit dieses herrlichen Landes und der Armut des Volkes, der kleinen Leute, der *tani*. Die Sunda-Länder sind ein vergessenes, rückständiges Gebiet, das jahrhundertelang von den Fürsten Mittel- und Ostjavas beherrscht wurde. Dabei haben die Menschen ihre eigenständige Kultur verloren, ein Wunder, daß sie ihre Sprache bewahrt haben. Man hat das Volk sich selbst überlassen. Daran denken die Herren in Batavia nicht. Von den Herren in Den Haag ganz zu schweigen!»

«Aber Karel», sagte Adriaan beschwichtigend, «dank deiner Bemühungen hat sich doch schon vieles verändert. Du bist jetzt Sachberater für das Gebiet Preanger. Man hat dir das Ritterkreuz des Niederländischen Löwen verliehen. Das Gouvernement hört auf dich. Du hast immerhin durchgesetzt, daß man Subventionen für deine Schulen gewährt.»

«Frag nicht, was man mir alles unterstellt hat! Ist es nicht demütigend, daß man sogar meine Freunde, den *patih* von Mangunredja, den *patih* von Galuh und Radén Hadschi Musa, über meine Aktivitäten verhörte? Noch immer ist die Presse gegen mich, vor allem der *Java-Bode* veröffentlicht lächerliche Anschuldigungen. Neulich zum Beispiel stand dort folgendes zu lesen: Indem ich den Islam unterstütze, wolle ich das Volk zu einer Verschwörung gegen das Gouvernement aufwiegeln. Meine Schulen, meine Läden, meine Werkstätten für das einheimische Kunstgewerbe könnten zu Brutstätten eines Aufstands werden! Sind die Leute denn blind, sehen sie nicht, daß alles von unserem eigenen Verhalten abhängt?»

Er beugte sich zu Rudolf vor und berührte mit der Hand, an der der Ring funkelte, kurz dessen Knie. «Das Ehrgefühl der Menschen hier ist leicht verletzt. Man muß sie mit äußerstem Taktgefühl behandeln und vor allem ihre *adat*, ihre Traditionen, respektieren. Wenn sie dich als ihren Vorgesetzten anerkennen, gehorchen sie dir gern und bleiben dir treu. Selbstbeherrschung ist oberstes Gebot. Laß dich niemals im Zorn hinreißen, und vor allem: Laß deine Hand nie ausrutschen! Eine ungerechte Strafe oder eine Beleidigung verzeiht man dir nie. Ich kenne Beispiele von Beamten und Pflanzern, die für ein Schimpfwort oder eine Ohrfeige mit ihrem Leben bezahlen mußten. Ein gerechtes, ohne Demütigung ausgesprochenes Urteil dagegen wird hierzulande immer angenommen. Sorge dafür, daß du so schnell wie möglich Sundanesisch lernst. Ohne gute Sprachkenntnisse kommst du hier auf keinen grünen Zweig. Bedauerlicherweise muß dein Vater sich noch immer mit Malaiisch behelfen und braucht einen Dolmetscher, wenn er mit seinen Arbeitern redet.»

«Ich werde mir zu Herzen nehmen, was Sie gesagt haben,

Cousin Karel», sagte Rudolf, stark beeindruckt durch die Worte und die Persönlichkeit des Mannes mit den hellblauen, gebieterischen Augen.

«Jetzt etwas anderes. Adriaan, einer der Gründe, warum ich von Waspada hergekommen bin, ist der, dein Gamelan zu hören.»

Adriaan machte eine abwehrende Geste und schüttelte den Kopf. «Ich lasse nur noch nachmittags in der Fabrik spielen, wenn der Tee gewogen wird.»

«Einige deiner Kompositionen für die *rebab* kenne ich noch nicht.»

«Ich rühre die *rebab* zur Zeit kaum an, ich habe keine Zeit dafür.»

«Enttäusche mich nicht, Bruder», sagte Karel mit unerschütterlicher Ruhe. Nach einigem Hin und Her gab Adriaan schließlich bereitwillig nach, machte allerdings noch ein paar ironische Bemerkungen über seine mangelnde Übung, doch Rudolf sah, daß er heimlich erfreut, ja, aufgeregt war bei dem Gedanken zu musizieren. Adriaan erteilte den Auftrag, die Gamelanspieler zu rufen und die Instrumente herbeizuschaffen. Dann entfernte er sich und kehrte eine halbe Stunde später in einheimischer Tracht zurück: in einer hochgeschlossenen Jacke mit engen Ärmeln und einem an der Vorderseite kunstvoll gefältelten *kain*. Seine Kopfbedeckung stach sonderbar von der exotischen Gewandung ab; wie Eduard Kerkhoven trug er ein Schottenmützchen mit zwei herabhängenden Bändern. Er winkte den anderen, ihm zu folgen, und ging die Treppe hinunter zur unteren Veranda, die an das Gästehaus grenzte. Es war, als gehörte er nicht mehr zu ihnen. Der Eindruck verstärkte sich noch, als er sich mit gekreuzten Beinen zu den Gamelanspielern setzte, die ihre Plätze hinter den Instrumenten eingenommen hatten. Schlaginstrumente dieser Art hatte Rudolf noch nie gesehen. Auf niedrigen Gestellen ruhten Holz- und Metallplatten unterschiedlicher Größe; runde, kupferne Klangschalen standen der Größe nach geordnet in doppelter Reihe auf einer Art Bank, und an einem schönen, geschnitzten Gestell hing ein Bronzegong.

«Ich grüße Sari Onèng!» Karel Holle hob wieder die gefalteten Hände zum Gesicht. Er wandte sich zu Rudolf: «Für den Javaner ist jedes Gamelan eine Person mit eigenem Namen und Charakter. Dieses hier, Sari Onèng, ist fünfzig Jahre alt und sehr ehrwürdig; es wurde in Sumedang hergestellt, wo die schönsten Gamelans herkommen.»

Auf der langen, schmalen Veranda wurden dem Orchester gegenüber im Halbkreis Stühle aufgestellt. Jans Holle tauchte kurz in der Tür auf, setzte sich aber nicht zu den Zuhörern. Bevor sie sich zurückzog, erhaschte Rudolfs Blick ganz kurz ihr Gesicht: etwas in ihrer Miene ließ vermuten, daß die ganze Aufführung, vor allem aber Adriaans tranceartige Versenkung in sein zweisaitiges Streichinstrument, ihr nicht gefielen.

Adriaan hielt die Rebab am langen, elfenbeinernen Hals, ließ den Klangkörper (eine mit Büffelmagen bespannte halbe Kokosnuß) mit dem Fußteil vor sich auf dem Boden ruhen und stimmte die Saiten, indem er vorsichtig an den beiden seitwärts abstehenden Stiften drehte und dabei jedesmal mit dem Bogen den Klang prüfte.

«Paß auf», sagte Karel Holle leise, «jetzt spielt Adriaan die Einleitung, das *gending*, so heißt die Melodie seiner Komposition… die dann im folgenden von den Schlaginstrumenten *bonang*, *saron* und *gender* übernommen wird… Still, es fängt an.»

Adriaans Melodie klang Rudolf sehnsüchtig, aber wegen der ungewohnten Tonschritte auch fremdartig in den Ohren. Nach mehreren Takten fielen die anderen Instrumente ein. Rudolf hatte Gamelanmusik als ein Klingklang und Dingdong von einschläfernder Eintönigkeit beschreiben hören, doch was er jetzt vernahm, gefiel ihm gerade wegen der unzähligen Variationen von Klang und Rhythmus im Zusammenspiel der Rebab und einer Flöte, untermalt von dem vielstimmigen Schlagwerk, zu dem der tiefe Ton des Gongs die Akzente setzte.

Unwillkürlich bewegte er Kopf und Schultern im Takt. Als er bemerkte, daß Karel Holle ihn lächelnd von der Seite her ansah, zwang er sich zu unbeweglichem Stillsitzen.

Am Morgen wurde Rudolf nach dem Frühstück von seinem Onkel Eduard im Vorbau der oberen Veranda erwartet. Er stand zwischen den Säulen mit der spiralenförmigen Kannelierung, die an knusprige weiße Zuckerstangen vom Jahrmarkt erinnerten, und blickte über die Landschaft. Zwischen den Teesträuchern auf den abfallenden Hängen bewegten sich die kleinen bunten Gestalten hunderter Pflückerinnen. Mit ihren großen runden Sonnenhüten ähnelten sie von oben gesehen riesigen Pilzen.

«Guten Morgen!» sagte Eduard Kerkhoven. «Wie ich höre, kannst du nicht reiten.»

«Auf Hunderen habe ich es ein paarmal versucht. Aber das ist lange her. Nein, Onkel, ich kann nicht reiten.»

«Dann werden wir gleich heute damit beginnen, das zu ändern. Du wirst mich zu Pferd nach Sinagar begleiten. Adriaan hat ein braves Tier für dich, sanft wie ein Lamm. Du wirst dich hier nie behaupten, Junge, wenn du nicht reiten kannst. Schon allein die Inspektion der Teegärten kannst du nur zu Pferd durchführen. Ich habe deinem Vater ein paar tüchtige Preanger verschafft, eine Kreuzung zwischen Arabern und der einheimischen Rasse. Auf Ardjasari wirst du täglich reiten müssen. Sorg dafür, daß du rasch sattelfest wirst, mindestens! Los, wir brechen auf. Karel und Albert folgen uns später nach.»

Rudolf hatte offenbar eine gänzlich andere Vorstellung von sanften Lämmern als Eduard. Auf ebenen Strecken gelang es ihm recht gut, das Pferd, das auf den Namen Si Fatima hörte, in Zaum zu halten, doch auf den schmalen, steilen, teils steinigen, teil schlammigen Bergpfaden, wenn die nervöse Stute am Rande einer Schlucht ausrutschte oder vor einem den Hang herabpolternden Stein zurückschreckte, wurden seine Selbstbeherrschung und kläglichen Reitkünste auf eine harte Probe gestellt.

Von Zeit zu Zeit rief Eduard ihm Ratschläge zu, die er vor Nervosität nur halb verstand. Er war sich der grandiosen Landschaft bewußt, wagte aber nicht, sie genauer zu betrachten. Nach einer Zeit, die ihm endlos vorkam – in Wirklichkeit waren sie nur ein paar Stunden geritten –, erreichten sie das Gelände von Sinagar.

«Das ist ein ganz anderes Land als Parakan Salak», sagte Eduard neben ihm, während sie zu Rudolfs großer Erleichterung in ruhigem Schritt ihren Weg fortsetzten. Die beiden Diener trieben nun die Pferde an und preschten voraus, um die Ankunft des Gutsherrn zu melden. «Meine Gärten und auch die von Albert auf Mundjul liegen zu weit auseinander, als daß wir Karels System anwenden könnten. Bei uns würde es zu einer unterschiedlichen und unregelmäßigen Produktion führen. Der eine Budjang schneidet oft, der andere wartet zu lange mit dem Schnitt, manche Frauen pflücken zu grob, kurzum, jeder arbeitet, wie es ihm oder ihr am besten paßt, und am liebsten im Schneckentempo. Durch gemeinsames Arbeiten und die Kontrolle von tüchtigen Manduren erreichen Albert und ich bislang die besten Ergebnisse. Ich habe einige Chinesen als Aufseher angestellt, sie bewähren sich hervorragend. Sieh mal, dort liegt mein Gedung. Ein alter Kasten, noch aus der Zeit der ersten Gouvernementskulturen, aber ich fühle mich dort zu Hause.»

«Azaleen!» rief Rudolf überrascht. «Ich wußte gar nicht, daß die hier wachsen.»

Vor dem Verwalterhaus prangte im Sonnenlicht ein großes Beet mit blühenden Sträuchern in Scharlachrot, Purpur und hellem Orange.

«Sie sind mein ganzer Stolz», sagte Eduard. «Erinnerst du dich an die Azaleen auf Hunderen? Ich habe deiner Mutter Stecklinge für ihren Garten auf Ardjasari mitgegeben, in unserem Bergklima gedeihen sie sehr gut.»

Kaum waren sie aus dem Schatten der dichtbelaubten Zufahrtsallee auf den Vorplatz getreten, als unter ohrenbetäubendem Gebell mindestens fünfzehn größere und kleinere Hunde hinter dem Haus hervorschossen und auf sie zustürzten. Eduard stieg ab und redete den Tieren, die ihn vor lauter Freude fast umstießen, zu: «Sitz, Mirzà! Brav, Gètok! Weg da, Curtois! Schluß jetzt, Pecco! Immer mit der Ruhe! Runter, Beer!»

«Du wirst bei mir keinen gemütlichen Firlefanz antreffen», sagte Eduard, der umringt von den tobenden Hunden Rudolf in die kärglich möblierten Räume voranging. Die Wände allerdings hingen voller Geweihe und präparierter Tierfelle. «Hier ist alles zum praktischen täglichen Gebrauch eingerichtet. Ich finde Adriaans neuen Gedung viel zu ‹fancy›. Meine Hunde müssen im Haus herumlaufen können, meinetwegen auch die Lieblinge aus meinem Hirschpark und sogar meine Hühner, wenn sie Lust dazu haben. Was sagst du zu der Wanddekoration in der Innenveranda? Appetitanregend, nicht wahr?»

Während des Mittagessens hatte Rudolf den Ausblick auf eine viele Meter lange Pythonhaut, die über die ganze Länge der Wand ausgespannt war. Das Skelett eines Zickleins, das die Riesenschlange kurz vor ihrem Tod verschlungen hatte, hing daneben.

«Hoffentlich kannst du wenigstens mit einem Gewehr umgehen», sagte Eduard. «Dein Vater ist ein Jäger nach meinem Sinn.»

«Als Junge habe ich Papa manchmal zum Schnepfenschießen begleitet. Als er nach Ostindien ging, war ich noch Student. In Delft gibt es keine Jagd.»

«Ich rate dir, bemühe dich, schleunigst ein guter Schütze zu werden. Das ist eine Grundvoraussetzung, wenn du in den Bergen wohnst und täglich durch den Wald mußt. Übrigens kannst du auch in den Plantagen oder hinter dem Haus jederzeit auf einen Panther oder ein Wildschwein stoßen. Und dein Ansehen bei den Einheimischen hängt wesentlich davon ab, wie geschickt du mit einem Hinterlader umgehst. Kurz nach meiner Ankunft hier schoß ich einmal zufällig durch den Stiel einer riesigen

Nangka-Frucht, die hoch oben in einem Baum hing. Das Ding fiel mir genau vor den Füßen auf den Boden. Seitdem gehorchen mir meine Leute aufs Wort.»

«Ja, Sie sind immer ein großartiger Schütze gewesen, das weiß ich noch von früher von Hunderen.»

«Junge, es gibt nichts Besseres als die Hühner- und Hasenjagd in Gelderland. Hier liegt mir eigentlich wenig daran. Ich habe zwar einige Male mit einheimischen Fürsten, Karels Bekannten, gejagt, wobei man von Jagen eigentlich nicht sprechen kann... es ist mehr ein organisiertes Morden. Wildschweine werden in ein umzäuntes Gelände getrieben, und die Herren schießen sie vom Hochsitz aus. Ihr Aufbruch in den Dschungel ist ein absolut lächerliches Schauspiel. Sie nehmen ein ganzes Gefolge mit: Männer, die sich um die Pferde kümmern, Burschen, die Stühle, Tabak, Betel, Zigarren, Gewehre und Pulver hinter ihnen hertragen, und wenn sie das Wild aufgespürt haben, stürmen sie ohne Überlegung oder Plan drauflos. Im Interesse der Bevölkerung muß man die Raubtiere in Schach halten, aber das heißt nicht, sie auszurotten. Es ist ein alter Traum von mir, irgendwo an der Südküste ein großes Stück Land zu pachten oder zu kaufen, samt Bergen und Wäldern und Buschland, und daraus ein Wildschutzgebiet zu machen, wo die Jagdregeln eingehalten werden. Doch ich fürchte, daß es ein Traum bleiben wird. Ich habe weder Geld noch Zeit dazu.»

Die Hunde saßen im angemessenen Abstand in einem großen Kreis um den Tisch und verfolgten mit gierigen Blicken die Bewegungen der Speisenden. Wenn Eduard von Zeit zu Zeit die Hand mit einem Stückchen Haut oder einem Knochen hob, ging ein Ruck durch die Reihe der Hunde. Sie sprangen hoch, aber ohne das Innere des Kreises zu betreten, das für sie verbotenes Terrain war. Eduard rief sie der Reihe nach beim Namen und warf ihnen dann Leckerbissen zu. Rudolf bewunderte, wie diszipliniert es dabei zuging.

«Das bringe ich ihnen als erstes bei. Sonst bekommt man sie

nicht in den Griff. Manchmal tummeln sich bis zu zwanzig Hunde bei mir, außer meinen eigenen noch die von Mundjul oder Parakan Salak, wenn ihre Herren auf Reisen gehen. Es sind ein paar ausgezeichnete Jagdhunde darunter. Es wird dich vielleicht wundern, aber weißt du, was ich gern möchte? Noch einmal im Mheen bei Beekbergen jagen, unter den Eichen vom Orderwald oder den Kiefern hinter den Feldern von Berghuis ... du kennst ja die Gegend.»

«Haben Sie Heimweh nach Holland, Onkel?»

«Heimweh ist ein großes Wort. Ein Luxus, den ich mir nicht erlauben kann. Über kurz oder lang wird es mich schon noch mal ins Vaterland verschlagen. Ich betrachte das philosophisch. Wußtest du, daß ich mal vor langer Zeit in Leiden Philosophie studiert habe? Lach nicht! Nein, ich habe keinen Doktorgrad erworben, ich habe alles hingeschmissen und bin hierher gekommen. Mehr Philosophie als die Gedanken, die mir durch den Kopf gehen, wenn ich die Berge um mich herum betrachte, brauche ich nicht.»

Die Teefabrik auf Sinagar bestand wie die auf Parakan Salak aus einer Reihe offener Hallen. Zwischen den Pfosten, die das Dach stützten, war ein Gitterwerk aus Bambus angebracht, nicht nur, wie Eduard erklärte, um Licht und Luft hereinzulassen, sondern auch, um die Arbeiter gegen die tollwütigen Hunde zu schützen, eine wahre Plage in dieser Gegend.

Rudolf folgte Eduard auf seinem Rundgang. Die Arbeiter grüßten ihren Djuragan und schauten den fremden Besucher neugierig an. Obwohl Rudolfs Knochen und Muskeln nach dem langen Ritt schmerzten, bemühte er sich um eine würdige Haltung. In den verschiedenen Abteilungen sprach Eduard mit den chinesischen Aufsehern, die bei der Arbeit ihre Zöpfe am Hinterkopf aufgerollt trugen. Er erklärte Rudolf die unterschiedlichen Arten der Teeherstellung.

«Ich gehe nach einer anderen Methode vor als Adriaan. Er tut alles, was Karel ihm sagt. Ich habe Karel gern und bewundere ihn sehr. Er ist ein guter Mensch, ein Gelehrter. Er kann die klassischen sundanesischen Texte in altjavanischen Schriftzeichen lesen wie du und ich einen Roman von Walter Scott. Dennoch gestatte ich mir, an seinen Fähigkeiten als Teepflanzer zu zweifeln. Er versucht Albert und mir Vorschriften zu machen, wobei Albert ihm meistens gehorcht. Ich gehe lieber meine eigenen Wege. Ich bin ein Kerkhoven und kein Holle!»

«Die Teesträucher hier bei Ihnen sind nicht so hoch und haben eine gleichmäßigere Form als die auf Parakan Salak, sofern ich das heute morgen beim Vorbeireiten richtig beobachtet habe. Oder scheint das nur so?»

«Das ist eine Frage des Schnittes. Unsere China-Teesträucher können bis zu drei Meter hoch werden, aber dann gibt es große Probleme beim Pflücken. Natürlich lasse ich ein paar ungehindert wachsen und blühen, um Samen für neue Pflanzungen zu gewinnen. Die Sträucher, die zum Pflücken der Blätter bestimmt sind, lasse ich regelmäßig zurückschneiden, damit die Pflückerinnen leicht an die Triebspitzen herankommen. Sieh mal!» Eduard beugte sich über einen Korb und nahm einen kleinen Zweig heraus. «Wir nehmen nie mehr als die drei oder vier obersten Blätter eines jungen Triebes. Nach einer Woche bis zehn Tagen sind die neuen Blätter nachgewachsen. Die Kunst besteht darin, den richtigen Zeitpunkt zu wählen, damit man bezüglich Menge und Qualität optimale Erträge erhält. Ich habe mein Land in so viele Gärten aufgeteilt, wie es Tage zwischen zwei aufeinanderfolgenden Pflückterminen gibt, und jeder Teegarten ist nur so groß, daß er in einem Tag abgeerntet werden kann. Verstehst du? Auf die Weise bekomme ich ganz gleichmäßige Pflückrunden, wie wir das nennen. Adriaan läßt seine Leute nach eigenem Gutdünken schneiden und pflücken. Meist ist das Blattgut dann zu alt und von grober Qualität. Sein Souchong gefällt mir weder vom Aussehen noch vom Geschmack her. Eigentlich ist es Congo, die billigste Sorte. Ich produziere lieber

Pekoe Souchong aus jüngeren, zarteren Blättern. Dafür wird bei mir auch öfter gepflückt.»

Während Eduards Vortrag waren sie langsam zum Haus zurückgeschlendert und saßen nun wieder auf der Veranda. Eduard zündete sich eine Zigarre an, nachdem er auch Rudolf eine angeboten hatte.

«Ich bin fest davon überzeugt, daß man die Teekultur nicht rein idealistisch, aber auch nicht rein kommerziell betreiben kann; man muß wissenschaftlich vorgehen, wenn etwas Rechtes dabei herauskommen soll. Meiner Ansicht nach ist der chinesische Tee, den wir hier in Ostindien anbauen, nicht die geeignete Sorte für den hiesigen Boden. Auf Ceylon scheint es bessere Sträucher zu geben. Wir sollten versuchen, Samen davon zu bekommen. Albert ist auch dafür. Wenn er endlich verheiratet ist, will er sich darum kümmern.»

«Ich wußte nicht, daß Albert heiratet.»

«Doch, das steht seit langem fest. Die Familie weiß es auch schon. In drei Monaten heiratet er eine Schwester von Jans, auch eine Van Motman. Manchmal habe ich den Eindruck, hier in der Gegend von Buitenzorg heißt alles Van Motman. Diese Familie besitzt mehr Unternehmen, als ich an den Fingern beider Hände abzählen kann. Das gilt auch für die heiratsfähigen Töchter. Adriaan hat Jans, sein Assistent hat Suze, ein Bekannter von uns bei Pryce & Co hat auch ein Fräulein Van Motman zur Frau, und Albert nimmt eine Wies oder Jacoba, so genau weiß ich das nicht.»

«Nichte Jans von Parakan Salak gefällt mir sehr gut, auch wie sie aussieht.»

«Für eine *nonna* ist sie hübsch, das stimmt. Wies übrigens auch. Es sind tüchtige Pflanzerfrauen, sie kennen das Leben in den Bergen und wissen mit dem Volk umzugehen. Sie reiten vorzüglich und können sogar schwimmen.»

«Ja, das weiß ich schon von Cateau. Wie Wasserratten, hat sie mir mal geschrieben.»

«Das Wichtigste ist, daß sie seit ihrer Kindheit an das Leben hierzulande gewöhnt sind. Jans und ihre Schwestern maulen nicht, wenn ein Mann sich etwas freizügiger benimmt und es sich nach der Arbeit in Pyjamahose und *kebaja* bequem macht. Bei den Damen aus Batavia muß man immer korrekt angezogen und gepflegt sein. Mein Gott, wie sind mir die holländischen ‹Mevrouwen› zuwider; die guten, wie deine Mutter und Nichte Pauline auf Tjisalak natürlich ausgenommen.»

Rudolf hoffte, etwas über die Dinge zu hören, nach denen er nicht zu fragen wagte: über Eduards chinesische Lebensgefährtin und ihre Kinder, die ja irgendwo in der Nähe sein mußten.

«Eines möchte ich dir noch ans Herz legen», fuhr Eduard fort. «Um als Europäer dein Ansehen nicht zu gefährden, mußt du immer eine gewisse Form wahren. Die Einheimischen achten sehr auf Äußerlichkeiten, und es genügen Kleinigkeiten, damit sie dich auslachen und verachten. Das mußt du dir immer gut vor Augen halten, sonst verlierst du schnell die moralische Überlegenheit gegenüber deinen Leuten. Das ist das Problem mit den ungehobelten Flegeln aus Holland, die sich besaufen und skandalös benehmen und die man leider immer häufiger auf den Plantagen antrifft. Solche Kerle sollte man gar nicht nach Ostindien einreisen lassen. Übrigens, um nochmals auf die gestrige Diskussion mit Karel zurückzukommen: Du darfst nicht glauben, daß die Sundanesen Dummköpfe sind, die sich willenlos unterdrücken lassen. Im Laufe der Geschichte hat es etliche Aufstände gegeben, gegen die Gutsbesitzer, aber auch gegen die einheimischen Regenten. Die hiesige Bevölkerung ist bei weitem nicht so unterwürfig wie die der Fürstentümer, wie du sehr bald bemerken wirst.»

Ein Taubenschwarm flatterte so plötzlich und mit so lautem Flügelschlag auf die Veranda, daß Rudolf sich erschrocken duckte. Die Vögel ließen sich auf Tische und Stühle nieder und trippelten auf dem Boden herum, wobei ihre Köpfe heftig vor- und zurückzuckten.

«Ja, ich bin heute spät dran!» sagte Eduard. «Punkt vier Uhr erscheinen sie zum Füttern, du kannst die Uhr danach stellen. Raus, ihr Frechdachse, ich komme schon.»

Nach der Fütterung der Tauben und Ziervögel in der großen Voliere neben dem Haus war es Zeit für ein anderes tägliches Ritual. Zwei bequeme Sessel wurden an den Rand der Veranda geschoben.

«Setz dich, Rudolf. Gestern hast du Adriaans Pferde gesehen. Jetzt sieh dir mal die meinen an.»

Aus den Ställen stoben sie herbei, etwa zehn Hengste und Stuten, überwiegend junge Tiere. Der Boden dröhnte unter ihren Hufen. Schnaubend und wiehernd, mit erhobenem Schweif und wehender Mähne tobten sie um die Blumenbeete auf dem Vorplatz und konnten vom Spielen und Springen nicht genug bekommen. Als sie sich beruhigt hatten, ließ Eduard sie einzeln vorführen, nannte ihr Alter und ihren Namen (Favorite, Beduin, Gloriosa, Selim, Odaliske... und zählte die Preise, Rosetten und Pokale auf, die sie auf den Rennbahnen in Buitenzorg und Batavia gewonnen hatten. «Das sind meine Lieblinge! Aber ich habe auch hervorragende Zugtiere aus einheimischen Rassen gezüchtet, Bimanesen zum Beispiel, starke, schnelle, kräftige Tiere. Die Bergpferde sind im allgemeinen nicht groß, außerdem sind sie schmächtig und haben schwache Hufe. Von der Pflege und Haltung verstehen die Leute hier wenig, was mich immer wieder überrascht. Deshalb sind die einheimischen Pferde oft störrisch und schwer zu lenken. In meinem Gestüt lehre ich die Stalljungen, wie sie mit ihnen umgehen müssen. Es ist im Interesse des Volkes, daß es tüchtige Arbeitspferde hat.»

Die Dämmerung ging rasch in die Nacht über, die Berge waren nicht mehr zu sehen.

«Wo bleiben Cousin Karel und Albert?» fragte Rudolf. «Kann man auch im Dunkeln über die Bergpfade kommen?»

Eduard zuckte die Achseln. «Wenn sie genügend Fackelträger

bei sich haben, geht das schon. Aber es würde mich nicht wundern, wenn sie noch eine Nacht auf Parakan Salak verbringen. Ich könnte mir vorstellen, daß Adriaan den ganzen Tag mit seinem Gamelanorchester auf der Rebab gespielt hat. Es war an seiner Mimik und an seiner Haltung zu sehen, daß er wieder ganz im Bann der Musik ist – wenn man das Musik nennen will. Eine Viertelstunde lang kann ich es mir anhören, aber nicht länger. Als ich noch bei Adriaan auf Parakan Salak wohnte, 1861 und 1862, hatte er öfters diese Anwandlungen und übte tagelang mit den Spielern, man wurde schier verrückt. Karel und Albert werden schon noch aufkreuzen, wenn nicht morgen, dann übermorgen.»

«Onkel, ich weiß es sehr zu schätzen, daß Sie und die Vettern Holle mir zuerst alle Familienunternehmen zeigen wollen, aber am liebsten möchte ich so schnell wie möglich nach Hause.»

Zu Rudolfs Überraschung antwortete Eduard sofort, als habe er nur auf diese Worte gewartet: «Das kann ich gut verstehen. Fahr gleich morgen weiter, auf meine Verantwortung. Einen kleinen Wagen und Pferde bekommst du von mir, dazu einen guten Kutscher und einen Mann, der notfalls helfen kann. Unterwegs mußt du alle sechs Meilen die Postpferde wechseln. Gewöhnlich muß man sie langfristig vorbestellen. Sogenannte Gouvernementspferde gibt es nur für Beamte und andere Staatsangestellte, man kann aber auch von den einheimischen Bezirksvorstehern Pferde mieten. Du brauchst dich nur auf mich, den *djuragan sepuh* von Singar, zu berufen, dann geht das in Ordnung. Aber es heißt vor Tau und Tag aufstehen, denn der Weg ist verdammt lang. Zwischen Bandung und Ardjasari mußt du mit einer Fähre den Tjitarum überqueren, und das geht nur bis Sonnenuntergang. Auf der Strecke durchs Vorgebirge von Malabar wimmelt es von Tigern. Am besten übernachtest du in Tjandjur, da gibt es einen ordentlichen Gasthof.»

«Ich bin Ihnen von Herzen dankbar für Ihre Hilfe. Cousin Karel war so entschieden dagegen...»

«Es muß nicht immer alles nach seinem Willen gehen. Auf Waspada hat er das Sagen, hier bin ich der Chef.»

«Onkel, stimmt es, daß Sie mich einstellen und anlernen wollen? In Batavia war davon die Rede.»

Eduard streckte die Beine auf den herausgezogenen Lehnen seines *kursimalas* aus und starrte schweigend in die tiefe Finsternis draußen vor der Veranda.

«Ja, das ist auch wieder so eine Sache...», sagte er schließlich. «Ich weiß nicht, Junge, ich weiß es wirklich noch nicht. Ich könnte einen Assistenten gebrauchen. Aber darüber reden wir später. Das hängt noch von vielen anderen Dingen ab...»

Rudolf musterte das kantige Profil mit den scharfen Falten, die im Laufe der Jahre tiefer und härter geworden waren. Doch der Mund unter dem dicken Schnurrbart war alles andere als hart.

«Hör mal», sagte Eduard unvermittelt. «Du weißt wahrscheinlich, daß ich Kinder habe?»

«Ja, Onkel, ich habe davon gehört. Aber mehr weiß ich nicht.»

«Der Name ihrer Mutter ist Guy La Nio. Sie stammt aus einer chinesischen Familie. Ihr Vater besitzt große Reisfelder oberhalb von Buitenzorg, ich habe geschäftlich mit ihm zu tun. Natürlich habe ich die Kinder anerkannt. Sie heißen Pauline und Adriaan und sind meine Erben. Du wirst sie bald kennenlernen. Ich trage mich mit dem Gedanken, sie nach Holland zu bringen, und dann brauche ich hier einen Stellvertreter. Aber das steht alles noch nicht fest.»

Auf Parakan Salak hatte Rudolf geschlafen wie ein Stein, aber hier auf Sinagar fand er keine Ruhe. Er lag in einem großen quadratischen Bett unter einem Moskitonetz, das nach Kampfer roch. Ab und zu hörte man bei den Bedientenkammern hinter dem Verwalterhaus und bei den entfernteren Ställen das Bellen von Eduards Hundemeute. Die Nacht rauschte in den hohen Bäumen, die den Hof umgaben. Was sich hinter ihnen verbarg, wußte er nicht. Teegärten? Urwald? Ähnlich wie an den Hängen, an denen er am Morgen mit Eduard vorbeigeritten war?

Er hatte das Gefühl, immer tiefer in eine ihm völlig fremde Welt einzudringen, bei Tage überwältigend, voller Glut und Grün, bei Nacht erfüllt von einem Rascheln und Rauschen, das er nicht zu deuten wußte. Bevor er schließlich doch in den Schlaf sank, vermeinte er noch andere Töne zu hören, das Weinen eines Säuglings in oder nahe dem Gästetrakt.

Nach dem schattigen Parakan Salak und dem von Azaleen und grünem Laub umrahmten Sinagar fand Rudolf das auf einer Hochebene zwischen Hügelrücken gelegene Ardjasari enttäuschend kahl. Die Bergspitzen des südlichen Preanger schienen weit entfernt. Der Hof mit den erst kürzlich angelegten Canna-Beeten und den in Töpfen gepflanzten Blumen lag nach allen Seiten offen da. Es waren schon junge Bäume gepflanzt, die aber noch keinen Schatten gaben. Rundum erstreckten sich Teegärten mit gleichmäßig gewellten Reihen dreijähriger Sträucher.

Das Haus war im alten Stil gebaut wie der Gedung auf Sinagar, nur etwas größer. Auf der vorderen und hinteren Veranda stützten jeweils sechs, an den Seiten vier plumpe weiße Säulen das überragende Ziegeldach. Die Aussicht war von atemberaubender Weite. Rudolf hätte sich keine bessere Unterkunft wünschen können als die für ihn bestimmte Kammer mit einem Fenster nach Osten, so daß er jeden Morgen den Sonnenaufgang genießen konnte.

Nun, da er die Eltern wiedergesehen hatte, wurde ihm erst richtig bewußt, wieviel sich in den vergangenen fünf Jahren verändert hatte, nicht nur ihr Aussehen, sondern vor allem sein Verhältnis zu ihnen. Haar und Bart seines Vaters waren ergraut, das Gesicht seiner Mutter trug die Spuren überstandener Krankheiten und Leiden. Beide waren fürsorglich und zuvorkommend zu ihm, machten aber den Eindruck, als wüßten sie nicht recht, wie sie mit ihm, dem erwachsenen Sohn, umgehen sollten.

Es rührte ihn, als er sah, wie die Eltern in ihrem Haushalt auf Ardjasari die Atmosphäre und die Gepflogenheiten des Lebens in Dedemsvaart und Deventer zu bewahren versuchten. Tagsüber lebten sie in Ostindien und stimmten ihr Verhalten und ihre Arbeit auf die Erfordernisse des Unternehmens ab, doch sobald es dunkel wurde, schlossen sie die Türen der inneren Veranda und saßen unter der Petroleumlampe in dem großen Raum, der mit Draperien aus geblümtem Stoff, mit Porträts, Kunstdrucken und Nippes so europäisch wie möglich ausgestattet war. Sogar ein Klavier stand da. Wie damals in den Niederlanden sang die Familie abends auch hier zweistimmig Lieder aus dem *Gedencclanck* von Valerius, Duette und Lieder von Schubert oder Balladen von Loewe. Während seine Mutter sich mit Näharbeiten beschäftigte, las sein Vater vor; der Bücherschrank enthielt außer den Klassikern, historischen Werken und Büchern über Land- und Völkerkunde auch eine Auswahl moderner, meist englischer Romane; ihre Lieblingsschriftsteller waren Dickens und Thackeray.

An die allabendliche Gegenwart des Assistenten konnte Rudolf sich nur schwer gewöhnen. Seine Mutter fand den Brauch barbarisch, einen unverheirateten Angestellten abends nach dem Tagwerk sich selbst zu überlassen. Oft hatte es den Anschein, als nähme dieser Gehilfe seinen Platz in der Familie viel selbstverständlicher ein als er, der Sohn des Hauses. Micola war ein Indoeuropäer, seit langem in den Kolonien ansässig, der seine Kenntnisse in der Teekultur auf einer Plantage von Baud erworben hatte. Unter Micolas Vorgänger war die erste Anpflanzung von Ardjasari zu voller Größe herangewachsen und hatte ein Produkt erbracht, das auf der Versteigerung in Amsterdam nicht ungünstig beurteilt worden war. Daß darauf eine Mißernte gefolgt war, hatte nicht an Micola oder den Arbeitern gelegen, sondern an einer sich unerklärlicherweise über das Land verbreitenden Plage: Schwärme von grillenartigen Insekten, von den Sundanesen *kassirs* genannt, fraßen die Sträucher kahl. Eigens zu ihrer Bekämpfung eingesetzte Gruppen von Frauen und Kindern sammelten täglich Tausende von den Tieren ein, ohne daß sich ihre Anzahl merklich verringerte.

In den Fabrikhallen ging es, wie Rudolf feststellte, weniger ordentlich zu als auf Parakan Salak oder Sinagar. Viele Sortiererinnen trugen einen Säugling im Slendang, und zwischen den Regalen und Behältern voller Blätter in den verschiedenen Stadien der Bearbeitung tummelten sich kleine Kinder. Micola hatte manches auszusetzen an den Zimmerleuten und an den Budjangs, die Gräben aushoben und die Erde umgruben; fast täglich wurde Rudolf Zeuge der Auseinandersetzungen zwischen seinem Vater und dem Assistenten über die Behandlung der Arbeiter.

«Sie sind zu freundlich, Mijnheer. *Ramah-tamah*! Das nutzen die Leute nur aus.»

Doch Rudolfs Vater war der Meinung, die Leute müßten sich ebenso wie er selbst an eine andere Art der Arbeit, nämlich die Zusammenarbeit gewöhnen, die bislang in den Kolonien nicht gebräuchlich war. Ohne Umschweife gab er zu erkennen, daß er sich aufrichtig bemühte, ein Gutsherr neuen Stils zu werden wie Karel Holle, war sich dabei aber bewußt, daß es ihm an Kenntnissen und Erfahrung mangelte. Da er der Landessprache nicht mächtig war – würde er sie jemals erlernen? –, machte er in Begleitung seines Dolmetschers Djengot, der auf Waspada gedient hatte, weitaus mehr Rundgänge in den Gärten und in der Fabrik als nötig und sah aufmerksam den Leuten bei der Arbeit zu; mit Wohlwollen und Freundlichkeit hoffte er ihr Vertrauen zu gewinnen, da er wie Karel Holle vom unschätzbaren Wert der «warmen Gegenwärtigkeit» überzeugt war. Deshalb bestand er auch auf der täglichen Zeremonie des Teekostens, die mehr bedeutete als das Prüfen und Gutheißen des fertigen Produktes oder der Probemischung verschiedener Pflückrunden. Auf einem Tisch vor der hinteren Veranda standen kleine Kannen aus glasiertem Ton, die jeweils einen Löffel fertigen Tee enthielten und nacheinander mit kochendem Wasser aufgegossen wurden. Wenn der Tee gezogen hatte, nahmen zuerst Rudolfs Vater, dann der Reihe nach seine Frau, Micola und seit kurzem auch Rudolf wie vorgeschrieben einen Schluck (es war eher ein leichtes Schlürfen) und prüften den Duft. Beim Teekosten waren immer die Mandure sowie einige Pflückerinnnen und Sortiererinnen anwesend. Der Ernst, mit dem sich sein Vater dieser Aufgabe unterzog, erstaunte Rudolf anfangs; doch allmählich sah er ein, daß die tägliche Wiederholung der Zeremonie zur selben Stunde mit immer derselben, gleichsam feierlichen Gemütlichkeit durchaus sinnvoll war. Sie schuf eine Atmosphäre des Einvernehmens und rundete das Tagwerk ab.

In der Zeit, als die Eltern zur Geburt von Berthas Kind nach Batavia fuhren, übernahm Rudolf die Rolle des Geschäftsführers. Er schrieb die Tageslisten und erledigte die Büroarbeit, während Micola die Gärten und die Fabrik inspizierte. Er unterhielt sich viel mit Djengot und machte rasche Fortschritte im Malaiischen. An das Sundanesische wagte er sich noch nicht heran, aus Angst, die beiden Sprachen durcheinanderzubringen. Außerdem übte er sich täglich im Reiten und Schießen. Der Hinterlader seines Vater barg bald keine Geheimnisse mehr für ihn. Es war ein Zündnadelgewehr, sechzehner Kaliber, mit gezogenen Läufen, wie ihm dünkte, ein schon veraltetes Modell. Er konnte sich nicht vorstellen, wie man mit dieser umständlich zu handhabenden Waffe auf Tigerjagd gehen sollte. Es war keine Ausnahme, daß der Schuß nicht losging, weil der Hahn nicht genau in die dafür vorgesehene Rille schlug oder weil – vor allem bei Regenwetter – die Pulverhülse aus Pappe in der Kammer steckenblieb, was ein schnelles Nachladen verhinderte. Dennoch gab er nicht auf und bemerkte bald zu seiner Genugtuung, daß er sich eine gewisse Geschicklichkeit aneignete im Umgang mit Si Sumpitan, wie man die raubtiervernichtende Waffe auf dem Unternehmen nannte.

Größere Schwierigkeiten bereiteten ihm die Reitpferde seines Vaters, vor allem die abwechselnd faule oder störrische Darling, die ihm lange den Gehorsam verweigerte. Da Onkel Eduard die guten Eigenschaften gerade dieses Pferdes gepriesen hatte, gab Rudolf nicht auf, er wollte beweisen, daß er fähig war, das Vertrauen der Stute zu gewinnen. Als es endlich gelang, erfüllte ihn das mit nie zuvor gekanntem Selbstbewußtsein.

Zu Pferd durchstreifte er das zum Teil noch unerschlossene, viele Hektar große Gelände von Ardjasari. Er beschloß, ein Wegenetz für das Unternehmen zu entwerfen in der Hoffnung, daß sein Vater ihm die Ausführung übertragen würde. Nach einem längeren Aufenthalt in Batavia kehrten die Eltern nach Ardjasari zurück. Sie brachten Cateau mit, die erklärte, sie habe nur Rudolfs wegen die Rolle der «Ersatzamme» bei Berthas Töchterchen aufgegeben. Rudolf legte seine Skizzen und Berechnungen vor. Obwohl die Pläne Anklang fanden, war von ihrer Durchführung vorläufig nicht die Rede. Rudolf wurde dringend auf Sinagar erwartet, denn Eduard Kerkhoven hatte den Beschluß gefaßt, seine Kinder nach Holland zu bringen. Rudolf hatte mehrere Monate Zeit, sich einzuarbeiten, um danach unter der Oberaufsicht von Albert Holle die Verwaltung der Plantage Sinagar zu übernehmen.

Wie anders ging es auf Sinagar zu! Zunächst war da das schier ununterbrochene Kommen und Gehen der oft unangekündigt auftauchenden Gäste: Freunde und Bekannte Eduards aus den heißen Küstengebieten, die zur Erholung «heraufkamen», Pflanzer und Beamte auf der Durchreise, in Begleitung ihrer Familien und Diener. Im Gästehaus war immer Platz.

Rudolf hatte jetzt ein eigenes Zimmer mit einem eigenen Hausjungen und Wäscher. Er genoß den Badeteich in einer Schlucht hinter dem Garten, in dem er täglich schwamm. Das einzige, woran er sich nach der «holländischen» Kost seiner Mutter auf Ardjasari nur schwer gewöhnen konnte, waren die unregelmäßigen und eintönigen Mahlzeiten. Wenn Gäste da waren, wurde gejagt, und es kam Wild auf den Tisch – meist Geflügel, einmal auch ein Hirsch –, aber dann war wieder wochenlang Schmalhans Küchenmeister, und das Essen bestand hauptsächlich aus Reis mit ein paar gebackenen Fischen und gerösteten Maiskolben. Für Eduard war dies kein Problem. Wenn ihn nach einer ordentlichen Mahlzeit gelüstete, ritt er einfach zu Albert Holle und dessen junger Frau hinüber nach Mundjul. Für ihn war es selbstverständlich, daß Rudolf sich anschloß. Doch dieser war nicht unbefangen genug, um die ostindische Gastfreundschaft anzunehmen. Er kam sich aufdringlich vor und gab sich zurückhaltender, als er wollte.

Alberts Frau, die eigentlich Reiniera-Jacoba hieß, sich aber Louise oder Wies rufen ließ, weil die anderen Namen aus unerfindlichen Gründen als unglücksträchtig galten, zeigte sich nur selten; mehr als ein paar Worte zum Willkommens- und Abschiedsgruß hörte Rudolf nie von ihr. Wenn noch andere Gäste da waren, tauchte sie eine Viertelstunde vor Beginn der Mahlzeit auf und verschwand nach dem Essen gleich wieder. Offensichtlich fanden Eduard und Albert ihr zurückhaltendes Benehmen ganz normal. Es sei Landessitte, sagte Eduard, daß die Frauen sich um die Tafel kümmerten und danach den Hausherrn mit dem Herrenbesuch «unter sich» ließen.

Als Rudolf auf Sinagar eintraf, teilte ihm Eduard kurz angebunden mit, Guy La Nio sei vor ein paar Monaten bei der Geburt ihres dritten Kindes gestorben. Auch dieses kleine Mädchen hatte er anerkannt und ihr den in der Familie Kerkhoven gängigen Vornamen Caroline gegeben. Die Kinder wohnten mit ihrer Großmutter und einer Tante in einem Gebäude hinter dem Gästehaus. Rudolf nannte es insgeheim «das Chinesenlager».

Sinagar war ein Männerhaushalt. Die Frauen betraten niemals die Räume, in denen Eduard sich aufhielt und Gäste empfing. Der vierjährige Adriaan dagegen – von allen Tattat genannt

– zog Spuren kindlichen Unfugs zwischen dem «Chinesenlager» und dem großen Haus, verstreute sein Spielzeug über die Fliesenböden und kletterte auf die Möbel. Am liebsten ärgerte er die Hunde, etwa indem er sie gegeneinander aufhetzte oder sie scheuchte wie ein Jäger das Wild; ein Wunder, daß er nie gebissen wurde. Er kannte keine Angst. Eduard war in das Kind vernarrt. Er nahm es überallhin mit, setzte es bei seinen Inspektionsrunden in den Gärten vor sich aufs Pferd oder nahm es in einer Sänfte mit, wenn er die benachbarten Unternehmen besuchte.

Tattat war ein schmächtiges, aber zähes Kerlchen mit mattbleichem Gesicht und unverkennbar asiatisch geschnittenen Augen; verschmust, wenn ihm danach war, widerspenstig, wenn er etwas nicht wollte. Er aß und schlief, wann es ihm gerade paßte, meist entgegen den Wünschen und Gewohnheiten der anderen Hausbewohner. Eine ganze Dienerschar versorgte ihn und paßte auf ihn auf. Rudolf fand, hin und wieder eine Tracht Prügel würde dem Jungen nicht schaden; seiner Meinung nach wurde er durch seinen Vater, der ihn anbetete, und das unterwürfige Personal maßlos verzogen. Im «Chinesenlager» regierte der Junge wie ein Tyrann. Seine Schwester Pauline (sie wurde *non besar*, großes Mädchen genannt, ihr jüngeres Schwesterchen *non ketjil*, kleines Mädchen) war die einzige, die sich nicht alles von ihm gefallen ließ. Als Erstgeborene hatte sie besondere Vorrechte. Wenn Eduard sie holen ließ, um sich mit ihr zu beschäftigen, steckte man sie in einen ebenso wunderlichen wie bunten Anzug aus einem chinesischen Seidenjäckchen und einem Batikhöschen. Sie fand sich darin wunderschön und stolzierte umher wie ein Pfau, was alle Anwesenden köstlich amüsierte.

Das «Chinesenlager» hatte eine geheimnisvolle Aura. Über Guy La Nio wurde nie offen gesprochen, nicht einmal die Kinder erwähnten sie. Rudolf fing einander widersprechende Gerüchte auf. Die Bedienten flüsterten, sie habe Selbstmord begangen, weil der Djuragan Sepuh ihr die Kinder wegnehmen wollte – ihr

Geist würde nachts wehklagend am Badeteich herumspuken. Albert Holle ließ verlauten, sie sei wohl freiwillig fortgegangen und habe einen reichen Chinesen aus dem Bekanntenkreis ihres Vaters geheiratet. Rudolfs Hausjunge machte einmal eine Bemerkung, wonach sie noch immer auf Sinagar wohnte, zu stolz, sich zu zeigen, da Eduard seit einiger Zeit eine sundanesische Geliebte bevorzugte. Rudolf wußte nicht, was er von alledem halten sollte. Er selber hatte den Eindruck, daß die Schwester von Guy La Nio, die neuerdings ebenfalls im «Chinesenlager» wohnte, alles daran setzte, den freigewordenen Platz einzunehmen. Sie wurde *njonja nèng*, «liebste Frau» genannt, aber Eduard kümmerte sich so gut wie nie um sie. Wie man sagte, war Nèng das Ebenbild von Guy La Nio. Das ebenmäßig runde Gesicht mit den hohen Backenknochen unter dem blauschwarzen, zu einem straffen Knoten hochgesteckten Haar faszinierte Rudolf, aber es war etwas Sonderbares in ihrem Aussehen und Benehmen, das ihm nicht gefiel. Manchmal kam ihm der Gedanke, Njonja Nèng und Guy La Nio könnten ein und dieselbe Person sein. Sie war da und doch nicht da; er vermochte das Rätsel nicht zu lösen.

Die Großmutter, Mama Tua, lief den ganzen Tag geschäftig zwischen den vielen Pflanzen und Vogelbauern in den Zimmern des «Chinesenlagers» hin und her. Sie kommandierte die Diener herum und widmete sich mit nervöser Wachsamkeit den Kindern, insbesondere Non Ketjil, die gerade zu krabbeln anfing; Njonja Nèng schaute ihr dabei gelassen aus einem Lehnstuhl zu, die Füße in gestickten Pantoffeln auf einer Fußbank, und wedelte dann und wann eine Fliege mit ihrem Taschentuch fort. Manchmal stand sie schweigend in der Küche und kochte Süßspeisen, kandierte Tamarinde oder Früchtegelee.

Nachdem Eduard mit den älteren Kindern abgereist war und Rudolf die Leitung des Haushalts auf Sinagar übernommen hatte, mußte er sich mit den beiden Frauen arrangieren. Er nahm sich vor, der haremartigen Abgeschlossenheit des «Chinesenlagers» ein Ende zu machen, da sie ihm für die Entwicklung der kleinen Caroline ungünstig erschien.

Die Männer, denen er auf Sinagar begegnete, kannten kaum andere Themen als Teegeschäft, Jagd und Pferde. Es enttäuschte Rudolf, daß Eduard für Konversation nicht viel übrig hatte und wenig las. Hin und wieder spielten sie eine Partie Schach, gelegentlich ließ sich Rudolf auf ein Kartenspiel ein, wenn die Gäste ihn dazu aufforderten. Freundschaftlichen Umgang pflegten sie nur mit dem Ehepaar Hoogeveen-Holle auf der benachbarten Plantage Tjisalak. Rudolf besuchte sie gerne; er bedauerte nur, daß die Entfernung zwischen den beiden Unternehmen so groß und der Weg dorthin, vor allem abends, fast unpassierbar war. Er hielt Hoogeveen für einen klugen, tüchtigen Mann; Cousine Pauline fand er liebenswert, die netteste von allen Holles. Mit diesen beiden gebildeten Menschen führte Rudolf wie zu Hause bei den Eltern lange Diskussionen über die unterschiedlichsten Themen: Bücher, Politik, Geschichte. Die Hoogeveens hatten ein Kind, die elfjährige Marietje, ein aufgewecktes Mädchen. Mit ihrem freimütigen, beherzten Auftreten erinnerte sie Rudolf an die kleine Cateau von einst. Allem Anschein nach würde sie in wenigen Jahren zu einem hübschen jungen Mädchen heranwachsen.

«Ich habe schon allerhand Teeweisheiten aufgeschnappt, von denen ich künftig zu profitieren hoffe», schrieb er seinen Eltern. Er versäumte keine Gelegenheit, den Kulis, die für Eduard regelmäßig als Boten unterwegs waren, Briefe, Obst und Stecklinge für ihren noch anzulegenden Blumengarten mitzugeben. Gewissenhaft berichtete er über alles, was ihm bei der Teeproduktion nachahmenswert erschien.

«Ich glaube, daß unser Tee schlecht sortiert wird. Könntet ihr umgehend dem Kuli kleine Proben mitgeben, sowohl vom Souchong als auch vom rohen Tee? Ich möchte sie mit den Produkten von Sinagar vergleichen. Der Tee wird hier kalt verpackt.

Wenn man ihn, wie auf Ardjasari, warm in die Kisten tut, bekommt er Onkel Eduard zufolge einen seifigen Geschmack. Sofort nach dem Verpacken wird die Bleikiste zugelötet, so daß keine Feuchtigkeit mehr in den Tee dringen kann.»

Rudolf wurde klar, daß man auf vielerlei Arten Tee herstellen kann und daß die Inhaber der verschiedenen Unternehmen beim Pflanzen, Schneiden und Pflücken jeweils ihre eigenen Methoden anwandten. Albert Holle hielt sich im großen und ganzen an das von Karel vorgeschriebene System, Eduard und Hoogeveen dagegen erlaubten sich gewisse Abweichungen, über die sie während ihrer gelegentlichen Treffen immer lebhaft diskutierten. Hoogeveen hatte den Terrassenanbau, von Karel Holle für die Teekultur in den Bergen als ideal angesehen, durch ein System von Abflußrinnen ersetzt, die sich in Zickzacklinien mit geringem Gefälle über den Berghang zogen, eine in Rudolfs Augen praktische, weil zeit- und platzsparende Lösung. Eduard konzentrierte sich nicht auf grünen Tee, wie es Karel empfohlen hatte; Souchong und Pekoe erbrachten höhere Preise auf dem Amsterdamer Teemarkt. Nur probeweise ließ er Blätter als grünen Tee zubereiten, hauptsächlich um die Eigenschaften der Gerbsäure zu untersuchen.

Karel Holle stand als graue Eminenz im Hintergrund aller Betriebe. Eduard behauptete, er habe Spione unter den Manduren auf Sinagar, Mundjul, Tjisalak und Ardjasari, die ihn über die Produktion und die personellen Angelegenheiten auf dem laufenden hielten. Hin und wieder kam er auf Besuch nach Mundjul, meist begleitet von seinem Freund, dem *wedana* von Tjitjurug (dem Bezirksvorsteher oblag die Aufsicht über den einheimischen Anteil der Teekulturen). Man fand sich zusammen, um dringende Angelegenheiten zu besprechen: Da war die *budug*-Seuche, eine Rostpilzkrankheit der Blätter, die ohne erkennbare Ursache ganze Plantagen befiel; dann der beunruhigende Mangel an *padi*, an neuem Reis, nach einer Mißernte und das damit verbundene Problem, genügend Reisvorräte für die Arbeiterschaft aufzutreiben; und schließlich die Notwendigkeit, neues Personal für Gärten und Fabriken zu finden, da die Leute massenweise in Gegenden abzogen, wo keine Hungersnot drohte.

Auch auf Ardjasari war Karels Einfluß immer spürbar. Zum Verdruß von Rudolfs Eltern, die sich sehr bemühten und seine Ratschläge strikt befolgten, machte er ständig kritische Bemerkungen über die Arbeitsabläufe in dem jungen Betrieb: Er fand die Wege unzumutbar schlecht, die Teekisten häßlich, den Tee zu grob. Rudolf schickte deshalb ein Rezept für Firnis: «Hier auf Sinagar kochen wir ein Gemisch aus Öl und Mennige, bis es dick wird, und rühren dann drei Flaschen Blut hinein, dazu ein wenig Harz, um das Trocknen zu beschleunigen. Versucht das mal auf euren Teekisten.»

Statt Eduard machte jetzt Rudolf die täglichen Inspektionsrunden. Es bereitete ihm Vergnügen, über das ausgedehnte Gelände von einer Pflanzung zur anderen zu reiten, auf dem Schimmel, den Eduard ihm leihweise überlassen hatte, eine stolze junge Stute namens Si Odaliske. In den Fabrikhallen fühlte er sich wegen seiner mangelnden Sprachkenntnisse im Sundanesischen weniger wohl. Seine fehlerhaften Sätze lösten bei den Sortiererinnen unterdrücktes Gelächter aus und erheiterte zu späterer Stunde die jungen Pflückerinnen, die mit ihren vollen Körben in einer langen Reihe am Wiegetisch vorbeizogen. Er selbst fand es nicht schlimm, wenn man über ihn lachte, doch die Überlegung, sein unfreiwillig komisches Auftreten könne dem Ansehen des Djuragan schaden, bewog ihn dazu, seine Besuche in der Fabrik vorerst auf einen kurzen Rundgang zu beschränken. In der Schreinerei gab es wieder andere Probleme. Die Männer, die die Teekisten zimmerten, schlugen die Nägel oft so nachlässig ein, daß die Bleiverpackung beschädigt wurde. Wegen seiner unbeholfenen Ausdrucksweise nahmen sie seine Anweisungen nicht ernst. Er plagte sich ab, um die Sprache zu meistern, legte Vokabellisten an und übte sich in der Aussprache. Das Lernen half ihm über die langen Abende hinweg. Im Gegensatz zu dem

Pasar-Malaiisch, das seine Eltern und Schwestern im Umgang mit der Bevölkerung benutzten, erwies sich das Sundanesische als eine reiche, komplizierte Sprache. Rudolf legte sich eine Reihe kurzer, aussagekräftiger Sätze in korrekten Anredeformen zurecht, die genau wiedergaben, was er sagen wollte.

Mit Eduards chinesischen Aufsehern kam er im allgemeinen gut aus. Sie machten einen fleißigen, vertrauenswürdigen Eindruck, nur fand er ihr Benehmen oft ziemlich anmaßend. Unter den Fabrikarbeitern, von denen sie sich allein schon durch ihre Kleidung und Haartracht abhoben, bildeten sie eine eigene Kaste; sie sprachen Malaiisch, die meisten von ihnen waren auf Java geboren und als *peranakans* aufgewachsen. Daß sie nur wegen ihrer chinesischen Abstammung mehr über die Herstellung von China-Tee wissen sollten, hielt Rudolf für fraglich. Es dauerte nicht lange, bis er die Ursache für ihr überhebliches Verhalten gegenüber den einheimischen Arbeitskräften herausfand: Der äußerst autoritäre Mandur der Vorratshalle war ein Bruder von Guy La Nio.

Eduard nahm Rudolf mit nach Buitenzorg, wo er ihn den Herren vorstellte, die mit der Organisation der Pferderennen betraut waren, und führte ihn in die Kreise des Generalgouverneurs ein. Zum erstenmal seit seinen Deventer Tanzstunden besuchte Rudolf in dessen Residenz wieder einen Ball. Er stellte fest, daß er sich noch ausgelassen amüsieren konnte, obwohl ihm das Benehmen vieler Festteilnehmer im Klubhaus des Buitenzorger Rennvereins mißfiel.

«Der Verzehr der Getränke ist à discrétion, wovon denn auch mit größter *In*diskretion Gebrauch gemacht wurde, vor allem von einigen Offizieren», meldete er in einem Brief nach Ardjasari. «Der Champagner floß in Strömen. Sogar morgens beim Rennen betranken sich Erwachsene und Kinder(!). Auf dem Ball sah ich einen Offizier, der mit zwei Flaschen unterm Arm mitten durch die Quadrille lief. Sogar die Tanzenden ließen sich einschenken und tranken den Wein aus vollen Biergläsern.»

Endlich hatte Rudolf Zeit für den so lange ersehnten Spaziergang im botanischen Garten. Er fand es dort sehr schön und interessant und nahm sich vor, sämtliche Ecken und Winkel des einzigartigen Parks kennenzulernen, wenn er zum nächsten Rennen nach Buitenzorg kam, um Eduards Pferde laufen zu lassen.

Ende Juni brach Eduard mit Paulientje und Tattat nach Holland auf, wo die Kinder von zwei unverheirateten Schwestern Kerkhoven aufgenommen wurden. Obwohl gewarnt vor der oft unerträglichen Hitze auf dem windstillen Roten Meer, hatte Eduard die Überfahrt auf einem Schiff gebucht, das die neue Route durch den Suez-Kanal befuhr. Er wollte weder warten noch die wesentlich längere Reise um das Kap antreten, um die Eröffnung der Jagdsaison in Geldern nicht zu versäumen.

Auf Sinagar schlug Rudolf jetzt der Wind voll ins Gesicht: so empfand er es zumindest, als die Flut der Verantwortlichkeiten über ihn hereinstürzte. Er schüttete sein Herz in Briefen aus: «Hier bei uns wurde viel trockener Tee gestohlen. Vier Obermandure, der Schreiber und ein Hausjunge wurden nach Sukabumi abgeführt und mußten sich vor dem Landesgericht verantworten. Sie wurden zu Strafen von einem bis drei Monaten Zwangsarbeit verurteilt. Ich habe mit dem Residenten von Sukabumi darüber korrespondiert, doch mein Brief kam zu spät, und ich erhielt die Antwort, das Urteil sei schon gesprochen. Trotzdem werden jetzt, zwei Tage danach, neue Zeugen aufgerufen, und ich hoffe auf eine neue Entscheidung. Onkel Eduard hat mit der Anzeige bis kurz vor seiner Abreise gewartet, und jetzt muß ich die Kastanien aus dem Feuer holen. Eines weiß ich sicher: Wenn ich einmal ein eigenes Unternehmen verwalte, werde ich mit solchen Angelegenheiten nicht so rasch vor Gericht gehen. Wir ziehen doch immer den kürzeren. Jetzt habe ich nur noch in einer Abteilung einen Obermandur (und auch der ist neu). In den drei anderen Gärten muß ich den Posten selbst übernehmen, eine Aufgabe, auf die ich überhaupt nicht vorbereitet bin. Die

Entfernung zwischen den drei Gärten beträgt durchschnittlich drei bis vier Meilen. Leider wird an jedem Morgen, den ich in den Plantagen verbringe, in der Fabrik miserabler Tee hergestellt. Wenn ich nicht neben den Leuten stehe, pfuschen sie. Außerdem hat Albert Holle auf Sinagar hinter meinem Rücken eine neue Produktion eingeführt, nämlich die von grünem Tee, von der die Leute nichts verstehen und in der ich mich selber auch nicht gut auskenne. Das beschwört weitere *susah* herauf.

Die Menschen hier glaubten anfangs, ich sei meiner Aufgabe nicht gewachsen. Sie arbeiten so lange nachlässig und schlecht, bis ich unerwartet ihren Lohn empfindlich kürze. Dann sind sie so erstaunt und erschrocken, daß sie sich wie Lämmer leiten lassen, und eine Weile läuft alles hervorragend. Ich habe von Anfang an durchgesetzt, daß nicht die Budjangs, sondern die Mandure bestraft werden, wenn etwas danebengeht; sie tragen schließlich die Verantwortung. Auch die Kredite und Vorschüsse habe ich abgeschafft.

Der *padi*, der Reis, ist wieder im Preis gestiegen. Ich lasse ihn von unseren eigenen Budjangs holen. Albert Holle muß mehr bezahlen als wir, da er sich den Padi kommen läßt, und dennoch mißbilligt er meine Anordnungen auf Sinagar. So sind die Holles. Sie finden alles schlecht, was anders ist als bei ihnen. Albert übersieht dabei, daß er als Miteigentümer am geschäftlichen Erfolg von Sinagar beteiligt ist. Falls ich seinem Beispiel folgte und den Padi teurer einkaufte, wäre es für ihn der reine Verlust. Ständig muß ich nach seiner Pfeife tanzen, wenn ihm wieder etwas Neues einzufallen beliebt. Mal ist der Tee zu grob, dann wieder zu fein, mal dies, mal jenes. Albert glaubt, seine Produktion sei immer konstant und er stelle immer dieselbe Teesorte her, aber ich weiß es besser. Meine Leute wundern sich oft, wenn er wieder einmal etwas bemäkelt, was er kurz zuvor selber eingeführt hat. Bei gewissen Dingen erlaube ich mir allerdings, meinen eigenen Kopf durchzusetzen. Onkel Eduard hat mich vor seiner Abreise gewarnt, nicht von unseren gewohnten Verfahren abzuweichen, auch wenn Albert noch so sehr darauf dringen sollte. Dennoch kann ich mich im großen und ganzen nicht über ihn beklagen. Zwar ist seiner Meinung nach auf Sinagar alles schlecht und auf Mundjul alles großartig, aber er hält sich nun doch mit seiner Kritik zurück und wählt seine Worte vorsichtig, so daß wir vernünftig miteinander reden können und es mir nicht schwerfällt, ihm dann und wann nachzugeben.»

Rudolf war sich bewußt, daß die von ihm auf Sinagar eingeführten Methoden der Teeherstellung, insbesondere seine organisatorischen und disziplinären Maßnahmen, das Mißfallen der Familie Holle erregten. Die «behagliche» Atmosphäre und Gemütlichkeit, die Eduards Geschäftsführung geprägt hatten, waren verschwunden, seit er den Ton angab. Nur selten kam Besuch. Der einzige Logiergast, der sich in den Monaten von Eduards Abwesenheit einfand, war der Verwalter eines Unternehmens, das Baud gehörte. Der Mann hatte ganz offensichtlich den Auftrag, Informationen über die Bereitung von grünem Tee und über die Beziehungen der Gebrüder Holle untereinander einzuholen. Rudolf ließ sich weder über das eine noch über das andere ausfragen.

Obwohl er Njonja Nèng und Njonja Tua wiederholt eingeladen hatte, die Zimmer im Gedung zu benutzen, blieben sie weiterhin zurückhaltend. Mit Nèng hatte er einen Strauß ausgefochten, als sie hinter seinem Rücken Bediente entlassen wollte; Rudolf hatte ihr rasch und deutlich zu verstehen gegeben, daß er nun der Herr im Hause war. Danach gab sie ihm mehrmals Einmachgläser mit kandierten Früchten für seine Mutter mit, zum Dank für die europäischen Kinderkleider, die die Frauen auf Ardjasari für Paulientje und Adriaan genäht hatten. Gerade als er annahm, ihre Beziehung hätte sich gebessert, teilte Nèng ihm überraschend mit, daß sie einen Landsmann in Buitenzorg heiraten werde. Einen schönen Sarong mit chinesischer Batik, den ihr Rudolf im Namen seiner Eltern als Geschenk übergab, nahm sie mit eisiger Miene entgegen: «Ich bin zu alt für so ein Blumenmuster.» Eines Tages war sie ohne Abschied verschwunden.

Nachdem Nèng fort war, bildeten Rudolf, Mama Tua und Non Ketjil eine merkwürdige kleine Familie. Die alte Frau traute sich kaum, ihn anzureden, das Kind hatte Angst vor ihm. Erst als die Kleine einmal mit dem Köpfchen unter dem Büffet steckengeblieben war (sie hatte sich in einem Wutanfall darunter verstecken wollen) und es keinem anderen als Rudolf gelang, sie zu befreien, war das Eis gebrochen. Er wünschte, daß sie gesund und hübsch aussah, wenn Eduard zurückkehrte, und setzte alles daran, sie mit Hausmitteln, die seine Mutter ihm geschickt hatte, von einem hartnäckigen skrofulösen Ausschlag zu heilen.

Wenn er zuweilen nach Mundjul ritt, fühlte er sich dort nicht willkommen. Albert, mit dem er sich neuerdings in der Fabrik recht gut verstand, behandelte ihn auf Mundjul ziemlich kühl, und Louise redete ihn, wenn überhaupt, weiterhin förmlich mit «Cousin» und «Sie» an. Mehrmals fand ein *kumpulan*, ein Familientreffen, mit den Hoogeveens von Tjisalak und den Holles von Parakan Salak statt, doch Rudolf wurde nie dazu eingeladen. Er war besonders gekränkt, als er einmal zufällig vorbeikam und die Familie sich zu Tisch setzte, ohne ihn zum Essen zu bitten. Er tat zwar, als merkte er nichts, aber die Frage, woran es lag, quälte ihn doch. Verdächtigte man ihn, ein Spitzel von Baud zu sein? Oder vermuteten sie, daß er an einer Serie von Artikeln im *Java-Bode* beteiligt war, in denen Karel Holles Allüren der Allwissenheit mit verblümten Anspielungen aufs Korn genommen wurden? Er wies die Gedanken von sich, die ihn verunsicherten und in der Ausübung seiner Funktion störten.

Er hatte genug *susah* am Halse. Nach heftigen Regenfällen kam es in ganz Westjava zu Überschwemmungen, in den Bergen bildeten sich *bandjirs*, reißende Bäche, die auch auf dem Gelände von Sinagar Brücken mitrissen und Wege zerstörten. Ein Bewohner des Kampongs hatte, angeblich aus Unachtsamkeit, einen Bambuswald in Brand gesteckt, doch Albert vermutete vorsätzliche

Brandstiftung als Antwort auf die von Rudolf eingeführten Strafmaßnahmen. Unter den Pflückerinnen und Fabrikarbeitern war unentschuldigte Abwesenheit gang und gäbe geworden. Der chinesische Obermandur, Eduards «Schwager», kündigte. Ein Pferd des Rennstalls hatte einen Unfall. Die neue Trockenkammer mit steinernen Mauern und Ziegeldach, die Rudolf hatte bauen lassen, entsprach nicht den Erwartungen, so daß er sich genötigt sah, die wegen des Regens unglaublich rasch nachwachsenden Blätter über Holzkohlenfeuer zu trocknen, was dem Geschmack nicht gut bekam. An manchen Tagen wurden bis zu zehntausend Pfund rohe Blätter geerntet, eine Menge, die sich unmöglich auf die herkömmliche Weise verarbeiten ließ.

Doch plötzlich änderte sich wie durch Zauberschlag sowohl das Verhalten der Holles als auch der Arbeiter. Seit Rudolf auf den Pferderennen in Buitenzorg – wo er Eduard vertrat – die heiratsfähigen Cousinen und Freundinnen von Jans und Louise kennengelernt hatte, genoß er auf Mundjul ein Ansehen wie nie zuvor; und nachdem er zu Ehren des Pferdes Emir, das einen Preis gewonnen hatte, für die Leute auf dem Unternehmen ein *selamatan*, ein festliches Essen mit Musik und Tänzerinnen, gegeben hatte (wobei man das bekränzte Pferd herumführte und in seinem Stall Weihrauchstäbchen verbrannte), war sein Ansehen erheblich gestiegen. Er nahm an, er habe nun gezeigt, daß er «dazugehörte».

Eduard kehrte im Herbst 1872 genauso plötzlich zurück, wie er abgereist war. Er hatte kein einziges Mal geschrieben und nicht einmal auf die ausführlichen Berichte reagiert, die Rudolf ihm geschickt hatte. Zu einem festlichen Empfang blieb keine Zeit. Als erstes Familienmitglied nutzte er die vor kurzem eröffnete Eisenbahnlinie zwischen Batavia und Buitenzorg.

Rudolf holte ihn dort mit einer Eskorte von zwölf Reitern ab. Eduard sah gut aus und war heilfroh, wieder auf Java zu sein. Während seines Aufenthaltes in der Heimat war ihm klargeworden, daß er nie wieder an Heimweh leiden würde. Als die Gruppe sich Sinagar näherte, gab er seinem Pferd die Sporen.

Rudolf beschrieb die Heimkehr seinen Eltern: «Es dauerte nicht lange, und Onkel und ich waren den anderen weit voran. Vorausblickend hatte ich eines der besten Rennpferde aus dem Stall genommen, und so kostete es mich keine Mühe, mit dem Onkel auf seinem großen Sydneyer Schritt zu halten. Ganz weit hinter uns sah man die lange Reihe trabender und galoppierender Pferde. Ihr könnt euch vorstellen, wie das Volk herbeigelaufen kam! Auf Sinagar war alles in Ordnung. Ich habe nicht bemerkt, daß Onkel mit einer wesentlichen Sache unzufrieden gewesen wäre. Er sagte, meine Arbeit mache mir Ehre. Es würde mich interessieren, wie er euch gegenüber meine Geschäftsführung beurteilt. Der Onkel schreibt gerade einen Brief an euch. Ihr laßt es mich doch wissen, nicht wahr?»

Am Tag darauf fügte Rudolf ein Postskriptum hinzu: «Der Onkel hat mich in großzügigster Weise beschenkt. Ich bin ganz verwirrt. Er hat mir ein neues Gewehr, einen Hinterlader, central fire, mitgebracht, das noch unterwegs ist. Und als ich kaum Worte fand, mich zu bedanken, sagte Onkel: Und die Schimmelstute Odaliske, die du so liebst, mußt du auch mitnehmen.

P. P. S. S. Wie kommt es, daß ich so wenig über die Teegeschäfte auf Ardjasari erfahre? Oder sind das Überraschungen, die ihr für mich aufhebt?»

Eine Überraschung, wenn auch keine angenehme, war die Entdeckung, daß Rudolfs Vater nicht mit seiner Rückkehr gerechnet und nach der Beendigung von Micolas Dienstverhältnis einen neuen Assistenten angestellt hatte, einen jungen Burschen, der Rudolfs Meinung nach bestimmt nicht mehr von Teekultur verstand als er selbst. Außerdem weilte ein Gast auf Ardjasari. Radèn Karta Winata war der Sohn eines Freundes von Karel Holle, des *penghulu* von Garut. Der junge sundanesische Edelmann hatte auf der von Karel gestifteten pädagogischen Hochschule eine Lehrerausbildung absolviert. Er war ein bescheidener, höflicher Hausgenosse, der vorzüglich Niederländisch sprach und Texte für Schulbücher übersetzte. *Die abenteuerliche Reise nach Ostindien* von Willem Bontekoe war schon auf sundanesisch erschienen, jetzt arbeitete er an der Übersetzung der niederländischen Ausgabe von Defoes *Robinson Crusoe*. Rudolfs Vater, der eine englische Ausgabe des Romans besaß, half Karta Winata beim Vergleichen mit dem Originaltext und bekam dafür von ihm Unterricht in Sundanesisch. Auch Rudolf machte dankbar von der gebotenen Gelegenheit Gebrauch. Mit viel Geduld und Takt zeigte Karta Winata ihm den Weg im Labyrinth dieser Sprache mit ihren «niederen» Formen für den Umgang mit Menschen gleichen Standes und den «höheren» Formen für Respektspersonen; er lehrte ihn die Ausdrücke der tiefen Ehrfurcht ebenso wie die der Herablassung und damit die subtile Differenzierung des eigenen Ranges, den man sich hierzulande im Kontakt mit anderen Menschen zuerkennt. Es konnte Rudolf nun nicht mehr passieren, daß er, außer in berechtigtem Zorn und höchster Entrüstung, einem Untergebenen gegenüber das gönnerhaft herablassende «aing» für «ich» gebrauchte statt des leutselig-freundlichen «urang» oder «dèwèk» oder daß er sich in Gesellschaft von Sundanesen gleichen Ranges und Standes, ohne daß sich bereits eine gewisse Vertraulichkeit eingestellt hatte, mit dem Ausdruck «kuring» statt des förmlichen «abdi» bezeichnete.

Karta Winata lächelte, als er Rudolfs Verwunderung und Verwirrung bemerkte. «Sie sollten einmal an einem Empfang oder Fest im *kabupatèn* eines Regenten teilnehmen, Mijnheer Kerkhoven. Dort übt man noch die Kunst, in eine Rede sehr alte, blumige Worte und Wendungen einzuflechten. Diese Gepflogenheit wird besonders hoch geschätzt, denn sie zeugt von Ehrfurcht vor unserer Kultur. Mijnheer Karel Holle ist darin sehr bewandert.»

Auf die Frage, was er von Robinson Crusoe halte, gab Karta Winata zur Antwort, seiner Meinung nach sei das allmähllich wachsende Verständnis zwischen einem gebildeten und einem durch seine Unwissenheit unterlegenen Mann in dem Buch vortrefflich dargestellt. Rudolf hatte die Frage aufgeworfen in der Überlegung, daß die einheimischen Hochschulstudenten möglicherweise eine erzieherische Tendenz – und einen nicht sehr schmeichelhaften Vergleich – in der Erzählung von einem Abendländer und einem Wilden erblicken könnten. Hinterher war er sich nicht ganz sicher, ob Karta Winata mit seiner Antwort nicht genau das Gegenteil gemeint hatte.

Die zweite Überraschung, die er ebenfalls mit gemischten Gefühlen aufnahm, war die Mitteilung, daß Cateau sich während ihres Besuchs bei Bertha in Batavia verlobt hatte; Hals über Kopf, meinte Rudolf, der bislang nichts von einer Liebesgeschichte seiner jüngeren Schwester wußte. Er durfte zumindest erwarten, daß man ihn in Familienangelegenheiten informierte, bevor man die vollendeten Tatsachen bekanntgab. Cateaus Zukünftiger hieß Joan Henny, er stammte aus einer unbescholtenen Bürgerfamilie aus Zutphen und war Staatsanwalt in Batavia. Er galt als fähiger Jurist, der noch eine große Karriere vor sich hatte. Über seine Person und seinen Charakter erfuhr Rudolf wenig. Auch Rudolfs Eltern kannten den jungen Mann nur dem Namen nach, doch die über ihn eingeholten Informationen waren positiv, und Van Santen, der mit ihm befreundet war, sagte, er sei in jeder Hinsicht solide.

Cateau schien zufrieden. Sie widmete sich eifrig ihrer Aussteuer und war aus der sonst verhaßten «Nähstube» auf Ardjasari kaum zu vertreiben. Rudolf wunderte sich über die Leichtigkeit, mit der sie sich innerhalb weniger Wochen aufgrund einer Beziehung, die doch bisher nicht mehr als eine flüchtige Bekanntschaft gewesen sein konnte, auf ihr neues Leben einstellte. Die Fragen, mit denen er ihre Gefühle zu ergründen versuchte, beantwortete sie mit allzu konventioneller Begeisterung über die Aufmerksamkeiten und hübschen Geschenke, mit denen ihr Verlobter sie überschüttete. «Warum mußt du immer alles so schwarz sehen! Bertha und Van Santen haben sich vor der Heirat auch kaum gekannt, und trotzdem klappt alles wunderbar. In Kürze bekommt Bertha wieder ein Kleines. Eine eigene Familie, das muß herrlich sein!»

Trotz der Bemühungen der Eltern, trotz der Anwesenheit Eduards, der Hoogeveens und des stellvertretenden Residenten von Bandung, der die Trauung vollzog, trotz des eleganten Kleides von Cateau, auf Ardjasari nach einem Modell der Zeitschrift *Gracieuse* angefertigt, trotz Festmahl, Champagner, Gartenbeleuchtung, chinesischem Feuerwerk und dem *selamatan* für alle Betriebsangehörigen, bot die Hochzeit keineswegs Anlaß zu uneingeschränkter Freude. Joan Henny, blond, blaß, ein bißchen zu geckenhaft und pedantisch, gefiel keinem in der Familie so recht. Die Gesellschaft war nicht vollzählig: Die Van Santens konnten die weite und mühselige Reise nicht antreten, da Berthas Entbindung jeden Tag erwartet wurde; die Holles von Parakan Salak wie auch die von Mundjul waren krankheitshalber verhindert; Karel Holle begnügte sich damit, erlesenes Obst von Waspada zu schikken.

Kaum waren die Spuren des Festes fortgeräumt, als die Nachricht von der Geburt von Berthas zweitem Kind, einem Sohn, das Ehepaar Kerkhoven nach Batavia rief. Und nachdem sie sich mehrere Wochen später zu Hause eingefunden hatten, tauchte völlig unerwartet Cateau auf, die sich für die Reise einer befreundeten Familie angeschlossen hatte. Sie war beleidigt und klagte, ihr frischgebackener Ehemann vernachlässige sie wegen seiner Anwaltspraxis. Nicht lange danach erschien Henny selber, erschöpfte sich in Erklärungen und Entschuldigungen und nahm seine junge Frau wieder mit. Das Kommen und Gehen der Menschen in Kutschen und Sänften oder zu Pferd schien kein Ende nehmen zu wollen; die neue Bahnverbindung zwischen Batavia und Buitenzorg verkürzte zwar die Reise, doch die schwierigste Etappe auf dem Weg durch den Preanger war nach wie vor der Megamendung-Paß und der Gunung Missigit.

Rudolf hatte das Seine zum Gelingen der Hochzeit beigetragen, indem er mit einer Gruppe von Arbeitern den steilen und oft gefährlich abschüssigen Weg zum Unternehmen ausgebessert hatte. Jetzt war die Arbeit getan. Nach dem selbständigen Walten auf Sinagar fiel es ihm schwer, ohne eine deutlich umrissene Aufgabe neben seinem Vater und dessen Assistenten auf Ardjasari herumzulungern. Für drei Männer gab es nicht genügend Arbeit. Er wurde nicht gebraucht.

Er war jetzt fast zwei Jahre auf Java und hatte noch immer keine Aussicht auf eine feste Arbeitsstelle. Für kurze Zeit schöpfte er neue Hoffnung, als bekannt wurde, daß der Gesundheitszustand von Adriaan Holle immer mehr zu wünschen übrigließ. Der Rat der Ärzte in Batavia lautete: zurück in die Heimat. Die Holles setzten einstimmig entgegen, daß für jemanden, der dreißig Jahre auf Java in einem subtropischen Bergklima wie dem von Parakan Salak gelebt habe, hier das «Vaterland» sei. Aber Adriaan und zur Überraschung aller auch Jans überlegten ernsthaft, nach den Niederlanden zu gehen. Sie hatten ein Söhnchen, dem sie eine europäische Erziehung angedeihen lassen wollten. Parakan Salak sollte für unbestimmte Zeit einem Stellvertreter anvertraut werden. Rudolf hoffte – und erwartete –, daß Adriaan ihn dafür vorgesehen habe. Doch die Nachricht, daß Adriaan seinen Assistenten – ebenfalls mit einer Tochter Van Motman verheiratet – als Nachfolger ausersehen habe, machte Rudolfs Hoffnungen zunichte.

Karel Holle ließ ihn wissen, daß er möglicherweise auf einem Landgut, das er zu pachten gedenke, einen Verwalterposten zu vergeben habe, doch Rudolf machte sich klar, daß er dort aufgrund seines Alters und seiner untergeordneten Stellung stets von Karel abhängig sein würde, und bezweifelte, ob eine solche Zusammenarbeit auf die Dauer gutgehen könne.

Mit seinem Vater machte er einige Ausflüge zur Hochebene von Pengalengan und in die Umgebung, um die dort von der Regierung zur Pacht freigegebenen Ländereien zu besichtigen.

Der einzige Ort, dessen Lage ihm auf den ersten Blick gefiel, war Gambung, eine vom Gouvernement aufgelassene Kaffeeplantage auf dem nordöstlichen Hang des Gunung Tilu. Doch er hatte sich nun schon auf die Teekultur verlegt, von Kaffee verstand er nichts.

Durch seine Arbeit auf Sinagar hatte er sich den Ruf eines verläßlichen und korrekten Buchhalters erworben. Van Santen vermittelte ihm ein Angebot der Niederländisch-Ostindischen Handelsbank, die Buchführung eines Tabakpflanzers in Ostjava zu sanieren. Die Reise selbst, von Batavia mit dem Schiff nach Surabaja und von dort in Tagesetappen nach Blitar, war ein Erlebnis, das er nicht hätte missen wollen, doch er sagte dem Himmel Dank, daß er sich nicht in dieser Gegend niederlassen mußte. Einen größeren Gegensatz als der zwischen den grünen Teegärten in Preanger mit den geradezu feudalen Herrenhäusern und Wirtschaftsgebäuden und den spießbürgerlichen Verhältnissen der «in Zucker» und «in Tabak» beschäftigten Pflanzer konnte er sich kaum vorstellen. Hier war das Schreckensbild vom Leben im Osten, das einem in Holland oft warnend vorgehalten wurde, Wirklichkeit: Männer, die nur das eine Ziel vor Augen hatten, möglichst rasch möglichst viel Geld zu verdienen, um Java für immer verlassen zu können, und deren mißmutige Ehefrauen; Junggesellen, die ihre Einsamkeit mit Alkohol betäubten.

Nachdem Rudolf den Auftrag erledigt hatte, besuchte er auf Anraten seines Vaters die Kaffeeplantagen in der Umgebung von Malang, um sich über die Anbau- und Produktionsverfahren zu informieren. Die Plantagen lohnten seiner Ansicht nach die Mühe, doch die Arbeit selbst fand er nicht annähernd so fesselnd wie die viel kompliziertere, unberechenbare und darum anspruchsvollere Teekultur.

«Ich sehne mich nach dem Preanger-Land!» schrieb er seinen Eltern.

Die Rodung

1873 – 1876

Der Schweiß lief ihm in Strömen über den Rücken und troff unter dem Sonnenhut aus den Haaren über sein Gesicht. Sein Hemd war durchnäßt, die Ärmel der Baumwolljacke klebten an den Armen. Er beneidete die Einheimischen, die beim Umgraben nur ein loses Jäckchen auf dem nackten Oberkörper trugen. Er behielt alle Kleidungsstücke an, nicht nur als Schutz gegen die Sonne, die seine Haut in der dünnen Bergluft rascher verbrannte, sondern auch um die Form zu wahren. Es war schon befremdend genug, daß der Djuragan selbst zum *patjul*, zum Spaten griff. Aber er wollte den Leuten das Tempo vorgeben. Wenn Djengot den Vorarbeiter machte, dauerte alles dreimal so lang. Immer wieder wunderte er sich, daß die Bergbewohner, die so geschickt mit Buschmesser und Beil umgehen konnten, sich mit dem Spaten so schwertaten. Er zählte schon gar nicht mehr, wie oft er ihnen mit einem «*Didijeu kurang djéro matjulna*» klarmachen mußte, daß sie den Boden nicht tief genug umgegraben hatten.

Das Feld, als Anzuchtgarten für Teepflanzen bestimmt, war bisher sein schwerstes Stück Arbeit. Schon seit Tagen waren sie damit beschäftigt. Zuerst hatten sie die alten Kaffeesträucher umgehackt, dann die Stümpfe und Strünke verbrannt. Doch tief im Boden befand sich eine schier unentwirrbare Schicht eng verflochtener, zäher Wurzeln. Bevor sie diese nicht ausgegraben hatten, war an eine Neubepflanzung nicht zu denken.

Jeder Tag brachte neue Probleme. Trotzdem war Rudolf zufrieden. Nach den Anfangsschwierigkeiten besserte sich seine Beziehung zu den Leuten von Gambung. In den ersten Tagen nach seiner Ankunft hatten sich mehrere Männer bei ihm gemeldet, die beim Aushacken der Wege zwischen den Gärten helfen wollten. Es blieb schließlich bei fünf, sechs Mann, immer denselben. Von Djengot erfuhr er, es würden mehr Leute kommen, falls er höhere Löhne zahlte. Er war sich im klaren, daß seine Reaktion darauf sein ganzes weiteres Dasein auf Gambung bestimmen würde. Obwohl prinzipiell geneigt, über ihre Forderungen mit sich reden zu lassen, wollte er nicht dem ersten Druck nachgeben. Den Männern, die zuerst gekommen waren und die er fast schon als getreue Kumpel ansah, hatte er leichtere Arbeiten zugeteilt als in den ersten Tagen, er hatte ihre Arbeitszeit verkürzt, ihnen während der Ruhepausen Tabak angeboten und zur Zerstreuung Scheibenschießen vorgeführt, nachdem er die Bedienung des Gewehrs erklärt hatte. Sein Entgegenkommen löste ihre Zungen. Gewisse Anspielungen ließen ihn vermuten, daß Djengot den herrschenden Unwillen schürte.

Erneut zog er Gewinn aus dem, was er auf Sinagar gelernt hatte. Er begriff, daß er das gute Einvernehmen mit Djengot durch ein diplomatisches Geschenk erkaufen mußte. Danach lief alles sofort wie geschmiert. Die Zahl der Arbeitswilligen nahm zu; über den Lohn – ein paar Cent zusätzlich – wurde man sich mühelos einig. Von nun an liefen die Gambunger nicht mehr scheu an seinem Häuschen vorbei, sondern suchten ihn auf und brachten ihm seltene Funde aus dem Urwald, etwa ein Schuppentier oder eine riesige schwarze Vogelspinne. Die Männer rollten sich gerne mal eine Zigarette aus seinem holländischen Tabak in ein Blatt der Nipa-Palme, hockten sich vor seinem Pondok hin und rauchten mit anerkennendem Gemurmel.

Zwischen ihm und den Eltern auf Ardjasari lief fast täglich ein Kuli hin und her. Seine Bestellzettel wurden immer länger; Kleider mußten gewaschen und geflickt, Schuhe repariert werden.

Letzteres erwies sich als schwierig, da es im ganzen Preanger keinen Schuster gab. Vom chinesischen Handwerker in Batavia kamen die Stiefel mit Wanzen im Innenfutter zurück, die Muntajas fing und nach Rudolfs Meinung allzu sorglos mit zwei Fingern wegschnippte. Auch für die allernötigsten Lebensmittel – Zucker, Eier und gelegentlich ein Huhn – war er auf seine Mutter angewiesen. Nach einem Arbeitstag in den Plantagen hatte er Hunger wie ein Wolf.

Er legte den Spaten hin und musterte den wachsenden Haufen aus gerodeten Wurzeln und dünnen, zähen Stämmchen, die zwischen den alten Sträuchern hochgeschossen waren. Es bedrückte ihn, daß er mit dem Roden des Waldbodens in dieser Gegend keinerlei Erfahrung hatte. Immer wieder tauchten Probleme auf, für die er nicht gleich eine Lösung fand. Wie sollte er, wenn er demnächst größere Grundstücke für die Teegärten vorbereitete, die riesigen Mengen von zerhacktem Holz und Zweigen fortschaffen? Er besaß weder Karren noch Zugtiere für den Transport. Später wollte er Kerabau-Büffel kaufen und eine Umzäunung für sie errichten lassen. Vorerst konnte er nur Gruben ausheben und das ganze Zeug hineinschütten.

Eine Wolke zog vor die Sonne, der erste Vorbote der allmählich aufsteigenden Wand, aus der am späten Nachmittag ein Sturzregen losbrach. Daß es auf Gambung so oft und heftig regnen würde, hatte er nicht vorhergesehen. Der Regen und die Einsamkeit (seit fast drei Monaten hatte er kein niederländisches Wort gehört und gesprochen) waren die Schattenseiten seines Dorados. Mit einem Anflug von Selbstironie dachte er an das grenzenlose Entzücken, das ihn erfaßt hatte, als er zum erstenmal auf dem Bergkamm stand. Immer wieder erlebte er solche Augenblicke reinen Glücks, nach einem Unwetter vor der Kulisse des triefenden Urwalds oder morgens, wenn er die Tür öffnete und das grandiose Panorama des Pantjur, Patuha und Tambagrujung sich vor ihm ausbreitete, der Gedeh im Hintergrund in allen Tönen von Blau und Violett schimmerte und vor ihm mächtig die drei Gipfel des nahen Gunung Tilu aufragten. Immer wieder machte er die Erfahrung, daß die Landschaft – die er besser zu kennen glaubte, seit er sie in allen Richtungen durchstreift hatte – sich in ihrer eigenen, unergründlichen Daseinsform gleichsam vor ihm verschloß. Er verstand auch, warum für die Menschen hier jeder Baum, jeder Stein und Bergbach beseelt war, ein Wesen mit einem Namen, mit einer besonderen Macht.

Als die Sonne verschwunden war, erschauerte er in den feuchten Kleidern. Er gab den Männern, die mit hochgeschlagenem Sarong am Feldrand hockten, das Zeichen, für heute sei es genug. Sie traten die Feuer aus und schulterten ihre Patjuls. Hätte nicht der Regen drohend über ihm gehangen, so wäre er am liebsten nochmals über die kahlen Felder gegangen. Die Gambunger hatten sich für jedes neue, dem Urwald abgerungene Grundstück einen Namen ausgedacht: «das Feld des *badak*» (weil dort einmal unter dem ohrenbetäubenden Krach zerbrechender Äste ein Nashorn dicht an ihnen vorbeigerast war), «das Feld des Rasamala-Baumes mit der roten Blüte» (wo Rudolf auf einem der königlichen Stämme eine dunkelrote Orchidee gefunden hatte) und «das Feld, wo der Djuragan in einen Dadap-Baum geklettert ist» (ein Kunststück, das offensichtlich ihr Staunen erregte und das sie durch den Namen für immer vor dem Vergessen bewahrten).

Beim Abstieg hatte Rudolf Mühe, mit den anderen Schritt zu halten. Eine Wunde am Bein, die nicht heilen wollte, machte ihm große Beschwerden. Er hatte sich ein Taschentuch um die Wade gebunden, das beim Gehen ständig verrutschte.

Er hatte sich daran gewöhnt, durchnäßt und schlammbedeckt nach Hause zu kommen. Das Wasser in seinem «Badeteich» war eiskalt, aber er empfand es als eine Wohltat. Erfrischt, noch leicht zitternd, in sauberer Pyjamahose und einem Flanellhemd mit langen Ärmeln verzehrte er das von Muntajas aufgewärmte Büffelfleischragout, das seine Mutter an diesem Tag mit dem Kuli geschickt hatte.

Solange es noch hell war, wollte er ein wenig lesen. Aus dem Büchervorrat auf Ardjasari hatte er sich *The Woman in White* (die Frau in Weiß) von Wilkie Collins bringen lassen. Er kannte das Buch bereits, fand es aber so spannend, daß er sich gern nochmals darin vertiefte. Er saß noch keine Viertelstunde da, als ein Mann aus dem Kampong heraufgerannt kam mit der Botschaft, einer der Arbeiter liege im Sterben. Wenn er um medizinischen Rat gefragt wurde, brachte ihn das mehr aus der Fassung als die schwere Schufterei in den Plantagen. Für Wunden und Schrammen hatte er im Verbandskasten die nötigen Hilfsmittel parat, er konnte auch gebrochene Gliedmaßen schienen, aber Krankheiten gegenüber fühlte er sich machtlos. Seit er ein paarmal mit Chlorodin Schmerzen gelindert hatte, kamen die Leute stets zu ihm. Dieses unbegründete Vertrauen belastete ihn schwer.

Unter einem breiten Pisangblatt, das Muntajas ihm reichte – es regnete noch immer –, lief er zum Kampong. Die Bewohner standen um einen Mann, der auf einer Matte unter dem Vordach neben einer Kochstelle lag und sich vor Schmerzen krümmte, ohne einen Laut von sich zu geben. Aus dem, was man ihm berichtete, schloß Rudolf, daß der Mann Magenkrämpfe haben müsse.

Er zog den Dorfältesten beiseite. «Was meint Pak Erdjin? War dieser Mann schon früher einmal so krank?»

Pak Erdjin dachte lange nach und schüttelte den Kopf. Nein, es sei das erste Mal, daß ihm so etwas passierte. Am Essen könne es nicht liegen. Die Männer, die von der Arbeit gekommen waren, hätten dasselbe gegessen wie die anderen Gambunger, aber außer diesem hier war niemand krank geworden.

«Warum hat Pak Erdjin keinen *dukun* gerufen?»

«Der Dukun wohnt in Tjikalong», sagte Pak Erdjin. «Das ist viel zu weit. Bis er kommt, ist der Mann längst tot.»

Rudolf öffnete den Verbandskasten. Alle Augen waren auf ihn gerichtet. Er entsann sich, wie er einmal auf Sinagar einem Mann, der an Lähmungserscheinungen an den Beinen litt, mit

Haarpomade geholfen hatte, dem einzigen Schmierfett, das er zufällig zur Hand hatte. Was könnte er dem Kranken als Medizin verabreichen? Er hatte nichts als das Fläschchen Chlorodin. «Hoffen wir das beste», murmelte er. «Wenn es nichts nützt, schadet es wenigstens nicht.» Er gab zwanzig Tropfen in ein Schälchen Wasser und ließ es den Mann trinken.

Der Regen draußen ließ nach. Er hörte, wie das Unwetter über das Tal fortzog. Schweigend sahen die Anwesenden zu, wie der Kranke sich allmählich entspannte. Rudolf fühlte ihm Puls und Stirn und ließ ihn näher zur Kochstelle schieben, wo die nachglühende Holzkohle etwas Wärme verbreitete. Erst eine Dreiviertelstunde später, als der Mann sich aufsetzte und sagte, daß er sich besser fühle, erlaubte Rudolf sich einen Seufzer der Erleichterung. *«Pourvu que ça doure!»* sagte er frei nach Napoleons Mutter. Seit er fast mit niemandem mehr redete, hatte er die Gewohnheit angenommen, sein tägliches Tun und Treiben mit lauten Sprüchen und Bonmots zu begleiten, die er irgendwann im Familienkreis gehört oder sich aus Büchern gemerkt hatte. Es fiel ihm auf, daß er über ein ganzes Repertoire verfügte; für jede Gelegenheit fand er den passenden Kommentar.

Er war froh, daß er sich auf Sinagar und unter Karta Winatas Anleitung bemüht hatte, Sundanesisch zu lernen. Seit er auf Gambung lebte, hatte sich sein Wortschatz erheblich vergrößert. Außer mit Djengot sprach er nie Malaiisch.

Er kannte jetzt alle Gambunger beim Namen und hatte den Eindruck, daß man ihn respektierte. Mit den Menschen hier verstand er sich besser als mit den Leuten auf Sinagar. Sie waren grobschlächtiger, in mancher Hinsicht primitiver, aber sie hatten eine Beharrlichkeit, die ihn beeindruckte; sie waren ausgeglichen und hatten Sinn für Humor. Manchmal ärgerten sie ihn gewaltig, wenn sie sich aus unerfindlichen Gründen weigerten zu tun, was er befahl, doch er hatte auch erlebt, wie sie ihm plötzlich aus irgendwelchem Übermut heraus einen unerwarteten Dienst erwiesen. So hatten sie einmal aus eigenem Antrieb mit unterdrücktem Gelächter einen Stapel Holz für seine Kochstelle gehackt und vor dem Pondok aufgeschichtet: als freiwilligen «Frondienst» für den Djuragan!

Die Zufriedenheit, mit der er sich schlafen gelegt hatte, wurde ihm am nächsten Tag gründlich ausgetrieben. Früher als sonst kam er aus dem Wald nach Hause – ein Wolkenbruch machte weiteres Arbeiten unmöglich – und bekam zu hören, daß Odaliske und zwei weitere Pferde fortgelaufen waren. Der Stallbursche Si Djapan war unauffindbar. Muntajas hatte sich sofort auf die Suche gemacht und war eine Meile weit in Richtung Tjikalong gelaufen, doch von den Pferden fehlte jede Spur. Rudolf ging sofort los.

Innerlich fluchend lief er mit einigen Gambungern im strömenden Regen über glatte, steile Pfade am unteren Dorf Babakan entlang nach Tjikalong. Er befürchtete, die Tiere könnten in den Reisfeldern Schäden angerichtet oder sich am messerscharfen Schilf in den Ufersümpfen verletzt haben. Schlimmer noch war der Gedanke, sie könnten zu ihrem früheren Stall auf Ardjasari zurückgelaufen sein, wo die reiterlosen Tiere große Unruhe ausgelöst hätten.

Schon von weitem erblickte er den Menschenauflauf bei der Brücke von Tjikalong. Die Bewohner hatten die Pferde eingefangen. Unversehrt, aber schmutzig und vor Aufregung zitternd standen die Ausreißer, die auf ihrer Spritztour eine Menge junge Reispflanzen zertrampelt hatten, angebunden da.

«Komm, du Drecksklumpen», sagte Rudolf böse zu dem Schimmel, nachdem er den Schaden vergütet hatte.

Am späten Nachmittag bemerkte er hinter seinem Pondok Djengot, der – wie es in jüngster Zeit öfter vorkam – morgens nicht zur Arbeit erschienen war. Diesmal brachte er die Entschuldigung vor, ein Verwandter im Nachbardorf sei gestorben und er habe am Begräbnis teilnehmen müssen, was Rudolf wortlos akzeptierte. Auf Sinagar hatte er gelernt, sich in solchen Fällen nicht allzusehr in die Frage zu vertiefen, ob es sich um faule Ausreden handelte oder nicht. Auch jetzt war es ihm ziemlich gleich.

«Ist Si Djapan wieder da?»

Djengot blickte eine Weile schweigend zu Boden, bevor er antwortete: «Ich glaube, Si Djapan fühlt sich *malu*.»

Mit anderen Worten, dachte Rudolf, er hat die Arbeit satt. Das war schon möglich, aber er konnte sich nicht vorstellen, daß der Junge die Pferde absichtlich hatte laufen lassen.

«Als Djuragan kann ich von den Leuten in Gambung verlangen, daß sie für mich arbeiten.»

«So ist es», sagte Djengot nicht ohne eine gewisse Aufsässigkeit.

«Will Djengot damit andeuten, Si Odaliske wäre nicht fortgelaufen, wenn ich Si Djapan für das Aufpassen Lohn gezahlt hätte? Ich habe ihm eine neue Jacke versprochen. Und die bekommt er auch.»

«Djuragan weiß, daß die Menschen jetzt für Lohn arbeiten, nicht für Geschenke», wies Djengot ihn zurecht.

Gewöhnlich kümmerte Rudolf sich nicht sonderlich um Djengots einfallsreiche, manchmal auch hinterlistige Versuche, für jeden geleisteten Dienst einen Lohn auszuhandeln. Er war überzeugt, daß die Gambunger Djengot als Außenseiter betrachteten und sich mit ihren Wünschen und Beschwerden lieber an Pak Erdjin wandten, der sie an ihn weiterleitete. Er hegte den Verdacht, daß Djengot heimliche Kontakte zu Waspada, dem Unternehmen von Karel Holle, unterhielt. Daß man auch hier sein Tun und Treiben ständig kontrollierte, war ihm sehr unangenehm. Am liebsten hätte er Djengot nach Ardjasari zurückgeschickt, aber er konnte ihn vorläufig als Hilfskraft bei der Markierung der Grundstücksgrenzen nicht entbehren. Als Grenze zwischen Urwald und Plantage ließ Rudolf eine mehrere Meter breite Schneise schlagen, eine Arbeit, die Djengot beaufsichtigte. Er selbst hatte mit der Vermessung des Geländes zu tun, was ihn nie langweilte, da er dabei immer wieder neue, unbekannte Stellen im Wald und am Berg entdeckte.

Seit er so nahe beim Kampong Gambung lebte, wurde er sich zunehmend der Armut des Volkes bewußt. Die Menschen liefen in dünnen Lumpen herum, ihre Hütten zerfielen. Der Ausfall der Reisernte, der in vielen Teilen Javas eine Hungersnot verursacht hatte, machte sich auch in Gambung bemerkbar. Ein paar kleine Felder mit Mais und Knollengewächsen lieferten die Hauptbestandteile der täglichen Nahrung. Ein vom Tjisondari abgeleiteter Weiher diente als Fischteich. Wenn Rudolf im Wald mit den Männern arbeitete, sah er oft, wie sie im Gebüsch nach wilden Früchten und jungen Blättern suchten. Schmale, für ein ungeübtes Auge unsichtbare Pfade führten zu einer versteckten Arèn-Palme mit zuckerhaltigem Saft oder zu einer Stelle mit eßbaren Vogelnestern. Wenn sie Durst hatten, schlugen sie einen Stengel der wuchernden Rotang-Palmen ab und tranken das Regenwasser aus dem hohlen Lianengewächs.

Rudolf stand hungrig auf und ging hungrig zu Bett. Der Mangel an kräftiger Nahrung schwächte seine Kondition. Er war gezwungen, auf die Jagd zu gehen, obwohl er eigentlich keine Zeit dazu hatte. Ein paarmal gelang es ihm, ein *kasintu*, ein Waldhuhn, zu schießen, das dank Muntajas' Zubereitung wie Wildbret schmeckte.

Nachmittags regnete es stundenlang. In einer alten Woll-jacke, dem einzigen warmen Kleidungsstück, das er aus Holland mitgebracht hatte, saß er auf dem Vorbau, dessen halbhohe Seitenwände nur aus Bambusgeflecht bestanden. Ein feiner Tropfennebel wehte unter dem Vordach herein. Um trocken zu bleiben, mußte er Stuhl und Tisch an die Innenwand schieben. Dort arbeitete er die Aufzeichnungen und Skizzen aus, die er im Wald angefertigt hatte; manchmal waren die Seiten des Heftchens unterwegs so feucht geworden, daß er seine eigene Schrift und die bizarren Linien der «Protuberanzen» (wie er die nutzbaren Grundstücke zwischen den Ausläufern des Urwaldes nannte) kaum entziffern konnte. Er hatte einige Papierbogen aneinandergeklebt, um eine Landkarte anzufertigen.

Die Zeitungen, die der Kuli von Ardjasari mitbrachte, las Rudolf vom ersten bis zum letzten Buchstaben. Das beherrschende Thema waren die Kriegsereignisse in Atjeh im Westen Sumatras. Daß die kolonialen Truppen auf ihrer zweiten Expedition in dieses Gebiet den *kraton*, den Palast des Fürsten, erobert hatten, bedeutete noch lange keinen Sieg. Wie das *Bataviaas Nieuwsblad* schrieb, dachte «das stolze Volk von Atjeh» nicht daran aufzugeben und setzte den Guerillakrieg gegen die niederländischen Truppen Tag und Nacht fort. Die Berichte, die vom «Sieg» kündeten, standen im sonderbaren Widerspruch zu der Tatsache, daß ein Viertel der entsandten Soldaten gefallen und noch viel mehr verwundet worden waren. Rudolf teilte die Ansicht des Journalisten, der freimütig den «mit wenig Umsicht und noch weniger Recht unternommenen Eroberungsfeldzug» tadelte und deshalb des Landes verwiesen wurde.

Wie weit entfernt erschien das blutige Geschehen in Atjeh von der durch Nebel und Regen verhangenen Landschaft, auf die er blickte! Der Wind bewegte die fein verästelten Blätterschirme der Baumfarne am Rande der Schlucht; die weißen Kelche des *ketjubung*, des Stechapfels, hingen schwer vor Feuchtigkeit herab. Vom Badeplatz her hörte man das Rauschen des angeschwollenen Flusses. In diesen klammen Nachmittagsstunden hätte er viel für ein Glas Cognac gegeben. Aber er verzichtete auf scharfe Getränke und aß auch kein Schweinefleisch, um die Gefühle der Gambunger nicht zu verletzen. Das Rauchen war sein einziges Vergnügen, doch konnte er sich täglich nicht mehr als zwei bis drei Zigaretten erlauben, denn sein Tabakvorrat schwand zusehends dahin.

Eines Tages brachte der Kuli außer Lebensmitteln, sauberer Wäsche und Werkzeugen zum Reparieren der Geräte auch einen Hund von Ardjasari mit. Tom, ein schon betagter Terrier, war sichtlich eingeschüchtert durch die fremde Umgebung; er folgte Rudolf auf Schritt und Tritt oder lag unter seinem Stuhl und streckte sich zur Schlafenszeit neben seiner Pritsche aus. Sein unaufhörliches Kratzen und Schnappen nach Ungeziefer störte Rudolf dermaßen, daß er ihn in den schmalen Gang zwischen den Kammern verbannte. Dort schnupperte er unentwegt am Türspalt herum. Er traute sich nicht zu jaulen, aber dafür fiepte er so kläglich, daß Rudolf ihn schließlich mit ein paar kräftigen Klapsen zur Ruhe brachte. Muntajas wußte am nächsten Morgen sofort die Erklärung für sein Verhalten: Der Hund hatte den Panther gerochen, der nachts um den Pondok geschlichen war.

Als im Laufe des Tages bekannt wurde, daß der Panther einen Mann aus Babakan angefallen und ernsthaft verletzt hatte, wollte Rudolf den Versuch wagen, die «große Katze», den *matjan tutul* oder gefleckten Panther, wie die Gambunger sagten, unschädlich zu machen. Während seines Aufenthaltes auf Sinagar hatte er einige Male mit Albert Holle und anderen Pflanzern an einer «Tigerjagd» teilgenommen, aber noch nie selbst eine angeführt. Hier auf Gambung wurde das mit Selbstverständlichkeit von ihm erwartet.

Die am wenigsten riskante Methode war, den Panther zu vergiften, indem man abends einen mit der tödlich giftigen Rinde des Walikambing-Baumes präparierten Köder, am besten einen Rest seiner letzten Beute, an einer Stelle auslegte, wo man das sterbende Raubtier am nächsten Tag umzingeln und töten konnte. Nach Rudolfs Meinung war dies ein feiges Vorgehen. Der Panther mußte ohnehin schon durch die Stiche und Hiebe, die sein Opfer ihm mit einem Buschmesser zugefügt hatte, verletzt sein, es sollte nicht schwer sein, ihn aufzuspüren.

Rudolf rief Freiwillige zusammen – es meldete sich ein halbes Dutzend – und zog mit ihnen zu dem Waldstück am Steilhang des Gunung Tilu, wo das Tier den Mann angefallen hatte. Klauenabdrücke im schlammigen Boden und Blutspuren führten durch enge, tiefe Schluchten und dichtes Gestrüpp zu einem fast unzugänglichen Bergkamm. Der Abstieg in eine Kluft, auf deren Sohle der durch die Regenfälle angeschwollene reißende Bach tobte, wie auch die danach zu bezwingenden Felsblöcke machten aus der Kletterpartie ein halsbrecherisches Unterfangen. Im feuchten Grün wimmelte es von Blutegeln. Die gelenkigen, zähen Gambunger kletterten Rudolf voran, hackten Äste aus dem Weg und zeigten ihm Stützpunkte. Er hielt das Gewehr in der Rechten und klammerte sich mit der Linken an Lianen und Wurzeln fest. Die Spuren wurden immer frischer; an manchen Stellen war der Boden aufgewühlt, das Gebüsch aufgerissen.

«Der *matjan tutul* ist sehr böse», sagten die Männer, die jetzt gebückt, das Buschmesser in der Faust, voranpirschten. Vor einem undurchdringlichen Gestrüpp hielten sie an und deuteten schweigend darauf. Als Rudolf das Gewehr lud, wichen sie zurück und warfen Erdklumpen in die Sträucher, doch dort rührte sich nichts. Einer der Männer zupfte Rudolf am Ärmel und zeigte mit einer Kopfbewegung in die Richtung einer schattigen dunklen Höhle am Hang. Im Dunkeln funkelte etwas, das dem Lichterspiel auf den Blättern glich. Rudolf wandte sich geräuschlos dorthin um, legte an und schoß. Fast im selben Augenblick fiel unter dem Krachen brechender Äste und herabfallender Felsbrocken der Panther taumelnd und in Krämpfen zuckend herunter. Der tödliche Schuß hatte ihn zwischen den Augen getroffen, wie Rudolf mit dankbarem Staunen feststellte. «Mehr Glück als Verstand!» murmelte er. Diesmal hatte er, bevor er den Abzug betätigte, nicht die Zeit gehabt, sich auf einen seiner Lieblingssprüche zu besinnen: *Dans le doute abstiens-toi*! Bevor er abdrückte, hatten sich die Gambunger mit gezückten Messern im Halbkreis hinter ihm aufgestellt, um ihn bei einem Angriff des Panthers zu verteidigen. Aufgeregt schreiend schnitten sie Äste ab und stocherten damit im Fell des Tieres, um sich zu vergewissern, daß es wirklich tot war. Am Nacken und an den Pfoten klafften tiefe Schnittwunden. Mit Respekt dachte Rudolf an den

Mann aus Babakan, dem es trotz seiner eigenen Verletzungen gelungen war, den Angreifer in die Flucht zu schlagen.

Die Beute wurde mit den Pfoten an eine Bambusstange gebunden und über Stock und Stein nach Gambung geschleppt. Rudolf machte die Erfahrung, daß so ein spektakulärer Schuß das Ansehen des Djuragans gewaltig förderte. In den folgenden Tagen meldeten sich mehrere Dutzend neue Arbeitskräfte. In einem aufsehenerregenden Transport ließ Rudolf den Panther nach Ardjasari bringen, mit der Bitte, das Fell zu präparieren. Er wollte es in seinem künftigen Verwalterhaus an die Wand nageln.

Die Arbeit in den Anzuchtgärten war schwer und enttäuschend. Er hatte ein Feld von fünf Bouws nach der auf Sinagar angewandten Methode roden und einebnen wollen, aber schließlich nicht mehr als ein Grundstück von dreißig auf dreißig Meter im Quadrat gründlich vorbereitet. Er ließ die von Ardjasari bezogenen Teesamen eine Nacht lang in seinem Badeweiher quellen und pflanzte sie danach in Reihen mit vier Fuß Abstand voneinander in die Beete. Jetzt blieb nichts mehr zu tun als zu warten, ob und wie die Sämlinge sich entwickelten.

Nachdem er wochenlang den Urwald durchstreift hatte, schätzte er sein Land auf etwa vierhundert Bouws, war sich aber sicher, daß er mühelos weitere zweihundert Bouws dazugewinnen konnte. Tief im Wald versteckt lagen mehrere alte Kaffeeplantagen, die von den Leuten in der Umgebung noch genutzt wurden. Aber sie rissen die reifen Beeren so rücksichtslos von den Zweigen, daß sie die Ansätze der neuen Knospen in den Blattachseln zerstörten. Die Sträucher waren dem Tode geweiht wie die meisten in Gambung angepflanzten Arabica-Stauden. Sie waren zu hoch aufgeschossen und voll Parasiten, so daß sich kaum noch Blüten bildeten und wenig Früchte zur Reife gelangten. Der viele Regen hatte auch den Blättern geschadet.

Obwohl Gambung als Kaffeeland galt und von der demnächst

eintreffenden Untersuchungskommission auch als solches taxiert werden würde, wuchs Rudolfs Überzeugung, daß Klima und Boden des vierzehnhundert Meter hoch gelegenen Geländes weitaus besser für Teekulturen geeignet war. Er hoffte, die Mittel für die Finanzierung einer sechshundert Bouws großen Plantage beschaffen zu können. Sein Vater hatte die Bürgschaft für einen Teil des Kapitals übernommen, unter anderem mit dem Geld, das die Verwandten in den Niederlanden seinerzeit in Ardjasari gesteckt hatten. Doch in Ardjasari fürchtete man ein verlustreiches Jahr; die Teesträucher waren von einer Schimmelkrankheit befallen, und im Bezirk Bandjaran wütete eine Cholera-Epidemie, so daß viele Arbeiter aus Angst vor der Seuche die Plantage verließen. Angesichts dieser Umstände wollte Rudolf nicht über die beträchtliche Summe reden, die er zusätzlich brauchte, um die Rodung von Gambung abzuschließen.

Obwohl er die Eltern wiederholt eingeladen hatte, waren sie nicht ein einziges Mal gekommen. Er hatte die zweite Kammer in seinem Pondok als Gästezimmer eingerichtet und von innen sorgfältig weißen lassen. Da er wußte, wie sehr seine Mutter die Reise durch das wilde Bergland fürchtete, hatte er sich verschiedene Pläne für eine möglichst bequeme Route ausgedacht: welche Strecken sie noch im Wagen oder schon zu Pferd zurücklegen mußten, wo sie Gelegenheiten zum Rasten und zur Erfrischung fanden und wie seine Mutter sich schließlich auf der letzten steilen Wegstrecke in einer Sänfte nach Gambung tragen lassen konnte. Er schrieb, daß er sie gern sehen wollte und sehnlichst darauf wartete, seinen Vater in den Plantagen herumzuführen und seinen Rat zu erbitten. Doch immer wieder gab es Gründe, die ihr Kommen verhinderten; er wunderte sich, wie oft seine Eltern an Erkältungen, Kopfschmerzen und Fieberanfällen litten.

Er konnte durchaus verstehen, daß die Rückschläge auf Ardjasari seinen Vater Tag und Nacht beschäftigten. Aber wäre nicht gerade das ein Grund, mit ihm, dem ältesten Sohn und «zweiten

Mann» ihrer ostindischen Unternehmen, im vertraulichen Gespräch ihre beiderseitigen Sorgen und geschäftlichen Belange zu erörtern? Damals auf Sinagar hatte er seinem Vater jede Woche ausführlich berichtet, welche Methoden Eduard Kerkhoven beim Pflücken, Trocknen und Sortieren des Tees anwandte, und ihm nützliche Hinweise auf Geräte und Einrichtungen gegeben, die man dann auf Ardjasari mit Erfolg einsetzte. Die unterschiedlichen Verhaltensweisen, die seine Vettern Holle und deren Mitarbeiter ihm gegenüber an den Tag legten, hatte er – da für seines Vaters und die eigene Zukunft von Belang – sorgfältig in Worte gefaßt und mit Kommentaren versehen. Wer konnte an seiner Verbundenheit mit dem Familienunternehmen zweifeln? Seit der tatkräftigen Hilfe, die sein Vater ihm beim Antrag auf Gambung gewährt hatte, schämte Rudolf sich wegen der Befürchtungen, die dann und wann in ihm aufstiegen. Wie kam er darauf, daß sein Vater ihn nicht neben sich auf Ardjasari dulden wollte, sondern ihn lieber in sicherer Entfernung und mit anderen Kulturen als Tee beschäftigt wußte? Dennoch quälte ihn wieder die alte Unsicherheit. Trotz aller finanziellen Angebote, trotz der Leckerbissen und Fürsorge seiner Mutter vermeinte er wieder jenen sonderbaren Vorbehalt gegenüber seiner Person und seinem Verhalten zu spüren, der ihn schon als Junge gekränkt hatte.

Er beschloß, in Batavia selbst auf die Suche nach Geldgebern, eventuell auch Teilhabern zu gehen. In erster Linie wollte er sich an seinen Schwager Van Santen wenden. Die Geburt seines dritten Kindes stand bevor (Bertha war wieder in anderen Umständen), und so war er an einer Teilhaberschaft interessiert. Kraft seiner Funktion als Generalvertreter der Niederländisch-Indischen Handelsbank, eine Position, die er seit 1873 innehatte, war er zudem in der Lage, Kredite zu vermitteln, wie er es seinerzeit auch für Ardjasari getan hatte.

Der Aufenthalt in der Stadt brachte ihm nichts als Enttäuschungen. Weder Van Santen noch die Handelsfirma seines

Cousins Denninghof Stelling waren angesichts der wirtschaftlichen Lage und der schlechten Aussichten von Ardjasari bereit, in einem zweiten Kerkhoven-Unternehmen Geld anzulegen. Zu Hause bei den Van Santens herrschte bedrückte Stimmung; Bertha, hochschwanger, war blaß und erschöpft und hatte alle Hände voll zu tun mit ihrem dreijährigen Töchterchen und dem noch nicht ein Jahr alten Söhnchen. Cateau wurde durch gesellschaftliche Verpflichtungen in Beschlag genommen. Das kulturelle Angebot der größten Stadt Niederländisch-Ostindiens war dürftig. Rudolf hatte ein von Amateurmusikern aufgeführtes Konzert besucht, sonst gab es nichts zu erleben. Außerdem hatte er viel Geld für einen Anzug ausgegeben, den er dringend brauchte. Auf Anraten der in modischen Dingen beschlagenen Cateau war er bei Oger Frères, den besten Schneidern der Stadt, gelandet, dessen Geschäft einem Palast glich. Da sich ein Termin verschob, konnte er Batavia erst mehrere Tage später als geplant verlassen. Hastig und zerstreut nahm er Abschied von Bertha; ein flüchtiger Kuß, noch ein Blick zurück nach der winkenden Gestalt auf der vorderen Veranda, so zog er, von Sorgen geplagt, fort.

Der Gedanke, Gambung aufgeben zu müssen, war schrecklich für ihn. Wenn es gar nicht anders ging, wollte er sich lieber mit weniger Land begnügen, obwohl die Entscheidung, auf welche der bereits kartographierten Grundstücke er dann verzichten sollte, ihm äußerst schwer fallen würde.

Er war erst wenige Wochen wieder zurück auf Gambung, als ein Eilbote aus Ardjasari die Nachricht brachte, daß Bertha kurz nach der Geburt eines zweiten Sohnes im Kindbett gestorben war. Rudolf begab sich Hals über Kopf nach Ardjasari, traf die Eltern dort aber nicht mehr an; sie waren sofort abgereist, um die mutterlose Familie zu versorgen. Nach außen hin unbewegt, wie es die Menschen in diesem Land für passend hielten, übernahm er die Arbeit seines Vaters. Doch am ersten Abend, allein in dem stillen Haus, ließ er seinen Tränen freien Lauf, als er Berthas

Hochzeitsfoto auf einer Etagere in der inneren Veranda betrachtete und er sich der Sinnlosigkeit ihres frühen Todes in vollem Umfang bewußt wurde.

Er stürzte sich in die Arbeit, seinen einzigen Trost. Er wollte die Gelegenheit nutzen, um auf Ardjasari das eine und andere neu zu organisieren. Obwohl seine Eltern beim Volk beliebt waren, passierte hinter ihrem Rücken doch manches, das sie nach Rudolfs Dafürhalten nicht durchgehen lassen durften. In den Teegärten begann er die Wege anzulegen, die er 1872 entworfen hatte. Ihm fiel auf, wie schön Ardjasari geworden war, seit die Bäume gewachsen waren. Während er den Trassenverlauf der geraden, einander im rechten Winkel kreuzenden Pfade festlegte, auf denen die geernteten Blätter auf Karren abtransportiert werden konnten, fragte er sich, wie es wohl wäre, hier zu arbeiten, wenn er Gambung verlieren sollte. Er schrieb seinem Vater darüber; ob dieser wohl ähnlich dachte?

Als sein Vater früher als erwartet nach Ardjasari zurückkehrte, erübrigte sich die Aussprache über dieses Thema. Die finanziellen Probleme schienen gelöst. Van Santen hatte sich schließlich doch bereit erklärt, für das beantragte Darlehen Bürgschaft zu leisten; die Zinsen waren mit acht Prozent zwar hoch, aber Rudolf hoffte, die Schulden innerhalb von zehn Jahren durch harte Arbeit abzutragen. Eduard Kerkhoven hatte in einer seiner charakteristischen Anwandlungen von Freigebigkeit ebenfalls einen Beitrag angeboten und ließ ausrichten, Rudolf solle «mit allen Kräften» die Urbarmachung von Gambung vorantreiben, auch wenn ihm das Erbpachtrecht noch nicht offiziell übertragen worden sei. Sein Vater wandte sich schließlich in einem persönlichen Schreiben an den Generalgouverneur Loudon (einen Freund von Karel Holle!) mit der ehrfürchtigen, aber dringenden Bitte um einen günstigen Bescheid und legte dem Brief eine Fotografie von sich selbst bei, eine Geste, die Rudolf bedenklich fand, die sich aber als erfolgreich erwies: Seine Exzellenz antwortete umgehend, daß er den Fall Gambung sofort behandeln werde, sobald ihm die Unterlagen von der Dienststelle des Innenministeriums vorliegen würden, und legte dem Schreiben, wie um seinen guten Willen zu unterstreichen, seinerseits ein offizielles Porträt bei.

«Ich glaube, ich werde mir einen Bart stehen lassen», sagte Rudolf zu seinem Vater. «Dann sehe ich Ihnen ähnlich, so wie Sie mehr und mehr Cousin Karel ähnlich sehen; offensichtlich die beste Empfehlung für die Unterstützung seitens der Obrigkeit!»

Rudolf fuhr nach Batavia, um seine Mutter bei Cateau abzuholen, die Berthas Kinder bei sich aufgenommen hatte. Den Säugling im Arm, die spielenden Kleinkinder zu ihren Füßen, außer mit ihrem eigenen Haushalt nun auch mit der Aufsicht der *babus*, der Kindermädchen, und einer Amme belastet, entfaltete sie Zuversicht und Energie. Rudolf hatte längst begriffen, daß Cateau sich nach Kindern sehnte und traurig war, weil diese auf sich warten ließen, und daß ihr auffallendes Interesse für Mode und frivolen Klatsch, ganz entgegen ihrer eigentlichen Art, nur dazu diente, die Leere in ihrem Eheleben zu verbrämen. Die neue Verantwortung machte sie zu der Frau, die sie im Grunde ihres Wesens war.

Als Rudolf nach monatelanger Abwesenheit nach Gambung zurückkehrte, glaubte er wieder von vorn anfangen zu müssen. Von Ardjasari aus hatte er nur kurze eintägige Besuche machen können, um das Allernötigste zu erledigen. Die bis zum Stumpf zurückgeschnittenen alten Kaffeesträucher trugen trotz des unregelmäßigen Blüten- und Fruchtansatzes nicht schlecht, die Sämlinge der Teepflanzen im Versuchsgarten waren tüchtig in die Höhe geschossen. Aber viele Pfade und Grenzschneisen waren wieder zugewachsen.

Er begann mit dem Ausbau des Weges zur kleinen Ortschaft Tjisondari, wo der gleichnamige Fluß in den Tjiwidej mündete.

Künftig wollte er seine Produkte auf Karren bis zur Ortschaft Tjikao an dem Fluß Tjitarum verfrachten und dort auf Prauen nach Batavia verladen.

Die Steilhänge auf Gambung zwangen ihn zu zeitraubenden Serpentinen. Im offenen Gelände wurde das Hacken und Graben durch eine unerwartete Trockenperiode erschwert. Im Urwald gab es wieder andere Probleme. An sonnenlosen Tagen war es nahezu unmöglich, im Dickicht zwischen Stämmen, Lianen und dichtem Laub die Himmelsrichtung zu bestimmen. Das Nivelliergerät, das er nach eigenen Entwürfen durch einen Instrumentenbauer in Batavia hatte anfertigen lassen, erwies ihm gute Dienste, obwohl er endlos nach geeigneten Stellen suchen mußte, um es auf den dichtbewachsenen Hängen richtig aufstellen zu können. Den Urwald zuvor zu roden und dann erst die Wege und Wasserleitungen zu trassieren hätte zuviel Zeit und auch zuviel Geld gekostet. Außerdem mußte er mindestens zwei oder drei Bambusbrücken an schwer passierbaren Stellen bauen. Er ließ das Dach und den Fußboden seines Pondoks ausbessern und das Schilfrohrfeld in der Nähe roden, wo während seiner Abwesenheit eine Wildnis aus scharfen Halmen und spitzen Gräsern gewachsen war.

Zu seiner großen Enttäuschung lehnten die neuen Arbeiter die Häuschen ab, die er für sie hatte errichten lassen. Sie zogen lieber zu den Gambungern und schliefen in deren kleinen Hütten dicht an dicht wie Heringe in einer Tonne. Es wohnten jetzt so viele Menschen im Kampong, daß sie unbedingt einen Markt brauchten. Rudolf lieh einer Frau, die den *warung*, den Laden, übernehmen wollte, Geld zum Einkauf von Lebensmitteln. Durch den Warung wurde Gambung zu einem Zentrum, das immer mehr Leute von auswärts anlockte, mit dem Ergebnis, daß die Häuschen schließlich doch bezogen wurden.

Rudolfs Freude über die vielen Arbeiter, die sich zum Abholzen und Abbrennen des Waldes meldeten, war nur von kurzer Dauer. Sein Angebot, für das Roden eines Bouws Boden jedem

Arbeitstrupp zehn Gulden zu bezahlen, wurde abgelehnt. Nach langen Verhandlungen berieten sich die Männer flüsternd untereinander und verschwanden wieder. Rudolf hatte den Eindruck, daß eine Minderheit die anderen davon abhielt, seine Bedingungen anzunehmen. Diesmal konnte nicht Djengot der Rädelsführer sein, denn er war als Nachtwächter auf Ardjasari zurückgeblieben. Rudolf war grundsätzlich bereit, höhere Löhne zu zahlen. Er hatte ausgerechnet, daß zehn Gulden pro Bouw gerodetes Land sehr wenig war – und einer Ausbeutung verdächtig nahe kam –, wollte aber wie in den ersten Tagen auf Gambung nicht gleich nachgeben. Schließlich ging er wieder dazu über, den Lohn pro Person und Tag auszuzahlen.

Durch das unregelmäßige Kommen und Gehen der Arbeiter verlor er die Übersicht. An einem Tag standen ihm siebzig Mann zur Verfügung, am nächsten vierzig, am dritten waren es wieder doppelt so viele. Auf das Geschick der Arbeitsvermittler, die zugleich als Aufseher fungierten, war er nicht sonderlich gut zu sprechen, er konnte jedoch nicht auf sie verzichten. Seine besten Mitarbeiter waren Muhiam, ein «alter Getreuer» von Ardjasari, und ein Zimmermann namens Kassim, der seine Stütze und rechte Hand bei den Bauarbeiten war. Sein Haushalt hatte sich vergrößert durch einen Koch samt Familie und einen *djurutulis*, einen Schreiber, der die Auszahlung der Vorschüsse und Löhne sowie die Buchhaltung besorgte, eine Tätigkeit, die bei Hunderten täglich wechselnden Arbeitern eine zusätzliche Stelle erforderte.

Wenn er übers Land ritt und überall seine Arbeitstrupps am Werke sah, ertappte er sich dabei, was er «lebensbejahendes Denken» nannte: Es geht mir schon am Anfang außerordentlich gut. Ich werde die Wildnis schon kleinkriegen!

Eines Tages hatte eine Gruppe Gambunger, seine besten Leute, in stundenlanger schwerer Arbeit an der Nordostseite des Terrains eine Bresche in den Wald geschlagen, durch die Rudolf mit dem Feldstecher ein Stück der Umzäunung von Ardjasari auf den Hügeln des Vorgebirges erkennen konnte. Wie gering war die Entfernung zwischen ihm und seinen Eltern in der Luftlinie, und wie groß – vier Stunden zu Pferd – auf den gebahnten Wegen!

Wenn der Kampong Gambung sich noch weiter ausdehnte, mußte Rudolf seinen Wohnsitz verlegen. Er stellte sich gern vor, wie er seinen Gedung unter den Rasamala-Bäumen am Rande des Urwalds bauen würde, ein längliches, niedriges Haus wie auf Ardjasari, nur bescheidener in den Abmessungen, und davor eine große freie Fläche, auf der er einen Blumengarten anlegen wollte. Er sehnte sich nach dem Tag, an dem er den ersten Pfosten in den Boden schlagen konnte. Doch sollte er allein in dem Haus wohnen? Immer mehr empfand er sein Junggesellendasein als unnatürliche Lebensform. Die unverheirateten Angestellten der benachbarten Unternehmen, denen er manchmal begegnete, wunderten sich, daß er keine einheimische Haushälterin beschäftigte. Er wußte sehr wohl, daß er nicht zu den Männern gehörte, die auf die Dauer ohne Frau leben konnten.

Unter den Büchern in seinem Pondok gab es eines, das er sich an Bord der Telanak angeeignet hatte, wo es herrenlos herumlag. Geschrieben von einem gewissen Agricol Perdiguier mit dem Titel *Mémoires d'un Compagnon*, Erinnerungen eines Zimmermannsgesellen an seine Lehrjahre in der französischen Provinz. Der junge, für kargen Lohn arbeitende Mann konnte sich eine Ehe nicht leisten und litt unter den Qualen einer selbstauferlegten Enthaltsamkeit, deren Beschreibung Rudolf aus dem Herzen gesprochen war: «Ich sehnte mich nach vollständiger Erfahrung, aber es war mir nicht möglich, mich mit Prostituierten einzulassen, Frauen, für die ich niemals Liebe empfinden könnte; und ein junges Mädchen zu verführen, sie eventuell zu schwängern und sie dann ihrem Schicksal zu überlassen, war ganz und gar gegen meine Prinzipien und stand im Widerspruch zu meinem Charakter. Ich fühlte Begierde, ich stand in Feuer und Flammen, ich litt, ich wußte mir keinen Rat und wurde hin und her gerissen zwischen meiner Sinnlichkeit und meinem Gewissen; die eine Stimme sagte: Tu es! Doch die andere gebot: Laß ab!»

Natürlich verschloß Rudolf nicht die Augen vor den Frauen und Mädchen des Landes. Unter den Pflückerinnen auf Sinagar hatte es so manches zierliche und verführerische Wesen gegeben, besonders wenn es im Regen mit am Körper klebenden Jäckchen und Sarong zur Teefabrik gerannt kam; aber mehr als eine kurze Anwandlung der Lust hatte er nie verspürt. Den Gedanken, eine sexuelle Beziehung mit Geschenken zu erkaufen, hatte er sofort verworfen, denn das erschien ihm eine Beleidigung für jede junge Frau. Das neckische, zuweilen herausfordernde Benehmen der Mädchen bewies, daß sie sehr wohl wußten, was in ihm vorging. Und da sie immer zu mehreren auftraten, konnten sie es sich erlauben, ihm ins Gesicht zu lachen.

Die Mädchen im Bergland waren nicht so keck, sondern eher abwehrend und scheu. Ihnen fehlte die Koketterie der fröhlichen Pflückerinnen und Sortiererinnen der Gegend um Buitenzorg, die gern durch ein farbiges Jäckchen, durch eine Blume im Haar oder auf dem großen Sonnenhut die Aufmerksamkeit auf sich lenkten. Im Gegensatz zu den Frauen in Batavia und Umgebung fand man bei den Frauen in den Preanger-Bergen weder die Bereitschaft noch die nötigen Kenntnisse, einem Europäer den Haushalt zu führen. Und mit einer einheimischen Frau in einer Intimität zusammenzuleben, die zwar praktische Vorteile und physische Erleichterung bot, der aber genau das fehlte, was in seinen Augen eine Beziehung zur Ehe machte, konnte Rudolf sich einfach nicht vorstellen.

Während seines Besuchs in Batavia hatte er bei Bekannten Marietje Hoogeveen wiedergesehen. Die flinke Elfjährige mit dem hübschen Gesicht und den übermütigen Manieren, die auf dem Anwesen der Eltern wie eine kleine geschickte Hausfrau in spe hantierte, hatte sich in eine dicke junge Dame verwandelt, die in einem Kleid mit unvorteilhaft drapierter Turnüre geziert herumspazierte, trotz ihrer vierzehn Lenze schon eine zickige Klatschbase und damit genau jener Typ des europäischen Mädchens in Ostindien, den er absolut nicht leiden konnte. Es kam Rudolf nun lächerlich vor, daß er einst mit dem Gedanken gespielt hatte, um ihre Hand anzuhalten, sobald sie heiratsfähig war, und er war froh, daß er mit niemandem darüber gesprochen hatte.

Auf den südlichen Ausläufern des Gunung Tilu lag die Gouvernementsplantage Riung Gunung. Beim Vermessen des Geländes war Rudolf wiederholt an den Gärten vorbeigeritten, in denen Cinchona, Chinarindenbäume zur Gewinnung von Chinin, angebaut wurden. Da er auch den Weg von Gambung zur Ebene von Pengalengan verbreitern und befestigen wollte, beschloß er, den Verwalter, Herrn Van Honk, aufzusuchen, dessen Zustimmung er brauchte. Er schickte einen Kuli mit einem Brief und wurde umgehend zur Reistafel eingeladen. Obwohl ihn die Aussicht nicht gerade verlockte – nach wie vor lehnte er scharfgewürzte Gerichte ab – ritt er nach Riung Gunung, mit selbstgebackenen Keksen seiner Mutter als kleine Aufmerksamkeit für die Gastgeberin.

Die Van Honks waren Eurasier; ihre Wohnung, nur wenig komfortabler eingerichtet als sein Pondok, erinnerte ihn mit den vielen Vogelbauern, Hängepflanzen und Schaukelstühlen an das «Chinesenlager» auf Sinagar.

Noch im Laufe der geschäftlichen Unterredung vor dem Essen wurde Rudolf der ältesten Tochter des Hauses vorgestellt, einem hübschen Mädchen, schlank und elegant in Sarong und schneeweißer Kebaja (die sie wohl seinetwegen schnell angezogen hatte, denn die Falten waren noch frisch). Er konnte die Augen nicht abwenden von dem mattbraunen Gesichtchen mit den von der Bergluft «europäisch geröteten» Wangen, wie er es nannte, und von der zierlichen Gestalt mit den anmutigen Linien von Taille und Hüften bei jeder Bewegung. Er bemerkte auch, daß sein Interesse den Eltern nicht entging. Er mußte sich anhören, daß sie gern und ausgezeichnet kochte, gut mit Kindern umgehen konnte und ihren jüngeren Schwestern das Lesen und Rechnen beibrachte «wie eine richtige Lehrerin, Meneer, *betul*».

Auf dem Heimritt nach Gambung versuchte er sich seiner Gefühle klarzuwerden. Es würde ihm nicht schwerfallen, sich in sie zu verlieben und entsprechend zu handeln. Ihr Händedruck, der Blick aus ihren dunklen Augen waren vielversprechend gewesen. So ein Mädchen, im *udik*, im wilden Landesinneren geboren und aufgewachsen, an das Leben auf einer Plantage gewöhnt und mit allen hausfraulichen Tugenden ausgestattet... die Wahl läge nahe. Wollte er Kinder mit dieser schönen Nonna haben? Eine Ehe mit ihr würde die Bindung an dieses Land für immer besiegeln. Er dachte an Eduard, an Tattat, Paulientje und Caroline und an die wie vom Erdboden verschwundene Guy La Nio; auch an Louise dachte er, die Frau von Albert Holle, die sich kaum sehen ließ, wenn *totoks*, Europäer, zu Besuch kamen, denen sie gewisse Vorurteile gegenüber Eurasiern unterstellte. Wie scheu war Louise gewesen, bis sie sicher war, daß Rudolf sie nicht herablassend behandelte. Er dachte an die älteren einheimischen Damen in Batavia, die nur deshalb zur Gesellschaft gehörten, weil sie mit einem reinblütigen Niederländer im Regierungsdienst verheiratet waren. Die meist korpulenten Frauen, die einst hübsche Nonnas gewesen waren, sahen in ihren europäischen Toiletten bedauernswert häßlich aus. Wie rasch war ihre exotische Attraktivität verflogen! Wäre er, Rudolf, allen zu erwartenden Widerständen gewachsen, auch im Kreis der eigenen Familie, wenn er ein eurasisches Mädchen aus einfachen Verhältnissen, ohne intellektuelle Ansprüche oder Bedürfnisse heiratete?

Er nahm sich vor, die Besuche bei den Van Honks auf das unbedingt Notwendige zu beschränken.

Aus Batavia war endlich der Bescheid eingetroffen, Seine Exzellenz, der Generalgouverneur von Niederländisch-Indien, habe seinem Gesuch um die Erbpacht wohlwollend stattgegeben. Der obligatorische (und teure) Landvermesser aus Bandung kam und überprüfte Rudolfs Angaben; es kam ein Aufsichtsbeamter, für dessen Anreise zu Pferd und mit dem Wagen Rudolf aufkommen mußte; es kam der *wedana* von Tjisondari und bestätigte offiziell, daß die Grundrechte der örtlichen Bevölkerung in keiner Weise verletzt worden waren (für ihn und sein Gefolge mußte Rudolf Sänften besorgen). Nachdem sowohl die niederländischen als auch die einheimischen Obrigkeiten das Land Gambung besichtigt und die von Rudolf vermessenen Daten bestätigt hatten, fiel ihm ein Stein vom Herzen. Jetzt fehlte nur noch die Eintragung ins amtliche Register, eine Formalität, die ihn in seine Rechte einsetzte.

Als er am sechsten Mai 1876 nach Ardjasari hinüberritt, traf er bei seinem Vater Van Santen, der tags zuvor aus Batavia gekommen war. In der inneren Veranda fand eine kurze, sachliche Feier statt, für Rudolf ein erster Meilenstein auf einem langen Weg. Auf dem Tisch lag das Ergebnis der schriftlichen Verhandlungen: ein von Van Santen sorgfältig und unter Beachtung der gebräuchlichen Amtssprache formuliertes Dokument. Das Land Gambung, als dessen Erbpächter sich Rudolf E. Kerkhoven für die Dauer von fünfundsiebzig Jahren ansehen durfte, sollte in gemeinsamer Verantwortung gerodet und urbar gemacht werden. «In den Gewinn und Verlust teilen sich die Herren R. A. Kerkhoven zu einem Viertel, J. J. van Santen zu einem Viertel und R. E. Kerkhoven zur Hälfte.»

Sie lasen alle Vertragspunkte nochmals durch und setzten ihre Unterschrift darunter. Nach dem denkwürdigen Augenblick hob Rudolf sein Champagnerglas: die Krönung dreier Jahre harter Arbeit. Leicht würde er es in den nächsten Jahren nicht haben. Die Niederländisch-Indische Handelsbank hatte die Bedingung gestellt, daß alle gewährten Zuschüsse zurückbezahlt sein mußten, bevor er auf Dividenden oder Tantiemen Anspruch erheben konnte. Er war zufrieden, Gambung gehörte ihm!

Und doch lag ein Schatten über dem festlichen Beisammensein. Rudolfs Mutter hatte Sorgen, die sie ihm im Laufe des Tages unter vier Augen mitteilte. Seit einigen Wochen wohnte Cateau mit Van Santens Kindern und einem Gefolge von Babus auf Ardjasari, angeblich um frische Luft zu schnappen, in Wirklichkeit aber, weil sie sich mit ihrem Mann Joan Henny gestritten hatte, dem die drei Halbwaisen in seinem Haus lästig waren. Selbstverständlich hatte er nichts einzuwenden, daß sie übergangsweise bei ihnen lebten, aber es lag keineswegs in seiner Absicht, eine Pflegefamilie zu gründen. Cateau war zutiefst schockiert. Ihre Anwesenheit brachte manchen Aufruhr in den geregelten Haushalt von Ardjasari. Die Kinder, vor allem das kleine Mädchen, waren verwöhnt und lästig, was zu Meinungsverschiedenheiten zwischen Cateau und ihrer Mutter über die Erziehung führte.

Durch den fast täglichen Briefwechsel mit Ardjasari war Rudolf über alle Höhen und Tiefen während Cateaus Besuch informiert. Nur einmal hatte er die Arbeit im Stich gelassen, um seine Schwester zu begrüßen. Er war überzeugt, daß der Konflikt mit Henny, wie schon bei früheren Anlässen, ein Sturm im Wasserglas war. Henny war «mondän», er liebte es, sich auf Empfängen und anderen Veranstaltungen sehen zu lassen, und erwartete, daß Cateau durch ihre elegante Erscheinung und ihr liebenswürdiges Wesen seinem gesellschaftlichen Auftreten Glanz verlieh. Rudolf fand, es müsse sich eine für beide Seiten befriedigende Lösung finden lassen, schließlich war es eine Frage von gegenseitigem Geben und Nehmen.

Nach Cateaus Abreise gab Rudolfs Mutter ihm einen leidenschaftlichen Brief von ihr zu lesen: «Henny will mit Van Santen reden. Sie kennen Van Santen. Es wird ihm so peinlich und unangenehm sein, daß er, um keine *susah* in Batavia zu bekommen, die Kinder nach Holland schicken wird. Doch zu wem? Wer kann in Holland die drei Kinder bei sich im Hause aufnehmen? Soll man sie trennen, zu Fremden geben? Und was ist mit mir? Es ist alles so aussichtslos!»

Rudolf versprach, sich in Batavia der Sache anzunehmen. Er mußte ohnehin in die Stadt fahren, um mit der Firma Pryce & Co zu verhandeln, die sich dank der Vermittlung von Herman Holle bereit erklärt hatte, zur Finanzierung von Gambung beizutragen, wenn auch ohne Beteiligung.

Auf Gambung traf er die nötigen Anordnungen für die Zeit seiner Abwesenheit. Die Geschäftsführung überließ er seinem Djurutulis, dem Mandur Muhiam vertraute er die Oberaufsicht über die Männer an, die auf den Hängen des Gunung Tilu große Urwaldflächen für neue Teegärten erschlossen.

Als Geschenk für die kleinen Van Santens bestellte er beim Zimmermann Ramiah ein geschnitztes Kegelspiel aus Rasamala Holz.

Das Paar

1876 – 1879

Rudolf ging im Haus der Hennys durch die innere Veranda nach hinten. Cateau, im Morgenkleid, saß auf einem Stuhl; die drei Kinder standen um sie herum und drückten die Gesichter in ihren Rock. Sie zählte: ...drei ... vier ... fünf...

Der Garten hinter der Gruppe badete im Morgenlicht. Die roten und orangefarbenen Blütentrauben der Cannas im runden Beet und die Rosen in den hohen Kübeln hoben sich als Farbflecke vor dem Baumschatten in der Tiefe des Hofes ab.

Rudolf hielt die Schachtel mit dem Kegelspiel hoch, zwinkerte Cateau zu und versteckte sich in einer Ecke der hinteren Veranda. «Kommen», rief er.

Erst als Cateau, die überraschten Kinder an der Hand, ihn «gefunden» («Was für eine Überraschung!») und ihm die Schachtel abgenommen hatte («Mal gucken, was drin ist!») hörten sie aus dem Garten einen zweitönigen Ruf, der wie ein Echo des seinen klang: «Kommen!»

«Ach du lieber Himmel, Jenny hat sich vor den Kindern versteckt.»

«Was für eine Jenny?» fragte Rudolf mit einem Blick nach draußen. Er glaubte, in den Sträuchern hinter den Cannas eine Bewegung zu sehen.

«Jenny Roosegaarde Bisschop, meine kleine Freundin. Los, hol sie her.»

Vorsichtig durchquerte er das Canna-Beet, darauf achtend, die länglichen, dunkelbraunen Blätter nicht zu knicken. Über die Sträucher, die das Beet an der Rückseite einfaßten, schaute er auf den gebeugten Kopf eines Mädchens herab, das dort kauerte: dunkelblondes, mit einem Samtband zusammengebundenes Haar.

«Kommen!» wiederholte sie mit erstickter Stimme in die Falten ihrer gebauschten Röcke.

«Hier bin ich», sagte er lachend.

Sie richtete sich aus der Hocke auf und sah ihn mit großen grauen Augen an; ein erschrockener, strenger und dennoch strahlender Blick, der ihm den Atem raubte. Noch ehe er etwas sagen konnte, lief sie auf dem Pfad um die Cannas herum zum Haus.

Jenny Roosegaarde Bisschop versteckte sich zwischen den großblättrigen Pflanzen, aber so, daß die Kinder, die sie suchen mußten, sie noch sehen konnten.

«Kommen!» rief sie und bückte sich tiefer. Mit beiden Armen umfaßte sie die Falten von Kleid und Unterrock und drückte sie wie ein Bündel an sich. Über die trockene, rissige Erde spazierte eine schmale Ameisenkolonne.

«Kommen!»

Sie erwartete, das Geräusch kleiner Füßchen und aufgeregtes Gekicher zu hören, aber nur ein Rauschen ging durch die Sträucher.

«Hier bin ich», sagte eine unbekannte Stimme über ihrem Kopf.

Im nachhinein fragte sie sich, warum sie so ungezogen fortgelaufen war, ohne dem jungen Mann, der vor ihr stand, die Gelegenheit zu geben, sich vorzustellen.

Sie traf Cateau und die Kinder in der hinteren Veranda an, eifrig damit beschäftigt, die Kegel auf dem gefliesten Boden aufzustellen.

«Schau mal, was die Kinder von Onkel Rudolf bekommen haben», sagte Cateau. «Wo ist er denn?»

Jenny kniete neben Rudi, dem kleineren Jungen, nieder und zeigte ihm, wie er den hölzernen Ball rollen mußte. Sie brauchte nicht zu antworten, denn sein Patenonkel kam schon die Stufen zur Veranda herauf. Er streckte die Hand aus.

«Ich habe Sie erschreckt. Sie müssen wissen, ich bin ein Pflanzer aus dem Binnenland und gewöhnt, mich an Wild heranzupirschen. Entschuldigen Sie. Ich heiße Rudolf Kerkhoven.»

Jenny errötete verlegen und drückte die dargebotene Hand. Da Rudolf Kerkhoven – ganz anders als die jungen Leute, mit denen sie gewöhnlich umging – sich keineswegs steif und formell benahm, getraute sie sich zu sagen, was ihr als erstes einfiel: «Jetzt schauen Sie ja schon wieder auf mich herab.»

Sofort hockte er neben ihr. «Das läßt sich ändern. Darf ich mitspielen?»

Die Kinder stürzten sich jauchzend auf ihn, so daß er fast das Gleichgewicht verlor. Mit gespieltem Schrecken klammerte er sich an Cateau fest. Sie sträubte sich, aber die Kinder zogen sie am Sarong: «Tante Too auch!» Schließlich ließ sie sich elegant auf die Knie nieder.

Jenny warf einen seitlichen Blick auf Bruder und Schwester. Nun, da ihre Köpfe so nahe beisammen waren, sah sie die Ähnlichkeit, vor allem in den Augen. Sie freute sich, daß Cateaus geliebter Bruder endlich einmal zu Besuch gekommen war. Vielleicht konnte er das Problem lösen, das schuld daran war, daß Cateau in letzter Zeit – viel zu oft, wie Jenny fand – mit rotgeweinten Augen herumlief.

Als er aus dem Badezimmer kam, erblickte er Cateau, die trokkene Blätter aus den üppigen Farnpflanzen auf der hinteren Veranda zupfte. Drinnen deckte der *djongos*, der Hausdiener, den Tisch für das Mittagessen. Von der Dachkante herabgelassene dünne Matten zwischen den Säulen dämpften das grelle Mittagslicht und die Hitze. Der Djongos lief geräuschlos hin und her und holte Gläser und Besteck aus dem Büffet, das auf dem Gang zum Nebengebäude stand. Während sie sich mit Rudolf unterhielt, warf Cateau ab und zu einen kurzen Blick in die Richtung des Burschen und deutete mit einer Kopfbewegung an, ob die herbeigebrachten Gegenstände benötigt wurden oder nicht.

«Er ist neu und kennt sich noch nicht aus. Setz dich doch, Ru. Findest du es schlimm, wenn ich das anbehalte?» Sie strich über die Kebaja. «Ich ziehe mich erst nachmittags nach dem Tee um. Henny wird gleich aus dem Büro kommen. Die Kleinen ruhen zum Glück schon. Ist Jenny Roosegaarde nicht ein liebes Mädchen? Ich weiß nicht, was ich ohne sie anfangen sollte. Sie kann so gut mit den Kindern umgehen.»

«Aber Fräulein Roosegaarde steht nicht in deinem Dienst, nehme ich an?»

«Himmel, nein. Ihr Vater ist Vizepräsident am Obersten Gerichtshof. Die Roosegaardes sind alte Freunde der Familie Henny, noch aus Zutphen. Jenny hilft mir gern. Dann kommt sie mal weg von zu Hause. Es ist ein Haushalt zum Verrücktwerden.»

«Wieso?» Rudolf lehnte sich behaglich in den Liegesessel zurück. Solche Sessel gab es auch auf Sinagar, nur auf Ardjasari hatten sie sich noch nicht durchgesetzt. Seinem Vater wäre es peinlich, sich in einem solchen zur lässigen Haltung herausfordernden Möbelstück sehen zu lassen; genauso wie es undenkbar war, daß er sich tagsüber in Pyjamahose und Kebaja zeigen würde. Rudolf fühlte sich angenehm entspannt, als habe er soeben eine gute Nachricht vernommen oder nach langer, ermüdender Fahrt endlich sein Ziel erreicht.

«Ja, was soll ich dir von den Roosegaardes erzählen?» Cateau machte es sich ihm gegenüber in einem Schaukelstuhl bequem. Rudolf wußte, daß sie nichts lieber tat, als Menschen zu beschreiben und ihr Tun und Treiben mit ausführlichen Kommentaren zu versehen. Mit Vergnügen hörte er ihr dabei zu oder las ihre langen Briefe, auch wenn die fraglichen Personen ihn nicht besonders interessierten. Doch diesmal war sein Wunsch nach Einzelheiten genauso lebhaft wie Cateaus Wortschwall. Was sie erzählte, ergab ein zwar unvollständiges, aber durch ihren lebendigen Vortrag faszinierendes Bild der Familie, zu der das Mädchen mit den grauen Augen gehörte. Später, wenn er allein war, würde er sich die Zeit nehmen, seine Eindrücke zu ordnen und sich das Gehörte wieder und wieder ins Gedächtnis zu rufen, das – wie er jetzt schon wußte – für ihn von größter Bedeutung war.

Es gab, wie Cateau sagte, drei Schwestern Roosegaarde Bisschop, die neunzehnjährige Rose, die siebzehnjährige Jenny und die fünfzehnjährige Marie, dazu eine Kinderstube voll jüngerer Brüder. («Rose ist ein bißchen langsam und spröde, Jenny ist die intelligenteste, ein wahrer Schatz, Marie eine Schönheit, aber kratzbürstig.») Sie hingen sehr an ihrem Vater, ihre Mutter dagegen verhätschelten sie wie ein Kind oder eine teure Puppe. Mevrouw Roosegaarde, geborene Betsy Daendels, eine Enkeltochter des Generalgouverneurs H. W. Daendels, wegen seines strengen Reglements Eiserner Marschall genannt, war einen Kopf kleiner als ihre hochgewachsenen Töchter und sah mit ihrer zerbrechlichen Gestalt und dem feinen Gesichtchen wie ihre jüngere Schwester aus. Sie besaß das nervöse Temperament, das unter den Nachkommen des berüchtigten Generalgouverneurs als erblich galt. Nach elf Schwangerschaften litt sie fast ständig an Migräne. («Elf Geburten! Diese zarte Frau! Die eine wird elfmal Mutter, die andere nie.») Die Mädchen spürten rechtzeitig, wenn sich ein Anfall ankündigte, brachten ihre Mutter in einem verdunkelten Zimmer zu Bett, versuchten die lästigen kleinen Brüder von ihr fernzuhalten (im Alter zwischen zwölf und vier und alle von den Dienern maßlos verwöhnt) und brachten das Personal auf Trab. Das große Haus in Gang Scott, einer Seitenstraße vom Koningsplein, ähnelte nach Cateaus Meinung einer gutbesuchten Herberge. Ein Kindermädchen für die Jungen, eine Gouvernante und Gesellschafterin für die Mädchen und eine ganze

Dienerschar liefen geschäftig herum, ohne daß von Ordnung und Regelmäßigkeit das geringste spürbar wurde. Mijnheer Roosegaarde Bisschop hatte zu Henny gesagt, oft fürchte er den Verstand zu verlieren in dem unordentlichen Haushalt, wo immer ein oder zwei Kranke im Bett lagen und irgendeine Katastrophe sein sofortiges Eingreifen erforderte; wo im Garten Reitstunden und auf der hinteren Veranda Musik- und Tanzunterricht stattfanden, während gleichzeitig auf der vorderen und inneren Veranda die Vorbereitungen für ein Diner oder einen Empfang, zu denen er von Amts wegen verpflichtet war, auf Hochtouren liefen. Es gelang ihm, bei alledem seine Selbstbeherrschung zu bewahren, für die er allerdings mit schlaflosen Nächten und Asthmaanfällen bezahlen mußte, von denen seine Frau möglichst nichts wissen durfte. Seine Töchter liebte er abgöttisch. Cateau hatte vor ihrer Hochzeit die Mädchen bei Bekannten kennengelernt und bemerkt, wie gern ihr Vater sich mit dem anmutigen Kleeblatt sehen ließ, alle drei fast gleich groß und gleich gekleidet in weit abstehenden Röckchen, unter denen gestärkte Spitzenhöschen hervorguckten. Diese hübschen Gesichtchen! Aber das Haar war wegen der Hitze und des Ungeziefers ganz kurz geschnitten. Wie alle in Ostindien geborenen Mädchen waren sie früh gereift. Roosegaarde dankte dem Himmel für ihre Anhänglichkeit. Da seine Frau lange schlief, waren es die Töchter, die ihm morgens den Kaffee einschenkten und Gesellschaft leisteten, bevor er zum Gerichtsgebäude fuhr. Wer im frühen Morgenlicht an seinem Haus vorbeikam, konnte ihn mit seinen «drei Grazien», wie er sie nannte, auf der vorderen Veranda sitzen sehen.

«Eine faszinierende Familie!» sagte Rudolf.

«Morgen kommen sie zum Abendessen, Mijnheer, Mevrouw und die Mädchen. Dann kannst du alle kennenlernen.»

«O Marie, denk dir mal, die Ärmsten!» Jenny trat aus der Mittagshitze in das kühle, abgedunkelte Zimmer, wo ihre jüngste Schwester sich über den Nähtisch beugte.

«Mmm?» fragte Marie mit dem Mund voller Stecknadeln.

«Henny besteht darauf, die Kinder müssen fort. Und ihr Vater kann sie nicht zu sich nehmen.»

«Sie haben doch noch Großeltern? Die Kerkhovens auf Ardjasari?»

Jenny fühlte, wie ihr die Glut in die Wangen stieg. Sie schaute in den Spiegel und wandte sich schnell wieder ab.

«Ja, schon ... aber dort im *udik*, in den Bergen, so weit weg von allem ... das ist nicht gut für die Kleinen. Und sie würden dort zu sehr verwöhnt, meint Cateau. Ihr Bruder sagt das auch.»

Jenny schob einen Stuhl zu der Tür, die auf die Seitengalerie ging. Der heruntergelassene *kree*, der Sonnenschutz aus Bambusstäben, bewegte sich leise im Luftzug.

«Ist er denn hier?» fragte Marie. «Was meinst du, hier noch eine Rüsche? Ja, nicht? Die *djait* soll sie draufnähen. Wie sieht dieser Bruder von Cateau aus?»

«Oh ...» Jenny zögerte. «Du wirst ihn ja morgen abend sehen.»

«Kommen noch mehr Leute? Ich werde das da anziehen.»

«Es ist ganz familiär, wie immer, nur wir und Mijnheer Van Santen. Ich würde das Kleid nicht anziehen, Marie. Es macht dich älter, es wirkt zu festlich.»

«Ach, Unsinn. Wann soll ich es tragen? Ich gehe ja sonst nirgends hin.»

«Ich doch auch nicht! Wenn wir achtzehn sind, werden wir in die Gesellschaft eingeführt und dürfen überall hin.» Während Jenny das sagte, überlegte sie, daß ihre jüngere Schwester durchaus für achtzehn durchgehen könnte. Marie war groß und schlank, in ihrer Haltung und im Ausdruck ihres schönen Gesichtes lag nichts Kindliches mehr.

«Ich weiß auch etwas, das dir nicht passen wird!» sagte Marie plötzlich heftig. «Bei Mama hat sich schon wieder der Storch angemeldet.»

Beim Tee, allein mit Cateau – Henny war sofort nach der Mittagsruhe wieder ins Büro gegangen – kam Rudolf vorsichtig auf die ehelichen Meinungsverschiedenheiten zu sprechen.

Sie saßen draußen auf der Terrasse vor der hinteren Veranda. Eine Babu schob den kleinen Rudi auf seinem Holzpferd über die Gartenwege. Nonni und Adri saßen auf einer Matte im Schatten des Hauses und spielten unter der Aufsicht eines anderen Kindermädchens mit Klötzchen. Cateaus Augen füllten sich mit Tränen, doch sie beherrschte sich, zog ihr Taschentuch aus dem Ärmel und benutzte es unauffällig. «Ach, er ist ein Egoist! Er hat seine festen Gewohnheiten, an denen nicht gerüttelt werden darf. Alles muß zur festgesetzten Zeit und genau so, wie er es gewöhnt ist, geschehen. Du hast keine Ahnung, wie der Mann sich mit dem Essen anstellt. Wenn wir eingeladen sind und er der dortigen Küche nicht vertraut, schickt er unseren Koch, stell dir vor, um eigens für ihn etwas zurechtzumachen. Manchmal schäme ich mich zu Tode. Die Kinder stören ihn. Und sie sind doch ganz lieb, du siehst es ja selbst. Nonnie weint manchmal nachts und ruft nach ihrer Mutter; das ist so traurig, daß man ihr gar nicht böse sein kann. Henny ist eifersüchtig, weil ich den Kindern Zuneigung schenke. Lächerlich! Als ob er sich jemals um mich kümmern würde! Der Mann ist ja nie zu Hause. Ich weiß, daß er viel zu tun hat und sich sehen lassen muß, aber er übertreibt. Was ‹man› sagt, ist für ihn Gesetz. Die Kinder geben meinem Leben Inhalt, bringen Geselligkeit ins Haus. Ist das verboten?»

«Vielleicht wird Van Santen sich wieder verheiraten.»

«Das geht doch nicht, so bald nach Berthas... nun gut. Aber ob dann diese Frau die Kinder haben will? Und ob die Kinder glücklich werden, wenn sie schon wieder eine neue Mutter bekommen? Und was ist mit mir? Muß ich auf sie verzichten?» Cateau schenkte mit einer so zornigen Geste Tee nach, daß er auf die Untertasse schwappte. «Ich bin schon ganz nervös von dem ewigen Gerede.»

«Willst du, daß ich mit Henny spreche, Too?»

Sie seufzte. «Ach, ich weiß es nicht. Im Grunde ist er ja nicht böse. Ich möchte nicht, daß du Schwierigkeiten mit ihm bekommst. Er kann lange über einer Sache brüten und vergißt niemals etwas.»

Das Diner bei den Hennys war einfach, aber erlesen. Cateau hatte einen guten Koch, der viele europäische Gerichte zubereiten konnte. Während Henny auch im intimen Kreis auf Äußerlichkeiten Wert legte, sorgte Cateau für eine zwanglose Atmosphäre; sie hieß die Bedienten die Schüsseln auf den Tisch stellen und legte den Gästen selbst vor. Henny schenkte Wein ein, den Van Santen und Roosegaarde Bisschop um die Wette priesen; Henny galt als Weinkenner und liebte es, das herauszukehren. Der weibliche Teil der Gesellschaft bewunderte den geschmackvoll gedeckten Tisch und das Arrangement von Soka-Blüten und Brauttränen in der Mitte.

Rudolf ließ seinen Blick über die Gäste schweifen. Jennys Ankunft hatte ihn zutiefst aufgewühlt. Er kannte sie kaum, und doch war jeder Zug ihres Gesichts, jede Linie ihrer Gestalt ihm schon vertraut; wenn er sah, wie sie in der ihr eigenen Art, schüchtern, zurückhaltend und doch voller Aufmerksamkeit die Augen aufschlug, wenn jemand sie anredete, stiegen ungeduldiges Verlangen und Zärtlichkeit in ihm auf.

Die Schwestern sahen einander auffallend ähnlich, wie drei Varianten desselben Typs. Doch was sich bei Jenny als natürliche Zurückhaltung äußerte, erstarrte bei Rose zu ängstlicher Verschlossenheit, und neben der koketten Marie wirkte Jenny bezaubernd schlicht. Alle drei trugen einfache weiße Kleider aus dünnem Stoff, ohne die in Rudolfs Augen unglaublich komplizierten Drapierungen, Paspeln oder Litzen, die die derzeitige Mode vorschrieb. Insbesondere Jennys Erscheinung war von einer luftigen Reinheit, die ihn entzückte.

Mijnheer und Mevrouw Roosegaarde Bisschop bildeten ein sonderbares Paar. Er war kräftig gebaut, mit markantem Gesicht und grauem, fast weißem Haar; seine Augenbrauen hingegen waren noch dunkel, so daß er aussah wie ein Perückenträger aus dem achtzehnten Jahrhundert. Sie war noch kleiner, als Rudolf es sich nach Cateaus Beschreibung vorgestellt hatte, das schmale Gesichtchen mit den sprechenden Augen verschwand nahezu zwischen der wuchtigen Flechtenkrone und den Falbeln und Volants ihres Kleides.

Die Familien Roosegaarde und Henny gingen wie Verwandte miteinander um, obwohl sie keine waren. Roosegaarde, der in Utrecht das Studium der Rechtswissenschaften *summa cum laude* abgeschlossen hatte, hatte sich in Delft in einem Kurs auf die Verhältnisse in Ostindien vorbereitet. Auch er war in den Osten gegangen, weil es für begabte junge Leute in seiner Heimatstadt Zutphen keine Zukunftsaussichten gab. Er machte einen sympathischen Eindruck, kehrte aber Rudolfs Meinung nach allzusehr die Tatsache heraus, daß er aus einer Gerberfamilie stammte, für die sein akademischer Titel ein Aufstieg auf der gesellschaftlichen Leiter bedeutete.

Rudolf war angenehm berührt durch die Offenheit, mit der Roosegaarde seine Ansichten über die Mißstände äußerte, die sich nach und nach in das Gouvernement eingeschlichen hatten. Wie Roosegaarde behauptete, wurden Millionen für öffentliche Bauten verschwendet (die sich durch Betrug und Diebstahl unnötig verteuerten) und für die unverhältnismäßig hohe Besoldung, die Wartestandsgelder und die Repräsentationsaufwendungen der hohen Beamten. Er nannte es einen Skandal, daß dafür an den Pensionen, Urlaubsgeldern und Sonderzulagen der hart arbeitenden und verdienstvollen Beamten und Militärs in mittleren und niedrigen Positionen gespart wurde. Warum wollte die niederländische Regierung die Notwendigkeit nicht einsehen, das Budget für die Kolonien zu erhöhen? «Daß die Niederlande Ostindien wie eine niederländische Provinz und somit besonders stiefmütterlich behandelt – vor allem, wenn wir ins Auge fassen, welche enormen Gewinne diese ‹Provinz› dem

Mutterland direkt und indirekt erbringt –, ist eine unleugbare Tatsache, die zum Himmel schreit. Wenn hier jemals wieder große landwirtschaftliche Privatunternehmen gegründet werden sollen, braucht Ostindien eine eigene, gerechte Wirtschaftspolitik. Es ist mehr als traurig, daß sich in der Übergangszeit, in der wir leben, niemand findet, der Ostindien mit Umsicht und fester Hand regiert. Wir brauchen keine Höflinge und mittelmäßigen Politiker wie Loudon, der in die Geschichte eingehen wird als der Mann, dem wir den schrecklichen, ungerechten, ja, irrsinnigen Eroberungsfeldzug in Atjeh verdanken!»

Van Santen räusperte sich. Die Bedeutung des Signals entging Rudolf nicht. Roosegaarde hatte im Eifer seines Plädoyers vergessen, was er vermutlich sehr wohl wußte, daß nämlich die Kerkhovens und die Holles die Gunst des kritisierten Landvogtes genossen.

Rudolf konnte kaum den Blick von Jenny abwenden, die ihm gegenübersaß. Immer wenn die allgemeine Konversation es zuließ, wandte er sich an sie und erzählte von Gambung, von seinen neuen Teepflanzungen.

«Wie lange wird es dauern, bis Sie ernten könnten?» fragte Jenny.

«Von der Aussaat bis zum Pflücken ... etwa vier Jahre.»

«Das erscheint mir eine sehr lange Zeit.»

«Es lohnt sich, auf etwas Gutes zu warten.»

«Sie sind also überzeugt, daß Sie auf Gambung Erfolg haben werden?»

«Es liegt nur an mir, wenn es nicht gelingt.»

«Oh, ich glaube, es wird Ihnen gelingen!»

«Ich weiß, daß ich nichts Besseres finden konnte», sagte er und sah sie voll an.

«Ist es nicht sehr einsam dort?»

«Ja, das schon. Aber paradiesisch schön. Ich kenne keine schönere Landschaft. Und ich hoffe, daß ich dort nicht immer allein leben werde.»

Mevrouw Roosegaarde, die während des Essens immer blasser und stiller geworden war, stand plötzlich auf und verließ, gefolgt von ihrer ältesten Tochter, hastig den Raum. Rudolf sah, wie Roosegaarde sich zu Cateau hinüberbeugte und ihr etwas ins Ohr flüsterte; er bemerkte auch, daß Jenny und Marie einen kurzen Blick wechselten und daß Jenny die Augen niederschlug. Warum wurde sie plötzlich so einsilbig? Ihm lag alles daran, ihren Blick festzuhalten und das Gespräch fortzusetzen, das ihn fesselte wie eine Entdeckungsfahrt, jedes Wort ein Schritt in ein unbekanntes Gebiet; seit vierundzwanzig Stunden wußte er, daß er sich dieses Gebiet zu eigen machen wollte, sobald er Gambung «erobert» hatte.

Nach dem Essen brachen die Roosegaardes auf. Auch Van Santen verabschiedete sich. Als die Wagen abgefahren waren, ließ Cateau sich in ihren Schaukelstuhl auf der hinteren Veranda fallen. Henny, der sich und Rudolf ein Glas Cognac eingeschenkt hatte, nahm ihr gegenüber Platz.

«Was war das vorhin mit Betsy? Habe ich richtig verstanden? Schon wieder in gesegneten Umständen?»

«Ja, ja, du hast richtig verstanden», sagte Cateau gereizt und klappte ihren Fächer auf.

«Willst du nicht schlafen gehen, Too?» fragte Rudolf. «Du siehst müde aus.»

«Cateau strengt sich zu sehr an. Drei kleine Kinder machen viel Arbeit.»

«Mein Gott! Es sind die Kinder meiner Schwester. Ru, sag doch mal was.»

«Ich finde, Nonnie ist viel artiger als damals auf Ardjasari. Und wer könnte unsere arme Bertha besser ersetzen als Too? Too ist glücklich, daß sie für die Kinder sorgen kann.»

«Cateau hat alles, was ihr Herz begehrt», bemerkte Henny kühl. Das erstickte «Oh» seiner Frau überhörend, wandte er sich an Rudolf: «Hör mal, Kerkhoven, ich weiß deine Anteilnahme an Cateaus Wohlbefinden zu schätzen, aber ich muß dich doch bitten, dich um deine eigenen Angelegenheiten zu kümmern.»

«Das ist meine Angelegenheit. Und die meiner Eltern. Es geht unsere ganze Familie an.»

«Die hochheilige Familie Kerkhoven! Und was ist mit Van Santen, dem Vater? Ich habe die Familien Kerkhoven und Holle samt ihrem Anhang allmählich satt. Ihr benehmt euch, als sei ganz Westjava euer Eigentum. Alles dreht sich nur um euch! Alle müssen sich euren Belangen unterordnen.»

«Darf ich fragen, was du damit meinst?»

«Gewiß darfst du das. Ich habe ernsthafte Einwände gegen die Art, wie ihr auf Beziehungen spekuliert, sowohl du, dein Vater und dein Onkel auf Sinagar als auch eure Vettern Holle. Seit der alte Van der Hucht tot ist und De Waal nicht mehr im Kabinett sitzt, bekommt ihr alles, was ihr wollt, indem ihr diesen Nichtsnutz von Loudon mit Hilfe des uns wohlbekannten ‹Freundes der sundanesischen Bauern› bearbeitet!»

«Ich bitte dich!» Cateau war von ihrem Stuhl aufgesprungen. «Was hat das mit Berthas Kindern zu tun?»

«Es hat insofern damit zu tun, als ich mir in meinen Angelegenheiten und schon gar nicht in meinem Familienleben von der Familie Kerkhoven etwas vorschreiben lasse», sagte Henny trocken. «Ich nehme deine Eltern und deinen Bruder in meinem Haus auf, und natürlich gehe ich auch nach Ardjasari, wenn es sein muß, aber damit ist Schluß, wenn du nicht aufhörst, dich hinter meinem Rücken über mich zu beklagen.»

Rudolf war ebenfalls aufgestanden und schlang den Arm um Cateaus Schultern, die zitternd vor Aufregung nach Worten suchte.

«Bitte keine Szene!» sagte Henny. «Denk an das Personal.»

«Laß nur», flüsterte Cateau. «Laß nur, Ru. Ich gehe zu Bett.»

Als das Klacken ihrer Absätze auf dem Fliesenboden verhallt war, wandte Rudolf sich an seinen Schwager: «Ich kann mir deine Worte von vorhin nicht gefallen lassen, wie du sicher verstehst. Ich fordere, daß du sie zurücknimmst.»

Zu seiner Verwunderung schwenkte Henny um und gab sich plötzlich liebenswürdig. «Bah, amice, das sind Dinge, die man so dahersagt... Also, wenn du darauf bestehst: ich entschuldige mich! Das Temperament deiner Schwester macht mich manchmal *bingung*, wie man hier sagt. Ich bleibe dabei, drei Kinder im Haus sind auf die Dauer zuviel. Vorläufig sehe ich allerdings keine andere Lösung. Sie können hier bleiben, bis Van Santen seine Verhältnisse geordnet hat. Letzten Endes wird er wohl nach Holland zurückgehen.»

Zwei Tage später, kurz bevor Rudolf nach Gambung zurückkehrte, fand er erstmals die Gelegenheit, mit Jenny ein paar Worte unter vier Augen zu wechseln. Cateau wollte eine Visite machen und Jenny unterwegs zu Hause absetzen. Vorher gab sie den Babus ausführliche Anweisungen. Nachdem Jenny die Kinder zum Abschied geküßt hatte, ging sie langsam durch den Garten um das Haus herum nach vorn, wo der Landauer wartete. Der Kutscher und ein Bursche hielten die Pferde am Halfter fest.

Da sie noch nicht Abschied genommen hatten, folgte Rudolf ihr nach. Zögernd blieb Jenny im lichten Schatten einer Gruppe blühender *bungur*-Bäume stehen.

«Ich möchte Ihnen gern schreiben», sagte Rudolf. «Aber ich weiß, daß ich dafür die Zustimmung Ihres Vaters brauche. Wenn ich schreiben darf, würden Sie mir dann antworten?»

«Oh, ich schreibe gern Briefe. Aber ich erlebe nichts Besonderes.»

«Mich interessiert alles, auch die alltäglichsten Dinge. Alles, was Sie tun, was Sie denken.»

Jenny stellte sich auf die Zehenspitzen, pflückte einen kleinen Zweig der lila-rosa Blüten, zart wie Löschpapier, und drehte ihn zwischen Daumen und Zeigefinger hin und her. Rudolf nahm ihn ihr aus der Hand und steckte ihn ins Knopfloch. Aus den unlängst bewässerten Rabatten stieg der Geruch feuchter Erde. Aus dem städtischen Kampong hinter der Hecke erklangen gedämpfte Geräusche, das Klappern von Eimern, Wasserplätschern an einem Brunnen, das schrille Gackern davonstiebender Hühner.

«Bitten Sie lieber nicht darum!» Aber die grauen Augen sagten etwas anderes. «Papa wird es nicht gutheißen.»

«Aber wie soll es dann weitergehen?» fragte Rudolf heftig. «Wie sollen wir uns kennenlernen? Denn das ist es, was ich möchte. Und Sie? Möchten Sie es auch ... Jenny?»

«Ja, das möchte ich», sagte Jenny leise. «Aber ich weiß nicht, wie. Dort kommt Cateau. Adieu ... Rudolf.»

In der warmen Abenddämmerung spazierten Rudolf und Cateau langsam auf dem Hinterhof auf und ab. Der schwere Duft der nach Sonnenuntergang aufgegangenen *sedep-malam*-Blüten hing in der Luft. In den Bäumen zirpten Grillen. Die weißgekalkten Blumentöpfe entlang des Gartenpfades schimmerten im Mondlicht.

«Ich will Jenny», sagte Rudolf. Seit sie herausgekommen waren, brannten ihm die Worte auf der Zunge. Cateau lachte leise.

«Ich wußte, daß es so kommen würde.»

«Oh, du hast das geplant? Kupplerin!»

«Jenny ist wie für dich geschaffen. Sie muß aber erst achtzehn werden.»

«Ich werde warten. Aber nicht zu lange. Meinst du, ich habe eine Chance?»

Cateau blieb stehen und legte ihm die Hände auf die Schultern. «Ich sehe, wie sie dich anschaut, wenn du es nicht merkst.»

«Das habe ich schon gemerkt!»

Sie mußten lachen. Die Vertrautheit ihrer Kinderjahre kehrte für kurze Zeit wieder. Er gab ihr einen Kuß aufs Haar. «Ich meine: Wie wird ihr Vater darauf reagieren?»

«Was sollte er gegen dich einzuwenden haben?»

«Die Geschäfte stehen im Augenblick nicht zum besten. Nicht auf Gambung und auch nicht auf Ardjasari. Papa erlebt zur Zeit nichts als Rückschläge. Meine Kaffee-Ernte aus den alten Pflanzungen war eher mittelmäßig, und mein Tee bringt noch nichts ein.»

Schweigend gingen sie weiter. Neben Rudolf bewegte sich Cateaus Fächer auf und ab, ein weißer Fleck in der Finsternis.

«Sei nicht zu forsch. Laß die Roosegaardes vorläufig aus dem Spiel.»

«Aber ich will Jenny nicht verlieren. Jeden Augenblick kann ein anderer kommen.»

«Jenny wird mir weiterhin mit den Kindern helfen. Wir reden viel miteinander. Vertrau nur deiner Schwester.» Sie hakte sich bei ihm ein. «Du mußt mir oft und viel schreiben!»

«Wenn du mir ebenso ausführlich antwortest!»

In der Ferne tauchte Joan Henny auf der spärlich beleuchteten Veranda auf. Seine Silhouette zeichnete sich vor dem gelben Lichtschein im Inneren des Hauses ab. Sie erkannten, daß er sich eine Zigarre anzündete.

«Psst!» sagte Cateau. «Er braucht es nicht zu wissen.»

Rudolf hielt sie zurück. «Too, einen Moment noch. Geht es wieder?»

«Ach, mach dir keine Sorgen. Ich werde immerzu gescheiter, weißt du», sagte sie unbekümmert, doch ihr Ton klang nicht überzeugend.

«Komm!» Als sie den gepflasterten Platz vor der Veranda betraten, ließ Cateau die Schleppe ihres Kleides fallen, die sie im Garten mit einer Hand gerafft hatte. «Komm mit und trink ein Glas Sirup. Ich sterbe vor Durst. Bald kommt unser Besuch.»

Er war zu aufgewühlt, um seinen letzten Abend in Batavia mit Henny, Cateau und ihren Gästen zu verbringen. Man wollte Karten spielen und brauchte ihn nicht, die Vierertische waren schon alle besetzt. Im Concordia gab es ein Konzert. Gute Musik zu hören erschien ihm das einzig Erträgliche in seiner Stimmung. Er befahl Hennys Kutscher, am Gang Scott entlang zum Koningsplein zu fahren. So konnte er in das Haus hineinschauen, in dem Jenny wohnte. Die große vordere Veranda war hell erleuchtet, doch niemand war zu sehen. Natürlich saßen alle hinten, «en famille». Er durfte das Haus nicht betreten, solange er nicht von Jennys Vater die Erlaubnis hatte, um seine Tochter zu werben.

Auch die Lieder von Schubert und Schumann vertrieben seine Unruhe nicht. Im Gegenteil, die Leidenschaft und Sehnsucht der Melodien fachten seine Gefühle noch an. «Dein ist mein Herz und soll es ewig, ewig bleiben» und «Du bist die Ruh', der Frieden mild, die Sehnsucht du, und was sie stillt» drückten mit Worten und Tönen die Gewißheit aus, daß er die Gesuchte gefunden hatte, die «Frau seiner Seele», um mit dem Dichter Bredero zu sprechen. Er wollte keine andere. Er wartete nun schon so lange; ein längeres Warten erschien ihm eine sinnlose Quälerei. Wie sollte er auf Gambung, weit entfernt von ihr, die aufkeimende Zuneigung, die er in ihren Augen zu lesen vermeint hatte, reifen lassen und bewahren? Cateaus Rolle als Vermittlerin war von unschätzbarem Wert, doch konnte sie bei allem Taktgefühl und aller Geschicklichkeit für einen guten Ausgang bürgen?

Aus allem, was Cateau Jenny über Rudolf erzählte – als Wiederholung und Ergänzung der Geschichten, die sie schon öfter gehört hatte, denn Cateau sprach gern von ihm – fügte sich das Bild des starken, beschützenden älteren Bruders. Niemand kannte ihn so gut wie Too, seine Toosje; als sie noch Kinder waren, hatte er lieber sie ins Vertrauen gezogen als Bertha oder Julius.

«Meine Eltern halten ihn für eigensinnig und pessimistisch. Den Eindruck macht er auch zuweilen. Meiner Meinung nach rührt das von seinem Pflichtgefühl her, und weil er immer sehr gründlich über alles nachdenkt, ehe er ein Urteil fällt. Ich halte das für eine gute Eigenschaft. Und meistens hat er recht.

Wie soll ich dir seinen Charakter beschreiben? Er ist schweigsam, aber nicht, weil er wenig zu sagen hätte. Er liest viel und ist ausgesprochen literarisch veranlagt. Er liebt die Musik und kann sehr geistreich sein. Er ist zuverlässig, man kann auf ihn bauen wie auf einen Fels. Ein richtiger Mann! Und das, liebe Jenny, kann man nicht hoch genug schätzen. Hätte ich nur so einen.

Sieh mich nicht so erschrocken an! So ist das Leben nun einmal. Um einen Posten als Beamter oder beim Militär zu bekommen, wird ein Mann geprüft... auf seine Kenntnisse, seine Eignung – ist es nicht so? Aber für die Ehe muß er keine Prüfung ablegen. Ach, wie schnell wird oft geheiratet, vor allem hier in Ostindien. Man tanzt und redet und lacht ein bißchen miteinander, auf einem Ball, einem Diner, aber was weiß man wirklich voneinander? Man sieht nur die Fassade.

Führst du eigentlich Tagebuch?»

Jenny schüttelte den Kopf. «Ab und zu schreibe ich was auf, nur so für mich selbst, aber Tagebuch kann man es nicht nennen. Ich habe ein Album mit einem Schloß. Manchmal stelle ich mir vor, ich spräche mit jemandem, den ich nicht kenne und der mich nicht kennt.»

«Das ist ja wunderbar! Das mußt du mir zu lesen geben. Dann kann ich in meinen Briefen an Ru – die Henny nicht zu sehen bekommt, das schwöre ich dir – alles von dir erzählen, meine Liebe. Ist das nicht eine gute Idee? Keine Korrespondenz, denn die ist nicht erlaubt, und doch lernt ihr euch kennen?»

«Wie schlau!» sagte Jenny lachend. «Das erinnert mich an das alte Märchen von der klugen Bauerntochter, die weder bekleidet noch nackt zum König kommen sollte und sich in ein Fischernetz hüllte. Du kannst mein Album ruhig lesen, Cateau, aber ich weiß nicht...»

«Verlaß dich nur auf mich!»

Aus Jennys Album, 1876

Es gibt Dinge, über die ich niemals rede. Wenn Mama ihre nervösen Kopfschmerzen hat, wird sie mir ganz fremd. Rose hat manchmal solche Angst, daß sie sich nicht bei ihr zu wachen getraut. Zum Glück geht es bald vorbei, und dann ist sie wieder unsere liebe kleine Mutter. In letzter Zeit ist sie abwechselnd sehr geschäftig und dann plötzlich völlig niedergeschlagen. Vielleicht weil es so schrecklich heiß ist, denn es will nicht regnen. Ich hoffe, daß es ihr besser geht, wenn das neue Kindchen geboren ist. Möge es ein gesundes, liebes Mädchen sein an Stelle unseres verstorbenen Schwesterchens. Die Jungen sind so wild und lästig! Eigentlich ist es gut, daß Willem und Frits nach unserem Jahresurlaub in Holland geblieben sind. Mama wird nicht fertig mit ihnen und Papa hat zu wenig Zeit, sich um sie zu kümmern.

Warum hat Papa Willem und Frits in Holland gelassen und nicht auch August, der immerhin der älteste ist? Frits ist erst sieben. Will Papa Frits nicht zu Hause behalten, weil er sich oft sonderbar benimmt und Mama damit ganz nervös macht? Frits hat als kleines Kind eine Gehirnhautentzündung gehabt; Babu Rusminah sagt, davon bleibt immer etwas zurück. Er wurde mit zwei zusammengewachsenen Fingern geboren. Willem hatte als Baby einen sehr großen Kopf, was ich damals gruselig fand. Jetzt fällt es nicht mehr auf, weil er auch sonst kräftig gebaut ist. Er ist ziemlich schwer von Begriff, tut aber sein Bestes in der Schule. Die beiden Jungen tun mir so leid, weil sie jetzt allein unter lauter Fremden sind. Sie haben so geweint, als wir abreisten.

Es war vor allem wegen Rose, Marie und mir, daß Papa 1873 seinen Jahresurlaub in Holland genommen hat. Mama hatte schreckliche Angst vor der Reise. Aber Papa hat sich durchgesetzt. Er meinte, wir Mädchen benötigten «den letzten Schliff», bevor wir in die Welt hinausgehen, außerdem sollten wir unsere Jugend in Europa genießen. Und was ist daraus geworden? Unsere Familie ist zu groß, wir konnten nicht immer zusammenbleiben und wurden auf verschiedene Familien an verschiedenen Orten verteilt. Und zur Schule mußten wir auch. Aus den Reisen und Ausflügen, die man uns versprochen hatte, ist nichts geworden. Ja, unsere einzige Auslandsreise waren die Monate, die Rose und ich im Internat zu Lüttich verbracht haben.

Wir haben dort Französisch gelernt, auch die feine Küche, und ich hatte bessere Klavierstunden als hier. Wie ruhig war es in Lüttich, verglichen mit dem gemieteten Haus in Arnhem, wo wir danach alle zusammen wohnten mit den Dienstmädchen, zwei Kindermädchen und einem komischen Diener, der oft betrunken war. Mama fühlte sich nicht wohl, sie war damals in der Hoffnung mit unserem Schwesterchen, das auf der Rückreise nach Ostindien gestorben ist. Jetzt sind wir schon wieder ein halbes Jahr hier, und ich frage mich, wozu das Ein- und Auspacken, die Hotels und die möblierten Zimmer eigentlich gut waren. Ich wäre gerne noch ein Jahr in Holland oder in Lüttich geblieben, um ein Diplom als Lehrerin zu erwerben. Ich glaube, ich hätte Talent dazu. Ich hätte auch als Hilfslehrerin im Internat in Lüttich bleiben können. Aber Mama brauchte an Bord Hilfe für die Kleinen. Rose ist so langsam, und Marie kann sehr geschickt sein, wenn sie will, doch meistens will sie nicht. Aber ich hatte meine Enttäuschung bald vergessen, als ich nach dem Tod unserer kleinen Betsy für Herman und Philip sorgen mußte. Das war das Schlimmste, das ich je erlebt habe. Das winzige Körperchen, steif in Segeltuch gewickelt! Mama wollte nicht, daß man es ins Meer warf, sie schrie und flehte. Darauf haben sie die kleine Leiche an Bord aufbewahrt, so daß wir Betsy in Padang begraben konnten, neben den beiden Brüderchen, die gestorben sind, als Papa dort Richter war. Das Schwesterchen hieß nach Mama: Aleida Elisabeth Reiniera. Später hat Mama Papa Vorwürfe gemacht, daß er es auf diesen Namen hat taufen lassen. Niemals dürften zwei in einer Familie denselben Vornamen tragen, sagte sie, das bringe Unglück. Sie ließ auch nicht zu, daß einer der

Jungen nach den verstorbenen Brüdern benannt wurde. Sonst würden wir ihrer nicht in gebührender Weise gedenken.

Mama war erst fünfzehn Jahre alt, als sie Papa kennenlernte. Großpapa Daendels war zu der Zeit Vizeresident in Modjokerto und Papa Protokollführer am Gerichtshof in Surabaja. Papa scheint sich auf den ersten Blick in sie verliebt zu haben. Sie war ein so fröhliches kleines Ding, sagt Papa, und so lieb zu ihren kleinen Schwestern und Brüdern. Ihre Mutter war jung gestorben. Großpapa Daendels wurde unheilbar krank. Auf dem Sterbebett gab er Papa die Erlaubnis, Mama den Hof zu machen. Wenn Papa in Probolinggo zu tun hatte, ritt er jeden Tag nach der Arbeit zur Plantage Waru, wo Mama damals bei ihrem Vormund lebte. Er ist zwölf Jahre älter als sie. Sie hat ihm, kurz bevor sie mit ihrer Stiefmutter und den Geschwistern nach Holland fuhr, ihr Jawort gegeben. Die Familie Daendels in Hattem fand Papa nicht vornehm genug, da er aus dem Bürgerstand in Zutphen stammt und Mama eigentlich einem Geschlecht von Regenten angehört. Ob sie in den zwei Jahren in Holland nie an ihm gezweifelt hat? Sie war doch noch so jung. Aber sie trug seinen Ring, den Papas Mutter ihr in seinem Auftrag an den Finger geschoben hatte, als sie die Familie Roosegaarde zum erstenmal in Holland besuchte. Sie trägt den Ring noch immer. Als sie achtzehn war, fuhr sie mit Bekannten nach Ostindien zurück und wurde in Surabaja mit Papa getraut. Papa ist ihr ein und alles, er bestimmt über die Dinge, und sie liest ihm die Wünsche von den Augen ab. Ich glaube, ohne ihn könnte sie nicht leben. Papa betet sie an und betrachtet sie als seinen Besitz. Für ihn ist es selbstverständlich, daß sie nichts kann, nichts ist ohne ihn. Er ist herzensgut und verständnisvoll, aber immer der Herr im Hause. Mama hat uns einmal aus den Briefen vorgelesen, die Papa während ihrer Verlobungszeit geschrieben hat. Immer wieder ist darin die Rede von dem «kleinen Käfig», den er für sie herrichten läßt. Als wollte er sie gefangenhalten! Als wäre das ihre einzige Bestimmung! Ich weiß, es schickt sich nicht, daß ich über die Ehe meiner Eltern kritische Fragen stelle. Aber ich spüre, dort ist etwas, das nie an die Oberfläche kommt. Was es wohl sein mag?

Mama ist in Ostindien geboren, in Semarang; wir alle, außer der armen kleinen Betsy, sind hier geboren. In Holland habe ich gemerkt, daß wir irgendwie anders sind. Wir sind Weiße mit blonden Haaren und doch keine Europäer. Ich habe das bei anderen immer sofort erkannt, jetzt sehe ich es auch bei mir, bei Rose und Marie und bei den Jungen. Papa hat kein Auge dafür. Er ist in Zutphen geboren und erst mit sechsundzwanzig nach Ostindien gekommen. Er glaubt, wir seien echte Holländer wie er, und erwartet deshalb, daß wir auch so tüchtig und vernünftig werden. Aber kommt es darauf an, was man will? Man kann etwas in sich tragen, das stärker ist als der aufrichtigste Wille. Ich kann es nicht mit Worten ausdrücken, es ist eine sonderbare Empfindung, die ich nur zu gut kenne: Traurigkeit und Aufsässigkeit zugleich. Bei Rose überwiegt die Traurigkeit, bei Marie die Aufsässigkeit. Bei mir hält es sich die Waage. Von den Jungen weiß ich es noch nicht, sie sind bloß ungezogen. Man wird gleichsam nach zwei Seiten gezerrt und fühlt sich wie gelähmt. Am liebsten wäre ich unbeweglich wie ein Stein. Aber ich weiß, daß ich das nicht darf. Dann verdoppelt sich mein Eifer. Die Hausjungen und Babus sagen: Die Non ist wieder *amat rajin, gètol*. Tut mir leid, aber in einer solchen Laune fordere ich zuviel von ihnen. Auch von mir selbst. Marie haßt mich deswegen.

Marie wurde als kleines Kind schrecklich verwöhnt; das rächt sich jetzt. Sie ist ein Hitzkopf, aber bildhübsch, niemand kann ihr lange böse sein. Sie fängt allerlei Dinge an, aber dann verliert sie die Lust, und ein anderer darf die Arbeit fertig machen. Meistens bin ich das. Im Haushalt ist das sehr lästig. Die Bedienten benehmen sich gut, solange man sie ständig im Auge behält. Ich habe gelernt, wie man Leinenwäsche pflegt und einen Tisch deckt, ich bin versessen auf Ordnung. Papa weiß das zu schätzen, Mama wohl auch, denn sie kann selbst nicht hinter allem her sein und hat auch gar nicht die Kraft dazu. Wieviel Zeit mich das alles kostet! Oft will es mir nicht gelingen, dann ärgere ich mich über die Unordnung und Schlamperei und kann doch nichts dagegen ausrichten.

Es gibt etwas, das nur Rose und ich wissen. Einmal gingen wir mit dem Fräulein auf den Basar. Eine alte Frau stellte sich neben uns, eine richtige *nènèk* in schmutzigen Lumpen, die an einem Betelpriem kaute, so daß ihr Mund aussah, als wäre er voller Blut. Ich hielt sie für eine Bettlerin und wollte ihr etwas geben, aber sie redete uns an, oh, das werde ich nie vergessen. Sie sagte, sie wisse, wer wir seien und wo wir wohnten. Wir seien die Nachkommen des Großen Herrn, der die Poststraße auf Java habe bauen lassen, und um uns schwebten die Seelen der vielen Toten, Tag und Nacht, die uns haßten und Unglück über uns brächten, weil der Große Herr das Elend des javanischen Volkes auf dem Gewissen habe. Ich stammelte: «Geh fort, geh fort», aber sie schwatzte weiter, und dann sind Rose und ich fortgelaufen, das Fräulein hinter uns her; zum Glück hatte sie nichts verstanden, denn sie kann nur ein paar Worte Malaiisch.

Vor ein paar Wochen kam Rusminah während der Mittagsruhe an mein Bett und sagte, hinterm Haus warte eine Person auf mich mit einer Botschaft, und sie getraue sich nicht, sie fortzuschicken. Ich ging hinaus, und dort stand wieder die alte Frau. Sie begann wieder mit ihrer schrecklichen Geschichte, eigentlich war es eine einzige Verfluchung. Ich stand da wie gelähmt, ich konnte nichts sagen oder tun. Als sie noch einmal zu uns auf den Hof kam, habe ich einen Hausjungen gebeten, sie fortzujagen. Zum Glück hat Mama nichts davon erfahren. Aber die Frau treibt sich noch immer in der Nachbarschaft herum, ich sehe sie manchmal am Straßenrand, wenn wir ausfahren. Sie sieht mich nur an, und dann ist es, als fiele ein Schatten über mich. Ich muß immer an ihre Worte denken, daß es viel Tod und Unglück in unserem Leben geben werde und daß uns ein Schwarm von Geistern umgibt, die uns Böses antun wollen. Manchmal versuche ich zu beten; ob das wohl hilft? Papa ist ein Freidenker, wir gehen nie zur Kirche. Im Grunde bin ich nicht gläubig, also dürfte ich auch nicht abergläubisch sein. Warum macht mir diese Frau dennoch angst?

Rusminah sagt: Wenn man nicht an Allah glaubt, dann ist die Seele leer, und das Unglück kann herein. Der Mensch muß eine ordentliche Seele haben. Das muß wunderbar sein. Ich weiß genau, daß meine Seele nicht ordentlich ist, obwohl ich es gern möchte. Ich habe so viele widersprüchliche Gedanken in mir. Manchmal bin ich zufrieden, weil ich meine Pflicht tue und Papa und Mama im Haushalt helfen kann, aber manchmal fühle ich mich benachteiligt und bin böse und verdrossen, weil alles an mir hängenbleibt, und dann hasse ich mich selbst. Um den Fluch der Alten abzuwenden, übernehme ich noch mehr Arbeiten und mache sie ganz sorgfältig, oft sogar ein zweites Mal. Das kommt doch dem Aberglauben gleich?

Es wird viel Böses erzählt von unserem Urgroßvater, dem Generalgouverneur Daendels. Es ist wahr, daß beim Bau der großen Poststraße Tausende umgekommen sind. Aber wie Papa sagt, waren die einheimischen Herrscher, denen ein Menschenleben nichts bedeutet, für die Grausamkeiten verantwortlich. Seine Exzellenz sei ein großer Politiker gewesen. Die Straße mußte gebaut werden, sagt Papa, zur Verteidigung Javas und für den Handel. Aber wie hat es Seine Exzellenz übers Herz gebracht, nicht einzugreifen? Als Staatsmann war er an die Verträge mit den einheimischen Fürsten gebunden, sagt Papa, er hatte nicht das Recht, zu bestimmen, wie die Straße gebaut werden sollte, das war Frondienst und Sache der Herrscher. Die Landesregierung hatte ihn beauftragt, dafür zu sorgen, daß die Straße fertig wurde. Die Toten hat er nicht gezählt.

Die *nènèk* ist sehr alt. Vielleicht haben ihr Vater und ihre Brüder beim Bau der großen Poststraße mitgearbeitet. Deshalb verflucht sie uns. Aber wir sind doch daran nicht schuld? Ihre Augen liegen wie zwei glühende Kohlen in den tiefen Höhlen, die Haut drumherum ist ganz schwarz, wie versengt. Rusminah hat auch Angst vor ihr, sie hat Weihrauch angezündet und etwas, sie will nicht sagen was, vor dem Hoftor vergraben, damit die *nènèk* nicht hereinkommen kann. Aber sie kommt doch, ich träume von ihr. Rose manchmal auch, aber die Alte hat es auf mich abgesehen. Rusminah weiß das. Sie ist eine gute, treue Seele, sie hat Rose, Marie und mich im Slendang getragen. Sie will mich beschützen, aber ich fühle mich trotzdem nicht sicher.

Warum schreibe ich dies alles auf? Ich wäre nicht aufrichtig, wenn ich es nicht täte, und ich möchte gern aufrichtig sein. Cateau sagt, ich sei sanft und ausgeglichen. Bei den Hennys im Haus bin ich es auch. Wenn man mit Kindern umgeht, darf man sich nicht seinen Stimmungen überlassen. Sie brauchen Liebe, Ordnung und Klarheit, um sich gut zu entwickeln. Bei Kindern kann man nie vorsichtig genug sein.

Wir haben wieder ein Brüderchen bekommen, es heißt Henri. Das Kind ist sehr klein und schwach, aber der Doktor sagt, daß wir es behalten werden. Papa ist natürlich hocherfreut, vor allem, weil die Entbindung diesmal so problemlos verlief, aber als Rose, Marie und ich heute morgen mit ihm Kaffee tranken, sagte er plötzlich: «Wie soll das bloß werden, wenn es mit dem Kinderkriegen so weitergeht?» Marie bekam einen Lachanfall und erstickte fast an einem Schluck Kaffee. Später stellte ich sie zur Rede, wie sie nur so frech sein konnte. Was sie darauf antwortete, kann ich nicht niederschreiben.

Mama hat uns früher viel den Bedienten überlassen. Das mußte wohl so sein, denn sie hatte viel zu tun, und immer lag ein Säugling in der Wiege. Vor allem in Padang, als die beiden ersten Brüderchen starben, hatte sie es sehr schwer. Wir Mädchen waren zu der Zeit meistens hinten bei den Dienstboten. Rusminah konnte uns nicht beaufsichtigen, sie war Mamas Lieblingsbabu und half ihr bei den Kleinsten. Manches Kind hört und sieht mehr als das andere. Ich vermute, daß ich ziemlich dumm für mein Alter war, oder zu verträumt, denn ich erinnere mich überhaupt nicht mehr an die vielen Geschichten, die wir, wie Marie behauptet, aufgeschnappt haben, wenn wir in den Dienerkammern oder in der *dapur*, der Küche, herumlungerten. Ich weiß nur noch, daß wir einen Gärtner hatten, der Kakerlaken und Spinnen zwischen den Fingern zerrieb und uns dabei sonderbar grinsend anschaute; wenn wir uns ekelten, lachte er nur. Marie sagt, der Mann sei ein *pinter busuk*, ein böser Mann, gewesen und habe manchmal ganz schlimme Dinge getan. Rose sei einmal sehr über ihn erschrocken. Ich habe sie gefragt, was damals passiert sei, aber sie wollte es mir nicht sagen. Marie war der Liebling der Diener, alle wollten sie in den Arm nehmen und streicheln und steckten ihr Süßigkeiten zu. Sie sagt, sie habe «alles schon gewußt», als sie fünf Jahre alt war. Ich weiß jetzt, was sie meint, ich habe auch von diesen Dingen gehört, aber erst viel später. Ich war zwölf, als ich, wie man sagt, «eine junge Dame» wurde, noch vor Rose, obwohl sie ein Jahr älter ist als ich. Ich brauchte keine kurzen Röckchen und Spitzenhöschen mehr anzuziehen, und Rusminah erklärte mir, was das zu bedeuten habe. Aber Marie weiß noch ganz andere Dinge. Sie hat eine bestimmte Art, einen anzusehen, mit einem leichten Lächeln, herablassend und ein bißchen hinterlistig, was mich manchmal sehr ärgert. Mit Marie habe ich mich unlängst fürchterlich gestritten. Von Munah und Itih hatte sie allerlei Geschichten über Generalgouverneur Daendels und seine fünfzehn Kinder gehört, und von den vielen anderen Nachkommen, die in den Kampongs herumlaufen, und dann hat sie etwas sehr Häßliches über Papa und Mama gesagt. Ich habe sie kräftig geschüttelt, bis sie wütend wurde, und dann gingen wir aufeinander los wie zwei Katzen. Rose mußte uns trennen. Was willst du, sagte Marie später, wir haben Daendels-Blut in uns. Das sind zwei Seiten derselben Medaille: Gewalt und Sinnlichkeit.

Rudolf an Cateau, Januar 1877

«Die Teeversteigerung in Amsterdam hat Papa und mich sehr enttäuscht, aber nicht entmutigt. Ich sehe unserer Zukunft in finanzieller Hinsicht weiterhin zuversichtlich entgegen, zumindest solange Papa das Interesse an dem Teegeschäft nicht verliert. Ich kann mir vorstellen, daß bei der andauernden schlechten Marktlage der Reiz für ihn eine Weile nachläßt.

Was mich betrifft, so bin ich zufrieden. Meine junge Java-Teepflanzung gedeiht gut, nach dem Regen kann ich zum erstenmal die jungen Sträucher pflücken lassen. Auf den frischgerodeten Feldern im Wald habe ich neuen Kaffee angebaut, ein heikles Unterfangen, da ich fünf bis sechs Sorten pflanzen mußte, die nicht durcheinandergeraten dürfen.

Ich habe Kerabau-Büffel gekauft. Gestern hat mindestens ein halbes Dutzend wilder Hunde die Tiere angegriffen. Zum Glück ist ein Büffel dabei, der sich zu wehren weiß, wenn ihm eine Meute zu nahe kommt. Wenn sie ihn nur nicht umzingeln und von den anderen Büffeln trennen! Gestern hat es den ganzen Nachmittag geregnet, darum konnte ich nicht selber hingehen, und heute fehlt mir der Mut, in die tiefe schlammige Schlucht hinabzusteigen, die ich auf dem Weg zu den Büffeln durchqueren muß. Es wird schon hart an einem Kral gearbeitet.

Ich lasse auch Material für den Bau meines Hauses herbeischaffen.

Julius und August haben ihre Examina bestanden. Julius als Tiefbauingenieur! Er hat es nun doch geschafft. Ob August mit der Ausbildung, die er in Wageningen absolviert hat, hier viel anfangen kann, steht noch dahin. Es kommt in erster Linie auf die Praxis an. Jetzt geht Papas Wunsch in Erfüllung: drei Söhne, die ihm zur Hand gehen!

Wir erwarten die Jungen mit der Prins van Oranje. Das Datum steht noch nicht fest. Natürlich reise ich nach Batavia, um sie vom Schiff abzuholen.

Ich muß wohl nicht hervorheben, wie sehr ich mich auf das Wiedersehen freue, und zwar nicht nur mit Gus und Juus. Erwartet mich eine Überraschung, Cateau? Niemand kennt meine Wünsche besser als Du. Der Gedanke an die Erfüllung dieser Wünsche hilft mir hier auf Gambung durchzuhalten. Ich zähle die Tage.»

Die zwei Kanonenschüsse des Küstenwachschiffes, die die Ankunft der Prins van Oranje aus Holland ankündigten, versetzten Jenny in einen Zustand der Aufregung, den sie nur mit allergrößter Mühe vor der Mutter und den Schwestern verbergen konnte. Sie hatte die Erlaubnis erhalten, mit den Hennys und Rudolf Kerkhoven zum Hafengelände «Kleine Boom» mitzufahren. Fix und fertig angezogen wartete sie in der inneren Veranda.

Der Landauer fuhr vor, und zwei Herren stiegen aus, um sie zu begrüßen. Zum erstenmal seit einem halben Jahr sah sie Rudolf wieder. Sie stellte fest, daß er mager geworden und ganz braun im Gesicht war. Es war sonderbar, ihm im Fahrzeug gegenüberzusitzen und über Nebensächlichkeiten zu plaudern, hatte er doch in den vergangenen Monaten durch Cateau erfahren, was sie innerlich bewegte, so wie sie, ebenfalls dank Cateau, alles über seine Arbeit auf Gambung wußte. Sie hatte befürchtet, Rudolf wäre verstimmt oder befremdet über ihre Herzensergüsse, und sie war sich nicht sicher, ob sie sich dafür schämen müsse oder nicht. Es entging ihr nicht, daß er ebenso befangen war wie sie, aber dann wurde er so jungenhaft ausgelassen vor Freude über das Wiedersehen (Cateau amüsierte sich köstlich darüber, Henny bemerkte offensichtlich nichts), daß Jenny ihre Scheu verlor; auf der ganzen langen Fahrt entlang dem Molenvliet und durch die untere Stadt zum «Kleinen Boom» redeten und scherzten die jungen Leute miteinander, als sähen sie sich täglich.

Im Gedränge unter dem Schutzdach vor der Landungsbrücke nahm er ihre Hand und hielt sie zwischen den Falten ihres Kleides versteckt fest. Jenny fühlte die kräftige, warme Hand um die ihre und erwiderte den Druck seiner Finger, traute sich aber nicht, ihn anzusehen. Schweigend standen sie eine Weile da, zwischen Damen, deren Volants und Schleier von der lauen Meeresbrise hochgeweht wurden, was viel Gelächter und ärgerliche Rufe hervorrief, und Herren, die sich in Debatten verwickelten über die Vor- und Nachteile der neuen, ganz durch Dampfkraft angetriebenen Schiffe gegenüber den erprobten, teilweise noch auf Segel angewiesenen. Erst als das Boot, das die Passagiere von der auf Reede liegenden Prins van Oranje an Land brachte, so nahe herangekommen war, daß man die Gesichter erkennen konnte, ließ Rudolf Jennys Hand los und drängte sich rufend und winkend mit Cateau nach vorn.

Das Wiedersehen der Brüder rührte Jenny. Ihr Herz wandte sich dem stillen Julius zu, der in seinem Tropenanzug unbeholfen aussah. August wirkte auf sie ein wenig zu «großspurig», ein hübscher Junge, der wußte, wie gut er aussah. Vom ersten Augenblick bis zur Ankunft bei den Hennys nahm er mit Reisegeschichten und Kostproben seines Savoir-vivre, die er schon an Bord zum besten gegeben hatte, die Aufmerksamkeit der Wageninsassen in Beschlag. Sie sah, wie glücklich Rudolf über das Wiedersehen war. Die Innigkeit, mit der sie seine Gefühle teilte, machte ihr klar, wie sehr seine Welt schon die ihre geworden war.

«Sie haben mich rufen lassen, Papa?»

Jenny stand vor ihrem Vater in dem Zimmer, das «Büro» genannt wurde, weil er sich zu Hause zum Lesen und Briefeschreiben darin zurückzog. Er saß an seinem Sekretär, in Hemdsärmeln wie immer, wenn er sich ungezwungen fühlte. Auf der

Veranda vor dem Zimmer standen Kübel mit Oleanderbüschen und anderen hochwachsenden Pflanzen, die den Einblick verwehrten. Das zu dieser Tageszeit einfallende Licht lag als grüner Schimmer auf den gekachelten Wänden und dem Fliesenboden.

«Ich habe ein Schreiben von Herrn Kerkhoven auf Ardjasari erhalten», sagte er, hob einen aufgeschnittenen Briefumschlag, der vor ihm auf dem Tisch lag, hoch und ließ ihn wieder fallen. An der offenen Seite sah das doppelt gefaltete Blatt Papier hervor. «Er möchte mich besuchen und für seinen Sohn die Erlaubnis erbitten, in unserem Haus zu verkehren. Du weißt natürlich, daß es um dich geht. Ich habe von Joan Henny gehört, daß du dich neulich am Hafen recht lebhaft mit dem jungen Mann unterhalten hast.»

Jenny sagte nichts. Trotz gegenteiligem Anschein hatte Henny die Augen offengehalten.

«Wie weit geht eure Bekanntschaft? Ich nehme an, von einem Antrag hinter meinem Rücken war noch nicht die Rede.»

«Wenn er mir einen Antrag gemacht hätte, so hätte ich ihn nicht abgewiesen», sagte Jenny in einem Anflug von Verwegenheit.

Ihr Vater zog die dunklen Brauen hoch. «Du kannst noch gar nicht wissen, was du willst. Junge Menschen treffen oft übereilte Entscheidungen, die sie später bereuen. Zum Glück ist Herr Kerkhoven ein vernünftiger Mann, und seinem Brief entnehme ich, daß auch er die Pläne seines Sohnes für voreilig hält, obwohl er ihm seine Unterstützung natürlich nicht verweigern will.»

«Sie haben Rudolf Kerkhoven während eines Abendessens bei Cateau Henny im vorigen Jahr kennengelernt.»

«Ich weiß, er schien mir ein angenehmer junger Mann, intelligent, tüchtig und arbeitsam. Aber die Teekultur ist eine riskante Angelegenheit. Ich habe dich nicht großgezogen, um dich irgendwo im wilden Landesinneren verkümmern zu lassen. Du weißt nicht, was es heißt, als einzige europäische Frau in einem abgelegenen Dorf zu leben. Du mußt auf jeden Fall ein Jahr lang die Welt kennenlernen, bevor du dich bindest. Ich werde dem Herrn Kerkhoven antworten, die Bitte seines Sohnes um gesellschaftlichen Umgang in meinem Haus habe vorläufig keinen Sinn.»

Jenny beugte den Kopf. Die Tränen, die nicht kommen wollten, stauten sich hinter ihren Augenlidern. Sie fühlte keinen Kummer, nur eine Mischung machtloser Wut und Verzweiflung, als würde man ihr die Möglichkeit verschließen, eine andere zu werden, als sie war, etwas abzuschütteln, das sie bedrückte.

«Er muß zuerst dafür sorgen, daß sein Land etwas einbringt», sagte ihr Vater mit der sanften Stimme, die seine Kinder die «Stimme nach der Standpauke» nannten, wenn er sie zu überzeugen versuchte, daß alles nur zu ihrem Besten geschah. «In einem Jahr sehen wir weiter. Aber bitte keine Korrespondenz! Versprich mir das auf dein Ehrenwort.»

Auf der hinteren Veranda herrschte Chaos. Philip saß brüllend auf einem Stuhl, das Kinderfräulein kniete vor ihm und verband eine Schramme an seinem Bein. Marie übte Tonleitern auf dem verstimmten Klavier, Rose hatte eine Auseinandersetzung mit dem *menatu*, dem Wäscher, der soeben einen Stapel sauberer Leinenwäsche gebracht hatte. Draußen auf dem Hof saß Herman in einem Baum und schoß mit der Schleuder kleine harte Früchte auf die Tauben, die auf den Dächern der Nebengebäude saßen. Er kümmerte sich nicht im mindesten um die zornigen Rufe der Gouvernante: «Laß das! Komm herunter!» Mevrouw Roosegaarde saß vor der Schlafzimmertür, das weinende Baby auf dem Schoß. Neben ihr ließ eine *djait* die Nähmaschine rattern.

Jenny wäre am liebsten davongelaufen, doch die Mutter rief sie: «Nimm ihn eine Weile! Er hat wieder Sodbrennen.»

Später, als das Kind endlich im dämmrigen Schlafzimmer in der Wiege lag und schlief, hörte sie die Mutter hereinkommen und die Tür zur Veranda hinter sich schließen.

«Du mußt das verstehen, Jenny. Ich brauche dich so sehr bei dem kleinen Henri. Und was soll Rose ohne dich anfangen? Es ist höchste Zeit, daß sie in die Gesellschaft eingeführt wird, sie ist fast zwanzig. Allein will sie nicht aus dem Haus. Jetzt, da du achtzehn bist, könntet ihr zusammen ausgehen.»

Jenny überkam dasselbe beklemmende Gefühl wie im Zimmer ihres Vaters.

«Ach Mama, an den Bällen liegt mir nichts. Dieser ganze *susah* für ein paar Tanzabende im Klub!»

«Später wirst du uns vorwerfen, wir hätten dir keine Gelegenheit gegeben, dich in der Welt umzusehen.»

«Als Sie so alt waren wie ich, waren Sie längst verheiratet.»

«Ja, darum. Genau darum!» sagte ihre Mutter heftig. «Du sollst deine Jugend genießen. Wenn du einmal verheiratet bist, ist alles vorbei. Dann bleiben dir nur noch die Sorgen.»

«Rose würde sicher gern mit Ihnen die Veranstaltungen besuchen. Mit dem Fräulein als Anstandsdame macht es keinen Spaß.»

«Ich konnte nicht ausgehen, als ich Henri erwartete, und jetzt kann ich es nicht, weil ich ihn stillen muß.»

Jenny setzte sich neben ihre Mutter auf die Kante des großen Bettes zwischen die Moskitogardinen, die an beiden Seiten von silbernen Haken hochgehalten wurden. Sie legte den Arm um die schmächtigen Schultern, spürte die Knochen unter dem dünnen Stoff des Morgenmantels.

«Das Stillen erschöpft Sie zu sehr, Mama. Henri ist groß genug für *bubur*.»

«Ja, das schon, aber solange ich dem Kind die Brust gebe, kann ich nicht schwanger werden.»

In den ersten Wochen nach der enttäuschenden Nachricht, die ihm den Umgang mit den Roosegaardes vorläufig verwehrte, fand Rudolf nur mit Mühe wieder den Schwung zu seinen Rodungsarbeiten. Seine Erwartungen waren so hoch gewesen, die

Zeit, seit er Jenny kennengelernt hatte, erschien ihm eine Ewigkeit; er glaubte, unmöglich noch länger in Unsicherheit leben zu können. August kam nach Gambung, um ihm Gesellschaft zu leisten und praktische Kenntnisse in der Teekultur zu erwerben, während Julius auf Ardjasari am täglichen Gang der Geschäfte teilnahm und herausfinden wollte, ob die Arbeit ihm zusagte. Es sah nicht danach aus, als könnten sich die Kerkhovens weitere Unternehmen leisten, so daß für die Söhne nur Verwaltungsposten in Frage kamen. Julius war kein Freund der Natur, August dagegen wußte sich gut anzupassen.

Die Ablenkung durch die Ausritte mit seinem Bruder über das Bergland und die gemeinsame Aufsicht über die Arbeitsabläufe halfen Rudolf, seine Niedergeschlagenheit zu überwinden. Schneller als erwartet entstand am Waldrand vor den Rasamala-Bäumen nach seinen eigenen Entwürfen und Bauzeichnungen das Haus. Jeder Pfosten, der in den Boden gerammt, jede Planke, die gelegt wurde, brachten ihn der Frau näher, für die das Heim bestimmt war. In den Briefen an Cateau (die, wie er wußte, auch Jenny lesen würde) schilderte er seine Fortschritte und illustrierte sie mit Skizzen. Die vordere Veranda, rechts und links über Treppen erreichbar, bekam eine hölzerne Balustrade, an der man Kletterpflanzen hochziehen konnte. Er hatte Glasscheiben für die Fenster der vier Zimmer bestellt, in dieser Gegend ein notwendiger Schutz gegen Kälte und feuchtes Wetter. Eine Abzweigung des Baches, der hinter dem Haus am Berghang herunterfloß, wollte er buchstäblich «einbauen»: eine nie versiegende Wasserleitung im Badezimmer! Er legte einen Gemüsegarten mit Erdbeeren, Tomaten und Kohl an. In einem großen Beet auf dem Vorplatz wuchsen Stecklinge für einen Rosengarten.

Sobald das erste Zimmer bewohnbar war, zog Rudolf aus dem Pondok in seinen Gedung um. Seit August die Plantage verlassen hatte, hatte er nur zwei junge Spürhunde aus einem Wurf von Ardjasari zur Gesellschaft. Der Terrier Tom war an Altersschwäche gestorben. Rudolf fand Vergnügen am Erziehen und

Abrichten der Welpen, die er Kousie und Sokkie, Strümpfchen und Söckchen, nannte, da sie als Zeichen ihrer Zuneigung seine Beine anzupinkeln pflegten. Täglich fanden sich neugierige Affen aus dem Urwald ein, begutachteten das Haus und stahlen *pisang* vom Hinterhof – anfangs voller Angst vor den Hündchen; doch als sie merkten, daß es nur beim Bellen blieb, flohen sie nicht mehr vor ihnen, sondern saßen frech kreischend in den Baumkronen und schüttelten die Äste. Widerwillig jagte Rudolf ihnen ab und zu mit ein paar Gewehrschüssen einen Schrecken ein, um zu verhindern, daß sein künftiger Obstgarten andauernd geplündert würde.

Abends vertrieb er sich beim Licht der Petroleumlampe die Zeit mit Lesen. Verglichen mit seinem Leben im Pondok umgab ihn hier völlige Einsamkeit. Die Kammern der Diener waren noch nicht fertig, der Koch und der Hausbursche wohnten im Kampong Gambung. Es war nicht Rudolfs Art, wehmütig den Mond anzustarren, aber oft lag er vor dem Einschlafen noch lange wach. «Muß ich denn noch sagen, Cateau, (die Unterstreichung bedeutete, daß hier ein anderer Name gelesen werden mußte), wohin meine Gedanken ständig schweifen? Eigentlich denke ich immer an das, worüber ich nicht schreiben darf. Ich hoffe von ganzem Herzen, daß es nicht nur mir so ergeht.»

Aus Jennys Album, 1877

Königin Sophie ist gestorben. Sie muß viel gelitten haben. Ich hörte Papa und Mama darüber sprechen, wieviel Kummer die Königin hatte. Was für ein schreckliches Leben, immer würdevoll auftreten, immer liebenswürdig lächeln zu müssen, auch wenn man zutiefst unglücklich ist. Mama sagte: «Eine Ehe ohne Liebe muß eine Hölle sein.» «Bei allzu unterschiedlichen Temperamenten», sagte Papa, «ist die Liebe keinen Pfifferling wert!» Er lachte auf eine bestimmte Art, mit der er Mama seine gute Laune merken lassen will, und küßte sie. Sie wußten nicht, daß ich im Nähzimmer saß und daß die Tür zur inneren Veranda offenstand. Ich konnte sie im großen Probierspiegel sehen. «Ach nein, ach nein!» sagte Mama immer wieder, aber sie schmiegte sich an ihn, und Papa umarmte sie so heftig, als wollte er sie erdrücken.

Ich sehne mich nach Liebe, aber wie mir scheint, gibt es einen bitteren Kern in dem, was Liebe heißt. Ich habe Angst.

Auf unserem Hinterhof steht ein Waringin-Baum. Tagsüber ist er für mich der schönste Baum der Welt, so breit und voll und reich mit seinen vielen Blättern und kleinen Früchten und den Luftwurzeln, die sich niedersenken, mit kleinen Saugmündern am Boden festheften und wieder neue Stämme austreiben – und dann die Vögel und *kalongs* und Grillen, die in ihm wohnen, und die Wespen, die um die feigengroßen Früchte summen, ein Baum, in dem das Leben pulsiert. Aber wenn es dunkel ist, getraue ich mich nicht in seine Nähe, und mir fällt ein, was Rusminah uns erzählte, als wir klein waren: Nachts ist er nicht mehr derselbe Baum, er ist überhaupt kein Baum mehr, sondern etwas ganz anderes, für das die Menschen keinen Namen haben. Dann muß man sich in acht nehmen. Die Natur besitzt Kräfte, gegen die wir machtlos sind. Ich sage mir dann, das ist alles Unsinn; und wenn ich tagsüber die Vorräte ausgebe oder Mama mit dem kleinen Henri helfe oder Klavier übe oder mit den Kindern bei Cateau spiele, verschwindet das Gefühl. Darum will ich von ganzem Herzen heiter und *gut* sein, meine Pflicht tun und für die Menschen sorgen, die ich liebhabe.

Ich träumte, ich ginge nachts auf einem Pfad unter dem offenen Himmel spazieren. Ich sah nur den dunklen Boden unter mir und die Finsternis über mir, ohne Mond oder Sterne; ich erkannte Berge, undurchsichtig dunkel vor dem transparenten Schwarz des Himmels, aber das schwärzeste von allem war der Wald, auf den ich zuging, eine Woge von Dunkelheit, die mich verschlingen würde, sobald ich den Fuß hineinsetzte. In Schweiß gebadet erwachte ich. In den beiden anderen Betten hörte ich Rose und Marie ruhig atmen.

War der Traum eine Warnung? Oder eine Herausforderung, meinen Mut zu beweisen? In einem seiner Briefe an Cateau (und an mich!) hat Rudolf seine Begegnung mit einem Panther geschildert. Was mich am meisten beeindruckt hat: daß er, obwohl ihm das Herz im Halse klopfte, als er auf einer Lichtung im Urwald plötzlich Auge in Auge mit dem zum Sprung geduckten Raubtier stand, nur eines tun konnte: der Gefahr entgegentreten. Sollte ich weniger tapfer sein als er, der nun auch meine Ängste kennt?

Ich war noch nie in den Bergen. Wie mutig von ihm, daß er seit Jahren allein in dieser Wildnis lebt und sich abplagt! Ich verstehe sehr gut, daß man sich dann nach einem anderen Wesen sehnt, dem man vertrauen, das man beschützen und mit dem man alles teilen kann. Und wenn man jemanden liebgewinnt, will man selber auch nichts anderes, als in guten und bösen Tagen immer mit ihm zusammensein. Ja, das will ich.

Rudolf an Cateau, Dezember 1877

«... Als ich heute nachmittag von meiner Inspektionsrundreise nach Hause kam, schleppten meine Burschen die Möbel an ihren Platz und legten die Matten auf dem Boden aus. Mama hat mir versprochen, Gardinen zu nähen und ein Sofa zu beziehen. Auch Geschirr habe ich von Ardjasari bekommen. Mein Haus sieht schon recht wohnlich aus.

Papa hat mir mitgeteilt, daß er nach Batavia fährt, um wegen seines ständig entzündeten linken Auges einen Arzt zu konsultieren. Er will die Gelegenheit nutzen, Herrn Roosegaarde Bisschop einen Besuch abzustatten.

Ich selbst habe einen Brief geschrieben. Aber statt die erhoffte Ruhe zu bringen (endlich durfte ich in Worte fassen, was mir am Herzen liegt!), hat der abgesandte Brief mich in Unruhe versetzt. Jetzt kann ich nichts tun als warten, was mir genauso schwer, wenn nicht noch schwerer fällt als nach meiner Rückkehr aus Batavia Anfang dieses Jahres. *Calme au dehors, mais agité en dedans*! Könnte ich nur besser schlafen. Dazu ständige Appetitlosigkeit. Ich bin dabei, den Garten anzulegen, und bemühe mich redlich, nicht ins Grübeln und Pläneschmieden zu geraten, aber ach, ich kann kaum dagegen ankämpfen.

Manchmal bezweifle ich, ob ich die Angelegenheit richtig angepackt habe. Aber daran läßt sich nun nichts mehr ändern. Mein Brief liegt schon in Buitenzorg und geht morgen mit dem Frühzug nach Batavia. Es ist mein inniger Wunsch, daß er einem gewissen Jemand in Gang Scott Freude machen wird. Wenn du dieses liest, ist alles schon vorbei, und ich weiß wahrscheinlich auch, ob ich in fliegender Eile nach Batavia reisen darf, meinem Glück entgegen – oder nicht.»

Nachdem er Rudolfs Brief erhalten und Herrn Kerkhoven bei sich empfangen hatte, rief Jennys Vater seine Tochter zu sich. Kopfschüttelnd, aber mit einem Lächeln sagte er, er werde sie nicht mehr hindern, «sich aus der Welt in das Bergland von Preanger zurückzuziehen», wenn sie das so unbedingt wolle. Ihre Mutter hatte sie weinend umarmt: «Wie werde ich dich vermissen!» Rose war aufrichtig erstaunt und bekümmert über den plötzlichen Ausgang der Dinge. Marie reagierte wütend: «Daß du dich dort im *udik* begraben lassen willst!» Die älteren Jungen freuten sich auf künftige Logierbesuche. Sie waren noch nie «oben» gewesen.

Cateau eilte noch am selben Tag herbei, mit der Aura der

triumphierenden Verschwörerin. «Papa hat schon telegraphiert. Übermorgen kommt Ru.»

Jenny zog sie in eine Ecke. «Hat er nie... niemals etwas gesagt über das, was ich aufgeschrieben habe... über die vergangenen Dinge und über mein Zuhause?»

«Mein lieber Engel, von all deinen Träumen und düsteren Ahnungen habe ich ihm gar nicht erst berichtet. So ist es viel besser. Hör auf meinen wohlgemeinten Rat und sprich niemals darüber. Ich möchte, daß ihr glücklich werdet. Ihr seid so ein schönes Paar!»

«Ich habe nur getan, worum du gebeten hattest und was er wünschte; ich habe alles gesagt, was ich denke und fühle», flüsterte Jenny, «und jetzt weiß er nichts davon.»

«Alles nur Einbildung. Wie eine einheimische *njonja*! Aber das bist du nicht, obwohl du hier geboren bist!»

Bei ihren täglichen Begegnungen im Laufe der wenigen Wochen, die Rudolf sich in Batavia aufhielt – bei ihren Spaziergängen, Arm in Arm, im Garten hinter dem Haus der Roosegaardes oder Hennys; bei den gemeinsamen Mahlzeiten, den Abenden im Familienkreis; beim Einkaufen oder bei der Soiree in der Concordia, wo sie zum erstenmal miteinander Walzer tanzten – nie und nirgends fand Jenny die Gelegenheit und den Mut, mündlich zu wiederholen, was sie auf Papier zu äußern gewagt hatte. Hinterher verstand sie nicht, wie sie sich so hatte gehen lassen können. Sie war Cateau dankbar, daß sie verschwiegen hatte, was nun einmal nicht gesagt werden konnte.

Da die Brautzeit kurz bemessen war – August führte zwar die Geschäfte auf Gambung, aber Rudolf wollte die erste Tee-Ernte auf seiner Versuchsplantage selbst beaufsichtigen –, wurde die Verlobung öffentlich bekanntgegeben, damit Jenny ihre zukünftigen Schwiegereltern nach Ardjasari begleiten und die Umgebung kennenlernen konnte, wo sie nach ihrer Hochzeit wohnen würde.

Um wieviel kleiner und bescheidener war das Haus auf Gambung, als sie es sich anhand der Briefe und Zeichnungen vorgestellt hatte! Es war aus rohen Baumstämmen gezimmert und stand zum Schutz gegen die Ameisen auf losen Steinplatten. Das Dach war teils mit einheimischen Ziegeln, teils mit Palmblättern gedeckt. Doch sie wollte Rudolfs Stolz und Freude nicht dämpfen, als er sie im Küchenanbau leidenschaftlich umarmte, während seine Eltern und Brüder von der vorderen Veranda aus die Aussicht bewunderten.

Der dreizackige Gunung Tilu erschien Jenny wie ein dämonisches Wesen, das darauf wartete, sie zu packen. Rudolfs Haus sah vor den hohen dunklen Bäumen klein und wehrlos aus. Weder das frische Grün der jungen Teegärten auf dem Hang vor dem Gedung noch die blühenden Rosen in den Rabatten auf dem Vorplatz und die Pflanzenkübel entlang der Veranda noch die dreifarbige niederländische Flagge, die Rudolf ihr zu Ehren an einem zwanzig Meter hohen, glattgehobelten Rasamala-Stamm flattern ließ, vermochten die Schwermut zu vertreiben, die sie wie ein kühler Atem aus den Tiefen des Urwaldes anwehte. Links vom Haus führte ein Pfad in die Finsternis. Er kam ihr so bekannt vor, sie mußte immer wieder hinschauen, ob sie wollte oder nicht.

Die Familie

1879 – 1907

Zeit seines Lebens erinnerte sich Rudolf an die ersten Monate seiner Ehe wie an einen Gipfel des Glücks, obwohl auf Gambung durch die schlimmste Dürre seit Menschengedenken die Tee-Ernte mißlang. Als die erlösenden Regenfälle schließlich einsetzten, wucherte plötzlich ein bislang unbekanntes, hartnäckiges Unkraut in den Plantagen. Rudolf konnte all dies nichts anhaben, er ging wie auf Wolken. Nun war zur Wirklichkeit geworden, wonach er seit Jahren gestrebt hatte: Sein Dasein als Mann war vollkommen. Wenn er seine junge Frau tagsüber im Haus walten sah, schlank und würdevoll in ihrer Flanellkebaja und dem schönen, aus Solo stammenden Sarong, wurde seine Begierde, mit ihr ins Schlafzimmer zu gehen, zum Bett, um die nächtliche Ekstase zu erneuern, beinahe übermächtig – einmal nicht im Dunkeln, sondern bei hellem Tageslicht oder in der Dämmerung eines dichten Wolkenhimmels, während draußen der Regen rauschte. Doch er wußte, daß viele Augen und Ohren lauerten, ob sie dem gesellschaftlichen Status des Djuragan und der *djuragan istri* nicht zuwiderhandelten, und er wußte auch, daß westliche Liebesbezeugungen hierzulande als Verstoß gegen die guten Sitten, ja, als lächerlich galten, was ihn davon abhielt, seine Gefühle spontan zu äußern. Jenny und er waren nicht frei. Sie würden es niemals sein.

Jennys erste Schwangerschaft verlief wunschgemäß. Zur Entbindung begab sie sich nach Ardjasari, wo in den letzten Tagen des August 1879 ihr Sohn zur Welt kam, der nach seinem Vater und Großvater ebenfalls auf den Namen Rudolf getauft, aber zur Unterscheidung meist «Baasje», kleiner Herr, genannt wurde. Der Junge war für beide eine Quelle der Freude und der Unterhaltung. Jenny fand das Kind bildschön, ein «süßes Tierchen»; selbst die Königin wäre froh mit einem solchen Prinzchen, dachte sie, als bekannt wurde, daß die junge Gemahlin Willems III., seine zweite Frau, ein Kind erwartete. Wenn Rudolf verschwitzt und staubig oder schlammbedeckt und tropfnaß aus den Gärten kam, nahm er rasch ein Bad und zog sich um, damit er mit dem aufgeweckten, schon sehr früh lebhaft reagierenden kleinen Jungen spielen konnte, während Jenny in der Küche dem unerfahrenen, aber willigen Gambunger Küchenmädchen Anweisungen gab.

Sie lebten äußerst sparsam. Für Rudolf war es eine Sache der Ehre, daß die Bücher immer bis auf einen halben Cent stimmten und die Buchhaltung auf dem letzten Stand war. Er hatte sehr viel zu tun: Es gab viel junges Pflückgut zu verarbeiten, er mußte die Kaffee-Ernte wiegen und verpacken, Karren reparieren, Pferdegeschirr ausbessern; außerdem machte er Versuche mit Chinarinden-Bäumen, da er den Eindruck hatte, daß der Boden und das Klima auf Gambung sich besonders für die Cinchona-Kultur eigneten.

Das Augenleiden seines Vaters verschlimmerte sich, und seine Eltern beschlossen, nach Holland zurückzukehren; Van Santen sollte sie mit den beiden älteren Kindern begleiten, nur Rudi, das Nesthäkchen, blieb bei Cateau. Jennys Klagen über den mangelnden Komfort und die Abgeschiedenheit von Gambung brachten Rudolf zu der Überlegung, ob er in ihrem und Baasjes Interesse die Verwaltung des weitaus bequemer eingerichteten und näher zu Bandung gelegenen Ardjasari übernehmen sollte. Aber dann hätte er Gambung August überlassen müssen. Julius zeigte sich weniger geeignet für die Plantagenwirtschaft, doch sein Vater ließ nicht zu, daß er als diplomierter Ingenieur mit einer untergeordneten Stellung auf einem fremden Unternehmen vorliebnahm, und hatte seinem zweiten Sohn durch Beziehungen einen Posten beim Bau der Eisenbahn zwischen Buitenzorg und Bandung verschafft.

Wenn Rudolf auf den vertrauten Pfaden seine Gärten durchstreifte oder von der vorderen Veranda aus über die Talhänge mit den königlichen Rasamala-Bäumen blickte, erschienen ihm all diese Erwägungen als Verrat an dem Boden, den er mit solcher Mühe und Anstrengung urbar gemacht hatte. Doch obwohl er Gambung nicht aufzugeben gedachte, befremdete es ihn, daß sein Vater, als der Abreisetermin nach Holland feststand, nicht ihm, dem ältesten Sohn, die Betriebsleitung auf Ardjasari übertrug. Die Mitteilung, August werde Verwalter auf Ardjasari und ein Angestellter zu seiner Unterstützung sei bereits unterwegs (Rudolf konnte sich keinen Assistenten leisten), kränkte ihn sehr. Zum wiederholten Male wurde in einer Familienangelegenheit eine Entscheidung getroffen, ohne daß man es der Mühe wert fand, ihn einzubeziehen. Wie gewöhnlich schluckte er auch jetzt seinen Protest hinunter, um den Abschied von den Eltern nicht zu trüben. Er gönnte August, der gerade erst an der Landwirtschaftsschule in Wageningen sein Diplom gemacht hatte, die Chance von Herzen, und hielt sich vor, er müsse froh sein, daß ihm die schwierige Wahl erspart geblieben war.

Fortan schrieb er jede Woche einen Bericht an seine Eltern. Die ersten Nachrichten, die sie nach ihrer Ankunft in Europa von ihm erhielten, waren wenig erfreulich. Die Rinderpest, die schon seit Monaten auf Westjava wütete, hatte auf den Preanger übergegriffen.

Rudolf an seine Eltern, 1880–1881

«Ich hoffe noch immer, daß unsere isolierte Lage uns vor der Seuche beschützt. Überall werden im Auftrag des Gouvernements die Kerabau-Büffel auf den Transportwegen angehalten. Auch sechs meiner Zugtiere sind darunter. Wie man hört, stehen etwa fünfhundert Büffel am Wegrand, die notgeschlachtet werden sollen. Die Gruben sind schon ausgehoben, man wartet nur noch auf die Soldaten, die das mörderische Werk verrichten. Kann eine Rinderpest überhaupt schlimmer sein als eine unwissende, eigensinnige und despotische Regierung? Außerdem wird – eine unsinnige Maßnahme! – um das verseuchte Gebiet eine Umzäunung gebaut, quer durch die Wälder und Schluchten und über die Berge. Der Wedana von Bandjaran hat tagelang bei meinem Schreiber gewohnt, um das Aufstellen dieses Paggers zu beaufsichtigen, der quer durch die Schlucht des Tjisondari bis zur Spitze des Gunung Tilu verläuft. Dort endet der ‹Zaun› im Leeren. Die Pfosten sind aus Holz, die Querstäbe aus Bambus. Der ganze Pagger wird in sogenannter bezahlter Fronarbeit errichtet. Hunderte, nein, Tausende von Dienstpflichtigen schleppen den Bambus aus großer Entfernung heran.

In meinen Augen ist der Nutzen eines solchen Paggers gleich Null, und so denken auch die Wedanas und sogar die Einheimischen, die diesbezüglich mehr gesunden Menschenverstand zeigen als die Bürokraten in Batavia mit ihren Verordnungen. Weder Mensch noch Tier darf die Umzäunung passieren. Als ob sich die Wildschweine, Büffel und Nashörner daran halten würden, von den Einheimischen ganz zu schweigen! In einem benachbarten Desa sind alle Büffel getötet worden, auch das Vieh aus anderen Dörfern, das in der Gegend weidete, wurde bis zum letzten Tier abgeschlachtet, so daß ich als einziger in der ganzen Umgebung noch eine Herde besitze. Sonderbar, nicht wahr, daß mein Vieh verschont geblieben ist. Könnte das daher rühren, daß mich noch keine Tierärzte und andere Kolporteure der Seuche besucht haben? Offensichtlich hat man mich vergessen, und da für morgen ein Beamter angesagt ist, der den «Zaun» inspizieren soll, habe ich Befehl gegeben, das Vieh ganz weit weg zu treiben, damit er es nicht zu Gesicht bekommt. Und falls er es sehen möchte, werde ich einen Spaziergang mit ihm machen, den er mindestens vierzehn Tage lang in den Knochen spüren wird.

Heute erwarten wir den Besuch des Tierarztes, eines frisch eingetroffenen kleinen Holländers, völlig unbedarft, was Sprache, Land und Volk anbelangt, der sich aber berufen fühlt, der Rinderpest den Garaus zu machen. Er ist äußerst streng in der Durchführung der irrwitzigen Vorschriften. Es genügt ihm nicht, wenn das Vieh an einem Platz eingeschlossen ist, wo es natürliche Barrieren wie ein Abgrund oder eine Felswand am Weglaufen hindern... nein, die Vorschrift sagt, das Vieh müsse auf einem *umzäunten* Platz weiden, also prüft er, ob auch wirklich Paggers vorhanden sind. Wenn nicht, schreibt er einen Bericht und zwingt die Bezirksverwaltung, eine Menge Leute zu bestrafen, obwohl sie nur gegen die Buchstaben, nicht gegen den Inhalt des Gesetzes verstoßen haben. Unterdessen habe ich die ganze Schererei und muß für vollkommen sinnlose und überflüssige Paggers viele Arbeiter und viel Geld bereitstellen. Das hat man nun von den überheblichen Herrschaften, die glauben, sie wüßten alles besser als die Alteingesessenen. Natürlich erreicht der Mann so gut wie nichts, denn sobald er fort ist, läßt jeder Besitzer sein Vieh doch wieder aus der Umzäunung. Unser Arzt hat wohl Verdacht geschöpft, denn wenn er außerhalb der Umzäunung Hufabdrücke oder Exkremente findet, bleibt er stehen und möchte genau wissen, was für ein Tier das gewesen sein könnte. Aber natürlich weiß dann niemand, wie der Fladen dort hingekommen ist; die Einheimischen gucken einander an, als verdächtigte jeder den anderen. Ein Glück, daß der Arzt kein Sundanesisch versteht!

Seit gestern haben wir hier auf Gambung eine Desinfektions-Station. Am Wegrand steht ein Trog mit schlammigem, stinkendem Wasser, und wer will, kann sich Hände und Füße desinfizieren. Die Leute hier sagen, es kämen Soldaten, um dies zu überwachen, und daß alle unverheirateten Mädchen sich für die Desinfektionssoldaten bereithalten sollen. Darauf ist eine Panik ausgebrochen, und viele Kinder wurden in Scheinehen verheiratet. Sollte auf Java wirklich einmal ein Aufstand ausbrechen, so ist das einzig und allein den Beamten zu verdanken, die ohne jede Kenntnis der Verhältnisse im Binnenland in ihren Kontors Gesetze und Verordnungen erlassen, deren Auswirkung sie nicht im entferntesten vorhersehen oder abschätzen können. Ich habe unter einem Decknamen einen Artikel über die Rinderpest geschrieben und hatte die Ehre, daß er als Leitartikel im *Bataviaas Nieuwsblad* erschien. Ich mache mir aber keine Illusionen, daß er irgendeine Wirkung haben wird.

Die Maßnahmen gegen die Rinderpest werden immer irrwitziger. Zur Verstärkung des militärischen Kordons, der die Paggers bewacht, wurden in Bandung unter Trommelwirbeln zweitausend Einheimische für einen Lohn von zwölf Gulden und Beköstigung einberufen; in Buitenzorg wurden etwa dreitausend zusammengetrommelt, die an der Südgrenze des Bezirks auf Patrouille gehen. Nicht nur, daß man unsere Zugtiere tötet, nun hält man auch noch die Bauern von der Feldarbeit ab. Der Pagger, der uns umschließt, hat jetzt schon hundertzwanzigtausend Gulden gekostet und läuft *quer* durch das verseuchte Gelände. Desgleichen der militärische Kordon!

Heute ist ein herrlich warmer, sonniger Tag. Es ist etwa vier Uhr, und Jenny, Ruutje und ich sitzen auf der vorderen Veranda. Auf dem Rasen zwischen den prächtig blühenden Rosenrabatten grast Odaliske. Dann und wann hört man das Rufen oder Lachen der Burschen in der Fabrik, die nach einer besonders ertragreichen Pflückung noch an der Arbeit sind. Baasje kriecht herum, spielt mit den Hunden und macht ab und zu einen Versuch, seine Eltern zum Herumtollen zu verleiten, indem er sich an unseren Stühlen hochzieht, was ihm schon ganz gut gelingt. Man könnte meinen, daß uns nichts zu unserm Glück fehlt, und doch haben wir leider große Sorgen. Von meiner prächtigen Herde aus sechsundzwanzig Büffeln sind mir nur drei kraftlose, ausgemergelte Gerippe geblieben, die die Krankheit zwar überstanden haben, aber es ist fraglich, ob sie sich jemals erholen werden. Alle anderen sind verendet oder getötet worden. Den Stall haben wir verbrannt. Man sieht nur noch eine trostlose, verdorrte Fläche, in deren Mitte sich die roten Erdhaufen der Tiergräber erheben. Es ist zum Heulen, und das alles innerhalb von vierzehn Tagen! Ich habe nie gedacht, daß die Seuche so heftig verlaufen könnte. Zwei Wochen lang bin ich fast ständig in den Ställen gewesen, um die Tiere zu beobachten, zu versorgen, abzusondern, zu begraben. Der finanzielle Schaden ist noch das wenigste. Viel schlimmer ist, daß ich keine Balken schleppen lassen kann, daß ich alle Teekisten nach Tjisondari tragen lassen muß und keinen Dünger für die Teegärten habe. Der einzige Trost bei allem Verdruß ist der außerordentlich hohe Ertrag. Ich ernte doppelt soviel wie im vorigen Jahr.»

Zehn Monate nach der Geburt des kleinen Ru litt Jenny an Magenbeschwerden und Übelkeit, die sie anfangs einer Erkältung zuschrieb. Die Vermutung, die manchmal in ihr aufkam, verwarf sie sofort wieder: Sie stillte ihr Kind noch immer, sie hatte reichlich Milch, ihre monatliche Regel hatte sich noch nicht wieder eingestellt. Eines Tages hatte eine Kamponghündin Junge bekommen und ihren Wurf so tief unter das Verwalterhaus geschleppt, daß niemand an sie herankonnte. Jenny lief zu den Leuten, die nach vielen Lockrufen und langem Stochern mit Stangen den Versuch, die Hündin und ihre Welpen zu fangen, aufgegeben hatten. Sie hatte das Gefühl, als befände sie sich auf einem Schiff, der Boden schwankte unter ihren Füßen. Mit vor Zorn überkippender Stimme befahl sie einem Gärtnerburschen, die neugeborenen Hündchen irgendwie unter dem Haus hervorzuholen und im Weiher beim Tjisondari zu ertränken. Später wunderte sie sich und schämte sich wegen ihrer unbegründeten Heftigkeit.

Nachts im Bett – sie lag wach, nachdem sie den neuerdings oft weinenden Ruutje beruhigt hatte – konnte sie sich selbst nichts mehr vormachen: Sie war wieder schwanger. Die Aussicht, wieder viele Monate lang dem ausgesetzt zu sein, was Rudolf und sie «Folterqualen» nannten, bedrückte sie plötzlich so sehr, daß ihr der Schweiß ausbrach. Sie fühlte sich in einem engen Raum eingeschlossen, eine bleischwere Last auf der Brust. Warum mußte sie immer an die Lücke im Urwald denken, die selbst bei Tageslicht ein schwarzes Loch war? Sie versuchte das Bild des Pfades, der im Nichts zu verlaufen schien, zu verdrängen (nie schlug sie aus eigenem Antrieb diese Richtung ein) und drehte sich auf die Seite zu Rudolf. Beim Schein des Nachtlämpchens auf dem Tisch neben dem Bett betrachtete sie sein ruhiges Gesicht. Wenn Ruutje das nächste Mal zu weinen anfing, war er mit dem Aufstehen an der Reihe. Sie bewunderte ihn für die unerschütterliche Heiterkeit, mit der er die selbstauferlegte Aufgabe ausführte; falls nötig, wechselte er Baasje die Windeln und blieb leise sprechend oder ein Liedchen summend neben dem Bettchen sitzen, bis das Kind eingeschlafen war. Jenny hatte noch nie gehört, daß ein Mann seiner Frau auf diese Weise half. Zu den unauslöschlichen Erinnerungen ihrer Kindheit gehörte das Bild ihrer Mutter, die – nachlässig gekleidet und bleich vor Müdigkeit – mit Hilfe der ebenfalls halb dösenden Babu eines der kreischenden Brüderchen in Schlaf zu wiegen versuchte, in sicherer Entfernung von dem Zimmer, in dem Roosegaarde schlief.

Jenny wußte, daß sie einen «guten Mann» hatte; ihr Respekt für ihn war grenzenlos, sie sah in ihm ihren Schutzengel, ihren

Halt. Doch manchmal belastete sie seine Liebe. Liebte sie ihn nicht genug? Sie wußte, daß er nie daran zweifelte. Die Sicherheit, mit der er sie umarmte und liebkoste, sie während ihres intimen Beisammenseins besaß, erweckte manchmal Widerstand in ihr: Wie konnte er so fest davon überzeugt sein, daß sie dieselben Wonnen genoß wie er? Daß er alle ihre Wünsche erfüllte? Sie mußte an die zufällig aufgeschnappten Worte ihres Vaters denken: Bei allzu unterschiedlichen Temperamenten ist die Liebe keinen Pfifferling wert.

Der Haushalt bereitete ihr große Probleme. Tag für Tag nahm sie den Kampf auf gegen die kalte Zugluft, die durch die Türritzen und die Spalten im Bretterboden blies und bei ihr, Rudolf und dem Kind immer wieder Erkältungen verursachte. Wenn es heftig regnete, leckte es überall im Haus. Die Feuchtigkeit malte schwarze Flecken in Kleider, Moskitonetze und Leinenwäsche. Die Mahlzeiten machten ihr viel Kopfzerbrechen. Bei Cateau Henny und ihrer Schwiegermutter auf Ardjasari hatte sie bis zur Perfektion verwirklicht gesehen, was sie seit ihrem Kochkurs in Lüttich mit wechselndem Erfolg anstrebte. Sie wollte Rudolf, der die einheimischen Gerichte nicht mochte, das Beste vorsetzen, wozu sie mit ihren beschränkten Mitteln imstande war. Sie zog verschiedene Gemüsesorten, Erdbeeren und Ananas in ihrem Garten, auch Reis war immer genügend da, aber Fleisch, unter normalen Umständen schon knapp, war seit der Rinderpest im weiten Umkreis der Plantage nicht mehr erhältlich. Die Küken, die sie zu Lege- und Schlachthennen aufzuziehen versuchte, gingen ein oder wurden vom Wiesel geholt.

Es war schon schwer genug, die einfache tägliche Kost auf den Tisch zu bringen, aber noch mehr Sorgen hatte sie, wenn Gäste kamen. Die Leutnants, die zur Überwachung der Rinderpestverordnungen nach Tjikalong und Tjisondari versetzt worden waren, erschienen eines Tages unerwartet zur Inspektion auf Gambung. Sie verhielten sich freundlich und korrekt; es lag auf der Hand, sie zum Essen einzuladen. Während Rudolf mit den beiden Herren über das Land ritt und Jenny in der Küche ihre ganze Phantasie anstrengte, um ein ordentliches Menü zusammenzustellen, tauchten plötzlich zwei weitere Gäste auf: ein Mitglied der Rinderpestkommission aus der Bezirkshauptstadt Tjidej mit seiner Frau, er zu Pferd, sie in einer Sänfte. Jenny war unangenehm berührt von der Selbstverständlichkeit, mit der die Besucher an die ostindische Gastfreundschaft appellierten. Sie nahmen das Haus wie eine Herberge in Besitz und verfügten über die Stallburschen und Babus (obwohl Jenny ihren Bedienten doch den Tag freigegeben hatte, weil im Kampong Gabung eine Hochzeit gefeiert wurde). Mevrouw verlangte sofort ein Bad und borgte sich Kleider von Jenny, um sich vor dem Essen frisch zu machen. Später am Tisch lobte sie überschwenglich Jennys Kochkünste. Die Gäste aßen mit sichtlichem Appetit (wenn bloß genug für alle da ist, dachte Jenny verzweifelt, es würde ihre Ehre verletzen, wenn man im Preanger erzählen könnte, auf Gambung werde geknausert). Das geborgte Kleid fand wenig Gefallen, Schnitt und Stoff wurden für altmodisch erklärt. Jenny bemerkte, wie Rudolf nur mit Mühe seinen Ärger über das unverschämte Benehmen der Besucherin verbiß.

Sowohl die Leutnants als auch das Ehepaar blieben zum Tee und danach in angeregter Unterhaltung bei Kräuterschnaps und Sirup so lange auf der vorderen Veranda sitzen, bis es dunkel wurde, so daß den Kerkhovens nichts anderes übrigblieb, als ihnen außer dem Nachtmahl auch noch Logis anzubieten. Das erforderte viel Improvisation. Als Jenny, taumelnd vor Müdigkeit (Ruutje, aufgeregt durch die ungewohnte Betriebsamkeit, weigerte sich einzuschlafen), am späten Abend mit Laken und Nachtbekleidung das Gästezimmer betrat, stand die Frau des Kommissars nackt vor dem Spiegel und bürstete sich das lange Haar.

«Nehmen Sie das nur wieder mit, hören Sie, wir kriechen einfach so unter die Decke!» sagte sie. Jenny, die mit größter Mühe einen neuen Anfall von Übelkeit bezwang, setzte sich auf die Bettkante.

«Sie sind gleich wieder schwanger geworden», sagte die Besucherin. «Ich habe es sofort bemerkt, ich irre mich nie. *Kasian*, Mevrouw, genießen Sie doch Ihr Leben! Auf jedem Basar können Sie *djamu* bekommen, wenn die Regel ausbleibt, wissen Sie das nicht? Ihre Schwangerschaft ist schon zu weit fortgeschritten.»

Die Bergbewohner taten sich schwer als Hausdiener, und Jenny sprach noch nicht gut genug Sundanesisch, um ihre Wünsche immer klar auszudrücken. Rudolf fand, daß sie kleinen Reibereien und Mißverständnissen unverhältnismäßig große Bedeutung beimaß.

Ruutje wurde abgestillt. Da alle Kühe an der Rinderpest eingegangen waren, gab Jenny ihm die Milch einer Stute, die kürzlich ein Fohlen geworfen hatte. Er nahm nicht zu, verlor sogar an Gewicht. Jetzt hieß es wiederum, Pferdemilch habe nicht genügend Nährwert. Jenny machte sich Sorgen. Was sollte sie Baasje zu essen geben, wenn er den Brei jedesmal ausspuckte? Würde sie ihr zweites Kind auch neun Monate lang stillen können? Der Gedanke an eine Entbindung auf Gambung raubte ihr nicht weniger den Schlaf als Ruutjes Weinen. In Bandung gab es keinen Arzt. Der Dukun-Frau, die ihr auf Ardjasari unter der Aufsicht von Rudolfs Mutter bei Baasjes Geburt beigestanden hatte, vertraute sie nicht genug, um es allein mit ihr zu wagen. Rudolf drängte darauf, sie müsse rechtzeitig nach Batavia gehen.

Um das Kind endlich seinen Großeltern Roosegaarde zu zeigen, einen längst fälligen Besuch beim Zahnarzt zu erledigen und die Unterkunft bei der Entbindung sicherzustellen, gingen sie «nach unten».

Morgens um halb fünf verließen sie Gambung: Jenny, das Kind und die Babu in Sänften, Rudolf zu Pferd. In Tjikalong vertauschten sie die Sänften mit leichten Pferdewagen und setzten nach einem kurzen Aufenthalt in Bandung um elf Uhr die Reise fort. Das Pferd vor dem Wagen, in dem Jenny mit Ruutje saß, war schwach auf den Beinen, so daß sie bei jeder Steigung zu

Fuß gehen mußte. Das Kind war unruhig, obwohl sie es auf jeder Poststation ein wenig herumkriechen ließen. Durch das Gerüttel im Wagen erbrach sich der Kleine über Jennys Kleid, so daß sie gezwungen war, mitten in der Wildnis hinter einem Baum saubere Kleider anzuziehen. Rudolf hielt mit dem Gewehr Wache, denn in der Gegend waren Panther gesehen worden. Nach sechzehn Stunden Fahrt kamen sie in Tjandjur an, wo sie in dem einzigen Gasthaus des Ortes eine unruhige Nacht verbrachten. Da keine Betten mehr frei waren, blieben sie auf der inneren Veranda sitzen, Ruutje schlief auf Kissen in einem Sessel. Vor Tau und Tag machten sie sich am anderen Morgen wieder auf den Weg.

Vor der Abenddämmerung erreichten sie todmüde das Haus in Buitenzorg, das Cateau und Henny mit ihrem Pflegesohn Rudi van Santen bewohnten. Aus gesundheitlichen Gründen waren sie umgezogen, seit die Bahnverbindung Hennys tägliche Fahrt nach Batavia ermöglichte. Cateaus gastfreundlicher Empfang und tags darauf die Bahnreise nach Batavia waren für Jenny trotz ihrer Zahnschmerzen eine große Erleichterung. Aber sie wußte jetzt, daß sie in einigen Monaten, hochschwanger und mit einem Kleinkind, eine solche Reise nicht unternehmen konnte, nicht einmal für eine hervorragende Geburtshilfe.

In Gang Scott angekommen, bemerkte sie, daß sie ihrem Elternhaus endgültig entwachsen war. Sie fürchtete den schlechten Einfluß ihrer wilden, ungezogenen Brüder auf Baasje; der jüngste, Constant, war nur ein halbes Jahr älter und schien geistig etwas zurückgeblieben. Wenn sie den auf dem Boden spielenden Kindern zusah und bemerkte, wie Ruutje Constants Geschrei und Faxen nachahmte, bekam sie Angst.

Ihr Vater, ganz und gar von seiner Arbeit in Anspruch genommen, sah schlecht aus; ihre Mutter, äußerlich wieder die puppenhaft zarte, kleine Frau von einst, war, wie Jenny es von jeher in Erinnerung hatte: Mit sanfter Stimme ermahnte sie ihre ungebärdigen Söhne, die überhaupt nicht auf sie hörten. Manchmal bekam sie ihre gefürchtete Migräne und mußte sich mit nassen

Tüchern auf der Stirn hinlegen. Im Haushalt stritten sich Rose, Marie, zwei Kindermädchen und der Oberdjongos um die Vorherrschaft. Marie war noch schöner geworden, ihre Zunge allerdings auch schärfer.

«Du schlägst Mama nach, eine echte Daendels!» sagte sie mit einem Blick auf Jennys Bauch, setzte sich aber bereitwillig an die Nähmaschine, um weite Morgenmäntel für ihre Schwester zu schneidern.

Rudolf und Jenny wohnten mit Ruutje im Pavillon, im «Gartenzimmer». Nachdem Rudolf nach Gambung zurückgekehrt war und sie nachts allein in dem großen Bett lag, erstanden die alten Schreckgespenster wieder auf. Zwar schlief Engko, Ruutjes Babu, auf einer Matte vor der Tür, aber schützte sie das vor der *nènèk*, der lebendigen oder ihrem Geist? Niemals hatte sie mit Rudolf über das unheimliche Erlebnis gesprochen, wie sie ihm auch nie ihre Angst vor dem finsteren Pfad im Urwald auf Gambung gestanden hatte.

Auf dem Heimweg besuchte Rudolf unangekündigt Ardjasari, um nachzusehen, wie es um den Betrieb stand. Was er sah, gefiel ihm nicht, obwohl die Rinderpest weniger Opfer gefordert hatte als bei ihm. Er traf ein halbes Dutzend Gäste an, mit denen August jeden Tag auf die Jagd ging. Das Haus, in dem seine Mutter einst das Zepter geschwungen hatte, machte einen schmuddeligen und verwahrlosten Eindruck. Noch schlimmer fand er, daß auch die Teegärten ungepflegt waren. Der Assistent tat sein Bestes, schaffte die Arbeit aber nicht allein. Die Rollmaschine, ein teurer Apparat, den sein Vater noch vor der Abreise nach Holland angeschafft hatte, und das maschinelle Sieb, von August unlängst gekauft, lieferten zweifellos einen gut aussehenden Tee, der aber Rudolf zufolge einen ordinären Geschmack hatte. Er schrieb den Mangel der von August angewandten Fermentiermethode zu: «Die Lagen der gerollten Blätter sind zu dick, Gus», sagte er. «Du darfst die Blätter nicht so hoch anhäufen, sondern mußt sie ausbreiten und so oft wie möglich in *tampirs* in die Sonne stellen, das ergibt einen sehr viel feineren Geschmack als das Rösten über dem Holzkohlefeuer.»

Seine Kritik fiel nicht auf fruchtbaren Boden bei seinem Bruder, der nicht nachließ, in Gegenwart seiner Gäste darauf hinzuweisen, daß Wageningen in Sachen Teekultur viel fortschrittlicher sei als Delft.

Ohne Jenny und Ruutje fand Rudolf es auf Gambung naß, kalt und ungemütlich. Einige Arbeiter hatten seine Abwesenheit ausgenutzt und waren nach Hause gegangen. Da er aus Erfahrung wußte, daß die Lohnarbeiter sich in wenigen Tagen wieder einstellen würden, ignorierte er es. Er erlegte ein paar schwarze Panther, die neugeborene Fohlen gerissen hatten. Mit den Arbeitern, die geblieben waren, schnitt er die Sträucher zurück; es war der gründlichste Schnitt, seit er vor fünf Jahren die Teeplantage angelegt hatte. Nun mußte er auf den neuen Austrieb warten. Der verarbeitete Tee der letzten Pflückung wurde in Kisten verpackt, er selbst begleitete den Transport nach Tjisondari. Diesmal hatte er keine Büffel vor die Karren gespannt, sondern Pferde, die für die Arbeit noch nicht genügend abgerichtet waren. Eines fiel unterwegs hin, die Deichsel des Karrens brach. Auf offenem Feld zwischen den Sawahs blieb die Kolonne stehen. Während Rudolf den Karrenführern Anweisungen gab, wie sie die gebrochene Deichsel mit Bambusstangen flicken konnten, zog ein Unwetter auf, eines der heftigsten, das er je erlebt hatte. Nachdem er seine Fracht abgeliefert hatte, kam er tropfnaß und völlig durchfroren nach Gambung zurück.

Danach traf er Vorbereitungen, um Jenny in Buitenzorg abzuholen. Sie war mit Ruutje zu Cateau gezogen, weil das Kind in Gang Scott kränkelte. Es wurde schrecklich verwöhnt, ständig auf den Schoß genommen und mit Speisen gefüttert, die es nicht vertrug. Henny, der geschäftlich nach Bandung mußte, hatte ihr zwar bis dorthin einen Platz in seinem Reisewagen angeboten, aber «so wie ich Henny kenne», schrieb sie, habe sie Todesangst, ihm unterwegs durch das Gequengel und die vollgemachten Windeln des kleinen Jungen lästig zu werden, und flehte Rudolf an, selbst zu kommen und sie nach Hause zu bringen.

In Buitenzorg wehten Fahnen und orangefarbene Wimpel: Ihre Majestät Königin Emma von den Niederlanden hatte einer Tochter, Wilhelmina, das Leben geschenkt.

Die Erkältung, die Rudolf sich bei dem Unwetter zugezogen hatte, wollte nicht besser werden. Trotz des Hustens und allgemeinen Unwohlseins verbrachte er ganze Tage in den Plantagen, um das Pflücken der neuen, prächtigen jungen Blätter zu überwachen: weißflaumiger Pekoe, eine Spitzenqualität. Hohes Fieber zwang ihn schließlich doch, das Bett zu hüten. Er bekämpfte die Krankheit mit Chininpulver, einem Heilmittel à la mode aus der Rinde einer Baumart, deren Anbau er ernsthaft in Betracht zog. Durch das Experiment am eigenen Leib stellte er fest, daß das bittere Zeug tatsächlich half, obwohl die Behandlung einer Roßkur gleichkam.

Kaum war er, noch etwas wackelig, wieder auf den Beinen, als Jenny, die ihn bis dahin hingebungsvoll gepflegt hatte, selbst zusammenbrach. Nun saß er neben ihrem Bett, legte Kompressen auf ihre glühende Stirn und gab ihr Chinin, das sie jedoch nicht vertrug und wieder erbrach. Plötzlich nahm die Krankheit eine völlig unerwartete Wendung. Heftige Wehen, gegen die auch die Kräuter*obats* der in aller Eile aus Tjikalong herbeigeholten einheimischen Hebamme nicht halfen, führten zu einer Frühgeburt; ein Siebenmonatskind, ein Mädchen, das nur wenige Stunden lebte.

Rudolf begrub sein Töchterchen unter den hohen Bäumen nahe der Stelle, wo der Gartenpfad in das Dunkel des Urwalds mündete.

Im Juli 1881 besuchte Onkel Eduard Kerkhoven zum erstenmal Gambung. Soeben zurück aus den Niederlanden, wo er sich um seine Kinder gekümmert hatte (auch Carolientje wurde jetzt dort erzogen), hatte er sich auf Ardjasari bei August einquartiert, mit dem er die Pferderennen besuchen wollte. Bandung konnte sich seit kurzem mit einer Rennbahn brüsten, die größer und besser angelegt war als der Parcours in Buitenzorg. Wie gewöhnlich hatte Eduard seine Favoriten eingesetzt, auch August wollte ein Pferd laufen lassen.

Eduard schlug die Hände zusammen, als er Rudolf sah: «Mit dem Bart bist du deinem Vater wie aus dem Gesicht geschnitten; genauso sah er aus, als er nach Ostindien kam. Du hast auch etwas von Karel Holle. Ihr seid mir eine schöne Gesellschaft von Patriarchen!»

Er fand die Teefabrik gut organisiert, die Gärten sehenswert.

«Aber laß dir einen guten Rat geben und geh zu Assam-Tee über», sagte er zu Rudolf, als sie nebeneinander auf dem Weg entlang der Wasserleitung ritten. «Albert und ich haben uns auch dazu entschlossen.»

«Von den Assam-Samen, die Albert aus Ceylon hat kommen lassen, habe ich einen Anzuchtgarten angelegt. Bislang ist nicht viel daraus geworden. Mein Java Sinensis gedeiht besser.»

«Durchhalten», meinte Eduard. «Die Sträucher werden viel höher und kräftiger als die von Java Sinensis. Die frischen hellgrünen Blätter sind groß und weich. Wenn man bei den Jungpflanzen nach einem Jahr den Haupttrieb herausschneidet, bekommt man dichte, in die Breite wachsende, prachtvolle Büsche mit einer großen Pflückfläche. Wir haben Pech genug mit dem China-Tee gehabt, der von Krankheiten wie Fleckenrost und Parasiten befallen wird, aber das brauche ich dir nicht zu erzählen. Assam ist eine besonders widerstandsfähige Sorte. Dreißig Pflückrunden pro Jahr sind keine Seltenheit.»

«Ich werde Ihnen gleich meine Versuchsbeete mit Cinchona-

Sämlingen, von der Sorte Succirubra, zeigen. Cousin Karel Holle drängt mich weiterhin, Chinarinde anzubauen, weil ich keinen grünen Tee herstellen will. Ich habe die Absicht, Chinarinde als zweite Kultur anzubauen.»

An dem Punkt, wo sich ihnen eine Aussicht über die Hochfläche bot, hielten sie die Pferde an. Rudolf reichte Eduard seinen Feldstecher: «Dort sehen Sie Ardjasari.»

«Dein Bruder August ist ein schneidiger Kerl. Ein vortrefflicher Reiter und Jäger! Ich mag ihn gern.»

«Wenn er auf Ardjasari nur zurechtkommt. Ich finde seine Gärten ziemlich ungepflegt. Er überläßt zuviel seinem Assistenten und den Manduren.» Rudolf hörte sich reden und wunderte sich über die Leichtigkeit, mit der ihm die kritischen Worte über die Lippen kamen. «Ständig ist er fort. Wenn er keine Gäste hat, hält er es nicht länger als ein paar Tage auf der Plantage aus. Das ist ein Fehler.»

Eduard fing an zu lachen. «Er ist zuviel allein. Er braucht eine Frau, woraus er übrigens auch keinen Hehl macht. Er ist bis über beide Ohren in deine Schwägerin Marie Roosegaarde verliebt. Wußtest du das nicht? Und sie in ihn, wenn ich recht verstanden habe. Er hat mich schon um ein schönes Reitpferd für sie gebeten.»

Jenny war womöglich noch erstaunter als Rudolf, als sie die Neuigkeit vernahm. Es kränkte sie, daß Marie sie nicht ins Vertrauen gezogen hatte. Sie wußte, daß August und Marie sich bei den Hennys in Buitenzorg kennengelernt hatten, als August die Wettrennen besuchte. Daß die eigene Schwester ihre Nachbarin werden sollte, schien verlockend, aber eine echte, innige Beziehung würde sich wohl niemals entwickeln. Wenn Marie als Djuragan istri auf Ardjasari einzog, das älter und ansehnlicher war als Gambung, würde sie sich bei jeder entsprechenden Gelegenheit auf ihre überlegene Stellung berufen.

Außerdem war zu erwarten, daß sich unter ihrem Einfluß

Augusts Haltung gegenüber Rudolf ändern würde. Noch immer begegnete August seinem älteren Bruder mit Respekt, doch Jenny beobachtete zunehmend gewisse Reibungen und kleine Meinungsverschiedenheiten, insbesondere was die Buchhaltung auf Ardjasari betraf, die Rudolf pflichtgetreu prüfte, da er sich mitverantwortlich fühlte. Jenny bezweifelte, daß in einem Haushalt, dem Marie vorstand, sparsam gewirtschaftet würde. So sparsam wie sie auf Gambung brauchte man auf Ardjasari nicht zu leben, dank den überaus günstigen Bedingungen, die für August ausgehandelt wurden, als er die Nachfolge seines Vaters als Verwalter antrat.

Marie würde ihre Gäste großzügig bewirten können und mit August die Wettrennen besuchen, das große Ereignis des Jahres im Preanger. Jenny wäre auch gern hingefahren. Zum ersten Rennen hatten Rudolf und sie eine Einladung bekommen. Eduard hatte darauf bestanden, daß sie sie annahmen; sie mußten sich zeigen, Beziehungen anknüpfen. Darauf hatte Rudolf Jenny vorgerechnet, was eine Woche in einem Hotel kosten würde (sie kannten in Bandung niemanden, bei dem sie unterkommen konnten, und wollten sich nicht mit einer Empfehlung Eduards bei Fremden einquartieren); sie müßten Personal mitnehmen, vor allem wegen Ruutje, der gerade laufen lernte und keinen Augenblick allein gelassen werden konnte. Jenny brauchte ein Ballkleid und Toiletten für die verschiedenen Rennen. Es war alles zu teuer und viel zu aufwendig.

Schließlich hatten sie eine triftige Entschuldigung. Eine neue Schwangerschaft kündigte sich an: Im sechsten Monat konnte Jenny sich nicht mehr in der Öffentlichkeit zeigen, geschweige denn an den offiziellen Festlichkeiten teilnehmen.

Als feststand, daß die Eltern nicht mehr nach Ardjasari zurückkehren würden – wie sie es in der ersten Zeit ihres Europaaufenthaltes noch vorgehabt hatten –, übernahm Rudolf die Aufgabe, ihre in der Verwalterswohnung zurückgebliebenen Habseligkeiten auszusortieren, nachzuschicken oder anderweitig darüber zu verfügen.

August meinte, das habe keine Eile. Rudolf wie Jenny vermuteten, daß er sich nicht von den Dingen trennen wollte, die seinem Haus eine behagliche Atmosphäre verliehen.

«Er möchte den Eindruck erwecken, daß alles ihm gehört», sagte Rudolf. Seiner Ansicht nach durfte August die Mühe nicht erspart bleiben, Schritt für Schritt einen eigenen Besitz zu erwerben: eine unerläßliche Erfahrung! Viele Dinge, für die er selbst hart hatte arbeiten müssen, waren August gleichsam in den Schoß gefallen: ein gerodetes und bepflanztes Land, ertragreiche Gärten, eine fertig eingerichtete Fabrik, Personal, ein Stall voll guter Pferde.

«Natürlich will er Marie eine fix und fertig eingerichtete Wohnung bieten.» Jenny dachte an ihre Enttäuschung, als sie das erste Mal Gambung besucht hatte. Insgeheim hatte sie damit gerechnet, einige Möbel und Nippes aus dem Hausrat ihrer Schwiegereltern zu bekommen. Der Eifer, mit dem sie Rudolf half, die Schränke auf Ardjasari leerzuräumen und das Silber und Leinenzeug für den Versand nach Holland einzupacken, hatte auch – wie sie sich durchaus bewußt war – einiges mit ihrer Überzeugung zu tun, daß Marie, die ohnehin schon so verwöhnt war, nicht alles auf dem Präsentierteller angeboten bekommen müsse.

August empfing Rudolf und seine Frau zwar herzlich, wenn sie von Gambung herüberkamen, kümmerte sich aber nicht um die Bestandsaufnahme und das Sortieren der Hinterlassenschaft. Obwohl von einer offiziellen Verlobung zwischen ihm und Marie nicht die Rede war, benahm er sich, als stehe die Hochzeit vor der Tür. Er hatte den Eltern seine Pläne mitgeteilt und auch schon einen Antwortbrief erhalten, den er vorlas: Sie betrachteten Marie schon als «liebe Tochter». Er ärgerte sich über Rudolfs Vorschlag, die angeblich überzähligen Möbel bis zur Versteigerung in einem Lagerschuppen unterzubringen. Wie Jenny und Rudolf den Wert der Sachen, die sie nach Gambung mitnehmen wollten, penibel feststellten – um ihn später zu erstatten – fand er geradezu absurd. Altes Kinderspielzeug! Ein Koffer voll Wolle und Schnittmuster!

Jenny brauchte Beschäftigung und ständige Bewegung, um nicht ständig daran denken zu müssen, daß sie wieder in anderen Umständen war. Ein kleiner Spielkamerad für Baasje war dennoch sehr willkommen; das Kind sehnte sich nach Spielgefährten. Wenn die Mandure nachmittags zur Abrechnung kamen und den Lohn für die Budjangs, Pflückerinnen und Sortiererinnen abholten, kroch Ruutje an den Rand der vorderen Veranda, wo sie hockten, und grapschte mit beiden Händchen nach dem Kupfergeld, das er dann energisch in die Runde schleuderte. Die Männer ließen dem *agan*, dem kleinen Herrn, seinen Willen, sammelten unermüdlich die Münzen ein und stapelten sie zu Türmen, damit er sein Spiel wiederholen konnte. Als er zu sprechen begann, nannte Engko, seine Babu, mit unendlicher Geduld die Wörter für alles, worauf er zeigte, so daß er bald mehr sundanesische Begriffe kannte als niederländische. Er war versessen auf Tiere, rollte sich mit den Hunden auf dem Boden herum, wollte die Pferde im Stall streicheln und ahmte die Rufe der Hähne und anderen Vögel nach. Am liebsten saß er in der Schreinerei und schaute zu, wie die Bretter gesägt und zu Teekisten verarbeitet wurden.

Um den finsteren Waldsaum, wo das kleine Grab lag, aus ihrem Gesichtskreis zu verbannen, arbeitete Jenny viel im Garten und zog aus Stecklingen von Ardjasari hohe Sträucher, die schöne Blüten trugen. Wo es nur ging, säte sie bunte Blumen. Sie lud ihre Brüder August und Herman ein, die Schulferien auf Gambung zu verbringen. August, ein hoch aufgeschossener, verlegener Fünfzehnjähriger, hatte viel von seiner früheren Ungebärdigkeit verloren, der zwölfjährige Herman dagegen war doppelt so frech und unberechenbar. Andauernd heckte er gefährliche Streiche aus und benahm sich so eigenartig, daß man ihn keinen Augenblick mit Baasje allein lassen konnte. Er erinnerte Jenny an Frits, der sich auch so sonderbar betragen hatte. Das brachte sie auf den Gedanken, sich in einem Brief an die Schwiegereltern nach den beiden Jungen in Holland zu erkundigen, von denen in Gang Scott kaum mehr gesprochen wurde. «Ich habe eine herzliche Bitte an Sie, und zwar, ob Sie während Ihres Ferienaufenthalts in Arnhem meinen Brüdern Ihre Adresse mitteilen könnten, damit sie Sie einmal besuchen kommen. Ich würde außerordentlich gern von Ihnen hören, wie sie aussehen, welchen Eindruck sie auf Sie machen.»

Nach dem Rennen kamen die Hennys mit ihrem Pflegesohn Rudi van Santen, um sich Gambung anzusehen. In ihrem schönen Reisewagen, dem ein kleinerer mit dem Personal folgte, fuhren sie bis Tjikalong, wo Rudolf mit Pferden und Sänften auf sie wartete. Jenny hatte alles getan, um sie so bequem wie möglich unterzubringen (man hatte noch zwei Gästezimmer angebaut), und wußte nicht recht, ob sie gekränkt sein sollte oder nicht, weil Henny, der seinen Koch mitgebracht hatte, sogar *ihrer* Küche zu mißtrauen schien. Doch nach genauerer Überlegung fand sie die Anwesenheit des geschickten Dieners sehr praktisch.

Rudolf unternahm mit seinen Gästen zu Fuß und zu Pferd kleine Ausflüge in die nähere Umgebung. Jenny winkte ihnen voll Bedauern nach; sie konnte nicht mehr auf einem Pferd sitzen oder über steile Pfade klettern und blieb daher mit den Kindern daheim. Rudi van Santen war knapp sieben Jahre alt, ein altkluges Bürschchen, das sehr an Cateau hing und auf eine amüsante Weise keck gegenüber Henny war. Rudolf und Jenny konnten es sich nicht verkneifen, angesichts der Toleranz, mit der Henny sein Pflegekind behandelte, vielsagende Blicke zu wechseln. «Ich kann das gut verstehen», sagte Rudolf, «und für Henny ist ja das Ende in Sicht. In einem halben Jahr fahren sie nach Holland, wo der Junge zu Van Santen und seinen Geschwistern kommt, und Henny hat seine Pflicht getan.»

Es gab vieles zu besprechen. An erster Stelle die keineswegs so harmonische Liebesbeziehung zwischen August und Marie. Während eines Logierbesuchs bei den Hennys in Buitenzorg hatten die jungen Leute sich sonderbar benommen. Nach einem langen, kompromittierenden Abendspaziergang zu zweit (obwohl sie auf einer Soiree zu Gast waren), hatten sie nach ihrer Rückkehr aus heiterem Himmel ihre Verlobung bekanntgegeben, sich tags darauf aber so heftig gestritten, daß Marie Hals über Kopf nach Batavia abgereist war, worauf August auch nicht länger in Buitenzorg blieb.

«Aber warum denn? Was ist passiert?» fragte Jenny erschrokken.

«Das wissen wir nicht», sagte Cateau. «Wir waren nicht dabei. Henny war im Büro, ich saß mit Rudi hinterm Haus. Wir hörten Marie drinnen schrecklich toben, die Diener waren ganz erschrocken. Ich schämte mich zu Tode.»

«Sie passen nicht zueinander», bemerkte Henny. «Marie tanzt ihm jetzt schon auf der Nase herum. Sie hat kein bißchen Respekt vor ihm.»

Rudolf nickte. «August ist noch zu jung, um einen Haushalt zu gründen, er muß sich erst auf Ardjasari einarbeiten.»

«Ich fürchte, das Leben im *udik* ist nichts für Marie», setzte Jenny hinzu.

«Meines Erachtens ist das der Kern des Problems», sagte Henny. «Sie möchte in Buitenzorg wohnen, lieber noch in Batavia. Aber dann müßte August einen Geschäftsführer einstellen. Marie hat offensichtlich eine sehr übertriebene Vorstellung vom Vermögen der Kerkhovens.»

«So wie du, als du mich geheiratet hast», murmelte Cateau, doch Jenny ging schnell darüber hinweg: «Sie sind beide so ungeduldig und anspruchsvoll.»

«Die beiden müßten sich eigentlich einen Monat lang täglich

treffen, um zu sehen, ob sie es wirklich auf die Dauer miteinander aushalten», meinte Rudolf.

«Ich habe Marie gebeten, zu uns nach Buitenzorg zu kommen», sagte Cateau. «Dann würde ich auch August einladen. Aber sie will nicht. Und August zweifelt mittlerweile, ob sie ihn genügend liebt.»

«Es erscheint mir das beste, die Angelegenheit auf sich beruhen zu lassen», fand Henny. «Gar nichts tun! Es sind schon andere Verlobungen auseinandergegangen, ohne daß die Welt sich groß darum kümmerte.»

«Für Marie sieht die Sache viel schlimmer aus. Ein Mädchen wird hinterher immer scheel angesehen.»

«Ich werde meinen Eltern darüber schreiben», sagte Rudolf. «Sie haben voreilig, wenn auch in guter Absicht, ihre Zustimmung zur Ehe gegeben.»

«Ich habe schon einen Brief an Papa und Mama geschickt», sagte Cateau.

«Ich werde mit Gus reden», beschloß Rudolf. «Er muß einsehen, daß es nur ein Strohfeuer war. Sie haben sich nur auf der Grundlage von Äußerlichkeiten füreinander entschieden.»

Henny stand auf und zog ein Zigarrenetui aus der Tasche. «Wir sind uns also einig. Je früher diese Verlobung aufgelöst wird, desto besser.»

Während die Männer rauchend vor dem Haus auf und ab gingen, zogen Jenny und Cateau sich in die Sitzecke im Schlafzimmer zurück.

«Wie lästig, daß wir keine innere Veranda haben. Ich muß meine Gäste immer hier empfangen, wenn es zu kalt oder zu naß ist, um draußen zu sitzen. Damenbesuch meine ich, die Herren gehen mit Ru ins Büro.»

Durchs Fenster sahen sie die Kinder auf dem Rasen herumtollen.

«Wie lieb Rudi mit Baasje spielt. Ein ulkiger Junge! Als ihr spazieren wart, wollte ich mit ihm reden. Er setzte sich vor mir auf den Boden wie ein ehrfürchtiger Diener. Ich konnte mein Lachen kaum zurückhalten.»

«Ich werde ihn sehr vermissen. Er war immerhin sieben Jahre lang mein Kind.»

«Ich werde dich auch vermissen, liebe Cateau.»

«Ich will in Deutschland eine Badekur machen. Dort gibt es Heilquellen für Frauenleiden. Man weiß nie... Nun ja. Hör zu, Jenny. Ich wollte nicht darüber sprechen, solange Rudolf und Henny dabei waren. Meine Eltern haben mir geschrieben, nachdem deine Brüder Willem und Frits sie besucht hatten. Das war doch dein Vorschlag? Mama war sehr erschrocken über Frits. Der Junge scheint nicht ganz normal zu sein. Marie sagt, daß Herman total verrückt ist... Und Marie selbst... sie kann so sonderbar, so launisch sein... Wir können nur hoffen, daß aus der Sache zwischen ihr und August nichts wird.»

Die Tränen schossen Jenny in die Augen. «Arme Marie, sie tut mir so leid.»

«Ich sage es dir rundheraus, Kerkhoven, dein Land gefällt mir nicht. Ich war unlängst auf Sukawana, wo Hoogeveen jetzt wirtschaftet. Ich finde, sein Tee steht schöner. Und seine Cinchona ist geradezu spektakulär. Ich höre, du hast etwas gegen Chinarinde.»

In den vergangenen Tagen hatte Rudolf eine gewisse Lebhaftigkeit und Langmut überrascht, die er von seinem Schwager nicht gewohnt war. Jetzt stieg der alte Ärger wieder in ihm auf. Warum diese Neigung Hennys, alles, was er auf Gambung sah, zu bemäkeln? Während ihres Rundgangs auf dem Gelände des Unternehmens machte er ständig Bemerkungen über den Zustand der Wege, die Lage der Fabrik und so weiter.

«Wie kommst du darauf, daß ich etwas gegen Chinarinde habe? Ich kann dir gerne meine Anzuchtgärten zeigen.»

Falls er geglaubt hatte, Henny durch den Anblick der Tausende von Pflänzchen in den Anzuchtbeeten zu überzeugen, so täuschte er sich.

«Das Zeug trocknet ja aus! Auf Sukawana werden die Sämlinge jeden Abend gegossen.»

«Soll ich vielleicht mit einer Gießkanne herumlaufen? Auf einem so großen *ipukan* ist alle Mühe vergeblich. Und außerdem ist die Luftfeuchtigkeit hier sehr hoch.»

«Auf Sukawana sagt man, du seist ein erklärter Gegner der Cinchonakultur und hättest August davon abgeraten.»

Rudolf war wütend. «Wer sagt das auf Sukawana? Ich habe nie mit Hoogeveen darüber gesprochen.»

«Auch Karel Holle, den ich dort getroffen habe, behauptet das. Wenn du an dieser Kultur interessiert wärest, würdest du keine Succirubra pflanzen; deren Chiningehalt ist zu niedrig. Du mußt Ledgeriana nehmen, das ist die beste Sorte.»

«Ich weiß, und wenn ich sie bekommen kann, werde ich es tun. Es ist sehr schwer, dranzukommen. Laß das meine Sache sein, was hier angebaut wird! Das ist mein Unternehmen!»

«Pardon, Kerkhoven, Gambung gehört nur zur Hälfte dir, zur anderen Hälfte deinem Vater und Van Santen. Ich kümmere mich darum, im Interesse von Cateau und von Berthas Kindern, nun da Van Santen nicht hier ist. Und dasselbe gilt für Ardjasari. Übrigens hat dein Vater Aussicht auf den Posten des Direktors einer Chininfabrik in Amsterdam, und der Mann meiner jüngsten Schwester, ein Makler, zeigt sich geneigt, auf der Auktion als Zwischenhändler aufzutreten.»

Daß Henny, der nichts vom Tee- und Cinchonageschäft verstand und nur die Weisheiten der anderen nachplapperte, sich nun als Experte und Wachhund der Familieninteressen aufspielte, ärgerte Rudolf weniger als der Gedanke, daß sein Vater abermals versäumt hatte, ihn vom neuesten Stand der Dinge zu unterrichten. Er konnte jedoch nicht abstreiten, daß sein Schwager ein gewisses Recht besaß, sich um Gambung zu bemühen.

«Morgen werde ich dir die Bücher vorlegen», sagte er kurz angebunden. Sie kehrten den Zuchtbeeten den Rücken und spazierten langsam zum Haus zurück. In der Fabrik lief das Sortieren der letzten Pflückung noch auf vollen Touren, doch ein Teil der Arbeiterschaft wartete auf den Lohn, und die Mandure hockten schon auf der Kante der vorderen Veranda.

Bevor die Hennys abreisten, kam August noch einmal nach Gambung. Zur allgemeinen Überraschung war er keineswegs niedergeschlagen, sondern berichtete überschwenglich von den Wettrennen und von den famosen Partys, die er in Bandung besucht hatte. Als Rudolf ihn unter vier Augen vorsichtig auf seine Verlobung ansprach, gab August zu, daß er seit Wochen keinen Brief mehr von Marie bekommen habe. Da ihn das offensichtlich nicht sonderlich betrübte, ließ Rudolf die Sache vorerst auf sich beruhen.

August blieb über Nacht und schlief auf dem Sofa in Rudolfs Büro. Zuvor hatten sie einen geselligen Abend wie in alten Zeiten verbracht, und beim Frühstück am nächsten Morgen herrschte die Stimmung eines gelungenen Familientreffens.

«Schade, daß Juus nicht dabei ist», seufzte Cateau. «Wie es dem guten Jungen wohl gehen mag, wir hören nie von ihm.»

Rudolf holte ein paar Briefe hervor, die er von Julius bekommen hatte.

«Es geht ihm bestens in Krawang. Meines Erachtens ist die Stelle bei der Eisenbahn wie für ihn geschaffen. Hoffentlich wird er bald befördert. Wie damals in Holland neigt er dazu, sich von allem fernzuhalten. Er verkehrt mit niemandem.»

Henny stand vom Tisch auf und ging draußen auf und ab, die Uhr in der Hand. Die Stallburschen hatten die Pferde angeschirrt, die Träger hockten neben den bereitstehenden *tandus*.

«Immer diese Eile», flüsterte Cateau und schlug die Augen zum Himmel auf.

«Man beachte meine Gelassenheit», rief August. «Ich nehme ruhig noch ein Butterbrot, während die Lokomotive schon unter Dampf steht.»

Rudi van Santen rollte fast unter den Tisch vor Lachen und gab zu Baasjes größtem Vergnügen zischende und stampfende Geräusche von sich.

Beim Abschied sagte Henny zu Rudolf: «Bleib du nur bei deinen Teeplantagen. Deine Bücher haben mich überzeugt: Niemand produziert den Tee so wirtschaftlich wie du. Du wirst noch ordentlich damit verdienen.»

«Gestern wolltest du mich um jeden Preis zu Cinchona überreden!» Rudolf wandte sich an seinen Bruder. «Hast du das gehört, Gus, wir Kerkhovens wollen angeblich keine Chinarinde pflanzen? Mit den Kerkhovens sei nichts anzufangen, hat Cousin Karel Holle gesagt.»

August, der die Verwandten zu Pferd bis Bandjaran begleiten wollte, beugte sich aus dem Sattel zu Rudolf herab: «Ich habe Ledger-Samen erhalten.»

«Woher?» fragte Rudolf befremdet. «Seit Monaten versuche ich vom staatlichen Cinchona-Betrieb Ledgeriana-Samen zu bekommen, aber man sagt mir immer, es sei keiner da.»

«Trotzdem habe ich Samen vom staatlichen Unternehmen erhalten.»

Rudolf war empfindlich getroffen. «Das begreife ich nicht. Die Sendung muß für mich bestimmt gewesen sein.»

Jenny umarmte Cateau. «Sehen wir uns noch, bevor ihr im April nach Holland fahrt? Ich habe bis dahin wieder ein Wickelkind und kann nicht von zu Hause fort.»

«Glückliche Jen! Reiche Jen!» sagte Cateau leise. Bevor der Zug sich in Bewegung setzte, flüsterte sie: «Siehst du, wie gelassen Gus alles hinnimmt? Es wird schon alles werden.»

Für die Kerkhovens wird alles werden, dachte Jenny, als sie den Gästen nachwinkte. Aber für Marie? Und für Herman und Frits? Und für mich?

Am siebten Dezember 1881 wurde nach einer langwierigen, schweren Entbindung und ohne den Beistand eines Arztes oder einer Hebamme auf Gambung der zweite Sohn von Rudolf und Jenny geboren. Er erhielt den Namen Eduard Silvester.

Die Sonne ging unter. Am westlichen Himmel stand ein Fächer feuriger Streifen, die allmählich verblaßten. Rudolf und Jenny wandelten Arm in Arm die Zuchtbeete entlang, wo die vor ein paar Monaten endlich erworbenen Samen von Cinchona Ledgeriana heranwuchsen. Über den in Reihen gepflanzten Sämlingen hatte Rudolf ein Schutzdach aus Bambusgeflecht errichten lassen.

Sie gingen barfuß; am Nachmittag hatte es lange und heftig geregnet, und die Wege waren weich und schlammig. Mit innigem Wohlbehagen sog Rudolf den Geruch des Urwaldes ein, dieses Gemisch aus bitteren, herben und aromatischen Düften. Er drückte Jennys Arm. Noch nie hatte sie so gut ausgesehen wie jetzt, vier Monate nach Edus Geburt. Als er ihr in der stundenlangen Marter beistand, hatte er geschworen, dies dürfe nie wieder vorkommen, und Jenny, erschöpft und durch den Blutverlust geschwächt, hatte ihm zugestimmt, daß sie fortan getrennt schlafen mußten, was übrigens auch der Umstand nahelegte, daß nun zwei Kinderbettchen neben dem großen Bett standen, an jeder Seite eins, und außerdem Engko nachts ihre Matte im selben Zimmer ausrollte. Rudolf hatte in seinem Büro hinter einem Wandschirm eine Schlafecke eingerichtet, die aus einer Liege (das Moskitonetz hängte er über einen Garderobenständer) und einem kleinen eisernen Waschtisch bestand. Dort lag er auf der spartanischen Pritsche wie ein Soldat im Feld oder ein Klosterbruder in seiner Zelle.

Aber als er nun im Glanz der Abendsonne Jenny ansah, erschien ihm sein Vorsatz undurchführbar. Das Mädchenhafte war aus ihrem Gesicht und ihrer Gestalt gewichen, er fand sie auf eine neue, reife Art, die ihn heftig anzog, schön. Im Laufe der Jahre hatte er so viele scheinbar aussichtslose Unterfangen zu einem guten Ende gebracht, da mußte doch auch für dieses Eheproblem eine Lösung zu finden sein. Er gab ihr einen Kuß; ihr kaum merklicher, instinktiver Widerstand, den er so gut aus den ersten Tagen ihrer Liebe kannte, erweckte in ihm dieselben Empfindungen wie einst. Es war, als finge alles von neuem an.

Myriaden von Tropfen funkelten in den Baumkronen und Sträuchern; das Grün der Blätter und Teegärten unter dem flammenden Himmel war so intensiv, daß es den Augen weh tat, doch die Berge im Norden und Westen verdüsterten sich schon zu Silhouetten. Aus dem Kampong Gambung erklangen die vertrauten Abendgeräusche: dumpfe Schläge auf dem *geduk*, vereinzelte Rufe wie *Tah! Eh! Paman kadijöh!* und das zischende *sijöh, sijöh!*, mit dem die Hühner auf die Stangen gescheucht wurden.

Der Hausbursche und die Stall-Budjangs saßen auf dem Treppchen vor den Dienerkammern und unterhielten sich leise. In der Wohnung des *djurutulis* brannte die Lampe, aber auf der nach Südwesten ausgerichteten vorderen Veranda ihres Gedungs war es noch hell. Sie hörten Ruutjes Stimme, der etwas zu Engko sagte, und gleich darauf sahen sie ihn an der Hand der Babu um die Ecke biegen. Das Kind rannte auf Rudolf zu: *«Ama!»* sagte es und wollte hochgenommen werden. Jenny packte ihn unter den Achseln und hielt ihn über eine tiefe Pfütze auf dem Weg, so daß Engko die schmutzigen Füßchen waschen konnte.

Danach wandelten sie weiter durch den Gemüsegarten, Rudolf mit dem Kind auf den Schultern. Jenny bückte sich immer wieder zu den Pflanzen hinunter. Es wurde rasch dunkel.

«Gehen wir nach Hause», sagte Jenny, «Edu muß trinken.»

Rudolf fand, er habe allen Grund, zufrieden zu sein. Die Ernte hatte die der vergangenen Jahre weit übertroffen, und obwohl er wegen des feuchten Wetters nicht das ganze Blattgut mit der nötigen Sorgfalt behandeln konnte, sah der Gambung-Tee sehr ordentlich aus und hatte nicht den eigenartigen Nebengeschmack von Tonerde, der dem Tee von Ardjasari anhaftete, Rudolfs Meinung nach eine Folge nachlässigen Sortierens. Der Resident von Bandung und die Wedanas von Bandjaran und Tjisondari hatten das Unternehmen besucht und einstimmig die Fortschritte auf Gambung gelobt, was Rudolf nach Hennys Kritik große Genugtuung bereitete, obwohl er zugeben mußte, daß seine Gärten nicht so einen üppigen und frischen Anblick boten wie die von August – aber die bestanden auch schon länger. Er setzte hohe Erwartungen in die eigenen, noch nicht so vollen und dicht zusammengewachsenen Sträucher; für das laufende Jahr rechnete er mit einem Ertrag von mehr als tausend Pfund pro Bouw.

Jenny hatte vor dem Wohnhaus Zypressen und im Kampong Obstbäume gepflanzt. Auf ihre Bitte hatte Rudolf den Streifen wilder Pisangstauden zwischen Haus und Urwald abhauen und ausgraben lassen, so daß man jetzt von der vorderen Veranda aus auf einige schöne Stämme am Waldrand sah, an denen Orchideen und Kletterpflanzen wuchsen. Ein Panther konnte sich dort nicht mehr unbemerkt auf die Lauer legen.

Das Unternehmen wurde von Monat zu Monat dem erträumten Bild ähnlicher. Wenn Rudolf während seines Morgenausritts von der Stelle aus, wo er zum erstenmal das künftige Gambung überblickt hatte, über sein Land schaute, konnte er kaum glauben, wieviel er schon erreicht hatte: sein Gedung mit den Nebengebäuden und Ställen, umstanden von stolzen Rasamala-Bäumen, weiter unten am Hang die Fabrikhallen und Anzuchtbeete und dahinter, so weit das Auge reichte, die Teegärten, in Pflückbereiche unterteilt, die durch Buschwerk und Pfade voneinander getrennt waren.

Er hatte jetzt zwei stramme, gesunde Söhne. Der Säugling erfreute ihn vorerst nur dadurch, daß er lächelte, wenn sein Vater sich über ihn beugte. An Baasje hing er von Tag zu Tag mehr. Er war ein kräftiger kleiner Bursche, der schon ein gutes Stück in den Gärten mitlaufen konnte und die Namen aller Bäume und Pflanzen wissen wollte; gern saß er vor seinem Vater auf dem Pferd, und als er sich zusammen mit vierzehn anderen Kindern aus dem Kampong von einem *mantri tjatjar*, einem Beamten der Gesundheitsbehörde, gegen Pocken impfen lassen mußte, machte er keinen Muckser.

Es tat Rudolf gut, daß Jenny zur Ruhe kam. Nach der Gartenarbeit setzte sie sich mit Näharbeiten auf die vordere Veranda, wo Ruutje neben ihr spielte und Engko mit Edu im Slendang auf und ab ging. Jeden Tag war prächtiges Wetter; bis drei oder vier Uhr nachmittags war es angenehm sonnig, und dann setzte der Regen ein, der für die Gärten nötig war.

Auch in den Familienangelegenheiten war wieder Ruhe eingekehrt. August schien ganz in seinem Betrieb aufzugehen, insbesondere in seinen Plänen für einen eigenen Rennstall. In Briefen und bei Begegnungen sprach er niemals von Marie, wohl aber von dem Sandalwood-Hengst, den er gekauft hatte. Marie wiederum schrieb selten, und nie über August. Rudolf und Jenny vermieden es in ihrer Korrespondenz, die Verlobung zu erwähnen, die allmählich erlosch wie eine Nachtkerze. Einmal wurden sie noch in einem Brief von Rudolfs Eltern daran erinnert, die offensichtlich glaubten, an der Entfremdung der Verlobten sei die allzu abweisende Haltung Rudolfs schuld. Zwischen den Zeilen spürte er den unausgesprochenen Vorwurf.

Er antwortete: «Sie schreiben über das ‹schiefe Verhältnis›, das zwischen Gus und mir als Verwalter von Ardjasari und

Gambung besteht. Das brauchen wir in der Tat nicht voreinander zu leugnen. Ich werde täglich, und oft auf unangenehme Art, daran erinnert. Aber ich bin viel zu philosophisch veranlagt, um mich dadurch verbittern zu lassen. Es läßt sich nicht ändern und hat auch keine Auswirkung auf unser Lebensglück.»

Eifersüchtig? Er schob den Gedanken von sich. Er war vierunddreißig Jahre alt, ein Mann mittleren Alters, zu alt für Neid und Mißgunst. Er war Ehegatte und Vater, Besitzer einer Plantage und irgendwie auch «chef de famille» seiner Generation Kerkhovens in Niederländisch-Ostindien. Auf seinem Land begegnete man ihm mit Respekt; seine Untergebenen brachten ihm Treue und Vertrauen entgegen. Um sich von Augusts, Hennys und Cateaus «modernen» und «mondänen» Elementen zu distanzieren, die sich seiner Meinung nach auf die Entwicklung der kolonialen Verhältnisse nachteilig auswirkten, legte er nach dem Vorbild seines Vaters größten Wert auf würdevolles Auftreten und eine korrekte äußere Erscheinung. Außer dem Bart eines Philosophen trug er jetzt immer, auch im Haus, eine Kopfbedekkung. Er aß kein Schweinefleisch und trank keinen Alkohol. Er hielt sich an die Sitten und Gebräuche der Menschen, die auf Gambung lebten. Wenn er bei anbrechender Dämmerung nach einem langen Arbeitstag von Tji Enggang aus bergan ritt und sich Gambung näherte, wo er auf der vorderen Veranda Licht brennen sah und Jenny am Tisch erkannte, wenn er die Geräte für die Teezubereitung und wohl auch das Köpfchen des kleinen Ru sah, der auf einem Bänkchen hinter der Balustrade nach seinem Ama Ausschau hielt, dann überwältigte ihn das Gefühl, mit keinem Menschen tauschen zu wollen. *«Où peut-on être mieux?»* murmelte er dann nach alter Gewohnheit aus seinem Vorrat von Redensarten. Er war ein glücklicher Mensch.

Wie Rudolf hatte auch Jenny geglaubt, in ihrem Leben habe eine ruhigere Phase begonnen. Wenn sie in den klaren, frischen Morgenstunden im Garten arbeitete, während Ruutje auf dem

Verandatreppchen hämmerte (energisch schlug er die Nägel in die Stufen, bis ihre Köpfe im Holz verschwanden) und Edu von Engko herumgetragen wurde, genoß sie bewußt die großartige Ruhe der Landschaft und fühlte sich angesichts der drei Gipfel des Gunung Tilu zum erstenmal in Sicherheit. An einem solchen strahlenden Tag – Insekten summten um die Blumen, die Stimmen der Pflückerinnen in den benachbarten Teegärten klangen hell in der klaren Luft – begleitete sie Rudolf ein Stück. Sie blieben an den Versuchsgärten stehen, wo Ruutje Eimerchen und Gießkanne mit Wasser aus dem Bewässerungsgraben füllte. Nach Rudolfs Hand fassend sprach sie aus, was sie noch nie so von ganzem Herzen bewegt hatte: «Hier müssen wir bleiben. Nirgends werden wir es so gut haben.»

Im selben Augenblick kam ein Bote angerannt, mit einem Telegramm aus Batavia, das am frühen Morgen in Bandung eingetroffen war: Herr Roosegaarde Bisschop sei nach einem Schlaganfall, ohne das Bewußtsein wiedererlangt zu haben, in seiner Wohnung am Gang Scott verstorben.

In fliegender Eile packte Jenny eine Reisetasche. Für Rudolf und den Diener, der ihn bis zur Bahnstation in Sukabumi begleitete, wurden Pferde gesattelt. Am liebsten wäre Jenny gleich mit Rudolf mitgegangen, aber sie konnte die Kinder nicht allein lassen und dem Säugling nicht die anstrengende Reise zumuten. Erst als die Reiter hinter dem Bergkamm verschwunden waren, begriff sie richtig, was geschehen war.

Gegen Abend kam August, von Rudolf unterwegs benachrichtigt, aus Ardjasari herüber. Bis tief in die Nacht saßen sie im Büro. Jenny weinte um ihren Vater; August schüttete sein Herz über seinen Kummer mit Marie aus.

«Was soll ich tun, Jenny? Ich will sie jetzt nicht im Stich lassen. Wenn ich sie sehe, bin ich verrückt nach ihr, aber ich liebe sie nicht. Ich glaube nicht, daß ich mit ihr leben kann.»

Rudolf blieb länger als vorgesehen in Batavia. Roosegaarde hatte ein Chaos von Papieren hinterlassen, seine apathische Witwe kannte sich in Erbschaftsangelegenheiten und anderen geschäftlichen Dingen nicht aus und konnte sich nicht entscheiden, ob sie (wie es für passend erachtet und erwartet wurde) mit ihren sieben noch zu Hause lebenden Kindern nach Holland ziehen sollte. Sollte sie nur die größeren Jungen zur Ausbildung in die Heimat schicken und mit Rose, Marie und den Kleinsten im gesunden Buitenzorg ein Haus mieten? Mußte sie das Anwesen in Gang Scott verkaufen? Roosegaarde war ohne Testament gestorben. Sein Vermögen ging deshalb zur Hälfte an sie, zur Hälfte an die Kinder. Der Anteil der Minderjährigen mußte beim Vormundschaftsgericht hinterlegt werden.

Betroffen über die Nachlässigkeit seines Schwiegervaters in finanziellen Dingen, hatte Rudolf alles durchgesehen, Briefe an die Familie in Holland geschrieben und versucht, die Belange der völlig verstörten Familie in Ordnung zu bringen. Die Abreise der Hennys nach Holland bewog Mevrouw Roosegaarde schließlich dazu, ihrem Beispiel zu folgen, zumindest für die Dauer der Studienzeit ihrer Söhne, die aller Wahrscheinlichkeit nach später nach Ostindien zurückkehren würden. Rudolf riet ihr, das Haus für diesen Zeitraum an das Gouvernement zu vermieten. Marie, die ihm aus dem Weg ging und seine Anordnungen hinter seinem Rücken hintertrieb, sträubte sich heftig dagegen.

Als er sie einmal allein auf der inneren Veranda antraf, ergriff er die Gelegenheit, die peinliche Angelegenheit zu erörtern, über die er bislang geschwiegen hatte.

«Marie, ich habe einen Brief von August bekommen. Er will wissen, woran er ist. Er möchte sein Wort nicht zurücknehmen, sondern überläßt dir die Entscheidung.»

Marie, die wieder einmal einfach schweigend an ihm vorbeigehen wollte, schaute ihm ins Gesicht. Blaß, mit glatt nach hinten gekämmtem und zu einem Knoten aufgestecktem Haar, bot sie ein Bild dramatischer Schönheit.

«Er weiß, woran er ist. Das habe ich ihm schon in Buitenzorg gesagt. So ein Leben wie das von Jenny will ich nicht. Ich könnte es nicht aushalten, ich würde mich umbringen. Ich bin keine Bruthenne und keine weiße *njai*. Merci!»

Rudolf starrte sie an. Was sie da sagte, verschlug ihm die Sprache. Am liebsten hätte er ihr eine Ohrfeige verpaßt, doch er beherrschte sich.

«Du beleidigst Jenny. Und du schätzt August falsch ein. Ihr habt euch nicht genügend Zeit gelassen, euch gründlich kennenzulernen.»

«Wir haben uns nicht genügend Zeit gelassen?» rief Marie und stampfte mit dem Fuß auf. «Was geht diese Sache eigentlich die anderen an, vor allem dich? Darum will ich nicht mit dir reden! So, jetzt weißt du es! Ich kann es nicht ertragen, wie du hier herumläufst und alles an dich reißt.»

«Aber wer sonst sollte es tun? Wer soll die Verantwortung übernehmen?»

«Ich, ich, ich! Ich bin dafür verantwortlich», schrie Marie und rannte davon.

Rudolf an seine Eltern, April 1882

«Die Verwaltung des Nachlasses macht mir zu schaffen, denn dabei stellt sich mancherlei heraus. Es ist unglaublich, wie wenig der Notar weiß, ob über den Wert von Zinscoupons, über den Unterschied zwischen Aktien und Obligationen oder andere Dinge, in denen er sich eigentlich auskennen müßte. Ein paar kolossale Schnitzer haben mir die Augen geöffnet, und jetzt prüfe ich alles nach und rechne nochmals alles aus. Jenny bekommt als väterliches Erbteil fünfzehntausend Gulden. Sie will das Geld auf die hohe Kante legen, und ich habe nichts dagegen. Sie erhält einige Aktien der ‹Javasche Bank›.

In der Familie Roosegaarde herrschen recht unglückliche Zustände. Ich habe erkannt, daß Marie in allem das Sagen hat. Es ginge zu weit, Ihnen mehr darüber zu erzählen. Ihre Mutter zittert vor ihr und versucht alles nach ihren Wünschen zu tun, um Streit zu vermeiden. – Falls Jenny oder mir jemals etwas zustoßen sollte, dürfen unsere Kinder *unter keinen Umständen* in dieses Haus. Das müssen Sie mir versprechen.»

Die Detonationsgeräusche, die im Mai 1883 wiederholt auf Gambung zu hören waren, schrieb Rudolf zunächst den Bauarbeiten an der Eisenbahn zu, die von Buitenzorg nach Bandung weitergeführt wurde. Er stellte sich vor, wie Julius irgendwo im Bergland damit beschäftigt war, Felsen zu sprengen. Doch die Zeitungen meldeten, der Vulkan auf der Insel Krakatau in der Sundastraße sei wieder aktiv geworden, was man in Batavia erst nach mehreren Tagen erfuhr. Für vierzig Gulden konnte man auf einem Ausflugsdampfer hinausfahren und das Schauspiel aus nächster Nähe betrachten.

Aktive Vulkane gab es auf Java im Überfluß; nachdem sich die erste Aufregung gelegt hatte, dachte man kaum noch daran. Auf Gambung ging das Leben seinen gewohnten Gang. Wegen der Trockenheit fiel der Ernteertrag zurück. Trotzdem waren die Preise, die der Tee erbrachte, keineswegs schlechter als die von anderen Unternehmen, und die Produktion pro Bouw entsprach dem, was man in viertausend Fuß Höhe erwarten konnte. Rudolf hatte weitere zehn Bouws junger Anpflanzungen zum Pflücken freigegeben. Täglich war er schon vor dem Frühstück in den Teegärten.

Größere Sorgen bereiteten ihm die jungen Cinchona-Beete, die er vorsorglich jeden Nachmittag bewässern ließ. Regelmäßig spazierte er, oft von Jenny begleitet, zur Gouvernementsplantage auf Riung Gunung, um nachzusehen, wie es dort mit der Cinchona-Ernte stand; welche Bäume oder Äste geschnitten wurden und wie das Schälen und Trocknen der Rinde vor sich ging. Sobald seine Pflanzung herangewachsen war, wollte er sie in gleicher Weise behandeln. Immer fester wurde sein Vorsatz, künftig mehr Land für Cinchona-Kulturen freizumachen. Die Gesamtfläche des bepflanzten und bearbeiteten Bodens auf Gambung betrug jetzt hundertzwanzig Bouws. Er konnte demnach noch viel Wald für die Chinarindenbäume urbar machen. Nur so konnte er in schlechten Jahren die Ernte eines so unbeständigen und unberechenbaren Produktes wie Tee ausgleichen. Sancta Cinchona, stehe uns bei! flehte er insgeheim.

Seit das Wetter warm und trocken war, konnten Ruutje und Edu den ganzen Tag draußen sein. Am liebsten saßen sie pudelnackt in einer Wassergrube im Gemüsegarten, aus der die Gärtner ihre Gießkannen füllten. Mit Blumentöpfen backten die beiden kleinen Jungen Schlammkuchen.

Der vierjährige Ruutje bekam schon Reitstunden und bewies auf dem Pony, das Rudolf für die Kinder angeschafft hatte, daß er ein Naturtalent war. Manchmal kletterte er, sehr behende für sein Alter, in eine weitverzweigte Staude auf dem Vorplatz und ahmte das schrille Keckern der Affen nach, wobei er, vom Laub verborgen, die Äste schüttelte. Rudolf oder Jenny reichten ihm auf Zehenspitzen Bananen hinauf. Der kleine Edu machte es dem Bruder auf ebener Erde nach, wo er zwischen den aus den Luftwurzeln sprießenden jungen Stämmen herumkroch und piepste.

Die Kinder schliefen jetzt nachts meistens durch. Rudolf hatte ihnen Disziplin beigebracht, indem er sie, wenn sie ohne ersichtlichen Grund weinten, mitsamt dem Bettchen ins Büro verbannte. Vor allem Jenny war froh, endlich wieder durchschlafen zu können. Sie brauchte ihre Nachtruhe dringend, denn sie befand sich wieder in dem Zustand, den sie bei sich als «bejammernswerte Periode» bezeichnete. «Mama hat den Storch bestellt», verkündete Rudolf seinen Söhnen.

Rudolf an seine Eltern, 27. August 1883

«... Gestern nachmittag, während ein kleines Gewitter mit leichtem Regen am Himmel stand, vermeinten wir mehrmals ein Dröhnen zu hören und Erschütterungen zu spüren. Zuerst glaubten wir an ferne Donnerschläge, aber dann wurde das Dröhnen stärker, obwohl das Gewitter schon vorbei war, und dumpfe Schläge mischten sich darunter. Abends gegen sieben Uhr hörten wir ununterbrochen schwere Explosionen. Offensichtlich ein Vulkanausbruch! Wir dachten sofort an den Vulkan von Krakatau, 270 km entfernt von hier, der seit drei Monaten aktiv ist.

Die Kinder hatten Angst, schlummerten aber doch ein, und auch wir gingen um zehn oder halb elf ins Bett. Gegen zwölf Uhr wurde ich durch einen immer lauter werdenden Lärm geweckt. Türen, Fenster, Schränke, alles klapperte. Auch Jenny und die Kinder wurden wach. Dann kam ein Schlag, der heftiger war als alles zuvor. Unser ganzes Haus bebte. Es war, als hätte man unter unserem Fenster eine Kanone abgefeuert. Ein richtiges Erdbeben war es nicht, nur ein ständiges Schütteln und Krachen. Als es wieder einigermaßen ruhig wurde, zeigte meine Uhr einige Minuten vor eins.

Draußen war es stockdunkel, schwül und windstill. Die ganze Nacht über dauerten die Detonationen an, bald stärker, bald wieder schwächer. Morgens hörten wir, daß die einheimische Bevölkerung die Nacht schlaflos im und um das Haus des Djurutulis verbracht hatte. Einige fürchteten, der Gunung Tilu stürze ein, andere, es wäre unser Wohnhaus oder die Fabrik. Alle standen zur Flucht bereit. Die Mütter trugen die kleinen Kinder im Slendang, die Männer schleppten ihren kostbarsten Besitz. Doch niemand wußte, wohin er fliehen sollte.

Heute morgen wechselten die Explosionen mit längeren Pausen der Stille ab. Um halb elf stieg im Westen eine graue, bleifarbene Wolkenbank auf. Die Sonne, bis dahin leicht vernebelt, verschwand ganz, und es wurde beängstigend dunkel. Um zwölf Uhr konnte ich im Büro kaum noch lesen. Die Arbeiter liefen aus den Gärten nach Hause, die Hühner setzten sich auf die Stange, und die Grillen begannen zu zirpen. Nach ein paar kräftigen Windstößen aus dem Süden wurde alles still. Die Temperatur sank rasch um mehrere Grad, es wurde unangenehm kühl. Gegen halb eins zeigte sich im Osten ein heller Streifen am Horizont, wie bei Tagesanbruch. Die Hähne fingen an zu krähen, die Vögel zwitscherten. Die ganze Natur schien durcheinander geraten.

Allmählich lichtete sich die graue Nebelmasse, und zwischen drei und vier Uhr konnten wir zumindest die Stelle erkennen, wo die Sonne stehen mußte. Ich bin sicher, daß der graue Nebel eine Aschenwolke gewesen sein muß, ganz hoch in der Luft. Aber bei uns fiel keine Asche, und wir rochen auch keinen Schwefel.»

«Nur ein paar Worte, um Ihnen zu melden, daß alles hier wohlauf ist. Nachdem ich mein voriges Schreiben abgeschickt hatte, konnten wir nachts deutlich die hoch auflodernden Flammen des Krakatau erkennen. Was für eine schreckliche Katastrophe in Bantam! Aus den Zeitungen dürften Sie alle Details erfahren haben. Wir sind ganz erschüttert, und als ich Ihnen am 27. (Ruutjes Geburtstag!) schrieb, ahnten wir nicht, daß der Ausbruch so verheerend sein würde.»

11. September

«... Wir geben den Boten nach Bantung einen Extragulden für Zeitungen mit, denn wir verharren noch in nervöser Spannung und sind begierig auf Nachrichten. Die Küste von Bantam hat unter der nachfolgenden Flutwelle am schwersten gelitten. Das Wasser strömte kilometerweit ins Land, verwüstete alles und riß Häuser und Menschen mit sich ins Meer zurück. Danach kam der Aschenregen. Telok Betung ist zerstört, die Bucht unbefahrbar durch unübersehbare Bimssteinmassen, durch die kein Schiff hindurchkommt. Zehntausende von Leichen treiben am Eingang der Sundastraße ...»

Waren Jennys frühere Entbindungen von Schmerzen und Angst bestimmt gewesen, so wurde ihr viertes Kindbett unvergeßlich durch das herrschsüchtige Auftreten der teuren, eigens aus Batavia herbeigeholten «Geburtshelferin», die zwar das Hebammenexamen, aber noch keine praktische Erfahrung (und also auch keine Empfehlungsschreiben) hatte. Jenny litt mehr unter der unruhigen Betriebsamkeit, dem voreiligen Schleppen von Eimern, Wasserkannen, Handtuch- und Lakenstapeln sowie dem ununterbrochenen Wortschwall dieser «Person» als unter den Wehen. Daß Jenny bei jeder Wehe nach Rudolf rief, seine Hand festhalten wollte und er ihr jedesmal beistand, betrachtete die Hebamme als versteckte Kritik an ihrer Arbeit; sie reagierte heftig und feindselig auf alles, was Rudolf sagte und tat; und als er anmerkte, daß sie in dieser frühen Phase der Geburt die Fruchtblase nicht öffnen dürfe, bewies sie ihre Macht, indem sie genau das tat. Niemals würde Jenny das grimmige Gesicht vergessen, das sich mit baumelnden blauen Ohrgehängen über ihr hin- und herbewegte, die Hände und Arme, die, bis zum Ellenbogen mit Salatöl eingefettet (mindestens eine halbe Flasche! dachte Jenny besorgt), in ihrem Körper wühlten.

Daß sie und das Kind – wieder ein Sohn, der den Namen Emile bekam – nach der Geburt dieser Tyrannin ausgeliefert waren, machte Jenny so nervös, daß Rudolf schließlich die «Geburtshelferin» noch vor Ablauf des ausgemachten Termins, aber bei vollem, fürstlichem Gehalt entließ und die Rückreise für sie regelte.

«Einmal und nie wieder!» sagte er zu Jenny. «Dann schon lieber Ma Endut aus Tjikalong oder Ma Mina aus Bandjaran oder irgendeine andere Dukun-Frau.»

Jenny seufzte. «Hoffentlich ist das nicht mehr nötig. Wenigstens nicht in den nächsten zehn Jahren!»

Drei Söhne! Rudolf wollte sie so früh wie möglich abhärten. Emile war noch ganz und gar auf Jennys Fürsorge angewiesen, aber Ruutje und Edu sollten rasch selbständig werden und sich verteidigen können, damit man sie ruhigen Gewissens draußen herumlaufen lassen konnte. Sie hatten strikten Befehl, mindestens dreißig Meter vom Waldrand wegzubleiben; Rudolf hatte die Grenze genau festgelegt: durch Bäume, ein Beet, große Steine. Ruutje ritt nur in Begleitung von zwei Stalljungen aus, und in den Urwald durften die Kinder nur mit Rudolf, der eine Waffe trug. Ruutje fand es herrlich, durch den rauschenden Tjisondari zu waten, wobei er sich an seinem Vater festhielt, um nicht vom Wasser mitgerissen zu werden.

Eines der Geschenkpakete, die die Großeltern regelmäßig aus Holland schickten, enthielt ein Spielzeuggewehr und eine Schachtel Knallblättchen. Ruutje entpuppte sich bald als eifriger Schütze, und auch der kleine Edu erschrak nicht mehr beim Knallen und Geknatter der *petasan*, der kleinen Knallfrösche, die man auf Papierstreifen geklebt im *warung* erstehen konnte. Es gehörte zu ihren größten Vergnügen, zusammen mit Irta, dem Hausjungen, Rudolfs Gewehr zu putzen. Beide besaßen ein kleines Buschmesser, mit dem sie nach Herzenslust auf Pisangstämme drauflоshackten, am liebsten bei den Arbeitern in der Schreinerei. Vom Mandur bekamen sie Strohzigaretten, die sie wichtigtuerisch «pafften».

Der gutherzige Ruutje gab sich Edu gegenüber immer als Beschützer, und Rudolf bestärkte ihn in diesem Verantwortungsbewußtsein. Doch wenn Edu bei einer Balgerei zu beißen anfing, riet Rudolf seinem Ältesten, sich gegen derartige Bosheiten mit einem kräftigen Klaps zu wehren. Meist hörte das darauffolgende zornige Kreischen Edus nach einiger Zeit von selbst auf. Einmal, als er allzu arg tobte, sperrte Rudolf ihn im Büro ein, wo er von mittags zwei bis abends um halb sieben Uhr mit erstaunlicher (und nach Jennys Ansicht beeindruckender) Beharrlichkeit weiterbrüllte. Babu Engko hockte traurig unter dem verriegelten Fenster, die Mandure, die zur Abrechnung kamen, warfen Rudolf von der Seite her finstere Blicke zu.

Hinter der Tür rief Edu: «*Bageur deui!* Ich will wieder brav sein!», doch wenn Rudolf die Tür öffnete und ihm gebot, den Satz zu wiederholen, schwieg das Kind verstockt. Jenny biß die Zähne zusammen, griff aber nicht ein in den Akt väterlicher Autorität; auch Ruutje, der vor Mitleid leise weinte, war einst in einer ähnlichen, wenn auch nicht so lang anhaltenden Szene zur Folgsamkeit bekehrt worden. Als Edu endlich Rudolfs Aufforderung gehorchte und mit heiserem Stimmchen sein: *«Bageur deui!»* ausstieß, wurde er wie ein verlorener Sohn ins Haus getragen, umarmt, getröstet, gewaschen und in saubere Kleider gesteckt. Seine Milch durfte er aus Ruutjes silbernem Geburtsbecher trinken.

Die Hintermänner in Holland: seinen Vater, Van Santen und Henny, empfand Rudolf in zunehmendem Maße als hinderlich. Er meinte, daß sie seine Handlungsfreiheit als Verwalter durch die oft widersprüchlichen und keineswegs immer fachkundigen Ratschläge, die sie ihm aus der Ferne zukommen ließen, empfindlich einschränkten. Rudolf schwor sich, ihren Anteil an Gambung aufzukaufen, sobald er das nötige Geld beisammen hatte.

Unterdessen stellte sich heraus, daß die Teesorte, die er vor Jahren auf Anraten von Eduard Kerkhoven und Albert Holle als «Assam» gepflanzt hatte, in Wirklichkeit eine Hybride war. Erst kürzlich war es ihm gelungen, sich echten Assamsamen zu verschaffen; er hatte sofort einen Vorrat gekauft und ausgesät. Er hätte sich gern noch mehr davon besorgt, scheute aber die große Ausgabe ohne die Zustimmung seiner Teilhaber. Auch wenn sie einwilligten, fürchtete er, würden sie das Risiko nicht richtig einschätzen können. Nach Rudolfs Überzeugung mußte der Assam-Tee einen sehr hohen Preis auf dem Markt erzielen, um die Produktionskosten einzubringen.

Beim Cinchona-Anbau gab es andere Probleme. Da immer mehr Unternehmen Chinarinde anbauten, konnte in absehbarer Zeit eine Überproduktion entstehen, die für die Chininfabrikanten und Apotheker ein Vermögen abwarf, die Pflanzer aber zwingen würde, die Rinde zu ständig fallenden Preisen auf den Markt zu bringen. In diesem Fall würde die Cinchonakultur erst dann Gewinn abwerfen, wenn das Chinin von den Unternehmern selbst oder in ihrem Auftrag in eigenen lokalen Fabriken hergestellt wurde. Verglichen mit den Unterhaltskosten der Teegärten waren die der Cinchona-Plantagen minimal, auch die Bearbeitung der Rinde war weniger aufwendig. Die sechs Kisten Astrinde aus Rudolfs erster Ernte hatten die Unkosten der Anpflanzung reichlich gedeckt und damit seine kühnsten Erwartungen übertroffen.

Da der Sulfatgehalt der einzelnen Bäume stark schwankte, schickte Rudolf seinem Vater eine Probe geschabter Rinde von einem Baum, den er aus einem Ledgeriana-Steckling gezogen hatte. Sollte die Laboruntersuchung die hochwertige Qualität der Sorte bestätigen, so wollte er ausschließlich die Samen dieses Baumes zur Weiterzucht verwenden.

Von Zeit zu Zeit kam August, der mit denselben Problemen kämpfte, von Ardjasari herüber. Hochgewachsen und elegant gekleidet, von Kopf bis Fuß ein «country gentleman», dazu geistreich und gutherzig (die Jungen schwärmten für ihn), brachte er einen Hauch der großen Welt nach Gambung. Neben ihm fühlte Rudolf sich wie ein Hinterwäldler.

Mit Gefühlen, in denen sich Neid und Melancholie vermischten, lauschte Jenny Augusts Berichten über die Pferderennen und Feste, über die Toiletten der Gattinnen der höheren Beamten und Militärs, über Tilburys, Hansomcabs und andere elegante, mit edlen Pferden bespannte Wagen, die von den Damen eigenhändig gelenkt wurden, über Blumenkorsos und Wohltätigkeitsbasare und die festlichen Diners, die Eduard Kerkhoven für seine Gäste gab, in einem Haus, das er eigens für die Dauer der Rennen in Bandung zu mieten pflegte. Wenn Rudolf ironische Bemerkungen über das aufwendige, mondäne Gehabe machte, das ihn nicht im geringsten interessierte, ja das er im Gegenteil mied wie die Pest, dann stiegen Zorn und Enttäuschung in Jenny auf: Warum fragte er niemals nach ihrer Meinung? Warum hielt er es für selbstverständlich, daß ihr, wie ihm selber, nichts an Unterhaltung und Vergnügen lag? Sie nahm sich vor, ihr Leben künftig anders einzurichten. Nach längerem Überlegen zog sie die junge, flinke Hausbabu Nati, ihre rechte Hand, die sie selbst erzogen hatte, ins Vertrauen und schickte sie zum Basar in Tjikalong, um jene Sorte *djamu* zu kaufen, die ihr vor Jahren die dreiste Besucherin empfohlen hatte. Von nun an setzte sie die Kräuter im Kampf gegen den Storch ein.

Sie mußte dringend zum Zahnarzt, was eine Fahrt nach Batavia bedeutete. Da die Eisenbahnlinie bis Bandung fertig war, konnte sie die Reise ohne Rudolf antreten. Mit Emile und seiner Babu saß sie nur acht Stunden im Zug, ein Gipfel modernen Komforts, verglichen mit den früheren Expeditionen, an die sie sich nur zu gut erinnerte. Viel Gelegenheit, die schönen Aussichten von den Viadukten über das Bergland zu genießen, blieb ihr jedoch nicht, denn das Kind war quengelig, es litt unter der Hitze im Waggon und weinte fast unaufhörlich. An jeder Station mußte sie aussteigen, um den Jungen zu waschen und ihm die Windeln zu wechseln.

Der Aufenthalt in der Stadt war für sie der Himmel auf Erden. Sie wohnte bei einer Freundin aus ihrer Mädchenzeit in einem geräumigen Haus am Koningsplein, in der Nähe von Gang Scott. Staunend betrachtete sie die Möbel in den Wohnungen ihrer Freunde, die Gärten, die Geschäfte, die neuen Wohnviertel im Süden. Sie legte Blumen auf das Grab ihres Vaters und machte Besuche bei bekannten Familien, vor allem bei Rudolfs Verwandten wie den Denninghof Stellings und den Van den Bergs. Sie kaufte einen Sonnenschirm und offene Schuhe, Dinge, mit denen sie auf Gambung absolut nichts anfangen konnte. Beim Zahnarzt lernte sie eine der Segnungen der modernen Wissenschaft kennen: das Lachgas.

Als sie wieder nach Gambung zurückgekehrt war, stimmte sie der Gedanke an all das Schöne und Moderne, das sie «unten» gesehen hatte, mißmutig und traurig. Wie ärmlich war ihr Haus, wie sehr stach ihr Leben von dem ihrer Freundin in der Stadt ab! Sie war oft ausfallend zu den Bedienten und ungeduldig mit den Kindern. Wenn die Kleinen bei regnerischem Wetter drinnen spielen mußten und über den Bretterboden tobten, daß das ganze Haus dröhnte, hätte sie laut schreien können.

Rudolf war zufrieden: Endlich ein Glückstreffer! Die Kaffee-Ernte in den Gärten, die er bislang als Nebeneinkunft betrachtet hatte, erreichte plötzlich überwältigende Ausmaße: pro Tag bis zu fünftausend Pfund Bohnen! Die ganze Bevölkerung von Gambung pflückte Kaffee. Die Männer trugen die schweren Körbe zur Halle, wo die Schälmaschine stand, gingen zurück, pflückten weiter und brachten abermals die Ernte ein, während die Frauen und Kinder bei den Sträuchern blieben, bis die Sonne unterging. Die Schälmaschine lief bis zum späten Abend, angetrieben durch ein Wasserrad, das Rudolf aus Rasamala-Holz gebaut und eigentlich dazu bestimmt hatte, die Kreissäge in der Kistenwerkstatt in Gang zu halten. Solange gearbeitet wurde, stand er in der Halle und paßte auf, daß beim Einfüllen der Kaffeemengen die Maschine nicht verstopft wurde. Innerhalb von vierzehn Tagen hatte er sechzig *pikul* mehr geerntet, als er zuvor geschätzt hatte. Seit der Transport ab Bandung mit der Bahn erfolgte, erreichte die Ware viel rascher ihren Bestimmungsort: in sechs Wochen statt in vier Monaten wie noch 1880.

Es kränkte Rudolf, daß sein Vater die Geschäfte auf Gambung immer noch negativ bewertete. Er hoffte, daß seine Eltern noch einmal die Reise nach Ostindien antreten und mit eigenen Augen sehen würden, um wieviel größer der urbar gemachte Boden, um wieviel besser die Fabrikhallen auf Gambung eingerichtet waren als 1880. Am schmerzlichsten traf es ihn, daß er sie nicht von den Veränderungen und Erneuerungen überzeugen konnte, die er im Laufe der Jahre ersonnen und ausgeführt hatte, sowohl bei der Teeverarbeitung als auch beim Okulieren der Ledger-Reiser auf minderwertigere Stämme – kurzum, daß er kein Verständnis fand für sein gesamtes Streben nach Qualitätsverbesserung und für die Experimente, die dazu nötig gewesen waren.

Rudolf hatte ein stabileres *tampir*-Modell sowie stapelbare Kisten für die Teeverpackung entworfen – Dinge, deren Wert seine Pflanzerkollegen im Preanger durchaus zu schätzen wußten. Der vor kurzem in Bandung gegründete Landwirtschaftliche Verband bot ihm den Vorsitz an; er freute sich über die Auszeichnung, lehnte aber dankend ab, weil er für die damit einhergehenden Reisen und Versammlungen weder Zeit noch Geld hatte; die Herren hielten ihren *kumpulan* bevorzugt während des Rennens, den teuersten Wochen des Jahres.

Der Vorwurf, er sei nicht auf der Höhe der Zeit, den Henny und Van Santen ihm manchmal machten, kränkte ihn um so mehr, als sie zugleich allerlei Bedenken und Einwände vorbrachten, wenn er um ihre Zustimmung bat, teure, aber unentbehrliche Maschinen anzuschaffen, die August auf Ardjasari längst besaß.

Van Santen drängte außerdem auf Bezahlung der fälligen acht Prozent Zinsen des Arbeitskapitals, das er seinerzeit vorgeschossen hatte. Weil er nach den Statuten des Geschäftsvertrags ein Anrecht auf diese sieben- bis achttausend Gulden pro Jahr hatte und weil die Gesamtsumme zu schwindelerregenden Höhen aufzulaufen drohte, begann Rudolf mit der Tilgung. Dank der guten Kaffee-Ernte war ihm das möglich, ohne daß er an den Rand des Bankrotts geriet. Diesmal war Sancta Arabica seine Schutzheilige.

Im November 1885 kam unerwartet Marie Roosegaarde aus Holland zurück. Als Grund ihres Besuchs gab sie an, sie wolle alte Bekannte in Batavia und Buitenzorg, vor allem aber ihre

Schwester Jenny wiedersehen. Rudolf vermutete, daß Marie die Reise in der Folge einer jener stürmischen Gefühlswallungen angetreten hatte, die man von ihr gewohnt war. Er faßte sich ein Herz und holte sie in Bandung vom Zug ab. Von dem Augenblick an, da er sie aussteigen sah, wußte er, daß etwas nicht stimmte. Sie war unverändert schön, aber sehr nervös und verspannt. Als sie im leichten Wagen nach Tjikalong fuhren, gefolgt von einem zweiten mit den Koffern, redete sie entweder aufgeregt, ständig das Thema wechselnd, so daß Rudolf nicht zu Wort kam, oder sie starrte stumm und mit abgewandtem Gesicht hinaus. In Tjikalong warteten die Stallburschen mit Pferden für die letzte steile Wegstrecke nach Gambung. Erst als sie durch die Teegärten, an den Fabrikhallen und am Kampong entlang zum Verwalterhaus ritten, stellte sie Fragen und machte erstaunte Bemerkungen, die in Rudolf den Verdacht weckten, sie sei aus den Niederlanden gekommen mit dem Auftrag, sich beiläufig umzusehen, wie es um die Geschäfte des Unternehmens stand. Als sie erwähnte, daß sie kurz vor ihrer Abreise noch Van Santen und die Hennys getroffen hatte, war er sich ziemlich sicher.

Es entging ihm nicht, daß sie bei Jennys Anblick erschrak. Weinend fielen sich die Schwestern in die Arme. Der Rest des Nachmittags und Abends verging mit dem Auspacken der Geschenke, die «Tante Malie» mitgebracht hatte. Die freudige Aufregung der drei kleinen Jungen drängte alles andere in den Hintergrund.

«Mein Gott, du siehst schlecht aus, Jenny! Du bestehst ja nur noch aus Haut und Knochen!»

«Ich habe oft Magenbeschwerden. Ich kann fast nichts vertragen.»

«Dann tu doch was dagegen. Geh zu einem guten Arzt in Batavia!»

«Was soll mir da ein Arzt helfen. Wir haben große Sorgen.»

«Euer Land sieht so reich aus. Aber warum wohnt ihr noch

immer so armselig? Ist das wirklich nötig? Diese billigen Rattanmöbel! Dieser Bretterboden! Ich spüre die Zugluft durch die Matten hindurch.»

«Wenn Ru erst besser verdient und Tantiemen vom Gewinn bekommt, werden wir uns bestimmt neue Sachen kaufen. Ich kann es kaum erwarten. Ru braucht auch einen Assistenten. Und ich will ein gutes Kinderfräulein, das den Buben Unterricht geben kann. Aber noch ist es nicht soweit.»

«Von Cateau habe ich gehört, daß du ein Piano bestellt hast. Dafür habt ihr offenbar Geld.»

«Das ist *mein* Geld, Marie. Die Zinsen meines Erbteils. Es ist wichtig, daß die Kinder Musik hören und singen lernen. Sie müssen ohnehin so viel entbehren.»

Jenny und Marie saßen in der Succirubra-Pflanzung wie in einer Gartenlaube. Die glatten, dünnen Stämme trugen Laubkronen aus breiten, glänzenden Blättern, oben grün, an der Unterseite tiefrot gefärbt. Die Schwestern hatten Pisangblätter nebeneinander auf den Boden gelegt, damit ihre Sarongs nicht schlammig wurden. Die Kinder rannten zwischen den Bäumen hin und her.

«Marie, sag mal ehrlich: Warum bist du gekommen? Ist es wegen August?»

«Sie haben gesagt, ich müsse gehen ... Mama und auch deine Schwiegereltern. Ist es wahr, daß August hier noch immer als verlobt gilt? Ich übrigens auch. In Holland wurde ich nirgends eingeladen.»

«Warum hast du August vor vier Jahren so schlecht behandelt, Marie? Warum nur?»

«Ich wollte ihm eine Lektion erteilen. Er war so selbstsicher. Er wußte genau, wie unwiderstehlich er auf alle wirkte. Und weil ich die ‹belle du bal› war, ja, das war ich wirklich, wollte er mich haben. Das schönste Unternehmen, das schönste Pferd, das schönste Mädchen, in dieser Reihenfolge, verstehst du? Er tat so verliebt, er hat damals im Garten in Buitenzorg vor mir auf den

Knien gelegen: Marie, Marie, ich flehe dich an, ich kann nicht warten, ich tue alles, was du willst. Gut, sagte ich, aber ich möchte nicht in der Wildnis leben, ich will etwas von der Welt sehen: Paris, Venedig. Er hat es mir versprochen. Und darauf haben wir unsere Verlobung bekanntgegeben. Aber am nächsten Tag, zu Hause bei Cateau, lachte er über sein Versprechen. Er habe das nur gesagt, um mich küssen zu dürfen. Das konnte ich nicht ertragen. Ich dachte: Wenn er mich wirklich haben will, gibt er nach.»

«Aber Marie, wie kindisch. Wie konntest du so was glauben... Eine solche Reise wäre ganz unmöglich gewesen!»

«Wenn er nachgegeben hätte, hätte ich mich damit abgefunden... vielleicht sogar damit, auf Ardjasari zu leben. Aber ich wollte von ihm hören, daß ich ihm mehr bedeute als sein Unternehmen und seine Pferde, daß er alles für mich tun würde. Aber er hat es nicht gesagt. Und ich konnte nicht nachgeben. Ich konnte einfach nicht.»

«Magst du ihn denn noch?»

«Ach, ich weiß es nicht. Wenn ich das bloß wüßte. Ich denke immerzu an ihn. Aber ich habe ihn schon so lange nicht gesehen.»

«Rudolf meint, ihr solltet euch nicht treffen, solange du hier bei uns bist.»

«Die Leute tratschen schon über uns. In Batavia sagt man, ich hätte klein beigegeben, ist das nicht abscheulich? Hilf mir, Jenny!»

Rudolf hatte hinter dem Haus eine längliche Grube ausheben lassen und Wasser aus dem Bergbach hineingeleitet. Ruutje schwamm jeden Tag darin, Edu und Emile vergnügten sich wie kleine Büffel im seichten Teil des Teichs, der durch den aufgewühlten Schlamm schokoladenbraun war. Jenny und Marie schauten von einer Holzbank aus zu.

«Ich finde, Ruutje ist eigentlich schon zu groß, um nackt herumzulaufen», sagte Marie. «Es macht keinen guten Eindruck.»

«Ach komm, Marie. Du hast mir selbst erzählt, daß du zu

Hause Henri und Constant badest. Beide sind doch älter als unser Ru. Das wundert mich. So große Jungen! Das gehört sich doch nicht.»

Marie errötete. «Für mich sind es noch Babys. Ich kann sie so schön knuddeln. Euer Ru ist ein kleiner Mann. Er redet auch schon so vernünftig. Unsere kleinen Brüder sind anders.»

«Wie meinst du das?» fragte Jenny leise. Sie sahen einander an. Marie zuckte die Achseln.

«Constant ist ein Engelchen ... nun ja ... Herman ist sehr schwierig und macht Mama viel Kummer. Und Frits, ach, das weißt du ja selbst. Der ändert sich nicht mehr. Das ist das Daendels-Blut, wir können nichts dafür. Sei froh, daß deine Kinder so gut geraten sind.»

Die Schwestern saßen auf der vorderen Veranda und nähten aus der roten Seide, die Marie mitgebracht hatte, eine Kebaja für Jenny.

«Weißt du, daß ich ein ganzes Jahr lang mit keiner Frau geredet habe? Nur mit Engko und Nati und der Frau des Djurutulis.»

Marie legte ihre Hand auf die von Jenny. «Vielleicht bleibe ich länger in Ostindien.»

«Was höre ich da?» sagte Rudolf, der aus dem Büro kam. «Übrigens ein ziemlich teurer Spaß, so eine Urlaubsreise ans andere Ende der Welt.»

«Ich bezahle sie selber, von meinem Erbteil. Ich will Spaß haben für mein Geld.»

«Wenn du es gut anlegst, wie ich es für Jenny getan habe, bekommst du Zinsen. Dann wächst dein Kapital.»

«Wachsender Tee, wachsende Chinarinde, wachsendes Kapital. Das ist das einzige, was dich interessiert», sagte Marie aufbrausend. «Sieh dir doch Jenny an, wie sie aussieht! Und der Regen, der Regen, der schreckliche Regen jeden Tag! Kein Wunder, daß ihr so oft erkältet seid und Fieber bekommt, wie ich von Jenny höre.»

Jenny schüttelte den Kopf. Als sie merkte, daß Marie das Thema fortzusetzen gedachte, stand sie auf und ging auf die schmale hintere Veranda, wo die Kinder Seifenblasen machten.

Marie fuhr nach Buitenzorg und Batavia, wo sie bei alten Bekannten eingeladen war.

«Hier ist es mir zu still! Dann habe ich meine Abendkleider wenigstens nicht umsonst mitgenommen!» rief sie mit gespielter Leichtfertigkeit aus dem Fenster des Zugabteils zu Rudolf, der sie zum Bahnhof gebracht hatte. Doch einen Monat später stand er wieder dort, um sie zum zweitenmal abzuholen. Mit gemischten Gefühlen hörte er, daß August sie in Buitenzorg besucht und bei einem Diner neben ihr gesessen hatte. Sie hatten sogar zusammen getanzt.

«Und jetzt will er ab und zu von Ardjasari nach Gambung herüberkommen.»

«Was soll daraus nur werden?» sagte Rudolf unter vier Augen zu Jenny. «Ich finde, August ist sehr unvorsichtig.»

Jenny dachte zufrieden an einen Brief, den sie vor einigen Wochen heimlich mit einem Kuli nach Ardjasari geschickt hatte.

Doch August ließ auf sich warten. Endlich kam er eines Morgens, als sie noch beim Frühstück saßen, auf seinem Sandalwood aus dem Tal des Tji Enggang heraufgeritten. Er trank eine Tasse Kaffee und bat Marie, mit ihm spazierenzugehen. Jenny sah sie in der Allee mit den Baumfarnen am Rande des Urwalds verschwinden. Sie blieben lange fort.

Daß sie sich endgültig getrennt hatten, wurde deutlich, als das Paar wieder im Laubtunnel auftauchte, August mit starrem Gesicht, Marie totenbleich. Jenny dankte dem Himmel, daß Rudolf in den Gärten war und die Kinder unter der Obhut Engkos in ihrem «Schwimmbad» planschten, denn kaum hatte August dem Haus den Rücken gekehrt, als Marie alle Selbstbeherrschung fahren ließ, sich schreiend und schluchzend auf den Boden warf und mit den Fäusten auf den Brettern hämmerte. Zusammen mit der erschrocken herbeigeeilten Nati stellte Jenny sie schließlich auf die Beine und führte sie ins Schlafzimmer.

«Warum soll ich weiterleben? Was hat das noch für einen Sinn?»

«Schäm dich!» sagte Jenny und befeuchtete Maries Stirn. «So etwas darfst du nicht sagen.»

«Denkst du niemals daran? Wir alle sind unglücklich. Rose wollte auch schon einmal ins Wasser gehen. Soll ich für den Rest meines Lebens auf meine schwachsinnigen Brüder aufpassen? Aus Höflichkeit sei er nach Buitenzorg gekommen, sagt er, stell dir das vor! Aber wir haben dort Walzer getanzt und unter vier Augen miteinander geredet. Jetzt wissen alle, daß er mich nicht haben will. Wer wird mich jetzt noch nehmen?»

«Marie, ich bin ganz sicher...»

«O ja, natürlich», sagte Marie verächtlich. «In Holland gibt es einen, der mich nehmen würde... der Sohn einer Freundin von Mama, ein braver Kerl. Er will ins Tabakgeschäft. Aber mein Gott, wie soll ich mit diesem Mann leben, jahraus, jahrein, und das in Deli auf Sumatra! Nur damit ich keine alte Jungfer werde? Dann lieber sterben.»

«Du wirst sicher noch dein Glück finden. Du hast es verdient.»

Marie fing an zu lachen, aber ihr Lachen jagte Jenny größere Angst ein als ihre Weinkrämpfe vor einer Stunde.

Vor Unruhe konnte Jenny in der folgenden Nacht nicht schlafen. Sie schob das Moskitonetz zur Seite und tastete nach der Kerze auf dem Nachtschränkchen. Emile lag zusammengerollt unter der Decke in seinem Bettchen und atmete ruhig. Sie schaute ins Nachbarzimmer, wo Ru und Edu schliefen; auch da war alles still. Wie immer hing in der Luft der vertraute Geruch von Kokosöl, mit dem sich Engko die Haare einrieb.

Im Gästezimmer saß Marie beim Schein des Nachtlichtes auf der Bettkante und hielt ein Glas Wasser in der Hand. Auf dem Tisch lagen beschriebene Papierblätter.

«Was tust du da?» flüsterte Jenny.

«Laß mich, geh weg. Bitte, geh weg.»

«Was ist das für ein Zeug?» Jenny griff nach dem Tütchen mit Pulver, das Marie unter das Kopfkissen schieben wollte. «Bist du verrückt geworden?» Sie schlug Marie ein paarmal kräftig ins Gesicht, links und rechts, kniete sich dann neben sie vor das Bett und legte die Arme um sie. Marie begann lautlos zu weinen.

«Das ist meine Strafe. Alles, was mir zustößt, ist eine Strafe.»

«Aber sag doch, wofür?»

«Als Constant geboren war ... Mama hatte solche Angst, noch ein Kind zu bekommen ... Die Dienstmädchen sagten, auf dem Basar gebe es eine *nènèk*, die *obat* verkaufe ... gegen die Lust ... verstehst du? Und dann habe ich jeden Morgen, wenn Rose und ich mit Papa Kaffee tranken, ein Löffelchen davon ... Ich wollte Mama nur helfen, ich dachte: Wenn Papa nicht mehr ... Die Frau im Basar sagte: Wer dies nimmt, kommt zur Ruhe. Aber jetzt weiß ich, daß davon das Herz stehenbleibt.»

Während eines Besuches der Cinchona-Plantagen auf der Hochfläche von Pengalengan bemerkte Rudolf mit Staunen, daß die Verwalter und europäischen Aufseher bei der Arbeit Waffen trugen. Es hieß, im Preanger drohe die Gefahr eines Aufstands der einheimischen Bevölkerung.

Rudolf war der Überzeugung, ein Pflanzer, der seine Leute gerecht und korrekt behandelte, brauche sich keine Sorgen zu machen. Angst und Mißtrauen zu zeigen, indem man mit einer Waffe herumlief, erschien ihm absolut fehl am Platz.

Auf einem Unternehmen oberhalb von Buitenzorg kam es zu

einer blutigen Schlägerei – mit vierzig Toten und siebzig Verletzten. Rudolf schrieb diese Katastrophe dem unverantwortlichen Vorgehen des Besitzers zu, der, wie er gehört hatte, im Laufe weniger Jahre über siebenhundert Einwohner auf seinem neuntausend Bouws großen Besitz wegen Fernbleiben von der Arbeit und anderer Delikte vor das Landesgericht gebracht hatte.

In Pflanzerkreisen behauptete man, daß eine fanatische Moslemsekte das Volk gegen die ungläubigen weißen Herrscher aufhetze und daß Zusammenhänge zwischen diesen Umtrieben und den Zuständen in Atjeh bestünden, wo weder Krieg noch Frieden war.

Rudolf erinnerte sich, daß ihm 1874 der Assistent des Wedanas in Tjikalong etwas erzählt hatte, das er damals für höchst unglaubwürdig hielt und das ihm auf sein Nachfragen hin niemand bestätigen konnte: daß Karel Holle im geheimen Auftrag der Regierung eine Rundreise durch den Archipel gemacht habe, um die Gesinnung der moslemischen Führer zu erkunden. Später erfuhr Rudolf, daß Karel Holle in der fraglichen Zeit tatsächlich mehrere Monate lang nicht auf seinem Unternehmen Waspada war; aber niemand, auch nicht Rudolfs Vater oder Eduard Kerkhoven von Sinagar, konnten ihm Näheres darüber mitteilen.

Obwohl er keinen Augenblick lang fürchtete, daß auf Gambung Unruhen ausbrechen könnten, beschloß er, sich der Ordnung und der Sicherheit seiner Familie halber bei demjenigen Verwandten zu erkundigen, der sich mit der ostindischen Moslemgemeinschaft hervorragend auskannte.

Seit vielen Jahren war er nicht mehr auf Waspada gewesen. Wie immer entzückte ihn die herrliche Lage des Unternehmens. Von Karels hochgelegenem Gedung am Berghang des Tjikuraj hatte man einen freien Blick über die nach allen Seiten abfallenden, terrassenförmigen Gärten mit einer Gesamtfläche von etwa zweihundert Bouws, die fast aussahen wie Reisfelder.

Karel Holle empfing Rudolf in seinem Büro, das auch als Studierzimmer diente: ein überfüllter Raum voll überquellender Bücherschränke und mit Papierhaufen beladener Tische. Auf dem Boden lagen Bruchstücke eines steinernen Pfostens oder einer Säule. Rudolf erkannte darauf eine Inschrift in altjavanischen Schriftzeichen. Davor saß Karel Holle auf einem Schemel, in der Hand eine Lupe. Rudolf fand, daß er stark gealtert war. Von seinem einst so imponierenden Auftreten war nicht mehr viel zu spüren. Die vielen sundanesischen Hausgenossen (Diener oder Schüler?), die ein- und ausgingen, ihm Tee und Erfrischungen brachten, im Bücherschrank oder unter den Papieren auf den Tischen nach etwas suchten, behandelten ihn mit Respekt, aber mehr wie einen betagten Vater denn als einen Gebieter. Rudolf wußte, daß er im Umgang mit Cousin Karel den einheimischen *adat* beachten mußte, und hörte sich geduldig dessen ausführliche Erläuterung der Inschrift an, mit deren Entzifferung er beschäftigt war: aller Wahrscheinlichkeit nach eine Lobhymne auf einen fürstlichen Feldherrn aus der Zeit des Königs Airlangga. Erst als Karel ihn nach dem Grund seines Kommens fragte, konnte das Gespräch beginnen. Karel sagte, daß es in einer bestimmten moslemischen Sekte tatsächlich aufrührerische Tendenzen gebe, nicht jedoch unter den Leuten seines Freundes, des *penghulu* Radèn Hadschi Mohammed Musa; im Gegenteil, Musa trete den Ansichten der Unruhestifter schärfstens entgegen. Seiner Meinung nach stammten sie aus den Kreisen jener einheimischen Regenten, die sich durch die Reformen des Gouvernements benachteiligt fühlten. Musa selbst hatte viele persönliche Feinde unter ihnen, weil er 1871 bei der Einführung der neuen Agrargesetze die niederländische Obrigkeit unterstützt hatte.

«Das Tragikomische an der Situation ist, daß sie eigentlich gar keinen Grund haben, Musa zu hassen, denn von den geplanten Reformen werden herzlich wenige verwirklicht. Nun ja, mir hat das Gouvernement seinerzeit versichert, man werde der Bevölkerung höhere Preise für ihre Produkte bewilligen; die Leute haben damit gerechnet, denn wirtschaftlich waren sie darauf angewiesen. Doch die Preiserhöhung ist ausgeblieben, und meine Vorschläge zur Einrichtung neuer Schulen hat die Regierung ebenfalls auf die lange Bank geschoben. Ein Schritt zurück! Der alte Zustand droht sich einzustellen: Ostindien als Kolonialgebiet mit einer Bevölkerung, die die Arbeit in den Kulturen als Zwangsarbeit empfindet. Um vor meinen Leuten auf Waspada nicht das Gesicht zu verlieren, habe ich ihnen aus eigener Tasche bezahlt, was die Regierung nicht bewilligt.»

Karel Holle meinte, man müsse das Blutbad auf der Plantage oberhalb von Buitenzorg als einen außer Kontrolle geratenen Protest der Eingesessenen gegen die allzu drückenden Lasten ansehen, nicht als ein Symptom allgemeiner religiös begründeter Rebellion, obwohl er nicht ausschloß, daß die bewußte Sekte die Unruhen für sich ausnutzen wollte.

«Der Geschäftsführer jener Plantage ist kein schlechterer Djuragan als die meisten anderen Privatunternehmer. Tatsächlich kümmert er sich nicht um die Geschäfte, wohnt meistens außerhalb und läßt seinen Angestellten, vor allem den einheimischen und chinesischen Aufsehern, freie Hand. Sein größter Fehler war es, daß er den *adat* auf seinen Reisfeldern nicht beachtet hat, daß nämlich der Reis nur von den ansässigen Familien und ihren Verwandten geerntet werden darf. Er hat fremde Arbeiter angeworben; dadurch wurde der Anteil der eigenen Leute zu klein für ihren Eigenbedarf. Die ganze Geschichte ist ein Menetekel an der Wand. Ich bin gespannt, wie das Gouvernement darauf reagiert.»

«Cousin Karel, stimmt es, daß Sie seinerzeit in geheimem Auftrag eine Rundreise gemacht haben, sogar bis nach Borneo und Singapur?»

Karel Holle seufzte. «Auch das war vergebliche Mühe, wie mir scheint. Mein guter Freund James Loudon, der damalige Generalgouverneur, hatte mich losgeschickt, um herauszufinden, wie man in den Kreisen gläubiger Moslems über die kriegerische Expedition im Atjeh-Gebiet dachte. Es wurde behauptet, die Moslems würden die Gelegenheit ergreifen, um den Niederländern im ganzen Archipel den Heiligen Krieg anzusagen. Ich konnte Loudon berichten, man stehe trotz der Ereignisse in Atjeh noch immer auf unserer Seite. Wiederholt wurde mir versichert, wir könnten uns durch Gerechtigkeit und Humanität behaupten. Aber bedenke, daß ich es mit den gebildeten, reformfreudigen Kreisen der moslemischen Welt zu tun hatte, nicht mit Fanatikern oder Sprachrohren der einheimischen Fürsten, die ihre Oberhoheit über die einheimische Bevölkerung wiedergewinnen wollten. – Aber lassen wir dieses Thema. Mir wird übel, wenn ich an die ‹niederländische Linie› in Atjeh denke, an die Verteidigungsfront um die unsinnige Enklave, die zu nichts dient als zur Demoralisierung der Besatzungstruppen und als Brutstätte für Epidemien.»

Karel Holle erkundigte sich nach Gambung, nach Rudolfs Familie, nach den Aussichten seiner Tee- und Cinchona-Plantagen und nickte zustimmend, als Rudolf schilderte, wie er durch eine spezielle Bestäubungsmethode Cinchona-Samen bester Qualität zu bekommen hoffte.

«Du leistest schwere Arbeit auf deinem Land. Eine harte Aufgabe für einen einzigen Mann. Eduard bildet zur Zeit auf Sinagar einen Gehilfen aus, Ru Bosscha, einen Sohn des Professors in Delft.»

«Ich weiß, ich kenne ihn gut», sagte Rudolf. «August hat als Kostschüler bei den Bosschas gewohnt. Ru war damals noch ein kleiner Junge. Ich hatte Mitleid mit ihm, weil er einen verkrüppelten Fuß hatte und einen Schuh mit erhöhtem Absatz tragen mußte.»

«Sieh zu, daß du den anstellst. Endlich mal kein feiner Pinkel, sondern ein tatkräftiger junger Mann.»

«Wie ich höre, hat er das Ingenieurdiplom nicht geschafft, und ein lahmer Fuß ist auch nicht gerade ein Vorteil bei der Arbeit.»

Karel Holle sah ihn nachdenklich an, bevor er antwortete: «Ich habe ihn gesehen und mit ihm gesprochen, als ich neulich in Buitenzorg war. Er ist aus gutem Holz geschnitzt. Wenn ich hier bliebe, würde ich ihn zu mir nach Waspada holen.»

«Sie gehen fort?» fragte Rudolf verwundert.

«Ich muß Waspada verkaufen. Ich kann nicht länger bleiben, meine Mittel reichen nicht mehr für eine gewissenhafte Bewirtschaftung des Betriebs. Ich bin ausgelaugt. Meine Zeit ist vorbei. Mein guter Freund Hadschi Musa ist krank und wird nicht mehr lange leben. Wir haben den *bibit* gepflanzt, aber die Ernte müssen wir anderen überlassen. Ich habe einmal gehofft, Rudolf, du würdest zu ihnen gehören. Du bist gerecht, deine Leute leben in ordentlichen Verhältnissen, aber was tust du sonst noch für sie?»

«Ich muß drei Söhne großziehen. Und Jenny ist wieder in anderen Umständen. Ich kann mir keine philanthropischen Anwandlungen erlauben.»

«Das ist keine Philanthropie, sondern eine Ehrenpflicht», sagte Karel Holle. Er seufzte. «So ist das.»

Im April 1887 wurde der vierte Sohn von Rudolf und Jenny geboren, Karel Felix, ein winziges, runzliges Kerlchen. Seine Brüder verglichen es mit einer Eidechse: «Wie ein *tjitjak*!»

Noch bevor es ein halbes Jahr alt war, kündigte sein Nachfolger sich an.

«Nein, liebste Mama», schrieb Jenny ihrer Schwiegermutter, «ich kann mich mit unserem fünften Kind noch nicht abfinden. Aber andererseits: Ich gehe ohnehin ganz in den alltäglichsten Dingen auf und habe nur mit Babus und Kindern zu tun – auf eines mehr oder weniger kommt es wohl nicht an. Doch meine liebste Illusion: meine Jungen hier im Hause zu behalten, werde ich wohl aufgeben müssen. Wenn ich mich dem Unterricht der drei ältesten Jungen widmen kann, so schaffen sie es mit Rudolfs Beistand gewiß noch ein Jahr oder länger ohne fremde Hilfe. Aber danach brauchen wir einen Erzieher oder Lehrer, der sie auf die Mittelschule vorbereitet, und das kostet viel Geld, Geld, das wir nicht haben, seit wir so viele Münder füttern. Muß ich also die Kinder, die meine einzige Gesellschaft und Unterhaltung sind, Fremden überlassen? Es bestünde höchstens die Aussicht, daß wir sie selber nach Holland bringen oder sie in einigen Jahren dort besuchen. Aber diese Chance ist äußerst gering. Nein, auch wenn mich die Sorgen manchmal schwer drücken, es würde mich nicht befriedigen, wenn ich mir dadurch Erleichterung und mehr gesellschaftliche Unterhaltung erkaufte, daß ich die Jungen fortschicke. Außerdem sind da noch die Kleinen, die mich ans Haus fesseln. Leider ist von meiner früheren Gesundheit und Ausdauer nicht mehr viel übrig. Hätten wir doch bloß ein größeres Haus, dann ginge es mir gleich viel besser. Stellen Sie sich all die vielen Menschen bei schlechtem Wetter auf unserer kleinen Veranda und im Wohnzimmer vor; es ist manchmal nicht auszuhalten. Die niedrige Zimmerdecke bedrückt mich, die Kälte macht mich schauern. Und dann überkommt mich die Sehnsucht, weit, weit wegzulaufen in den Wald, um dort Stille und Ruhe zu finden. Früher hatte ich Angst vor dem Wald. Jetzt denke ich manchmal: Könnte ich mich dort nur irgendwo hinlegen und schlafen.»

Rudolf an seinen Vater, Januar 1888
«Das beiläufige Angebot von Henny und Cateau, unseren Ru für die Dauer seiner Ausbildung bei sich im Hause aufzunehmen, werden wir freudig annehmen, sobald die Zeit gekommen ist. Ru könnte nirgends besser aufgehoben sein, aber im Moment ist das noch nicht nötig. Er lernt recht gut bei Jenny und mir, und eine Weile kann das noch so weitergehen.»

Postskriptum von Jenny: «Ru und Edu dürfen niemals getrennt werden!»

Das ohne Freude erwartete Kind war ein Mädchen, ein schwacher Trost. Als man Bertha ihren Brüdern zeigte, waren sie noch weniger begeistert als bei Karel. Ru und Edu schauten sie schweigend an. Emile kroch um das große Bett herum zu dem Schwesterchen, das in Mutters Arm lag. «Mein Gott, schon wieder ein *orok*!» sagte er auf sundanesisch mit seiner für einen Vierjährigen merkwürdig tiefen Stimme. «Schon wieder ein Säugling!»

Rudolf beugte sich über Jenny. Sie sah, was ihr bisher noch nicht aufgefallen war: graue Strähnen durchzogen Haar und Bart.

Im Januar 1890 starb Rudolfs Vater. Die Aufteilung der Erbschaft zog sich dahin. Beim anberaumten Familientreffen stellte sich heraus, daß es um Ardjasari wesentlich besser bestellt war, als Rudolf aufgrund seiner selten gewordenen Gespräche mit August vermutet hatte. Seit kurzem war Ardjasari schuldenfrei. August hatte große Pläne für die Erweiterung des Unternehmens; in nächster Zukunft wollte er mehr Chinarinde anpflanzen.

Mit Befremden nahm Rudolf zur Kenntnis, daß sein Vater geglaubt hatte, die Verbesserung und Förderung der Chinarindenkultur auf Java sei vor allem Augusts Verdienst. Die Tatsache, daß er, Rudolf, Cinchona-Bäume von bester Qualität züchtete, und zwar nicht durch die seiner Ansicht nach unzuverlässige und von August noch immer angewandte Technik des

Okulierens, sondern indem er nach einer Methode, die er selbst ausgedacht und entwickelt hatte, allerbesten Ledgeriana-Samen gewann, war offenbar nie zu seinem Vater durchgedrungen.

Verschiedene Verfügungen im Testament gaben Aufschluß über die unverhältnismäßig hohen Erwartungen, die sein Vater in August gesetzt hatte. Daß August seinerseits nichts unternommen hatte, um ihn über den wahren Stand der Dinge aufzuklären, konnte Rudolf verstehen: August wollte heiraten, er hatte ein Auge auf die Tochter des Residenten von Bandung geworfen und konnte jeden Prestigegewinn gut gebrauchen. Dennoch war Rudolf bitter enttäuscht, daß sein Bruder Lob und Vorteile einheimste, die ihm in Wahrheit nicht zustanden.

Rudolf an seine Mutter, August 1890
«... Die Tee-Ernte ist nach wie vor gut, die Preise sind befriedigend. Wenn sowohl Van Santen als auch Henny jetzt August für seine guten Preise Komplimente machen, so fühle ich mich übergangen, denn wir auf Gambung haben für unseren Tee viel bessere Preise und von den Maklern noch zusätzliches Lob bekommen.

Ich darf behaupten, daß wir auf der Auktion die höchsten Durchschnittspreise erzielt haben. Wollen Sie mir den Gefallen tun und den beiliegenden Auktionsbericht Henny und Van Santen zeigen, damit die beiden sehen, daß Gambung Ardjasari in keiner Weise nachsteht... im Gegenteil!»

Es tat Rudolf gut, als ein glücklicher Zufall ihm die Gelegenheit verschaffte, den Kerkhoven-Erben in Holland, also seiner Mutter, Julius, Cateau, Henny und Van Santen die Augen zu öffnen. Der Cinchona-Markt, die öffentliche Meinung und die Zahlen sprachen unverkennbar zu seinen Gunsten.

Rudolf an seine Mutter, 20. März 1891

«... Ein kurzer Bericht über unseren großartigen Erfolg bei der Cinchona-Auktion dieses Jahres. Eine denkwürdige und beispiellose Tatsache in den Annalen dieser Kultur, auf den mehrere Zeitungen hingewiesen haben. Noch nie war eine Rinde mit so hohem Chiningehalt auf dem Markt! Wir lagen um volle zwei Prozent über den Ergebnissen aller anderen Unternehmen. Dies entspricht genau dem, was ich Ihnen vor einiger Zeit geschrieben habe, daß nämlich Gambung bald oben auf der Liste stehen wird. Dabei ist das erst die Ernte von etwa zwanzig Bouws, während ich von derselben Cinchona-Sorte – der besten, die es gibt! – bis jetzt schon etwa weitere hundertsiebzig bis hundertachtzig Bouws angepflanzt habe.

Natürlich werden wir unsere Vorrangstellung nicht lange behaupten können. Ich erliege keineswegs der Illusion, daß wir auch in Zukunft alle Konkurrenten überflügeln. Einige haben mir die Kunst längst abgeguckt. Voraussichtlich werden sie durch gewisse Änderungen noch bessere Ergebnisse erreichen. So geht es zu in der Welt. Die Nachfolger profitieren von den Erfindungen ihrer Vorgänger. Aber nach meiner soeben vollbrachten Spitzenleistung kann niemand mir die Ehre streitig machen, daß ich auf diesem Gebiet der Pionier, der Wegweiser, gewesen bin.»

Jenny an ihre Schwiegermutter, August 1892

«... Ich schreibe Ihnen diesen Brief aus dem Liegesessel, da ich vorgestern eine Fehlgeburt hatte. Ich wußte gar nicht mehr, wie schmerzhaft eine solche Sache ist.

Traurig bin ich darüber nicht, im Gegenteil, ich war sehr niedergeschlagen bei dem Gedanken, die ganze Plackerei mit einem Säugling wieder von vorn beginnen zu müssen, vor allem weil ich hoffe, Ru und Edu selber nach Holland zu bringen.

Ich warte sehnlichst auf die Nachricht, ob Cateau unsere beiden ältesten Lieblinge zu sich ins Haus nehmen kann. Die Trennung von den Jungen geht mir immer mehr zu Herzen. Wenn meine Kinder nicht bei Too wohnen können, die so gewissenhaft und fürsorglich, so vernünftig und sanftmütig ist, möchte ich sie nicht gehen lassen.»

Rudolf an seine Mutter, September 1892
«...Wir hoffen inständig, daß Henny und Cateau sich dazu entschließen, Ru und Edu bei sich aufzunehmen. Ja, wir sehen ein, daß es eine große Belastung für sie wäre, und wissen ihre Großmut zu schätzen, aber ich glaube, daß Ru und Edu zusammen fast weniger Mühe machen als ein Kind allein.»

Rudolf an seine Mutter, November 1892
«...Wie wunderbar, daß sowohl Ihnen als auch Cateau der Aufenthalt in einem Kurort so gut getan hat. Wir waren eine Weile ernstlich besorgt, daß Henny und Cateau wegen Cateaus angegriffener Gesundheit die Jungen nicht zu sich nehmen könnten. Die Nachricht, daß sie ihr selbstloses Angebot aufrechterhalten, war für uns eine große Erleichterung.

Ich habe eine Kabine mit drei Kojen auf der Bromo gebucht, dem besten Schiff des Rotterdamer Lloyd.»

Jenny an ihre Schwiegermutter, Dezember 1892
«...Mit dem Fräulein, das mich während meiner Abwesenheit vertritt, haben wir Glück gehabt. Sie ist eine Tochter des Pastors in Sukabumi, der neunzehn Kinder hat. Die meisten seiner Töchter sind Lehrerinnen geworden.

Wenn nichts dazwischenkommt, legen Ru, Edu und ich am 1. März mit der Bromo ab.»

Für die Kinder auf Gambung flossen die Jahre zu einem Meer der Zeit zusammen. Alle ihre Spiele wurden von der Natur und von den Arbeiten auf der Plantage bestimmt.

Solange sie noch zu klein waren, um auf einem Pony zu sitzen, trabten sie – mit Peitsche und Geschirr Reiter und Roß zugleich – auf dem Rasen vor dem Haus herum; später lernten sie in der Manege hinter den Ställen die Grundlagen der Reitkunst, danach, sattelfest geworden, auf den Pfaden zwischen den Cinchona-Gärten und im Wald alle weiteren Finessen, bis sie als tüchtige Reiter sämtliche Hindernisse nehmen konnten und mit ihrem Pferd über Gräben und gefällte Bäume sprangen. Unter den vielen Reit- und Zugpferden hatten sie ihre Favoriten: den hübschen Falco, die sanfte Amina, den stolzen Hector, den flinken Badjing. Für sie wie für alle anderen war es ein Tag der Trauer, als Odaliske, die alte Schimmelstute ihres Vaters, sich hinlegte und nicht mehr aufstand.

Als kleine Knirpse hockten sie in der Schreinerei in sicherer Entfernung von der Kreissäge, aber bald schon spielten sie mit einer nicht vorhandenen Maschine Zimmermann und ahmten dabei das vertraute Geräusch nach: ne..e..e..eng...! Später bauten sie aus einem Zigarrenkistchen, einer Schnur und einer aus Zinkblech geschnittenen, gezackten Scheibe eine winzige Kreissäge, mit der sie morsches Holz, Papayafrüchte und Papier zerkleinerten. Aus großen grünen Zitrusfrüchten bastelten sie Wasserräder mit Schaufeln, die leere Garnröllchen antrieben. Ein umgedrehter Schubkarren ergab das Mahlwerk für die imaginäre Chinarinde. Als Ru und Edu zwölf und zehn Jahre alt waren, bauten sie auf der hinteren Veranda ein richtiges Wasserrad aus Holz.

Stundenlang gingen sie auf die Jagd. Die großen Stauden vor dem Büro ihres Vaters waren der Urwald, in dem sie mit Speeren nach den im Laub versteckten «Tigern» warfen. Edu trug seit seinem dritten Jahr ein (stumpfes) Messer an der Seite, Ru ab dem sechsten ein echtes *golok* wie die Männer, die im Wald und in den Gärten arbeiteten. Mit einer Fliegenklatsche gingen sie auf Wespenjagd und fingen große Holzbienen in deren Bohrgängen in Pfosten und Balken, wobei sie einen Strohhalm in eine klebrige Flüssigkeit tauchten und die Tiere damit herausstocherten. Sie spielten mit Stöcken und Pusterohren, später mit Spielzeuggewehren und lernten noch vor ihrem zehnten Geburtstag mit dem kleinen Flobertgewehr ihres Vaters umzugehen. Immer hatten sie die Taschen voll Zündhölzer, leeren Schießpulverdosen und Patronenhülsen. In den Cinchona-Gärten schossen sie große Spinnen aus den Netzen in den Bäumen. Als Siebenjähriger traf Ru mehrmals ins Schwarze der Scheibe und lud nach jedem Schuß geschickt die Büchse. Mit zwölf Jahren durften die Jungen am Tontaubenschießen teilnehmen, das ihr Vater hin und wieder zur Unterhaltung für die Budjangs auf dem Gelände hinter den Fabrikhallen veranstaltete. Wenn der Vater einen Panther «geholt» hatte, was immer wieder vorkam, betrachteten sie mit Kennerblicken das tote Tier, dessen Fell präpariert und als Geschenk für die Familie nach Holland geschickt wurde. Mit ihren Hunden (bald besaßen sie eine ganze Meute großer und kleiner Rassehunde und Bastarde) hetzten sie Iltisse und Ratten.

Sie hatten einen zahmen Hahn, den sie, als er starb, in einem Seifenkistchen begruben, und ein Huhn, das «kleine Königin» hieß und deshalb mit einer tiefen Verbeugung gegrüßt werden mußte, wenn sie ihm begegneten.

Sie angelten im Teich am Unterlauf des Tjisondari unter der Anleitung des Gärtners Martasan und ließen Drachen steigen, mit Sastra, dem Obermandur, der sie auch lehrte, die Drachen zu bauen; mit Reispaste klebten sie chinesisches Löschpapier auf zwei Tragleisten aus dünnem Bambus: einen senkrechten «männlichen» und einen waagrechten «weiblichen» Stab. Atemlos lauschten sie den spannenden und gruseligen Geschichten des Oberpflückers Muhiam, eines der ältesten Arbeiter auf Gambung; wie er zum Beispiel auf der kleinen Insel im See, zu der man waten konnte, eine angreifende Schlange erdrosselt hatte – es gab dort viele Schlangen, Kinder waren ihnen nicht gewachsen, also sollten sie sich der Insel fernhalten! Er erzählte von einem riesigen Blutegel, der im selben Teich hauste und den man anlocken konnte, indem man ein Bein ins Wasser hängen ließ, was die Kinder natürlich tunlichst vermieden, wenn sie mit ihrem Floß auf dem See herumfuhren.

Beim Djurutulis und seiner Frau fühlten sie sich wie zu Hause. Es war ein Fest, wenn sie in der Küche neben dem Holzkohlenöfchen hockten und Leckerbissen bekamen, die es in Mutters Vorratskammer nicht gab: *asam*-Kuchen und Kokospudding und vor allem Zuckerrohr, das sie gern lutschten. Der Djurutulis kannte unzählige sundanesische Rätsel, etwa: Was getragen wird, läuft, was trägt, steht still. Die Lösung lautete: der *pantjuran*, die Wasserleitung aus hohlem Bambusrohr. Oder: Das Kind hat ein Jäckchen an, die Mutter ist nackt. Die Antwort: der Bambus mit seinen flaumigen Sprossen.

Ihre innige Zuneigung galt Engko, der Babu, die sie im Slendang getragen hatte, als sie noch klein waren, und die ihnen die ersten Worte Sundanesisch beigebracht hatte, noch bevor sie Niederländisch lernten. Sie liefen zu Engko, die ihnen bei den Knöpfen und Bändern ihrer Kleider helfen mußte und sie tröstete, wenn sie gestürzt waren. Sie bekam als erste die Geschenke zu sehen, die aus den «holländischen» Kisten zum Vorschein kamen. Engko schlief auf einer Matte im Zimmer der Kleinen und leuchtete den Großen mit einer Kerze, wenn sie im Dunkeln zum Bambushäuschen hinausmußten, um ihr Geschäftchen zu verrichten. Sie bewunderten Engko, die ihre brennende Strohzigarette auf der Zunge ausdrücken konnte. Sie kannte geheimnisvolle Sprüche und vertrieb die Schmerzen, indem sie über die wehe Stelle strich oder blies.

Die Mutter mit ihren sanften, hellgrauen Augen liebten sie sehr. Sie wachte über alles, was im Hause geschah, lehrte sie Lesen, Schreiben und Erdkunde (Rechnen lernten sie vom Vater) im Schulzimmer, das auch als Gästezimmer diente und ausgeräumt werden mußte, wenn Besuch kam. Als «Lehrerin» zog Jenny einen Rock und eine weiße Bluse mit einer Schleife unterm Kragen an, guckte streng, teilte Verweise und Strafarbeiten aus und kam ihnen vor wie ein ganz anderer Mensch. Als Edu einmal mit einer Hand voll Kieselsteinen gesagt hatte: Wer mich heute zum Lernen zwingt, kriegt die Steine ins Gesicht, mußte er vierzehn Tage lang nachsitzen und Sprüche abschreiben.

Wenn die Mutter am Piano saß, stellten sich die Kinder um sie auf; sie konnten von den Liedern nie genug bekommen. Abends spielte die Mutter sie in den Schlaf. Sie nannten sie «Muki», manchmal auch «Kätzchen», denn sie wurde sehr böse, wenn sie sich Sorgen machte, und redete laut und streng mit den Dienern, sogar mit Engko, die sich zwar langsam bewegte und vieles vergaß, dabei aber die Güte in Person war. Manchmal sahen die Kinder ihre Mutter im Schlafzimmer auf der Eckbank sitzen und vor sich hinstarren, als schliefe sie mit offenen Augen. Dann machten sie sich still davon.

Zu ihrem Vater sahen sie mit grenzenloser Verehrung auf. Er war der stärkste, der klügste aller Menschen. Mit seinem Gewehr *Si Matjan*, «der Tiger», ging er den gefährlichsten Raubtieren zu Leibe. Er konnte Werkzeuge und Maschinen herstellen und reparieren, wenn sie kaputt waren. Er wußte immer Rat. Von weit her kamen kranke Menschen nach Gambung, um sich von ihm behandeln zu lassen und nach Arznei zu fragen. Ru und Edu standen daneben, als Rudolf einen Mann verband, der sich mit der Kreissäge die linke Hand verstümmelt hatte. Alle glaubten, der Mann müsse sterben, aber nach ein paar Wochen ging er wieder zur Arbeit. Wenn ein Fieber ausbrach, mußte das Volk unter Rudolfs Aufsicht Chinin einnehmen, denn wenn er ihnen die Medizin mitgab, warfen die Leute das bitter schmeckende Zeug fort.

Auch die Kinder wandten sich vertrauensvoll an ihn, wenn sie einen Splitter in den Fingern oder einen Dorn im Fuß hatten oder wenn ihnen etwas ins Auge geflogen war. Mit einer kleinen Kneifzange zog er ihre Milchzähne, später auch die bleibenden Zähne, wenn ein Wattebausch mit Chloroform keine Linderung brachte und der jährliche Besuch beim Zahnarzt in Batavia noch fern war. Und falls der erste Versuch mißlang, lockte sie der Blick des Vaters, die Berührung seiner warmen Hände zurück, und freiwillig sperrten sie die blutigen Münder auf.

Er konnte auch streng sein, besonders bei Übertretungen seiner Verbote, gemeinen Streichen, Betrügereien oder undiszipliniertem Benehmen. Als sie einmal eine Babu plagten, die *latah*, etwas wirr im Kopf war und alles nachahmte, was man ihr vormachte (einmal ließ sie ohne ersichtlichen Grund das Tischgeschirr und einen Eimer voll Wasser aus den Händen fallen), bekamen die Jungen die gnadenloseste Tracht Prügel ihres Lebens.

Zu ihrem Leben gehörten seit 1887 auch die Angestellten des Vaters und die Fräulein, die ihrer Mutter im Haushalt und beim Unterricht halfen. Einige von ihnen blieben nur kurz und hinterließen keine Erinnerung. Unvergeßlich dagegen blieb ein dummer Assistent, der oft weit nach Hause laufen mußte, weil er vergessen hatte, sein Pferd festzubinden oder jemandem zum Halten zu geben, wenn er unterwegs abstieg; oder ein anderer, der wegen Trunkenheit entlassen wurde, zuvor aber den Kindern Spottliedchen wie «Tarara bumdijeh, der dicke Dominee, der fiel in das WC...» beibrachte; oder der Deutsche, der «vorbeigehen» mit «vornübergehen» übersetzte und die Butterdose einen «Fettnapf» nannte; oder das Fräulein, über das sie sich fast totlachten, weil es ständig das schrecklich komische Wort «Schluderarbeit» im Munde führte; oder die fröhliche Dame, von der sie Englisch lernten und die in einem Badeanzug voller Rüschen und Falten mit ihnen in der Schwimmgrube planschte.

Daneben gab es auch geheimnisvolle Dinge, wie die fristlose Entlassung jenes Assistenten, der von den Arbeitern verspottet wurde, weil er die Pflückerinnen in den Teegärten nicht in Ruhe ließ. Wenn man irgendwo über den Sträuchern seinen Hut auf einer Stange sah, müsse man um die Stelle einen weiten Bogen machen, hatte ein Budjang den Kindern erzählt mit einer Geste, die zumindest Ru und Edu zu verstehen glaubten; sie wagten aber nicht, ihre Eltern um eine nähere Erklärung zu bitten. Geheimnisvoll waren auch die aufgeschnappten Gesprächsfetzen, die nicht für ihre Ohren bestimmt waren, über Teegeschäfte, finanzielle Probleme und komplizierte Auseinandersetzungen mit Menschen, die sie nicht kannten, und noch vieles mehr. Besonders gräßlich war die gereizte Stimmung im Haus, wenn es tagelang regnete und sie nicht draußen spielen konnten. Als sie größer wurden, machte ihnen der Regen nicht mehr viel aus; Regen gehörte nun einmal zu Gambung, und die klitschnassen Kleider wurden jeden Abend über dem Holzkohlenfeuer in der Küche getrocknet.

Am liebsten waren die Kinder auf Gambung bei den vertrauten Menschen und Tieren. Wenn sie gelegentlich – immer mit der Familie – auswärts übernachteten, bei Fremden in Bandung oder auf einer anderen Plantage, bekamen sie regelmäßig Bauchweh oder erkälteten sich. Sogar bei Onkel August auf Ardjasari, das sie vor allem wegen Kees, einem zahmen Affen, großartig fanden, hatten sie schon nach zwei Tagen Heimweh nach ihrem Hof mit den Kletterbäumen und der Schwimmgrube, nach Engko, nach den Rasamala-Bäumen, die nirgendwo schöner wuchsen als auf Gambung und Namen trugen wie Si Tumbak, Si Srutut, Si Pièn, Si Bangbung, Si Sentèg und, der größte von allen, Si Dukun, der Zauberer.

Für Ru waren es freundliche Riesen. Einmal, als er allein in der Ecke des Grundstücks stand, wo Si Dukun alle anderen Bäume hoch überragte, und, die Stirn an den Stamm gedrückt, leise zu ihm sprach, bemerkte er plötzlich, daß sein Vater hinter ihm stand. Er erschrak nicht, wurde nur verlegen, denn er sah sofort, daß sein Vater das Reden mit einem «Mala» nicht für verrückt hielt.

«Es sind die schönsten Bäume auf der ganzen Welt.»

«Da gebe ich dir recht. Darum müssen wir sie beschützen. In den Wäldern werden sie wegen ihres wunderbar harten Holzes gefällt. Das bedeutet, daß sie aussterben, wenn keine neuen nachwachsen.»

«Pflanzt man denn keine an? Wie dumm!»

«Doch, man versucht es, aber meiner Ansicht nach geht es so nicht. Die Männer der Forstverwaltung holen die jungen Mala-Pflanzen aus dem Urwald und setzen sie in Schonungen. Das mißlingt meistens, weil die Pflänzchen es nicht lange ohne Erde aushalten. Ich glaube, von den Cinchona-Bäumen her weiß ich, wie man neue Malas züchten kann. Komm mit, ich zeige dir etwas!»

Im Büro nahm Rudolf eine Schachtel aus dem Schrank. Darin lag eine kleine Kugel mit heller, schuppiger Schale.

«Du weißt doch, was das ist?»

«Eine Mala-Frucht. Ich habe mit dem Feldstecher welche im Baum hängen sehen.»

Der Vater schnitt die Kugel mit einem Messer durch: «Drinnen sind lauter kleine Kammern. Und wenn man sie öffnet...»

«Samen!» rief Ru und zeigte auf die winzigen weißen Kerne.

«Das habe ich auch lange Zeit gedacht. Aber es ist mir nie gelungen, aus so einem Ding ein Pflänzchen zu ziehen. Jetzt schau mal durch das Vergrößerungsglas. Siehst du die Schuppen zwischen den Kernen, dünner als das dünnste Löschpapier? Ich nehme jetzt eine mit der Pinzette heraus. In der Mitte ist die Schuppe etwas dicker. Das ist der Samen! Und daraus wächst ein Mala.»

«So ein Riesenbaum aus so einem klitzekleinen Fliegenschiß?» Ru leckte am Finger und tupfte die Schuppe auf.

«Komm, begleite mich zum Cinchona-*ipukan*, daneben habe ich kürzlich ein Rasamala-Beet angelegt. Einige Pflanzen sind schon fast einen Meter hoch. Ich will sie demnächst hier auf dem Grundstück aussetzen.»

«Sie können alles, Vater. Wirklich alles.»

Edu redete zwar nicht mit den Rasamalas, aber er führte Selbstgespräche und mochte es nicht, wenn man ihn dabei störte. Wenn er bemerkte, daß man ihn beobachtete, verstummte er und lief davon. Einmal war er so vertieft in sein Spiel, daß er den Vater nicht kommen hörte.

«Was tust du da? Mit wem redest du?»

Zuerst wollte er nicht antworten, aber Rudolf ließ nicht locker.

«Mit meinen *mentjèks*», sagte Edu trotzig.

«So? Hast du denn Hirsche?»

«Vielleicht zehn. Oder hundert.»

«Und wo sind die jetzt?»

«Sie kommen nur, wenn ich sie rufe. Sie tun alles, was ich will.»

«Was zum Beispiel?»

«Sie pflücken Appels aus den Bäumen.»

«Es heißt *Äpfel*, Edu. Und du weißt genau, daß die bei uns nicht wachsen.»

Mehr wollte Edu nicht sagen, denn er sah, daß die Geschichte seinem Vater nicht gefiel. Daß er manchmal Gespenster und andere gruselige Dinge sah, getraute er sich nicht einmal Ru zu erzählen. Nur Engko wußte davon und verstand ihn, und die Jungen aus dem Kampong, mit denen er manchmal spielte (wenn seine Mutter es nicht merkte, denn sie war strikt dagegen), die noch viel schaurigere Geschichten kannten. Darum hatte er auch so schreckliche Angst im Dunkeln.

Eines Tages, als Emile im Hohlraum unter dem Haus mit jungen Welpen spielte, kam aus einem leeren Blumentopf mit drohend erhobenem Stachel ein Skorpion herausgeschossen. Beherzt brachte er die Hunde in einer Kiste in Sicherheit, bevor er davonrannte und Hilfe holte. Daß ein sonst so tapferes Kind wie Emile sich vor Gewittern fürchtete, fand sein Vater sonderbar. Sobald es in der Ferne zu blitzen und zu rumpeln begann, kroch er unter den Tisch auf der vorderen Veranda oder legte sich im Büro auf das Sofa und zog sich eine Decke über den Kopf. Wenn das Unwetter vorbeigezogen war, rannte er wie verrückt im Haus herum oder machte vor, wie lange er auf dem Kopf stehen konnte.

Das Leben war voller Ereignisse, die Stadtkinder niemals kennenlernen. Daß ihre Altersgenossen in Bandung und Batavia sie befremdet ansahen und sogar verspotteten, weil sie auch in der Stadt am liebsten barfuß liefen, kümmerte sie nicht. Auf Gambung brauchten sie die «ekelhaft» warmen holländischen Kleider und Schuhe nur anzuziehen, wenn Besuch kam, sonst liefen sie in Baumwolljäckchen und -höschen herum, auch die kleine Bertha. Oft streiften sie mit dem Vater durch den Urwald, und es war nichts Außergewöhnliches, wenn ihnen dort ein ganzes Rudel Wildschweine begegnete, das nach allen Seiten auseinanderstob, wenn Rudolf das Knurren eines Panthers nachahmte. Einmal rüttelten sie im Spiel zufällig an den Pfosten der vorderen Veranda, als im selben Augenblick ein Erdbeben das ganze Haus erschütterte. Nach dem Ausbruch des Vulkans Galunggung fegten die Kinder in der grau bedeckten Landschaft eine dicke Aschenschicht von den Blättern der Bäume und Sträucher, und nach einem Hagelschauer wurde dieselbe Landschaft schneeweiß. Sie wußten, wie der Tee gepflückt und Cinchona-Bäume okuliert wurden, und durften mithelfen, die Rinde abzuschälen. Wenn sie wollten, konnten sie ihr tägliches Duschbad im Regen nehmen, pudelnackt draußen auf dem Rasen oder unter dem dikken Wasserstrahl, der an der Ostseite des Hauses aus der überlangen Regenrinne schoß. Mit zwölf Jahren besaßen sie alle (außer Bertha natürlich) ein einläufiges Gewehr aus Paderborn; ihr Vater hatte Dutzende Panther erlegt, einmal sogar einen Königstiger, von dem niemand wußte, wie er sich in die Berge verirrt hatte, ein gewaltiges gestreiftes Exemplar, das Vaters Jagdhelfer Martasan und Artaredja, nachdem es steif geworden war, im Teeschuppen aufgestellt und an einen Pfahl gebunden hatten – die Sortiererinnen fielen vor Schrecken fast in Ohnmacht, als sie hereinkamen. Wenn Ru und Edu danach mit ihrem Vater durch Tjikalong ritten, riefen die alten Weiblein auf dem Basar ihnen nach: «*Kumaha, djuragan, badè njandak deui?* Wie steht es, Herr, wann gehen Sie wieder einen holen?»

Sie hatten eine Menge Onkel: Da war der fröhliche Onkel August von Ardjasari, der hübsches chinesisches Feuerwerk für sie mitbrachte, sich aber nicht mehr oft sehen ließ, seit er mit einer weniger netten Tante, einer Tochter des Residenten von Bandung, verheiratet war; Onkel Julius, den sie Onkel Bandjar nannten, weil er im gleichnamigen Städtchen bei der Eisenbahn arbeitete und ihnen am Nikolaustag Pakete mit Süßigkeiten schickte. Sie hatten außerdem einen Großonkel Eduard, über den zu Hause oft gesprochen wurde, aber nur Ru hatte einmal den Vater nach Sinagar begleiten und dort auf Onkels zahmen Elefanten reiten dürfen. Der Onkel war berühmt, er bekam Besuch von hochgestellten Persönlichkeiten, einem Prinzen, einem Erzherzog. Seine Pferde gewannen sämtliche Rennen. Dann gab es noch den Onkel Udo de Haes, den Mann ihrer Tante Marie, der nur kurz bei ihnen gewohnt hatte, den sie aber nie vergaßen, weil er wie ein echter Hase mit den Ohren wackeln konnte; und Onkel Frits, ein Bruder ihrer Mutter, der auf Gambung wohnen und in der Fabrik helfen sollte, aber bald wieder fortging, weil er, wie ihr Vater sagte, einen «Dachschaden» hatte und tagelang sein Zimmer nicht verließ. Und da war noch ein Onkel, eigentlich ein entfernter Verwandter, den sie Boska nannten – er war verkrüppelt und ging an einem Stock, hatte aber ungewöhnlich starke Arme, stärker noch als die ihres Vaters. Aber alle diese Onkel sahen sie nur selten, im Gegensatz zu dem unechten Onkel Mijnheer Van Honk auf Riung Gunung, der oft zu ihrem Vater herüberkam und mit ihm über Cinchona und Straßenbau redete; manchmal besuchten sie ihn mit der ganzen Familie und bekamen herrliche *kwee-kwee*, kleine Kuchen, von der Tante, die nur

Malaiisch sprach, was nun sie wiederum nicht so gut verstanden. Die Jahre, die die Kinder auf Gambung verbrachten, ließen sich in verschiedene Phasen unterteilen. Die erste wurde durch die Erlebnisse und Spiele von Ru und Edu bestimmt (Emile durfte nur unter der Bedingung mitmachen, daß er seinen älteren Brüdern gehorchte). Danach gab es eine kurze Zeit, in der Emile die führende Rolle gegenüber Karel und Bertha übernahm, als die beiden Großen nach Holland fuhren, um dort die Mittelschule zu besuchen.

Lange vor Sonnenaufgang hörte Emile, wie sie mit den Eltern und ihren Begleitern aufbrachen; sie riefen so laute Abschiedsgrüße durch den im Morgenschlaf versunkenen Kampong, daß die Leute erwachten und aus den Häusern liefen, um ihnen nachzuwinken. Karel und Bertha hatten die ganze Aufregung verschlafen. Zuerst fanden sie es schlimm, daß ihre Mutter monatelang fortblieb, doch beim Spielen vergaßen sie es bald, zumal sie mit dem neuen Fräulein, einem zwergenhaften, fröhlichen Wesen, gut auskamen.

Die letzte Phase gehörte Karel und Bertha, nachdem auch Emile nach Holland gegangen war; wegen des geringen Altersunterschiedes fast Zwillinge, waren sie immer zusammen, spielten dieselben Spiele, peitschten ihre Kreisel über den harten Boden in der Fabrik, wenn keine *tampirs* herumstanden, oder spielten draußen auf dem Hof *bèngkat*, eine Art Kegelspiel mit Steinen oder Früchten. Es gab nicht mehr so spannende Spiele wie damals, als noch alle Brüder zu Hause waren, wie der Kampf zwischen Engländern und Buren, die Belagerung einer *benteng*, einer Festung, in Atjeh oder ein Angriff auf die großen *terong*- oder Auberginenfrüchte im Gemüsegarten, die anschließend im «Feldlazarett» operiert wurden. Dennoch erlebten Karel und Bertha spannende Dinge, die Ru, Edu und Emile versäumten, wie den Anschluß des Telefons (die gute Engko konnte nicht begreifen, wie man Stimmen durch einen Draht hören konnte, der nicht einmal hohl war) und 1899 den Bau des neuen, größeren

Hauses gleich hinter dem alten. Der Urlaub, den sie von April bis Dezember 1897 mit den Eltern in Holland verbrachten, um die Brüder zu besuchen, blieb ihnen noch lange in unguter Erinnerung: die schlechte Laune von Vater und Mutter, die vielen Geheimnisse und die gar nicht oder nur halb verstandenen gräßlichen Dinge, die dort offenbar zur Tagesordnung gehörten. Als sie heimkehrten, war Gambung eine Wildnis, und die Hälfte der Kampongbewohner war auf und davon.

Rudolf an seine Mutter, September 1894

«... Ich will jetzt auf den Plan zu sprechen kommen, den ich schon früher angedeutet habe; ich möchte nach Rücksprache mit Van Santen jenen vierten Anteil an Gambung käuflich erwerben, der bislang zur unverteilten Erbschaftsmasse gehört.

Ich sehe durchaus ein, daß ich in diesem Fall sehr viel länger und hart arbeiten muß, bis ich schuldenfrei bin, was angesichts meines Alters, meiner Gesundheit usw. ein gewisses Risiko birgt. Doch mittlerweile ist es für mich auch eine Sache des Gefühls. So wie mein Vater immer Alleineigentümer von Ardjasari sein wollte, so ist es jetzt mein Wunschtraum (sofern möglich), Alleinbesitzer von Gambung zu werden.

Ich hoffe sehr, daß Sie meinen Vorschlag nicht prinzipiell ablehnen, sondern ihn befürworten und mir damit einen großen Gefallen tun. Dieselbe Bitte werde ich auch Julius vortragen.»

Rudolf an seinen Bruder Julius, 9. Januar 1895
«... Auch von offizieller Seite sucht man neuerdings ernsthaft nach einem Weg, um die Überproduktion von Chinarinde auf Java zu drosseln. Wenn der Ertrag der Rinde weiterhin so hoch bleibt, halten die niedrigen Preise sicherlich noch zehn Jahre an. Das stimmt genau mit meiner eigenen, allgemein bekannten Auffassung überein, auf die ich hier nicht näher eingehen will, da ich nun versuchen möchte, den vierten Anteil von Gambung aus der Erbmasse zu übernehmen.

Den von Henny geschätzten vorläufigen Wert des Anteils, nämlich hunderttausend Gulden, dürftet ihr bei näherer Überlegung wohl entsprechend geändert haben. Ich sage lieber so lange nichts dazu, bis ich euren Vorschlag kenne.

Es macht mich betroffen, daß die Briefe von Mama, von Dir und von Henny zwar alle auf das Thema eingehen, daß aber keiner von Euch die Summe nennt, auf die es hier ausschließlich ankommt.»

Rudolf an Van Santen, 10. Januar 1895
«... In Sachen meiner Übernahme jenes vierten Anteils an Gambung habe ich noch nichts Näheres vernommen. Hennys Schreiben mit der Schätzung muß jetzt bei August eingetroffen sein. Ich bin sehr gespannt darauf.»

Rudolf an Van Santen, 15. Januar 1895
«... Ich kann noch immer keine definitive Antwort geben, was meine Übernahme des vierten Anteils an Gambung anbelangt, da August mir Hennys Schreiben nicht überläßt. Bevor ich das Schriftstück nicht gelesen habe, möchte ich mich nicht äußern, aus Furcht, ein voreiliges Urteil zu fällen.»

Rudolf an seine Mutter, 23. Januar 1895

«Liebste Mama, ich teile Ihnen mit, daß ich auf das Angebot der Erben R. A. Kerkhoven bezüglich des Verkaufs des vierten Anteils an Gambung nicht eingehen kann, da es mir viel zu teuer ist. Ich hoffe allerdings, daß die Erben nun auch mein Gehalt dem hohen Wert jenes Anteils an Gambung anpassen, das sie auf nahezu hunderttausend Gulden schätzen! Ferner gebe ich meinem Wunsch Ausdruck, daß Jenny eine Witwenpension zuerkannt wird. Sie hat für Gambung ebensoviel getan wie ich. Der Wert von hunderttausend Gulden, von den anderen mühelos über eine Erbschaft erworben, gibt mir doch wohl das Recht auf eine gewisse finanzielle Anerkennung, nicht wahr?»

Rudolf an seinen Bruder Julius, 24. Januar 1895

«... Der grundlegende Fehler in eurer Schätzung ist, daß ihr von den höchsten Gewinnzahlen ausgeht, die jemals in Gambung erreicht wurden, nämlich im Jahre 1891. Auch zieht ihr die veränderten Umstände und den niedrigen Stand der Cinchona-Preise nicht in Betracht. Euer Schätzwert (den ihr als ‹bescheiden› bezeichnet!) weicht so weit von dem meinen ab, daß ich diesen für mich behalten will. Zu einem Übereinkommen gelangen wir ohnehin nicht, also lasse ich meine Illusionen fahren. Dagegen bin ich der Meinung, daß der Mann, der für die Erben einen Besitz erworben hat, den sie auf ‹bescheidene› hunderttausend Gulden schätzen, Anspruch auf eine bessere Honorierung erheben kann, zumal keiner der Erben für Gambung jemals einen Finger gerührt hat. Mir scheint auch, daß Jenny ein Anrecht auf eine Witwenpension hat, falls ich mir den Hals brechen sollte oder meinen Posten krankheitshalber aufgeben muß. Dasselbe habe ich auch Van Santen und Henny geschrieben, und Du wirst gewiß mit ihnen darüber korrespondieren, wobei ich mich Deiner Unterstützung versichern möchte.»

Rudolf an seine Schwester Cateau, 9. Februar 1895
«... Mama kann ich über diese Dinge nicht so offen schreiben wie Dir. Denn natürlich neige ich dazu, mich mit August zu vergleichen, was ich bei Mama tunlichst vermeiden sollte. Aber Du findest es doch verständlich, daß ich mich oft frage, warum er dermaßen bevorzugt wird? Er genießt auf Ardjasari viele Vorteile, die man mir vorenthält, obwohl ich viel länger und schwerer gearbeitet habe als er, und außerdem sind Gewinn und Wert von Gambung nach eurer Schätzung höher als die von Ardjasari. Mir liegt ein Brief von August vor, in dem er über die Schätzung schreibt: ‹Ich bin damit einverstanden.›»

Rudolf an seine Mutter, 27. April 1895
«... Auf meine Bitte um eine Gehaltserhöhung habe ich von Ihnen und von Van Santen eine insgesamt zustimmende Antwort erhalten, aber von den anderen noch nichts gehört. Wenn Vater noch lebte, wäre sie längst durchgegangen, denn Vater hat sie mir seinerzeit selbst angeboten, als die Umstände weniger günstig waren. Um nicht als habgierig zu erscheinen, habe ich damals dankend abgelehnt. Wenn Henny Andeutungen macht, diese Gehaltserhöhung begünstige eines Ihrer Kinder zu Lasten der anderen, so könnten Sie ihn darauf hinweisen, daß ich gewiß noch nie bevorzugt worden bin. Alles, was ich besitze, ist die Frucht meiner Hände Arbeit. Van Santen wurde für seine finanzielle Hilfe durch die Zinsen und seinen Anteil an Gambung großzügig entschädigt. Durch äußerste Sparsamkeit und genaues Kalkulieren, auch indem wir uns fast alle Vergnügungen versagt haben, ist es Jenny und mir gelungen, ein wenig Geld anzusparen, was uns nur wenige Leute mit einem Einkommen von fünfhundert Gulden nachmachen dürften. Erst in den allerletzten Jahren habe ich einen nennenswerten Gewinnanteil erhalten.»

Rudolf an seinen Schwager J. E. Henny, Mai 1895

«... Deine freundlichen Worte über getreue Pflichterfüllung, Ehrlichkeit, große Zufriedenheit, Grund zur Anerkennung, Eifer und gute Arbeit, hohe Ehre, blühendes Unternehmen und so weiter und so weiter weiß ich gewiß hoch zu schätzen, doch wie mir scheinen will, zeigt man üblicherweise bei so vielen Lobesworten über die Leistung eines Menschen auch durch handfeste Beweise, daß diese Worte ernst gemeint sind und nicht nur als Vergoldung einer bitteren Pille dienen sollen. Denn es ist eine bittere Pille, eine sehr bittere, die Du mir zu schlucken gibst, und mich bedrückt ein Gefühl des Unbehagens, das mich von der Arbeit abhält.

Solange es um Gambung weniger gut bestellt schien, habe ich geschwiegen und mich mit einem mäßigen Gehalt zufriedengegeben, das niedriger ist, weitaus niedriger als das der anderen Verwalter, mit denen ich mich vergleichen kann.

Später habe ich Tantiemen vom Gewinn bezogen, aber zugleich sind auch meine Ausgaben merklich gestiegen – und jetzt sind die Umstände dergestalt, daß ich mit meinem Gehalt nicht mehr auskommen kann. Selbst bei größter Sparsamkeit, selbst durch die Hilfe, die Du mir zuteil werden läßt, indem Du unseren Ru und Edu unentgeltlich in Eurem Hause wohnen läßt, können wir von fünfhundert Gulden im Monat nicht leben.

Hättet Ihr meinem Wunsch nachgegeben und Jenny eine ordentliche Witwenpension zugestanden, so wäre ich ruhiger und hätte etwas mehr Spielraum. Aber nicht einmal dazu seid Ihr bereit. Wir sind also gezwungen, unsere kärgliche Lebensweise fortzusetzen, damit ich Jenny und den Kindern gegebenenfalls etwas hinterlassen kann, unter anderem einen Fonds für ihre Ausbildung.

Der einzige, der mit Recht gegen die Erhöhung meines Gehalts Einspruch erheben könnte, ist Van Santen, da seine Forderungen an mich noch nicht erfüllt sind. Aber es ist ausgerechnet Van Santen, der mein Ersuchen für angemessen hält und mein Gehalt um zweihundert Gulden im Monat erhöhen will, rückwirkend vom 1. Januar 1895. Daß einer der anderen Beteiligten, Mama, Julius oder August, dagegen Beschwerde einlegen könnte, mag ich nicht glauben. Deine Opposition als Minderheit mit Vetorecht kostet mich also zweitausendvierhundert Gulden im Jahr. Hast Du Dir das überlegt?

Ich behaupte nach wie vor, daß es unter den ‹blühenden Plantagen› nicht eine einzige gibt, dessen Geschäftsführer nach zwanzig Jahren Arbeit so wenig verdient wie ich. Vater hat seinerzeit mit vierhundertzwanzig Gulden angefangen, Sinagar und Parakan Salak bezahlen gleichfalls großzügig. Und glaubst Du etwa, diese Plantagen werfen mehr Gewinn ab als Gambung? Da irrst Du Dich! August hatte vor Vaters Tod schon vierhundertsiebzig Gulden, danach fünfhundert plus zehn Prozent vom Gewinn, plus Nebeneinkünfte. Die anderen bekommen alle mehr als ich, entweder ein höheres Gehalt oder Nebeneinkünfte, außerdem erhalten sie Tantiemen vom Unternehmensgewinn.

Ich versichere Dir, daß ich nie, nicht einmal in den Zeiten der größten Rückschläge, mit so wenig Freude und Zuversicht an die tägliche Arbeit gegangen bin, und noch niemals so große Lust hatte, alles hinzuwerfen, als nach dem Empfang Deines Briefes.»

Jenny an ihre Schwiegermutter, Juni 1895

«... Es ist lieb von Ihnen, daß Sie mir das Verdienst für die Wohlerzogenheit unseres Ru und Edu zuerkennen. Die beiden haben von Natur aus ein gutes Herz, das besagt viel, und außerdem hatten sie stets das Vorbild ihres Vaters vor Augen.

Mein Beitrag dazu waren körperliche Anstrengungen und viele Entbehrungen, die ich erleiden mußte, und davon habe ich genug, endgültig genug.

Die schweren Jahre stecken mir noch in den Knochen, und der Gedanke, daß ich für nichts und wieder nichts gelitten habe, macht mich bitter und unzufrieden. Ich habe viel mehr leisten müssen als andere Frauen und viel weniger dafür bekommen. Es hat Jahre gegeben, in denen es hier auf Gambung keinerlei Bequemlichkeit oder Muße für mich gab; ich war krank und elend, mußte über meine Kräfte arbeiten und hatte kein Plätzchen für mich außer meiner Schlafstätte, und das auf so einem reichen Unternehmen.

Könnte ich doch nur an einen Platz im Himmel glauben. Dann würde ich mir wenigstens dort ein zierlich eingerichtetes Boudoir erträumen. Aber nicht einmal dieser Trost ist mir vergönnt. Schade! Der liebe Gott ist doch sonst so ein großzügiger Gastgeber.

Hätte ich doch bloß über unseren prächtigen Palast (!) geschwiegen, in dem ich mich nun schon seit siebzehn Jahren vergeblich abmühe. Diese verlorenen Jahre kehren niemals wieder.»

Rudolf an seine Mutter, September 1895

«...Daß Jenny Ihnen einen so niedergeschlagenen Brief geschrieben hat, war mir nicht bekannt. Aber sie hat recht. Wir sind alle niedergeschlagen angesichts der mangelnden Anerkennung für meine, nein, für *unsere* Arbeit.

Ein neues Haus. Ja, das brauchen wir dringend, aber wer soll es einrichten? Wir besitzen so gut wie nichts.

Eine Reise nach Holland? Ja, das ist ein alter Traum von uns, aber seine Erfüllung würde ein zu großes Loch in unser angespartes kleines Kapital reißen, das für Jenny und die Kinder nach meinem Tod bestimmt ist und bleibt.

Und falls ich, meine größte tägliche Sorge, krank werden sollte, können sich die Erben freuen, daß sie mich schließlich doch ‹kleingekriegt› haben, und dann werde ich zu ihnen gehen und für meine Frau und meine Kinder betteln.»

Rudolf an seinen Bruder Julius, Januar 1896

«...Ich sehe mich Hennys Vorurteilen ausgesetzt. Keiner von Euch kann offenbar etwas daran ändern. Mir sind die Hände gebunden, da Ru und Edu bei ihm wohnen, von Cateau ganz zu schweigen.

Ich zweifle nicht an Mamas und Deinen guten Absichten, aber Ihr seht die Sache verkehrt, und es will mir nicht gelingen, Euch zu überzeugen, daß mir Unrecht angetan wird. Aus Güte wollt Ihr mir nun ein wenig entgegenkommen und mir (nur mir!) die Hälfte der Reisekosten für einen Urlaub in Holland bezahlen. August hat seinerzeit auf Kosten Ardjasaris Urlaub genommen. Meinem Plan, nach Holland zu fahren, pflichtet Ihr zwar alle bei, doch merkwürdigerweise seid Ihr Euch darin einig, daß Jenny und die Kinder solange irgendwo in Bandung unterkommen müssen. Glaubst Du wirklich, ein solcher Urlaub würde meine überspannten Nerven beruhigen?

Hast Du schon vergessen, wie Du einmal bei Tisch den knickrigen Henny gefragt hast, ob Du vielleicht noch für zehn Cent Wein bekommen könntest?»

Rudolf an seine Schwester Cateau, 24. Juni 1896

«...Wir müssen endlich reinen Tisch machen. Mir scheint, Du hast dies längst kommen sehen; wie Du weißt, bin ich nicht der Mensch, der auf die Dauer Wohltaten annimmt von jemandem, der mir nicht freundlich gesinnt ist. Ein volles Jahr lang habe ich gewartet; ich habe wiederholt Versuche unternommen, Frieden zu schließen; ich habe gehofft, daß Henny endlich zur Einsicht kommt – aber vergeblich. Ich will nicht riskieren, daß meine Kinder mich verachten, weil ich ihren Unterhalt bestreiten ließ von jemandem, der mir (über Dich und andere) seine Entrüstung zu erkennen gibt, ohne mir den Grund für diese Entrüstung zu nennen; der jeden Annäherungsversuch ablehnt und mir keine Zeile schreibt.

Ich habe das alles satt. Ich habe Julius gebeten, für Ru und Edu eine andere Unterkunft zu suchen.

Das alles ist so ernst und traurig, daß ich keine Lust habe, über andere Dinge zu schreiben. Ich kann nicht glauben, daß auch Du mich so häßlicher Dinge verdächtigst – welcher Art sie auch sein mögen –, die Hennys Verhalten bestimmen, aber selbstverständlich mußt Du die Partei Deines Mannes ergreifen, und damit erhebt sich für mich die Frage: Wird die Freundschaft, die seit unserer Kindheit zwischen Dir und mir besteht, nicht darunter leiden?»

Der plötzliche Tod Van Santens im Januar 1896 markierte eine entscheidende Wendung in Rudolfs Leben. Von dem Augenblick an, da Henny mit den Feindseligkeiten gegen ihn begann, hatte ihm der andere Schwager mehr denn je sein Vertrauen geschenkt. Van Santen, der in Amsterdam den Posten eines Direktors der Niederländisch-Indischen Handelsbank bekleidete, hatte sogar angeboten, ihm einen neuen Kredit zu vermitteln, falls Rudolf, die Zukunft seiner Söhne im Auge, Grundstücke für ein zweites Unternehmen pachten wolle.

In seiner Verbitterung über Hennys unerklärliche Animosität, über die Voreingenommenheit seiner Mutter für August und den Unwillen oder die Feigheit seiner Geschwister, seine Partei zu ergreifen, hatte Rudolf alle Bedenken über Bord geworfen. Auf der Hochebene von Pengalengan, südwestlich des Malabar-Gebirges, wurden Parzellen mit einer Grundfläche von rund elfhundert Bouws angeboten, überwiegend Urwald und Ödland, aber mit einer Bodenbeschaffenheit, die sich hervorragend zum Anbau von Tee eignete. Da die Cinchona-Kultur wegen der gefürchteten Überproduktion sehr viel weniger Gewinn einbrachte, als die Pflanzer in ihrer anfänglichen Euphorie erhofft hatten, und außerdem der englische Teehandel infolge des Burenkrieges in Südafrika Einbußen erlitt, war Onkel Eduard davon überzeugt, daß der Assam-Tee von Java ein «Renner» werden würde. Ein Unternehmen – Sukawana von Hoogeveen! – machte bereits Anstalten, sich wieder auf die Teekultur umzustellen. Rudolf wollte seine ausgedehnten Cinchona-Plantagen auf Gambung nicht aufgeben. Ein neues Unternehmen, gerodet und bepflanzt, bevor die anderen die Umstellung zuwege gebracht hatten, würde einen enormen Vorsprung bedeuten. Immerhin hatte er schon früher, und damals mit weniger Aussicht auf Erfolg, ein großes Risiko auf sich genommen.

Zwei Söhne seines Onkels Professor Bosscha arbeiteten seit einiger Zeit auf Unternehmen in Ostindien. Rudolf wollte den jüngeren, der ebenfalls Rudolf hieß, als Verwalter einstellen, bis sein eigener Ru die Leitung des Betriebs übernehmen konnte – was noch mindestens zehn Jahre dauern würde.

Nach Van Santens Tod, kurz nachdem Rudolf die Option auf die fünf Parzellen erworben hatte, die zusammen das Land Malabar bilden sollten, drohte die Finanzierung zu scheitern. Ohne Van Santens maßgebliche Gutachten stellte die Niederländisch-Indische Handelsbank in Batavia Bedingungen, die für Rudolf unannehmbar waren. Seine Pläne wollte er jedoch um keinen Preis aufgeben. Mit Hilfe einiger anderer Geldgeber gründete er eine Aktiengesellschaft und ließ Prospekte herumschicken, um Aktionäre anzuwerben.

Mit verbissener Energie stürzte er sich in die Vorbereitungen, fuhr nach Bandung, um mit Regierungsbeamten zu sprechen, und nach Batavia zu finanziellen Verhandlungen. Als die Sache allmählich anlief und die Subskriptionsliste für ‹Malabar› sich füllte, überkam ihn ein Gefühl des Triumphs. Er war sich bewußt, daß er dies alles tat, um den «Erben» zu beweisen, daß er es auch ohne ihre Bevormundung schaffte und nie und nimmer von den Einkünften abhängig sein wollte, die sie ihm gnädigst zu gewähren gedachten, wie man einen Knecht mit einem Trinkgeld abfindet. Fortan würde er seine Sparsamkeit, sein sogar von Henny anerkanntes «Rechentalent» einem Ziel widmen, das er bislang nie für erstrebenswert gehalten hatte: reich zu werden! Jenny und den Kindern ein Leben im Überfluß bieten zu können, demgegenüber der Wohlstand der holländischen Korinthenkacker verblaßte.

Rudolf an seine Mutter, August 1896
«... K. A. R. (Ru) Bosscha wird Verwalter und ich Kommissar-Superintendent von Malabar. Ich werde ein Viertel des Unternehmens besitzen. Vermutlich wird schon Mitte August mit den Rodungsarbeiten begonnen. Von Gambung aus ist Malabar zu Pferd in zweieinhalb bis drei Stunden erreichbar.

Bei den vielen Verhandlungen hat uns das Telefon unschätzbare Dienste erwiesen. Wir segnen den Augenblick, in dem der dünne Eisendraht uns mit ‹der Welt› verbunden hat.

Malabar und meine schönen Cinchona-Preise verschaffen mir leider Feinde, auch und vor allem unter meinen Angehörigen. Qu'y faire?»

Dem Jahresbericht von Ardjasari über das Geschäftsjahr 1895 fügte August Kerkhoven folgenden Satz hinzu: «Ich gebe mich der Hoffnung hin, erleben zu dürfen, daß Ardjasari nicht nur gute Teegärten, sondern auch eine der besten, wenn nicht die beste Teefabrik auf Java besitzen wird.»

Seinen Miteigentümern, Van Santens Söhnen und den Erben seines Vaters, schlug er vor, zehn Prozent des letzten Jahresgewinns in einem Fonds anzulegen, aus dem die Kosten für den Bau einer Modellfabrik bestritten werden sollten. Rudolf machte von seinem Vetorecht Gebrauch (warum August abermals einen Vorteil gewähren, auf Kosten seines eigenen Gewinnanteils?), so daß der Plan nicht zustandekam. August erblickte darin einen Akt der Rache.

Rudolf an seinen Bruder Julius, Dezember 1896
«... Mit Malabar geht es voran. Von den vierhundert Aktien sind dreihundertachtzig verkauft, und noch immer kommen neue Anfragen hinzu, was mich zu den schönsten Hoffnungen berechtigt. Nun, da die Wälder geschlagen sind, werden wir vermutlich auch gesägtes Holz *en gros* verkaufen.

August hat es mir sehr verübelt, daß ich von seiner ‹Modellfabrik› für hunderttausend Gulden nicht begeistert war. Obwohl alle anderen Interessenten, darunter auch Du, meine Meinung teilten, schiebt man nun doch wieder mir allein die Schuld in die Schuhe. Diese neuerliche Unannehmlichkeit hättet ihr vermeiden können, wenn ihr bei der schriftlichen Ablehnung von Augusts Gesuch meinen Namen nicht so sehr in den Vordergrund gerückt hättet.»

Mr. Joan E. Henny an Rudolf Kerkhoven, Februar 1897
«Eindreiviertel Jahre habe ich Dir nicht geschrieben. Ich habe es um Deiner Söhne Ru und Edu willen unterlassen, die dreieinhalb Jahre lang in meinem Haus gewohnt haben. Wenn ich Dir geschrieben hätte, hätte ich Dir auf gut holländisch die Wahrheit sagen müssen, was Dir die moralische Verpflichtung auferlegt hätte, Deine Jungen aus meinem Haus zu nehmen und gegen Kostgeld bei Fremden unterzubringen. Diesen Augenblick wollte ich so lange wie möglich hinauszögern. Ich wußte, daß sie es bei mir besser hatten und mit sehr viel mehr Liebe und Sorge behandelt wurden, als sie jemals von Fremden erfahren könnten, und wollte sie nicht darunter leiden lassen, daß Du Dich mir von einer ganz neuen, und, wenn ich sagen darf, völlig unerwarteten Seite gezeigt hast. Ich habe es schweigend hingenommen. Allerdings bestand die Möglichkeit, daß mein Schweigen Dich ärgern würde, was es zu meinem Leidwesen auch in hohem Maße getan hat, wie es oft geschieht, wenn das Gewissen nicht ganz rein ist. Meine Frau Cateau hat Dich verteidigt und mich immer gebeten, den Riß nicht zu vertiefen. Nun, da Du selbst bestimmt hast,

daß Ru und Edu in ein fremdes Haus kommen, ist der Hauptgrund für mein Schweigen weggefallen. Was mich betrifft, so hätten die beiden bleiben können, aber Du hast es anders gewollt. Angesichts Deiner bevorstehenden Reise nach Europa will ich Dir jetzt erklären, warum ich Deine Briefe so lange nicht beantwortet habe.

1894 hast Du den Wunsch geäußert, den vierten Anteil an Gambung, der zum Erbteil Deines Vaters gehört, zu kaufen. Ich habe Dein Ansinnen mit Mama, Cateau, Van Santen und Julius besprochen. Wir alle fanden Deine Absicht berechtigt und neigten zur Einwilligung. Um die Sache praktisch anzugehen und voranzutreiben, habe ich eine vorläufige Taxierung aufgestellt (die, wie sich seither herausgestellt hat, keineswegs zu hoch, sondern angesichts einer möglichen zukünftigen Preiserhöhung der Gambunger Produkte eher zu niedrig angesetzt war).

Du hingegen hieltest meine Schätzung für zu hoch. Dabei erwies sich, daß Du jenen vierten Anteil an Gambung nicht zu einem angemessenen Preis, sondern für einen Pappenstiel haben wolltest. Und Beweise dafür, daß meine Taxierung nicht den Tatsachen entsprach, hast Du nicht vorgelegt. Danach wolltest Du unbedingt eine Erhöhung Deines Gehalts als Verwalter und für Deine Frau eine Witwenpension zu Lasten des Unternehmens. Als Begründung ließest Du Deine unsinnige und völlig unbegründete Eifersucht auf Deinen Bruder August auf Ardjasari durchblicken und übertriebst dabei gewaltig. Aus einer Mücke hast Du einen Elefanten gemacht!

Die Tatsache, daß Du den halben Anteil an Gambung besitzt, macht Dich meines Erachtens zu einem der bestbezahlten Verwalter vergleichbarer Unternehmen. Als ich Dir schrieb, Du solltest nicht immer auf Ardjasari schielen, sondern selber ein größeres und besseres Haus bauen, gabst Du zur Antwort, Du könntest das nicht, weil Du nicht die Mittel hättest, ein solches Haus zu unterhalten. Als Du Dich darüber beschwertest, daß August als Junggeselle um einen kurzen Urlaub in Europa gebeten und ihn bekommen hat (Du selbst hast vor Deiner Eheschließung nie um Urlaub gefragt), habe ich Dir nahegelegt, sofort ein Jahr Urlaub zu nehmen und hinzugefügt, daß ich in diesem Fall den Erben vorschlagen würde, Deine Reisekosten und die zusätzlichen Aufwendungen, die Deine Abwesenheit von Gambung erfordern würde, dem Unternehmen in Rechnung zu stellen. Deine Antwort lautete, eine Reise nach Europa könntest Du Dir finanziell nicht erlauben.

Van Santen hat sein Darlehen allmählich über die Zinsen zurückerhalten, Du hast als Verwalter von Gambung Dein gutes Auskommen gehabt und davon sogar, wie sich zeigte, noch etwas sparen können. Keiner der anderen Miteigentümer hat von Gambung jemals eine Entschädigung erhalten.

Du nimmst mir übel, daß ich nicht einverstanden war, als Du einen erheblichen Teil aus dem Nachlaß Deines Vaters billig in Deinen Besitz bringen wolltest, zum Nachteil Deiner Mutter und Geschwister, und daß ich dies verhindert habe. Du nimmst mir übel, daß ich Deine Gehaltserhöhung abgelehnt habe, die tatsächlich einer jährlichen Leibrente gleichgekommen wäre, wiederum zum Nachteil Deiner Mutter und Geschwister, sowie Berthas Kindern. Du nimmst mir außerdem übel, daß ich für meinen Schwager, den Makler Van Dusseldorp, Partei ergreife, der jahrelang auf der Auktion in Amsterdam die Chinarinde von Gambung zu Deiner vollen Zufriedenheit verkauft hat, während Du, als der Preis Dir einmal zu niedrig erschien, Dein Produkt unter einer fremden Marke, also unkenntlich gemacht, hinter seinem Rücken durch eine fremde Firma hast verhandeln lassen.

Ja, ich habe Deine Pläne durchkreuzt, und das nimmst Du mir gewaltig übel. Gewiß, es ist äußerst unangenehm für Dich. Du fühlst Dich durch mich schwer geschädigt. Du reagierst wie ein Kind, das schmollt, weil es seinen Willen nicht bekommt.

Du schreibst in einem Deiner letzten Briefe an Cateau, Du hieltest es vorerst für wünschenswert, Ru und Edu nicht in vollem Umfang über die Gründe aufzuklären, warum Du sie aus unserem Haus genommen hast. Cateau und ich sind derselben Ansicht. Ru und Edu haben von uns noch nie ein böses Wort über Euch gehört. Nähere Auskünfte über Deine Entscheidung haben sie nie verlangt.

Da Deine Jungen uns lieb geworden sind, habe ich die Strafe, die Du ihnen durch Deinen Entschluß und Deine Briefe auferlegst, so gut ich konnte gemildert. Unser Herz und Haus stehen ihnen offen, sooft sie zu uns kommen können und wollen. Dadurch verschaffe ich ihnen hin und wieder einen vergnüglichen Tag.

Was Deine Bezichtigung betrifft, Julius habe sich verleiten lassen, Dir gegenüber als mein Sprachrohr aufzutreten, so wird er Dir die Antwort darauf selber geben.»

(Rudolf versieht den in fast unleserlich kleiner Schrift gekritzelten Brief am Rande mit Bleistiftnotizen: Stimmt nicht! Perfide Unterstellung! Genau das Gegenteil ist der Fall! Lügen!)

Rudolf an seinen Onkel Eduard Kerkhoven

«...Julius, rückgratlos wie er ist, hat Henny bei seinen Angriffen auf mich wiederholt beigestanden. Henny schloß daraus, daß Julius für ihn Partei ergreift.

Jetzt schreibt mir aber Julius, daß er Hennys Meinung keineswegs teilt, doch Henny scheint dies nicht zu wissen. Ich wünsche nun, daß Julius Henny deutlich zu erkennen gibt, daß er nicht auf seiner, sondern auf meiner Seite steht. Er darf Henny nicht in dem Glauben lassen, er stimme ihm zu. Das ist mir gegenüber ungerecht.

Julius weigert sich, meinem Wunsch nachzukommen. Daher die Spannung zwischen uns.»

Eduard Kerkhoven an seinen Neffen Rudolf
«... Es tut mir leid, daß das Verhältnis zwischen Dir und Julius gestört ist, da er eigentlich zu gutherzig ist, um sich zu streiten. Es ist jedoch so, wie Du sagst. Er ist von Henny fasziniert, der Menschen von sanfter Wesensart, wie Julius einer ist, sofort in seinen Bann zieht.

Julius schrieb mir, daß er den Kontakt mit Dir abgebrochen habe. Der Grund dafür sei Deine Forderung, sich zwischen Henny und Dir zu entscheiden; er aber lasse sich von niemandem, auch nicht von Dir, Vorschriften machen.

Sonst hat er sich durchaus nicht unfreundlich über Dich geäußert, meinte aber, Du seist unnötigerweise sehr heftig geworden.»

Den Grund für Julius' Weigerung, sich offen zu ihm zu bekennen, sah Rudolf weniger in dessen Wunsch nach Unabhängigkeit, sondern vielmehr als Vergeltung für eine ganz andere Angelegenheit. Julius hatte wenige Jahre zuvor – wiederum aus reiner Barmherzigkeit – ein Waisenkind in seine Obhut genommen, das Kind eines europäischen Soldaten und einer Einheimischen. Er wollte dem Mädchen, Truitje genannt, eine gute Ausbildung zukommen lassen und dachte sogar daran, sie zu adoptieren.

Rudolf hatte ihn auf die Probleme hingewiesen, die sich aus einer solchen Verpflichtung ergeben. Julius hatte ihm darauf Voreingenommenheit und Unmenschlichkeit vorgeworfen: «Ihr wißt gar nicht, wie hartherzig ihr seid! Ihr schämt euch nicht, sei es auch im Scherz, die Einheimischen Affen zu nennen. Ihr seid davon überzeugt, daß Mischlinge minderwertige Menschen sind. Habe ich nicht Jenny einmal Gott sei dank! sagen hören, als das Kindchen der Babu, die auf Ruutje aufpassen sollte, bald nach der Geburt starb? So war die Frau ihre Sorgen los, und ihr hattet keine Probleme mehr mit ihr! Regst Du Dich nicht nur deshalb so auf, daß ich für Truitje sorgen will, weil Du Angst hast, unser ERBTEIL könnte dadurch verringert werden? Ich dürfe vor allem nicht erwarten, daß die FAMILIE das arme braune Kind jemals anerkennen werde!»

Als Karel ab 1900 die Mittelschule in Batavia besuchte, wo er in einer Pension wohnte und nur noch in den Ferien nach Gambung kam, schrumpfte Berthas Welt auf Haus und Hof zusammen. Das Haus war jetzt groß und schön, sie hatte ein eigenes Zimmer und viele «Mädchenspielsachen», die sie nicht interessiert hatten, solange sie mit ihren Brüdern spielen durfte. Von nun an mußte sie Kleider und Schuhe anziehen und saß allein im Schulzimmer beim Unterricht, der manchmal von ihrer Mutter, häufiger aber von einer der rasch wechselnden Gouvernanten gehalten wurde. Sie blieben nie länger als drei bis vier Monate auf Gambung und reisten gewöhnlich überstürzt ab. Es schien, als wäre ihre Mutter niemals zufrieden: die eine war zu dumm, die andere zu faul, die dritte konnte nicht unterrichten, sie waren entweder zu kokett, zu frech oder schlichtweg unangenehme Hausgenossinnen.

Die schrecklichste Erinnerung ihrer Kinderjahre war für Bertha mit einer der Gouvernanten, Fräulein Nora Verwey, verbunden, die in Zürich Musik studiert hatte und noch schöner Klavier spielen konnte als ihre Mutter. Sie war erst wenige Wochen auf Gambung, als sie ernsthaft erkrankte. Zitternd vor Angst hatte Bertha an der Tür gestanden und sie vor Schmerzen schreien hören. Der Arzt aus Bandung kam, konnte ihr aber nicht helfen; sie habe eine Entzündung im Bauch gehabt, sagte man später. Eines Morgens war Fräulein Nora tot. Bertha mußte in ihrem Zimmer bleiben, sah aber durch die Ritzen der Jalousien, wie die Zimmerleute eine längliche Kiste ins Haus brachten und sie bald darauf durch die Allee mit den Baumfarnen davontrugen. Rudolf ging hinterher. Mittags durfte Bertha Blumen auf die Stelle legen, wo die umgegrabene Erde sich dunkel von dem Boden ringsum abhob, neben dem kleinen Grab des Schwesterchens, das gestorben war, bevor man es hatte Bertha taufen können.

Sie hatte das Gefühl, als sei mit den Brüdern alles Leben aus Gambung verschwunden. Warum war sie kein Junge? Nur Jungen zählten auf Gambung. Ihr Vater lachte sie aus, als sie bat, auf die Jagd mitgehen zu dürfen: «Kätzchen, das ist viel zu gefährlich!» Aber sie konnte doch lernen, wie man schießt! Sie hatte schon oft im Spiel das ungeladene Si Sumpitan oder Si Matjan geschultert. Reiten durfte sie auch weiterhin, aber nur in Begleitung ihres Vaters und im Damensattel.

Nach dem Mittagessen schleuderte sie die Schuhe von sich und kletterte mit einem Buch in einen Baum auf dem Hof. Am Teetisch wurde sie wieder zur jungen Dame mit einer Stickerei in der Hand. Sie ging gern zu Engko, die langsam alt wurde und jetzt, da kein Kind mehr zu versorgen war, meist auf der hinteren Veranda hockte, und brachte ihr Leckerbissen aus der Küche oder ein wenig Tabak.

Wenn Karel «herauf»kam, spielten sie nicht mehr zusammen, dazu waren sie beide zu groß geworden. Als ihr Vater vor dem Haus einen Tennisplatz anlegen ließ, geschah das nicht zu ihrem Vergnügen, sondern weil ihre Mutter den modernen Sport ausprobieren wollte (in *Ladies Home Journal* aus der Lesemappe gab es Fotografien von Tennis spielenden Damen mit fußfreien Rökken). Als das Gras gewachsen war und das Netz gespannt wurde, spielten sie jeden Tag: Bertha, die Mutter und das jeweilige Fräulein, Karel, wenn er daheim war, der Assistent und gelegentlich auch Gäste. Ihr Vater hatte nichts dafür übrig. Er habe Bewegung genug, sagte er.

Aufnahme eines Familientreffens, 1901

Die Zeit ist der Hochsommer, der Ort der Garten hinter dem Haus an der Loolaan in Apeldoorn, wo Jennys Mutter mit ihren Söhnen Herman und Frits wohnt. Das üppige Mittagessen ist vorüber, die Familie hat sich vor einem Hintergrund aus hohen Sträuchern rings um Mama Roosegaarde aufgestellt. Noch immer zerbrechlich wie ein Porzellanpüppchen, eine geblümte Toque auf dem schlohweißen Haar, schaut sie mit einem lieben Lächeln den Fotografen an. Das Gruppenbild soll eine Erinnerung sein an ein seltenes Beisammensein der Roosegaardes und der Kerkhovens von Gambung, die einen Urlaub in Europa verbringen, um ihre drei studierenden Söhne zu besuchen.

Die Kerkhovens stehen in einer Reihe hinter Mama Roosegaarde: der siebzehnjährige Emile, der soeben seine Abschlußprüfung bestanden hat, stolz mit hohem Kragen und Krawatte; die dreizehnjährige Bertha, ganz in Weiß; Rudolf senior, mit Bart und Schnurrbart nach der Mode einer vergangenen Epoche; Edu, neunzehn; Jenny, sehr elegant gekleidet (der Hut wurde in Paris gekauft); Rudolf junior, jetzt schon ein erwachsener Mann von zweiundzwanzig. Wer fehlt, ist Karel, der wegen der Prüfung für die Versetzung in die zweite Klasse der Mittelschule in Batavia bleiben mußte.

Rechts von Emile sieht man Frits Roosegaarde, in Aussehen und Haltung noch genauso schüchtern und geistesabwesend wie zur Zeit seines abgebrochenen Aufenthaltes auf Gambung vor zehn Jahren. Neben Ru steht Jennys jüngster Bruder Constant, der nichts taugt, nichts arbeitet und nur den Dandy spielt; links von ihm August Roosegaarde (lang und hager, mit besorgtem, abwehrendem Blick, eigens zum Familientreffen aus Südafrika gekommen, wo er im Handel tätig ist), schräg vor ihm seine englische Frau und eines ihrer Kinder.

Auf den Stühlen an beiden Seiten von Mama in bunter Reihe: Maries Ehemann Udo de Haes, Deli-Pflanzer im Ruhestand, neben ihm Marie, eine aufgequollene, dicke Matrone (auf ihrem runden Gesicht ist kaum noch eine Spur ihrer einstigen Schönheit zu sehen), sodann ein Bruder und ein Neffe von Mama und ihre beiden unverheirateten Schwestern. Auf dem Rasen, zu Füßen der Erwachsenen, sitzen Kinder: drei von Marie und eines von August.

Nicht anwesend sind fünf Roosegaardes: Herman (geistig schwer gestört, im Haus der Mutter hinter Schloß und Riegel gehalten), Rose (die sich mit der Familie überworfen hat und woanders wohnt), Philip, der als Generalvertreter der Java–China–Japan-Linie in Hongkong arbeitet, Willem (Rechtsanwalt in London) und schließlich Henri, der Fotograf.

Jenny hat sich stolz und glücklich mit dem linken Arm bei Ru eingehakt und hält sich rechts an Edu fest. Sie möchte nichts lieber als in Europa bleiben. Als sie 1893 ihre beiden Ältesten nach Holland brachte, hat sie mit ihnen Paris und Brüssel besucht, sie mitgenommen ins Rijksmuseum in Amsterdam, zu Sankt-Bavo nach Haarlem, zum Muiderslot, nach Delft, Den Haag; aber die Jungen hatten wenig Spaß daran, also konnte auch sie die Ausflüge nicht genießen. Jetzt möchte sie gern alles wiederholen und sich Zeit dazu lassen.

Diesmal ist es auch für Rudolf eine schöne Reise. Er genießt das Zusammensein mit seinen Söhnen, vor allem mit Ru, der nächstes Jahr auf dem Polytechnikum in Zürich sein Diplom als Elektroingenieur machen wird. Um Edu, der nicht gut lernt, hat er sich lange Zeit ernsthaft Sorgen gemacht; aber seit der Junge eine praktische Ausbildung als Maschinenmeister anstrebt, ist er beruhigt: Auch mit diesem einfachen, aber soliden Beruf kann man Ehre einlegen. Emile geht natürlich auch nach Zürich.

In dem teuren dunklen Anzug von Oger Frères fühlt Rudolf sich nicht recht wohl. Er sehnt sich nach dem Augenblick, in dem er wieder in Köperhose und Baumwolljacke, den alten *tudung* auf dem Kopf (ein neumodischer «Tropenhelm» ist nichts für ihn), seine Gärten und Plantagen durchstreifen kann. Diesmal wird er Gambung nicht so verwildert wiederfinden wie nach dem letzten

Urlaub 1897; ein tüchtiger Assistent kümmert sich um die Geschäfte.

So wie er hier unter Jennys Verwandten steht, kann er inmitten der eigenen Familienangehörigen nicht mehr stehen. Seine Mutter ist vor einem halben Jahr gestorben; nie mehr kann er in vertraulichen Gesprächen den unpersönlichen Ton im Briefwechsel der letzten Jahre ungeschehen machen. Da er Henny nicht begegnen will, hat sich auch zwischen Cateau und ihm eine Kluft aufgetan. Die kurzen Begegnungen mit Julius haben ihm klargemacht, daß sein jüngerer Bruder ihm fremd geworden ist; Julius, verheiratet mit einer «gelehrten» Frau (promoviert in Mathematik und Physik), gehört einem intellektuellen Kreis mit äußerst fortschrittlichen Ideen an und liest Werke des russischen Anarchisten Kropotkin, für die er Rudolf zu interessieren versucht hat. Rudolf hat ein paar der Bücher durchgeblättert, *Paroles d'un révolté, La conquête du pain*, sie aber mit der Bemerkung «Zu tendenziös und einseitig» zurückgegeben.

Der einzige Blutsverwandte in den Niederlanden, zu dem er ein gutes und persönliches Verhältnis hat, ist sein alter Onkel Bosscha, emeritierter Professor für Physik, dessen Söhne jetzt als neue Pflanzergeneration in Ostindien antreten; Rudolf Bosscha, der Einfachheit halber mit den Anfangsbuchstaben seiner Vornamen, K. A. R., angeredet, ist seit einigen Jahren Verwalter auf Malabar. Rudolf selbst bleibt Superintendent. Kar hat versprochen, seine Aufgabe zu gegebener Zeit dem jungen Ru zu übertragen, wie es von Anfang an von Rudolf vorgesehen war. Auf Kars älteren Bruder Jan, der bis vor kurzem auf Borneo gearbeitet hat, wartet ebenfalls ein Verwalterposten auf dem unlängst von Rudolf gepachteten Teeland Talun, nicht weit von Malabar und Gambung auf der Pengalengan-Ebene gelegen.

Das Leben in Holland gefällt Rudolf nicht; er findet die Mentalität merkwürdig verändert. Die gleichermaßen liberale wie aristokratische Lebenshaltung, kennzeichnend für die Männer, die in seiner Jugend den Ton als Erneuerer angaben, gibt es nicht mehr. Die sozialdemokratische Bewegung, die Aktionen für das Wahlrecht der Frauen und die neuen Entwicklungen in der Kunst bleiben ihm fremd. Jennys Interesse und Begeisterung für all diese Strömungen findet bei ihm keinen Widerhall; neuerdings kommt es zwischen ihnen häufig zu Auseinandersetzungen, die ihre gute Laune verderben. Zum Glück können die Söhne, vor allem Ru, der schon ein wenig als «Mann von Welt» auftritt, die Spannungen ausgleichen.

Die Vorwürfe, die seine Familie gegen ihn erhebt, hält Rudolf für zu absonderlich, um auch nur ein Wort darüber zu verlieren. Zweifellos stammen sie aus der Gerüchteküche Hennys. Man wirft ihm vor, er habe seit jungen Jahren auf hinterlistige Art versucht, Julius und August auszustechen, indem er ihre Vorhaben durchkreuzte, ihnen falsche Ratschläge gab und sie vor den Eltern in ungünstigem Licht erscheinen ließ; nur durch Tricks sei er die Nummer eins unter den Cinchona-Pflanzern geworden, und Malabar habe er auf undurchsichtige Weise erworben; er wolle alles zu einem Spottpreis haben und unter dem Mäntelchen der Korrektheit anderen die Kosten zuschustern: er trete auf Gambung auf wie ein Erzvater, beute aber nichtsdestotrotz seine Arbeiter rücksichtslos aus; kurzum, er sei ein raffgieriger Heuchler, der auf seinen Centen hockt. Zumindest den letzten Vorwurf muß die Familie sich verkneifen, seit er seinen Aufenthalt in Holland so großzügig gestaltet; dank der Tatsache, daß Gambung endlich schuldenfrei ist und die Dividende ein kleines Vermögen beträgt, ist er mit der ganzen Familie im Hotel de l'Europe in Amsterdam abgestiegen und kann sich als Ferienhaus eine luxuriöse Villa in Apeldoorn mieten.

Die anderen Anschuldigungen jedoch liegen ihm schwer auf dem Magen. Wären sie auch nur zum Teil berechtigt, könnte er diese Last nicht ertragen und würde seinem Leben lieber ein Ende setzen. Weder Henny und Cateau noch Julius oder August begreifen offenbar, was solche Beschuldigungen für einen Mann bedeuten, der sich sein Leben lang – und davon ist er tief überzeugt – nur durch Ehrlichkeit und Rechtschaffenheit hat leiten lassen. Am tiefsten kränkt ihn daher der Satz in einem Brief von Henny, der in seinem Gedächtnis brennt: «Daß Du Dich über das alles dermaßen aufregst, beweist nur, daß Dein Gewissen nicht ganz rein ist.»

Es tröstet ihn, daß wenigstens seine Söhne während der in Holland verbrachten Jahre nicht durch Verleumdungen und Klatsch beeinflußt wurden. In Zürich besteht diese Gefahr nicht. Dort haben sie einen väterlichen Freund in der Person des Botanikprofessors Schröter, der im Verlauf einer Studienreise auf Java Gambung besucht hat und durch seine sachkundigen Publikationen über Rudolfs Cinchona-Plantagen auf internationaler Ebene bewiesen hat, daß der «hervorragende Cinchona-Pflanzer Javas» kein Betrüger ist, der sich mit fremden Federn schmückt.

Nur noch kurze Zeit, dann kann er wieder mit Jenny und Bertha zurückkehren in die Welt, die die seine ist und immer bleiben wird: Gambung, der Gunung Tilu, die Rasamala-Bäume.

Aus den Erinnerungen von Carmen Erdbrink-Bosscha, Tochter des J. Bosscha, Verwalter von Talun

«Am 20. Dezember 1902 besuchten meine Schwester Connie und ich zum erstenmal Gambung. Cousin Rudolf Kerkhoven wollte uns Pferde entgegenschicken. Die erste Wegstrecke (von Malabar aus, wo wir auf dem Unternehmen bei Onkel Kar logiert hatten) legten wir zu Fuß zurück. Unsere Eltern begleiteten uns, Mama bis zur Grenze von Malabar, Vater noch ein gutes Stück weiter. Zuerst ging es durch die alten Kaffeegärten des Gouvernements, die eine Art Wald bildeten. Wir liefen auf den schmalen

Wegen wie durch Laubtunnels; es waren lange Alleen, manchmal mit einem goldenen Fleck Sonnenlicht am Ende. Moose und Waldpflanzen bedeckten den Boden, auch große Büsche aus feinem Venushaar, das überall in der Gegend als Unkraut wächst. Nach einiger Zeit erreichten wir offeneres Gelände und stiegen in ein weites Tal hinab. Entlang an den Kartoffelfeldern der Bevölkerung, an blühenden *ketjubung*-Hecken, deren betäubender Duft die Luft erfüllte, und an dem schönen kleinen See von Tjileuntja gelangten wir zu der Stelle, wo der Weg zum Riung Gunung abzweigt. Dort erwarteten uns die Stallknechte mit den Pferden. Papa begleitete uns noch ein Stück weiter, bis wir auf Cousin Rudolf Kerkhoven trafen, der in einem Cinchona-Wäldchen an einem Bach auf uns wartete, begleitet von vier schokoladenbraunen deutschen Vorstehhunden, jeder mit einer weißen Schwanzspitze.

Hier kehrte mein Vater um, und wir ritten mit Cousin Rudolf durch den hohen Cinchona-Wald, einer alten Anlage mit dekorativen Succirubra-Bäumen: hohe weiße Stämme mit großen Blättern, die sich einmal im Jahr hellrot färben. In den neueren Gärten wird diese Art mehr und mehr durch die wirtschaftlich vorteilhaftere, schmalblättrige, bronzegrüne Ledgeriana verdrängt, deren Bäume weitaus weniger eindrucksvoll sind. Der angenehm würzige Duft der weißen Blüten ist jedoch bei beiden Arten gleich.

Am Paß des Riung Gunung ging es sehr steil abwärts durch den Wald, auf einem Weg, der vom Regen dermaßen ausgewaschen war, daß überall die nackten Felsblöcke hervortraten und wir absteigen mußten, damit es den Pferden nicht zu schwer wurde. Als wir den steilsten Abhang hinter uns hatten, erreichten wir alsbald die Gärten von Gambung und ritten über einen Grasweg durch ein prächtiges, zu einem Park verwandeltes Stück Urwald zum Haus, das auf dem Hang des Gunung Tilu mit einer herrlichen Aussicht nach Westen gelegen war.

Cousin Rudolf war damals gut in den Fünfzigern; eine auffallende Erscheinung. Er hatte eine muskulöse Gestalt, nicht übermäßig groß und schwer, aber kräftig gebaut. Schon damals hatte er einen weißen Bart und eine Glatze und trug deshalb immer eine schwarze Mütze, ein schottisches Modell mit einer Falte in der Mitte und zwei hinten herabhängenden kurzen Bändern. Onkel Eduard von Sinagar und mein Vater trugen dieselbe Art Mütze, ich erinnere mich nicht, sie jemals bei anderen gesehen zu haben.

Auf Gambung herrschte eine ganz besondere, sehr konservative Atmosphäre. Das Unternehmen lag ziemlich einsam, und die Bevölkerung hatte sich kaum mit fremden Elementen vermischt. Noch immer galten die alten Bräuche, und das Verhältnis zwischen Gutsherr und ansässiger Bevölkerung hatte etwas Patriarchalisches beibehalten. Nachmittags, wenn auf der geräumigen vorderen Veranda der Tee serviert wurde, kamen zwei Mandure und erstatteten Bericht. Sie saßen mit gekreuzten Beinen oben an der Treppe und warteten, bis sie angesprochen wurden, um dann in feierlichem Ton und mit den nötigen *sembahs* zu antworten. Aber trotz dieses «Abstandwahrens» gab es eine enge Verbundenheit zwischen dem Gedung und der Bevölkerung.

Cousin Rudolf war erst als erwachsener Mann nach Ostindien gekommen. Obwohl er sich vollkommen angepaßt hatte, hervorragend Sundanesisch sprach und sich auch in den Sitten und Gebräuchen des Volkes, unter dem er lebte, vorzüglich auskannte, hatte er etwas Urholländisches an sich. Er war ein Mann aus einem Guß, eine edle Gestalt, sehr gebildet, großzügig und solide, aber auch sehr konventionell. Sein Wort war Gesetz, und seine Kinder akzeptierten dies auf eine Weise, die bei Außenstehenden oft Erstaunen, manchmal sogar Entrüstung hervorrief. Er hatte Geschmack und ein sicheres Urteil in den Bereichen Kunst, Musik und Literatur, solange es sich nicht um moderne Werke handelte, denn die konnte er überhaupt nicht leiden und verschloß sich vor ihnen mit jener unglaublichen Hartnäckigkeit, die typisch für ihn war.

Cousine Jenny war ebenfalls sehr gebildet, aber der Welt gegenüber viel aufgeschlossener als ihr Mann. Seltsamerweise war sie völlig unvoreingenommen und nahm die Dinge, wie sie kamen, ohne zu grollen, wenn es einmal anders lief, als sie geplant hatte. Sie hatte ein sicheres Auge für Menschen und eine beeindruckende Lebensweisheit, die sich oft in kernigen Sprüchen äußerte. Die einzige Schattenseite war ihre Nervenschwäche, die mit den Jahren schlimmer wurde, wozu die Tatsache, daß ihre Ehe nicht glücklich war, nicht wenig beitrug. Anfangs, als sie als ganz junge Frau ins Landesinnere gekommen war, glaubte sie ihr Glück gefunden zu haben, doch später, als ihre Persönlichkeit sich entwickelte, und besonders nach ihrer Reise im Jahr 1893, als sie die beiden ältesten Jungen allein nach Holland gebracht hatte, vermochte sie sich nicht mehr in die Rolle einer Efeupflanze zu fügen, die Cousin Rudolf grundsätzlich von einer Frau erwartete. Zwar besprach er seine Pläne mit ihr und informierte sie eingehend über seine Geschäfte, doch er war ein Papst und fand es selbstverständlich, daß jeder im Hause sich seinem Willen unterordnete, was sie keineswegs immer tat. Das führte zu Zusammenstößen, die im Laufe der Jahre heftiger wurden; dann schwieg er und ging seine eigenen Wege, was sie nur noch mehr erzürnte. Es war ein großer Jammer, denn beide waren im Grunde vortreffliche Menschen.»

1903/1904

«Mein Vater hatte unterdessen auf Talun viel zu tun. Bevor Mutter, Connie und ich dorthin übersiedelten, waren wir noch einmal auf Gambung, wo Cousin Rudolf und Cousine Jenny die Heimkehr ihres ältesten Sohnes Ru feierten, der sein Ingenieurstudium in Zürich beendet hatte und nach einer Reise durch die Vereinigten Staaten, Japan und China nach Gambung zurückgekehrt war.»

Ru Kerkhoven an seine Brüder Edu und Emile, 6. Februar 1904
«Von Mutter werdet Ihr wahrscheinlich eine Briefkarte bekommen und das eine oder andere über meine Heimkehr erfahren haben. Aber da Ihr sicherlich mehr darüber wissen möchtet, will ich versuchen, Euch einen ausführlichen Bericht über meine ‹Joyeuse Entrée› zu geben.

Am 25. Januar liefen wir bei Tagesanbruch im Hafen von Tandjong Priok ein, und als das Schiff gerade angelegt hatte, kam auch schon der erste Zug von Weltevreden mit Vater, Mutter und Bertha. Karel war nicht dabei, er wollte die Schule nicht versäumen, da er sich danach ein paar Tage freinehmen und nach Gambung mitkommen wollte.

Die Zugfahrt nach Bandung war genau wie früher, nur mit dem Unterschied, daß man jetzt um 12 Uhr statt um 3 Uhr in Bandung ankommt. Bandung erkannte ich kaum wieder. Schon dort bemerkte ich, daß oben auf der Plantage große Vorbereitungen im Gange waren, es gab ein ständiges Hin und Her von Boten und Zustellern, wobei das Telefon keinen Augenblick still war und Mutter ununterbrochen Gespräche führte mit Malabar, Talun, Ardjasari und so weiter und so weiter.

Endlich brach der große Tag an. Unser leichter Reisewagen brachte uns zuerst nach Koppo, wo uns ein frisches Pferdegespann erwartete, dann ging es über Tjisondari weiter. Bis Tjisondari tat sich nichts Ungewöhnliches, aber kaum waren wir dahinter nach links abgebogen, als wir überall Gruppen von Einheimischen in ihren schönsten farbigen Gewändern auf dem Weg nach Gambung erblickten. Vor dem Haus des *tjamat* erwartete uns eine Eskorte einheimischer Reiter, die bis Gambung vor uns herritten. Unterwegs schlossen sich noch viele andere an, so daß wir mit großem Gefolge die Grenze von Gambung erreichten.

Im Kampong Gambung hatte man einen prächtigen Triumphbogen errichtet, und der ganze Weg ab der Stelle, wo er aus der Schlucht des Tji Enggang in den Teegarten vor dem Haus eintritt, war mit Bambusbögen geschmückt, um die man junge Kawungzweige gewunden hatte.

Beim Waringin-Baum vor dem Haus des Djurutulis konnte ich den ersten Blick auf unser neues Gedung werfen. Auf der Straße wimmelte es von Menschen, doch gab es, wie es sich bei einem würdigen Empfang ziemt, weder Gedrängel noch Geschrei. Dadurch kamen die festlichen Klänge des Gamelans um so besser zur Geltung und machten, insbesondere auf mich, einen tiefen Eindruck. Die Gefühle, die mich überkamen, als unser festlicher Aufzug sich langsam dem Haus näherte, werde ich niemals vergessen. Dort lag das Elternhaus, wenn auch nicht mehr das alte; und dann die einzigartig schöne Landschaft, die festliche Stimmung der auf dem Vorplatz versammelten Menge, die Musik, das herrliche Wetter: all das trug dazu bei, mich den Trennungsschmerz vor elf Jahren auf einen Schlag vergessen zu lassen, und erweckte in mir ein Gefühl der Dankbarkeit, das mich mein Leben lang begleiten wird.

In dem Augenblick, als ich aus dem Wagen stieg und meinen Fuß auf die unterste Stufe der Außentreppe setzte, stürzte ein altes Weiblein auf mich zu und hing an mir wie eine Klette, so daß ich Mühe hatte, die vordere Veranda zu betreten. Es war Engko; sie wollte mich nicht mehr loslassen und heulte Rotz und Wasser. Ich ließ sie gewähren, und erst als sie sich einigermaßen beruhigt hatte, konnte ich mich den bereits anwesenden Gästen zuwenden. Eine halbe Stunde später kamen die Wedanas von Bandjaran und Tjisondari hinzu. Dann begann der Zug durchs ganze Haus und die unmittelbare Umgebung. Alles war mit Fahnen, Wimpeln und Grün geschmückt, direkt vor dem Haus stand ein prächtiger Triumphbogen auf vier Säulen, ausgeführt nach einem Entwurf von Mutter.

Die neue Fabrik war ganz für das Fest der Bevölkerung eingerichtet; es gab eine Bühne für die Wayang-Spiele; ein paar Gamelans sorgten für die Musik. Auch dort war alles mit Grün und Wimpeln geschmückt.

Das eigentliche Fest sollte erst am nächsten Tag stattfinden. Nach dem Mittagessen ruhten wir uns ein wenig aus, danach erneuerte ich die Bekanntschaft mit vielen alten, vertrauten Dingen: mit den Gewehren Sumpitan und Matjan, mit dem Flobertgewehr und mit meinen alten Büchern. Außerdem suchten mich viele unserer alten Diener auf, darunter einige, an deren Namen ich mich nicht einmal mehr erinnern konnte. Sprechen konnte ich natürlich kaum mit ihnen, denn mein Sundanesisch hatte ich so gut wie vergessen; Vater oder Karel führten meistens das Wort für mich.

Es war merkwürdig, wie bekannte Geräusche alte Erinnerungen in mir erweckten, vor allem die Vogelrufe versetzten mich wieder ganz in die frühere Umgebung. Aber wie wenig ist in Wirklichkeit von dieser Umgebung übriggeblieben. Hier beim Haus stehen nur noch der Stall und das Gerippe der ersten Fabrik. Im Garten hat sich nicht viel verändert, nur der Gemüsegarten ist verschwunden. Die Tee- und Cinchona-Gärten sehen noch fast so aus wie früher, aber ich bin noch nicht überall gewesen. Ich glaubte, alles würde mir kleiner vorkommen, aber das war nur halb so schlimm. Der Gunung Tilu ist allerdings viel näher als in meiner Erinnerung. Was mir besonders auffällt, ist die Schönheit der Natur auf Gambung. Ich kann das nun besser beurteilen als früher, denn damals kannte ich ja nichts anderes. Ich könnte Euch keinen Ort nennen, wo die Natur so überwältigend schön und zugleich so lieblich ist wie hier. Auch die Lage des Hauses ist einzigartig.

Am nächsten Morgen um halb sieben weckten mich unterschiedliche Geräusche. Ich stand sofort auf und fand schon alle mit den Vorbereitungen für den Empfang der restlichen Gäste beschäftigt, die im Laufe des Vormittags erwartet wurden. Ein einheimisches Orchester aus Bandung hatte sich neben dem

Haus aufgestellt und begrüßte jeden Gast mit einer munteren Melodie. Etwa um zehn Uhr trafen die ersten ein, und so ging es weiter, bis wir schließlich mit dreiundzwanzig Leuten auf der vorderen Veranda saßen.

Um zwölf Uhr fand eine typisch einheimische Feier statt: das Vergraben eines Büffelkopfes unter dem Dach der neuen Fabrik, denn mit dem Fest war auch die Einweihung des neuen Gebäudes verbunden. Der Kopf wurde in feierlichem Aufzug unter den Klängen des Gamelans auf einem prächtigen Palankin zum Vorhof getragen. Dort stellten wir Europäer uns an die Spitze des Zuges und schritten langsam zur neuen Fabrik hinüber, wo unmittelbar vor dem Haupteingang eine Grube ausgehoben war. Der mit Tüchern umwickelte Kopf wurde mitsamt den Blumen in die Grube hinabgelassen, dann sprach der *lebè* ein langes, feierliches Gebet, worauf die Grube zugeschüttet wurde. Auch Vater mußte mit dem Patjul ein paar Brocken Erde daraufschaufeln; dann war ich an der Reihe und nach mir die übrigen Herren der Gesellschaft. Damit war die Feier beendet, und das Festmahl begann. Dazu waren alle eingeladen, die am Bau des neuen Hauses und der Fabrik mitgewirkt hatten, ferner alle Leute, die mich früher gut gekannt hatten: alles in allem etwa achtzig Personen.

Als die Leute auf dem Boden Platz genommen hatten, wie das hier üblich ist, hielt Vater eine sehr schöne Ansprache, deren Übersetzung er mir soeben gegeben hat. Ich lasse hier den Text folgen. Er war in den Worten des Volkes verfaßt und wurde in ‹turmhohem› sundanesischem Tonfall gesprochen: ‹Ihr alle, Schwestern, Brüder, Freunde, Radèn Wedana von Bandjaran, Radèn Tjamat von Tjisondari, Dorfvorsteher, Mandure, Zimmerleute, Budjangs der Fabrik, Bewohner von Gambung und ihr anderen, die ihr alle hier anwesend seid: Daß wir zusammengekommen sind, um ein Fest zu feiern, hat drei Gründe: Erstens haben wir vor kurzem ein neues Gedung gebaut, was ohne Unfälle abgelaufen ist.

Zweitens haben wir unlängst auch diese neue Fabrik errichtet, auch dies ohne Unfälle. Vom Roden des Waldstücks bis zum Auflegen der Eisenplatten, die uns jetzt als Dach dienen, hat uns Allahs Beistand vor jeglichem Ungemach bewahrt. Niemand wurde durch einen fallenden Baum getroffen, niemand ist vom Gerüst gestürzt.

Der dritte Grund aber ist, daß ich vor zehn Jahren und elf Monaten zwei meiner Söhne nach Holland auf die Schule geschickt habe und daß am gestrigen Tag mein Erstgeborener nach Hause zurückgekehrt ist.

Darum ist es mein Wunsch, daß ihr alle meine Freude und mein Glück teilen sollt und Allahs Gaben mit Dankbarkeit genießt. Und nun bitte ich den ehrwürdigen Priester, wie es der Brauch erfordert, zu Allah ein Gebet zu sprechen und euer aller Wohlstand und Gesundheit von ihm zu erflehen.› Nach einem langen Gebet des *lebè* nahm das Festmahl seinen Gang.

Unser Diner fand abends um acht Uhr statt und gelang dank Mutters Vorbereitungen hervorragend. Onkel August, Cousin Jan Bosscha, Vater und ich hielten Ansprachen. Außer dem Wedana von Bandjaran, den Angestellten, ein paar Nachbarn und Berthas Gouvernante waren von unserer Familie Kar Bosscha, die Cousinen Bosscha, Rudi van Santen, Lien (die jüngste Tochter unseres verstorbenen Onkels Eduard von Sinagar) mit ihrem Mann und Cousin Adriaan ‹Tattat› Kerkhoven anwesend. Und wir natürlich; wir haben Euch beide sehr vermißt!

Mit Vater und Karel bin ich schon ein paarmal auf der Jagd gewesen.

Jetzt wird es allmählich Zeit, mich an die Arbeit zu machen. Vorläufig bleibe ich noch eine Weile bei Vater in der Lehre; unter anderem helfe ich ihm bei den Plänen für die Installation der neuen elektrischen Leitungen und mit dem Trassieren der benötigten Wasserleitungen. Außerdem lerne ich wieder Sundanesisch.»

Gruppenbild: eine Hochzeit, 1905

Im Garten hinter einer Villa in Hilversum, dem Landsitz des Herrn Lambrechtsen, Direktor der Stadtwerke von Amsterdam. Ein warmer Septembertag (die Fenster im ersten Stock sind hochgeschoben). Doch inmitten des noch sommerlich grünen Laubs steht ein Baum schon ganz entblättert da.

Auf dem Rasen neben dem Wintergarten hat sich die Familie aufgestellt. Der Bräutigam Eduard Silvester Kerkhoven, in langem Gehrock, mit einer Rose im Knopfloch, und seine weißgekleidete Braut mit Schleier, Schleppe und ausladendem Bukett fallen weniger auf als die Brauteltern, vornehme, korpulente Bürger, Arm in Arm in der Mitte der Gruppe. Auch die rüstige Mevrouw Roosegaarde, die Großmutter des Bräutigams, und zwei dralle Brautjungfern ziehen die Aufmerksamkeit auf sich.

Im Hintergrund steht Rudolf. Die Krempe des Zylinderhuts wirft einen Schatten über seine Augen, der graue Bart wallt auf die Brust herab. Ein Kopf, der über den Schultern von zwei massiven Herrengestalten zu sehen ist, muß der von Emile sein, der zur Hochzeit des Bruders aus Zürich gekommen ist. Man vermißt Jenny, die Mutter des Bräutigams; vielleicht ist sie die Dame, deren kostbare Toilette mit Spitzenvolants am Rande des Fotos nur halb sichtbar ist. Auch Bertha ist in der Gesellschaft nicht zu entdecken.

Eduard wurde soeben mit Madeleine Lambrechtsen ehelich verbunden. Rudolfs finanzielle Unterstützung hat die Heirat ermöglicht. Eduard hat nach einer nicht abgeschlossenen Ausbildung als Maschinenmeister Praktika bei mehreren Fabriken in Pittsburgh in den Vereinigten Staaten absolviert und durch die Vermittlung seines Schwiegervaters einen Posten bei der Paraffinfabrik am anderen Ufer des IJ in Amsterdam erhalten, muß sich aber vor einer festen Anstellung mit gutem Einkommen erst noch bewähren. Rudolf ist über die Verbindung mit diesem Mädchen aus einer soliden, wohlhabenden Familie erleichtert. Edu eignet sich nicht für den Plantagenbetrieb, und auch Madeleine, die von zarter Gesundheit ist, wäre dem Leben auf einem ostindischen Unternehmen nicht gewachsen. Doch in ihrer ruhigen, sachlichen Art weiß sie genau, was sie will; somit ist sie die ideale Frau für Edu mit seinem jähzornigen, wenig zielstrebigen Charakter.

Nun, da Emile kurz vor dem Abschluß seines Studiums in Zürich steht, Karel in Batavia sein Abitur (zweifellos mit Erfolg) ablegen wird und Ru auf Gambung Stellvertreter seines Vaters ist (außerdem leitet er den Bau eines elektrischen Kraftwerks, ähnlich dem, das August seit einiger Zeit auf Ardjasari besitzt), fühlt Rudolf, daß die Anstrengungen und Opfer der vergangenen Jahre nicht vergeblich waren. Seine Söhne werden sich in der Welt behaupten; wenn nötig, kann er ihnen das Leben erleichtern und bei der Verwirklichung ihrer Zukunftspläne helfen, denn Geld ist kein Problem und wird es niemals wieder sein, seit Malabar beispiellos hohen Gewinn abwirft (rund eine Million Pfund geernteten Tee in 1903! Eine Dividende von dreißig Prozent!), seit Talun – vorläufig unter der Leitung von Jan Bosscha, später hofft er Emile oder Karel dort einzusetzen – sich vielversprechend anläßt und Rudolf demnächst mit der Rodung einer dritten Parzelle Ödland, Negla, beginnen will.

Nur Bertha muß noch in die Gesellschaft eingeführt werden. Wenn Rudolf nach all den Empfängen, Diners und anderen Verpflichtungen mit einem Seufzer der Erleichterung endlich in Genua oder Marseille an Bord geht, bleiben Jenny und Bertha zurück, um für den «finishing touch» zu sorgen, der das junge Mädchen aus den Tropen in eine perfekte europäische Dame verwandeln soll.

Der Zylinderhut drückt auf Rudolfs Stirn. Ganz sorgenfrei ist er nicht auf diesem Fest. Zwischen ihm und dem Ehepaar Lambrechtsen ist es zu Meinungsverschiedenheiten gekommen. Seinerzeit, nach dem Empfang des in seinen Augen perfiden Briefes von Henny, hat er von seinen Söhnen verlangt, sie sollten sich weigern, jenem Onkel die Hand zu geben. Ru, Edu und Emile haben ihm das versprochen und ihr Versprechen gehalten. Lambrechtsen findet, das geht zu weit. Er meint, es sei weder im Interesse des jungen Paares noch der beiden betroffenen Familien, ja, es sei ein Skandal, einen Zwist so auf die Spitze zu treiben, daß er den Charakter einer Fehde annimmt. Ru und Edu haben immerhin dreieinhalb Jahre bei den Hennys im Hause gewohnt. Cateau war für sie wie eine zweite Mutter, und Henny ist Mitglied der Zweiten Kammer und des Staatsrates!

Rudolf seinerseits beharrt darauf, daß seine Söhne, sollten sie Henny mit Höflichkeit begegnen – und sei es aus diplomatischen Erwägungen –, damit gleichsam ihn, ihren Vater, öffentlich verleugneten. In diesem Punkt läßt er nicht mit sich reden. Cateau hat vor nicht langer Zeit etwas von «vergeben und vergessen» geschrieben, doch hatte Rudolf eher den Eindruck, die anderen hätten *ihm* etwas zu vergeben statt umgekehrt. Er hat sie wissen lassen, daß er solche Worte erst dann ernst nehmen könne, wenn sie ihre Bezichtigungen zurückzögen und sich entschuldigten. Eine Antwort darauf ist ausgeblieben.

Doppelporträt: Mutter und Tochter, 1906

Das Porträt wurde in Amsterdam von einem renommierten Fotografen auf dem Rokin aufgenommen. Jenny und Bertha tauchen entsprechend der modernen künstlerischen Konzeption «en buste» aus einem verschwommenen Hintergrund hervor. Die siebzehnjährige Bertha ist größer als ihre Mutter, sie hat dieselben hellen grauen Augen wie Jenny.

Das Foto hat eine Vorgeschichte. Vor ein paar Monaten hat Bertha als Überraschung ihrem Vater ein Porträt von sich allein, mit aufgestecktem Haar, nach Gambung geschickt, um ihm zu zeigen, wie das barfüßige Kind, das am liebsten in Bäume kletterte, das Töchterchen, das er zwar intelligent, doch leider nicht schön fand, sich in dem einen Jahr in Europa gemausert hat, nicht gerade zu einer Salonschönheit, aber zu einer energischen, lebenslustigen jungen Frau.

Rudolf hat dankbar geantwortet: «... und weißt Du, wer mich in diesem Augenblick ansieht? Das bist Du selbst, Kätzchen, was bist Du für ein hübsches Mädchen geworden! Du stehst auf meinem Schreibtisch an das Tintenfaß gelehnt. Du hast mir mit Deinem Porträt eine große Freude bereitet... ich war nur ein bißchen enttäuscht, weil Mutter nicht darauf war.»

Die in den Worten eingeschlossene Bitte hat Bertha wohl verstanden. Es hat sie Mühe gekostet, die Mutter, die zunehmend an Schwermutsanfällen leidet, während derer sie an allem etwas auszusetzen hat, sich über Nichtigkeiten beklagt und aufregt, in das Atelier auf dem Rokin mitzuschleppen. Auf Berthas Drängen sorgfältig frisiert, in einer der teuren Roben, die sie auf ihrer Rundreise, Berthas «grand tour», in Wien oder Paris gekauft hat (Bertha ist oft entsetzt über die Leichtfertigkeit, ja, Gleichgültigkeit, mit der ihre Mutter das Geld mit beiden Händen ausgibt), posiert Jenny neben ihrer großen Tochter. Es ist Bertha gelungen, mit einem geflüsterten «Mach schon, guck doch nicht so streng!» die mißmutige Miene von Jennys Gesicht zu vertreiben. Zwar lächelt sie nicht, aber ihr gelassener Blick verrät nichts von ihrer schwarzgalligen Ruhelosigkeit. Bertha schaut strahlend in die Linse: Wie gefällt Ihnen dieses Doppelporträt, Vater? Allein wollte Mutter nicht fotografiert werden. Sie sagt, dafür sei sie zu «alt». Das ist doch Unsinn! Sieht sie nicht gut aus?

Bertha weiß, daß ihr Vater den Augenblick herbeisehnt, in dem sie wieder nach Gambung zurückkehren, aber auch großes Verständnis dafür hat, daß sie so lange in Holland bleiben wollen, bis im August das erste Kind von Edu und Madeleine geboren wird. Außerdem wollen sie Karel willkommen heißen, wenn er nach dem Abitur im Juli in Holland eintrifft. Die Umstellung wird ihm schwerfallen, denn eigentlich wollte er Ostindien niemals verlassen.

Rudolf Kerkhoven an einen angehenden Teepflanzer, 1906

«... Ich habe während meiner fünfunddreißigjährigen Laufbahn in Ostindien vielerlei Erfahrungen gemacht und bin nach wie vor überzeugt, daß es für tatkräftige junge Leute in Ostindien bessere Chancen gibt, zu Wohlstand zu gelangen, als in Europa.

Ein ausgebildeter Maschinenbauingenieur, ruhig und ausgeglichen, kein Hitzkopf, stark und gesund, ein tüchtiger Arbeiter, Träger eines angesehenen Namens, der außerdem noch über ein gewisses Kapital verfügt: Nun, ich frage mich, wer hätte größere Aussicht auf Erfolg? Doch absolute Sicherheit kann Ihnen niemand geben.

Aber Sie möchten vorher alles genau regeln. Sie wünschen, daß ein ‹fester› Plan erstellt wird, Sie wollen sich (gleich von vornherein) assoziieren. Haben Sie eine Teilhaberschaft mit meinem Sohn Rudolf im Auge?

Wir gedenken im nächsten Jahr mit der Urbarmachung von Negla anzufangen, wozu ich das Kapital beschaffen werde. Wir werden gemächlich vorgehen und stellen uns vor, die spätere Erweiterung der Plantage mit dem Gewinn zu finanzieren, den wir zu machen hoffen.

Auf diese Weise bleibt das Geschäft ganz in unseren Händen.

Es hat mir stets leid getan, daß ich mein Unternehmen Malabar, das ich vor zehn Jahren für wenig Geld erstanden habe, nicht für mich allein behalten konnte. Doch damals ging das über meine Kräfte. Ich habe deshalb eine Aktiengesellschaft daraus gemacht, an der ich wesentliche Anteile besitze. Mein Neffe Rudolf Kar Bosscha hat jetzt dort einen wichtigen Verwalterposten inne.

Wir sind bestrebt, Negla ganz im Besitz der Familie zu behalten, obwohl dadurch die großen Gewinne etwas länger auf sich warten lassen.

Auf Negla ist kein Platz für einen Teilhaber.»

Momentaufnahme: vier Generationen, 1906

Eine Ecke der Wochenstube, in der Madeleine Kerkhoven vor ein paar Tagen einem Sohn das Leben geschenkt hat. Ein Waschtisch mit Schüssel und Wasserkrug ist durch einen geblümten Wandschirm teilweise verdeckt.

Die alte Mevrouw Roosegaarde sitzt in einem Sessel und hält ihren Urenkel, in eine gehäkelte Decke gewickelt, auf dem Schoß. Edu, hinter ihr, schaut auf sein Kind herab.

Als vierte ist die frischgebackene Großmutter, Jenny, auf dem Bild. Die etwas füllige, aber würdevolle und immer noch hübsche Frau mittleren Alters von dem Doppelporträt mit Bertha hat sich in erschreckend kurzer Zeit (kaum einem halben Jahr) in eine korpulente Matrone mit verbittertem Gesicht verwandelt. Ihr Haar ist völlig ergraut. Wie eine Holzpuppe steht sie da. Es kümmert sie nicht mehr, was der Betrachter der Fotografie, wer immer das auch sei, von ihr denken mag.

Sie hat ein Enkelkind, doch es macht sie weder stolz noch glücklich. Sie wird es nicht aufwachsen sehen und keine Freude an ihm erleben. Sie begreift nur, daß sie alt wird. Die Generationen rücken auf. Die Kinder werden sie eins nach dem anderen verlassen. Dann muß sie bis ans Ende ihrer Tage auf Gambung bleiben, allein mit Rudolf und den Erinnerungen an schwere Jahre, an Mißernten, Viehseuchen, Rückschläge, Krankheit, Mühsal, Angst, und immer Regen, Regen. Die Kerkhovens sind jetzt reich. Das neue Haus ist größer und komfortabler als die Holzbude, in der sie zwanzig Jahre hat leben müssen. Sie haben Telefon, elektrisches Licht und Kronleuchter aus venezianischem Glas in der vorderen Veranda. Der steile Weg von Babakan zum Unternehmen wurde ausgebaut, und wenn sie und Bertha nach Gambung zurückkommen, wartet dort ein neues Fahrzeug, mit dem sie sich, sooft sie wollen, nach Bandung fahren lassen können, um einzukaufen oder Bekannte zu besuchen. Doch das alles kommt zu spät.

Einmal hat sie in diesem Jahr in Holland Cateau wiedergesehen. Nicht bei den Hennys zu Hause; wie ihre Söhne will und darf sie Henny nicht begegnen. Wie immer sie sich die Begegnung vorgestellt haben mag, war sie doch auf keinen Fall darauf gefaßt, daß ihre Schwägerin *ihr* die Schuld an Rudolfs wirklichen und unterstellten Charakterschwächen geben würde. *Sie* habe ihn durch ihre Unzufriedenheit, durch Eifersucht und Neid auf seine Mutter, auf Cateau, auf Marie und später auf Augusts Frau, die Tochter des Residenten, zur Verzweiflung getrieben. Um ihre Ansprüche zu befriedigen und dafür immer mehr Geld zu verdienen, habe Rudolf Halbwahrheiten verbreitet und die Verwandten gegeneinander aufgehetzt. Sie mit ihrer Überempfindlichkeit sei die eigentlich Schuldige am Bruch zwischen Rudolf und seiner Familie. Und aus Angst, Ru und Edu könnten Cateau lieber gewinnen als sie, habe sie alles darangesetzt, ihr die Jungen zu entreißen: «Wer weiß besser als du, Jenny, wie ich darunter leide, daß Kinder, an denen ich hänge, für die ich wie eine Mutter gesorgt habe, mir wieder genommen werden. Als halbe Wilde kamen sie zu uns, unterernährt und schlecht angezogen – wir haben holländische Jungen aus ihnen gemacht. Ist das der Dank für meine Diskretion, als Rudolf dich kennenlernen wollte? Wie es um die Roosegaardes bestellt ist, wissen wir ja jetzt! In Edu habe ich manchmal etwas von deinen Ängsten und Chimären wiedererkannt. Du bist Rudolfs Unglück!»

Die Frau mit dem verbissenen Gesicht, die steif wie ein Brett, als gehöre sie nicht dazu, in der Wochenstube ihrer Schwiegertochter steht, unterscheidet sich so unglaublich von der Jenny, die Rudolf nach Edus Hochzeit vor einem Jahr in Holland zurückgelassen hat – ganz zu schweigen von der jungen Jenny, seiner Liebsten und Gefährtin, der jungen Mutter seiner Kinder, dem Mittelpunkt seines Lebens –, daß er entsetzt auf die Fotografie starrt, die Edu ihm geschickt hat. Diese fremde Frau ist jetzt an Bord der Rembrandt auf dem Weg nach Ostindien, zu ihm.

Die Veränderung in der Persönlichkeit ihrer Mutter hatte sich so allmählich vollzogen, daß sie Bertha erst durch die Reaktionen von Dritten bewußt wurde. Was man in den letzten Wochen in Holland noch den Anstrengungen des Einpackens und dem Abschiedsschmerz zuschreiben konnte – auch Karel hatte sich nach der Ankunft seinen Schrecken mit ähnlichen Argumenten ausgeredet –, wurde an Bord der Rembrandt zu einem festen Verhaltensmuster: tagsüber Gereiztheit, Klagen über die Bedienung und fehlende Bequemlichkeit, über Berthas vermeintlichen Mangel an Mitgefühl; doch abends, nach ein paar Gläsern Wein beim Diner, eine auffällige, peinliche Mitteilsamkeit. Bertha schämte sich, wenn ihre Mutter ununterbrochen mit lauter Stimme redete, wenn sie mit einer Unbeherrschtheit, die zu ihrem Alter nicht paßte, an den Gesellschaftsspielen teilnahm. Die befremdeten Blicke und die sichtbare Verlegenheit der anderen Passagiere machten für Bertha den Aufenthalt im Salon des Schiffes zur Hölle. Die gesellschaftliche Konvention verlangte, daß sie sich als noch nicht «eingeführtes» junges Mädchen stets in der Nähe ihrer Mutter aufhielt, die jedoch in ihrer Sucht nach Zerstreuung die Pflicht vergaß, sich auf jeden Fall vor Mitternacht mit der Tochter zurückzuziehen.

Hinter Suez wurde Bertha krank. Fieberanfälle zwangen sie,

in ihrer Koje zu bleiben. Jetzt wurde sie zum Brennpunkt der ruhelosen Aufmerksamkeit ihrer Mutter. Bis Batavia verbrachten sie die Tage in zwei benachbarten Kabinen.

Als sie die Gestalt ihres Vaters erblickte, der sie auf dem Kai von Tandjong Priok erwartete, brach Bertha in Tränen aus. Die ganze aufgestaute Spannung löste sich. Dort stand er, in einem seiner «anständigen» Anzüge, die er so widerwillig anzog; sogar den Tudung hatte er mit einem Panama-Strohhut vertauscht. Unter dem Schnurrbart sah man eine geschwollene Narbe, von einer Operation, die er unlängst an der entzündeten Unterlippe hatte durchführen lassen. Sein Mund war entstellt, aber die Stimme hatte sich nicht verändert. Schluchzend fiel Bertha ihm um den Hals. Daß seine Tochter wider Erwarten so blaß und abgemagert zu ihm zurückkehrte, lenkte ihn vom schockierenden Anblick seiner Frau ab.

Erst auf Gambung wurde ihr unheilbares Leiden in vollem Umfang sichtbar. Aber da seit dem ersten Tag ihrer Heimkehr ein unaufhörlicher Besucherstrom die Plantage bevölkerte – niemals weniger als drei oder vier Gäste zugleich – und der Empfang, die Verpflegung und Unterhaltung all dieser Leute viel Mühe und Aufmerksamkeit erforderten, herrschte bei flüchtiger Betrachtung dieselbe Atmosphäre wie früher. Das geräumige Haus im parkartigen Garten zwischen Rasamala-Bäumen und blühenden Beeten, zwischen Urwald und Plantage, die Hunderte von Menschen, die in den Fabrikhallen und Gärten ihrer Arbeit nachgingen, die vertrauten Gesichter von Engko, Irta und Nati, von dem betagten Djurutulis und seiner Frau, die Düfte und Geräusche des Berglandes, das Licht, der Wind, die Nachmittagsregen, die Hunde und Pferde: das ganze Leben auf Gambung, wie sie es seit frühester Kindheit kannte, wartete auf Bertha und lenkte sie ab. Sie brauchte nur die alten Gewohnheiten, den alten Rhythmus, um in dieser Welt für immer heimisch zu sein. Auch das Wunderlichste, Unbegreiflichste war hier erträglich als Teil der Natur.

Doch Bertha hatte sich verändert. Sie konnte den Kern dessen, was sie als ihr «Ich» erfahren hatte, nicht aufgeben. Dieses «Ich» wußte unterschwellig, daß etwas geschehen mußte, daß die Frau, deren wechselnde Stimmungen (von Hausgenossen und Gästen euphemistisch als Nervosität bezeichnet) von Tag zu Tag beunruhigender wurden, daß ihre Mutter ständige Betreuung und Hilfe brauchte. Als Bertha, zum erstenmal allein mit Ru, ihn auf einen Spaziergang zu seinem Kraftwerk begleitete, das von der Wasserkraft des Tjisondari angetrieben wurde, kam sie darauf zu sprechen. Doch der Bruder, mit dessen ernster Anteilnahme sie gerechnet hatte, war mit eigenen Problemen beschäftigt. Während sie noch zögerte und nach den richtigen Worten suchte, um das peinliche Thema anzuschneiden (sie saßen stromaufwärts vom Gebäude auf einer Felsformation am Ufer, die in ihren früheren Kriegsspielen eine Zitadelle gewesen war), unterbrach er sie mit einem heiteren: «Weißt du, in Bandung baut man jetzt ein Großkraftwerk, aber dieses hier ist das erste seiner Art auf Java, viel besser als das auf Ardjasari» und fuhr im selben Atemzug fort mit einer ausführlichen Schilderung des Systems aus Kabeln, Dynamos und Turbinen – in einem Ton, der an Deutlichkeit nichts zu wünschen übrigließ. Sie mußte den Mund halten und verschweigen, worüber man nicht sprechen durfte.

Bertha begriff, daß Ru den Zustand ihrer Mutter nicht wahrhaben wollte aus demselben Grund, der sie dazu bewog, darüber zu reden: um nicht länger in der eigenen Entwicklung gehemmt zu werden. Ru war fast achtundzwanzig; in wenigen Monaten würde Emile aus Holland nachkommen und seinen Platz auf Gambung übernehmen, während Ru als Assistent von, oder besser gesagt, als zweiter Mann neben Cousin Kar Bosscha nach Malabar gehen sollte. Mit dieser Zukunft vor Augen hatte er sich mit einem Mädchen aus Bandung verlobt, der Tochter eines pensionierten Regierungsrates von Niederländisch-Ostindien. Auf Malabar wurde schon das Haus für sie gebaut. Mit seiner Jo, die jede Woche zwei Tage auf Gambung verbrachte, hatte er anscheinend abgesprochen, daß sie beide nach Kräften die allgemeine Stimmung aufheiterten. In ihrer charmanten Art, jemandem die Grillen auszutreiben und schnell eine Überraschung auszudenken, brachte Jo oft eine erlösende Wendung in einem mühsam sich dahinschleppenden Gespräch oder in einer gespannten Situation. Als die Kerkhovens (Jo gehörte schon zur Familie) nach wochenlangem Trubel mit stets wechselnden Besuchergruppen endlich wieder unter sich waren und eine Meinungsverschiedenheit zwischen der Frau des Hauses und der Haushälterin in einen allgemeinen, unerquicklichen Wortwechsel auszuarten drohte, zog Jo unter dem Vorwand, auf einem am selben Tag gerodeten Waldstück ein «Osterfeuer» anzünden zu wollen, Ru und seine Mutter mit nach draußen. Das Fräulein, das in den vergangenen Monaten ihr Bestes getan hatte und sich keines Fehlers bewußt war, verzog sich weinend in ihr Zimmer; ihre Tage auf Gambung waren gezählt. Bertha nahm den Arm ihres Vaters, der durch das Kreischen und das hochrote, verzerrte Gesicht seiner Frau sichtlich erschüttert war, und ging mit ihm in den Garten. In der Ferne kräuselte sich der Rauch von Jos Osterfeuer über den Bäumen. Es wurde dunkel.

Während sie schweigend auf dem Pfad zwischen den Rosen dahinschritten, spürte Bertha in dem bleischweren Druck auf ihrem Arm die Besorgnis ihres Vaters. Es entsprach seinem Charakter, daß er nicht einmal andeutete, was ihn bewegte. Bertha hatte es nicht anders erwartet. Doch diesmal war es nicht mehr möglich, ihn zu schonen.

«Vater, das kann so nicht weitergehen.»

Er antwortete nicht sofort und zog den Arm aus dem ihren.

«Ich habe mit dem Arzt in Bandung gesprochen», sagte er schließlich kurz angebunden. «Es handelt sich um ein Krankheitsbild, das wenig Hoffnung verspricht.»

Einst war Berthas Mutter «Mädi», ihr «Weiblein» gewesen. Von solcher Vertrautheit war nichts mehr zu spüren. Täglich machten die Bemerkungen – und manchmal Ausbrüche – der Mutter ihr klar, daß Berthas Ähnlichkeit mit der jungen Jenny von einst sie einmal als Rivalin und also Feindin, ein andermal als Opfer, als zweites Ich der Mutter erscheinen ließen. Doch wenn Bertha in den Spiegel schaute, stellte sie fest, daß sie der Mutter, abgesehen von den hellen Augen, überhaupt nicht ähnlich sah. Sie wollte liebevoll und geduldig auf ihr gestörtes Verhalten, auf ihre verworrenen Behauptungen eingehen, fühlte aber, wie alles, was sie tat oder sagte, ins Leere stieß. Die Mutter hatte sich in ein für andere unzugängliches Reich zurückgezogen, wo nur ihre eigenen verletzten Gefühle galten. Weder die Nachricht vom Tode Großmama Roosegaardes noch die Heimkehr von Emile berührten sie wesentlich.

Mit größtem Interesse verfolgte sie hingegen, daß es neuerdings Automobile gab, daß Adriaan «Tattat» Kerkhoven von Sinagar auf Westjava schon ein solches Fahrzeug mit dem Kennzeichen 1 besaß und daß Kar Bosscha auch eines bestellt hatte. So wie sie nach der Einführung des Telefons tagtäglich in langen Gesprächen ihre Bekannten in Bandung und auf den benachbarten Plantagen mit ihrer Stimme erreicht hatte, sehnte sie sich jetzt danach, sich in einem dieser hübschen, modernen Autos selbst dort hinzufahren, wohin sie wollte. Den alten Vierspänner hatte sie niemals lenken wollen, und zu dem neuen großen Wagen gehörte ein Kutscher auf dem Bock. Eigenhändig ein Automobil zu steuern, erschien in ihrer Phantasie als der Gipfel des Glücks.

Bertha fürchtete sich vor den ständig wiederkehrenden Diskussionen über dieses Thema. Ihr Vater wollte nichts vom Kauf eines Automobils wissen und widersetzte sich dem dringenden Wunsch seiner Frau mit Argumenten, die Ru und Emile ihrerseits sachkundig widerlegten. Die Gespräche arteten unweigerlich zu einer Szene aus, in der eine Sturzflut von

Klagen und Vorwürfen noch ganz andere Dinge heraufbeschworen als den Kauf oder Nichtkauf eines Dion-Boutons oder Voisins.

Da gab es Anspielungen auf finanzielle und familiäre Angelegenheiten, insbesondere auf eine *perkara*, eine Zwistigkeit jüngsten Datums, über die Ru und Emile offenbar Bescheid wußten. Bertha verstand nur soviel, daß die Mutter ihr ganzes Elend der Herrsch- und Renommiersucht ihres Gatten zuschrieb, seiner, wie sie sagte, krankhaften Rechthaberei, seiner Habsucht – verfügte er denn nicht schon seit Jahr und Tag über *ihr* Geld, das Geld der Roosegaardes? Diese und andere Beschuldigungen regten Rudolf so auf, daß er schweigend hinausging und sich in seinem Büro einschloß.

Da Ru mit den Vorbereitungen zu seiner Hochzeit beschäftigt war, machten es sich Bertha und Emile zur Gewohnheit, nach dem Tee, wenn ihr Vater den Rapport der Mandure entgegennahm, mit den Hunden in den Garten zu gehen. Emile betrieb neuerdings wieder die Liebhaberei seiner Knabenjahre, das «Vöglein-gucken», wie der Vater es nannte.

«Schau mal, Bertha, die *manuk seupahs*, siehst du sie?»

«Die roten Vögel?»

«Du weißt doch, was *seupah* ist? Der rote Speichel der Betelkauer? Aber es gibt auch einen *manuk* von fast gelber Farbe. Hörst du, wie hier im Wald die Vögel im Chor singen? All die verschiedenen Arten zugleich?»

«Ich höre sie, aber ich kenne ihre Namen nicht. Ich weiß nur, wie wir früher manche Vögel benannten, den Birken-*sèset* und das Silberköpfchen.»

«Die sundanesischen Vogelnamen sind fast immer eine Nachahmung des Vogelrufs. *Dudut troktrok* heißt der Sporenkuckuck.»

«O ja, oder der *djokdjok*!»

«Manchmal hört es sich an wie eine Versammlung, bei der alle durcheinanderschreien.»

Bertha blieb stehen, hob einen Zweig auf und schleuderte ihn fort. Die Hunde jagten hinterher.

«Emile, was um Himmels willen ist das für eine perkara, von der Mutter ständig redet? Vater ist ganz verstört. Dabei geht es doch um Ardjasari, nehme ich an, und nicht um Gambung?»

«Also meinetwegen, ich will es kurz machen», sagte Emile seufzend. «Wie du weißt, ist Onkel August voriges Jahr endgültig nach Holland gegangen. Er hat das Unternehmen nicht einem Nachfolger überlassen, sondern statt dessen zwei Verwalter angestellt und selbst die Funktion des Direktors und Geschäftsführers beibehalten; eine leidige Sache, wenn man so weit weg ist. Außerdem hat er alle Bücher und Archivakten von Ardjasari mitgenommen. Vater und Cousin ‹Tattat› von Sinagar sollen mit den Aktienbesitzern kommissarisch verhandeln, wobei Vater als Onkels Bevollmächtigter auftritt. Offensichtlich will Onkel die Statuten ändern und den Löwenanteil selbst an sich reißen. Das verstößt gegen sämtliche Vorschriften, also ist Vater rigoros dagegen. Aber als Onkels Bevollmächtigter muß er dessen Aufträge ausführen, während er als Kommissar heftig dagegen protestiert.»

«Was für ein Zirkus!» sagte Bertha unwirsch.

«Vater hat ihm zu verstehen gegeben, daß man Ardjasari so nicht verwalten kann. Das hat Onkel August übelgenommen und ihm unlängst die Vollmacht entzogen. Vom jüngeren Bruder vor die Tür gesetzt! Vater ist schwer beleidigt, du kennst ihn ja. Aber ich habe keine Lust, länger darüber zu reden.»

«Hältst du Vater für autoritär?»

«Allerdings! Er ist der König von Preanger.»

«Wie war das gestern zwischen Vater und dir mit dem Buch? Hast du wieder deinen Nietzsche gelesen?»

«Nein, einen Roman von Couperus. Nach Vaters Ansicht dekadente Literatur, die den Geschmack verdirbt; er ärgert sich schwarz darüber. Fortan lese ich die modernen niederländischen Schriftsteller Couperus und Streuvels oben auf meinem Zimmer, und unten nehme ich eins von Vaters Lieblingswerken, *Treasure Island* von Stevenson oder *Ferdinand Huyk* von Meneer Van Lennep, zur Hand!»

Ru verzog nach Malabar, Emile verbrachte den ganzen Tag in den Gärten. Auf Drängen ihrer Mutter nahm Bertha Einladungen zu Logierbesuchen an. Anfang August, in der Woche der Pferderennen, sollte sie in die Gesellschaft «eingeführt» werden. Es war wichtig, daß sie schon vorher «Kontakte knüpfte», wollte sie auf den Festveranstaltungen nicht das Mauerblümchen spielen müssen. Im Alter von dreizehn, vierzehn hatte sie die älteren Cousinen Bosscha und die erwachsenen Mädchen auf Sinagar beneidet, weil diese überall dabeisein durften, doch nun fand sie keinen Gefallen an dem Geplapper über Hüte, Fächer und Kostüme für den Maskenball und kam sich langweilig und steif vor in den «Familien mit Töchtern», die sie eingeladen hatten. Wieder zurück auf Gambung, stellte sie fest, daß die fieberhafte Energie ihrer Mutter sich ganz und gar auf das Debüt des Fräuleins Bertha Elisabeth Kerkhoven konzentrierte, mit der sich Bertha selbst kaum, ihre Mutter aber um so mehr identifizierte.

Obwohl es auf Gambung sieben Gästezimmer, einen ausgezeichneten Mittagstisch, Dutzende von guten Reitpferden und einen Rasen zum Tennisspielen gab, war man es Jennys Ansicht nach der Debütantin schuldig, auch in Bandung eine Unterkunft zu besorgen, zumal nicht sicher war, ob sie alle auch diesmal – nach den Auseinandersetzungen im Familienkreis über Ardjasari – im «Pondok Sinagar» von Cousin Adriaan Kerkhoven willkommen sein würden. Rudolf bekam von einem Bekannten ein möbliertes Haus angeboten, das aber nach eingehender Besichtigung Jenny nicht gefiel. So wurden für die Zeit der Pferderennen Appartements im Hotel Wilhelmina in Bandung gebucht, das zwar weniger «gängig» war als das altbekannte Hotel Homann, wo aber die Bedienung besser war.

So fuhr Bertha als Debütantin zu den Pferderennen. Von nah und fern strömten Besucher herbei von den umliegenden Plantagen, aus kleineren Ortschaften wie Garut, Tjandjur und Sukabumi und, sofern es sich um «sportsmen» oder Besitzer von Rennpferden handelte, sogar aus Buitenzorg und Batavia. Die größeren Häuser an der alten Poststraße bis Kebun Djati und Suniaradja waren voller Gäste und glichen zeitweise Privathotels; ihre Besitzer hatten die niedrigen Grenzmauern zur Straße, die Torpfosten am Eingang zur Auffahrt und die Blumentöpfe im Hof frisch geweißt. In den schattigen, von Flamboyant- und Kenari-Bäumen gesäumten Alleen und auf der Braga, der Geschäftsstraße, herrschte ein ständiges Hin und Her von Fahrzeugen. Vor den drei oder vier Automobilen, die dort herumfuhren, drückten sich die Landauer und Tilburys wie auch die *dos-à-dos*, zweisitzige Mietwagen mit einem Kutscher, eiligst zur Seite. Die Stadt war gerammelt voll. An den Straßen zur Rennbahn standen warungs mit Obst, in Pisangblättern verpackten Delikatessen und Süßigkeiten; es wurden Fähnchen, Feuerwerk, Blüten für die Haarknoten, süßer Sirup und Strohzigaretten feilgeboten. Es schien, als hätte sich die Bevölkerung verzehnfacht. Alle waren in ihren besten Kleidern unterwegs. Sonnenschirme aus Papier in allen Regenbogenfarben und bunte Schirme für den einmaligen Gebrauch auf der Rennbahn bildeten schon am frühen Morgen einen lebendigeren Schmuck als die Fahnentücher und Girlanden an den Tribünen. Die Klänge der Spielmannszüge, Gamelan- und Angklung-Orchester vermischten sich in einem musikalischen Durcheinander. Und über allem schmetterte die Blechmusik der Militärkapelle.

Inmitten der anderen Festteilnehmer fuhren Bertha, ihre Eltern, Ru und Jo zur Rennbahn Tegallega. Sie hatten reservierte Plätze unter dem Schutzdach der großen Tribüne der Rennsport-Gesellschaft. Bertha, in einem europäischen Sommerkleid aus genopptem Voile, einen Hut aus feinem Stroh mit gestärkten Tüllschleifen auf dem hochgesteckten Haar, ein duftendes Sträußchen (Hommage für die Debütantin) an der Schulter, erfreute sich großer Beachtung. Sie sah den Pferden zu (Buccaneer und Jason von Sinagar gehörten wie üblich zu den Gewinnern der Hauptpreise) und durfte selbst den «Gambung-Pokal», von ihrem Vater anläßlich ihres achtzehnten Geburtstags gestiftet, dem Besitzer des in der betreffenden Kategorie siegreichen Pferdes überreichen. Sie blieb bis zur obligaten komischen Schlußnummer, einem Rennen zwischen den *dos-à-dos*-Kutschern. Danach zog sie sich um, ging zum Dinner, tanzte auf dem Ball der Rennsport-Gesellschaft und fiel tief in der Nacht, halb bewußtlos vor Müdigkeit und Champagner, ins Bett.

Am nächsten Morgen machten Bertha und ihr Vater sich Sorgen um die Mutter, die sich in einem Anfall von Schwermut in ihr Hotelzimmer zurückgezogen hatte. Die von Adriaan Kerkhoven in der Mittagsstunde geschickte Einladung zur Reistafel im «Pondok Sinagar» blieb ohne Zusage, da, wie man im Hotel tuschelte, Mevrouw Kerkhoven mit anderen Gästen zu einem Tagesausflug im Automobil aufgebrochen sei.

Emile Kerkhoven an seinen Bruder Edu und dessen Frau, 14. August 1907
«Lieber Edu, liebe Madeleine,

auf Vaters Bitte muß ich Euch eiligst, bevor die Post schließt, von dem traurigen Ereignis in Kenntnis setzen, das über uns hereingebrochen ist. Ach, mir ist, als schwindelte mir noch von dem schweren Schlag, der uns plötzlich getroffen hat. Wir haben heute Mittag unsere liebe Mutter zu ihrer letzten Ruhestätte getragen. Unerwartet hat das schreckliche Leiden, das Mutters Leben überschattete, ein Ende gefunden. Ihr Zustand verschlimmerte sich in letzter Zeit zusehends, und sie erlebte kaum noch einen glücklichen Augenblick, bis sie heute nacht zwischen zwölf und ein Uhr einen Nervenzusammenbruch erlitt. Der Arzt wurde sofort gerufen, konnte aber, als er etwa um zwei Uhr mit dem Auto hier oben eintraf, nur noch den Herzstillstand feststellen.

Jetzt ist alles vorbei, und unsere liebe Mutter liegt im Wald begraben. Ihr könnt Euch denken, wo: im alten Versuchsgarten, neben den Gräbern unseres Schwesterchens und Fräulein Verweys. Außer Ru und Jo waren nur die Vettern Bosscha bei der Beerdigung anwesend, die anderen konnten nicht schnell genug herüberkommen.

Und jetzt sitzen wir hier beisammen und können es nicht fassen, wie schnell alles ging. Ach, wir trösten uns mit dem Gedanken, daß es für Mutter wohl so am besten ist. Es war kein Leben mehr für sie, die Ärzte hatten die Hoffnung auf Genesung aufgegeben. Wie groß unser Verlust ist, können wir noch gar nicht ermessen. Denn Mutter war die Achse, um die sich hier alles drehte.

Ich kann mich nicht enthalten, meine Bewunderung auszudrücken über die Gelassenheit, mit der Vater Mutters Leiden jahrelang ertragen hat. Ach, Ihr könnt Euch nicht vorstellen, wie schwer es Vater getroffen hat!»

Auf Bitten ihres Vaters hatte Bertha den Brief an Karel übernommen, doch sie vermochte kaum die Feder zu halten.

Die Ereignisse der letzten vierundzwanzig Stunden waren eine noch schrecklichere Wiederholung dessen, was sie schon einmal in diesem Haus erlebt hatte; in einer ebensolchen Nacht hatte sie, aus dem Schlaf hochgeschreckt, im Nebenzimmer erregtes Flüstern, gedämpfte Stimmen und Schritte gehört; genau wie damals hatte sie auch jetzt nicht erfahren, nicht sehen dürfen, was dort geschah. Emile hatte sie beiseite gedrängt, als sie versuchte, zur Mutter hineinzugehen, aber erst als sie das vor Weinen zur Grimasse verzerrte, kaum noch erkennbare Gesicht ihres Vaters und sein schweigendes Kopfschütteln gesehen hatte, war sie zurückgewichen. Man hatte sie nur kurz in das verdunkelte Zimmer eingelassen, bevor der Sarg geschlossen und hinausgetragen wurde.

Später, als sie wie betäubt auf der hinteren Veranda saß, war Engko zu ihr gekommen. In ihrer Ratlosigkeit erinnerte sich Bertha instinktiv an eine Geste aus ihrer Kindheit; sie hockte sich neben Engko hin, legte den Kopf an ihre Schulter, und Engko streichelte ihr mit den fahrigen, zerstreuten Bewegungen eines alten Weibleins den Rücken.

Von Engko erfuhr sie auch, was der Vater und Emile vor ihr verschwiegen und was geheim bleiben mußte: daß ihre Mutter Gift genommen hatte.

Rudolf an seinen Sohn Edu und dessen Frau, 18. August 1907

«...Es war Mutters übergroße Nervosität, die zu ihrem plötzlichen Tode geführt hat. Die Rückkehr von Emile, die bevorstehende Hochzeit von Ru und Jo und noch viele andere, weniger angenehme Dinge beschäftigten sie unablässig und ließen ihr keinen Augenblick Ruhe. Dabei sehnte sich Mutter immer nach Unterhaltung und Abwechslung, doch mir war klar, daß all die sogenannte ‹Ablenkung› ihr oft mehr schadete als guttat.

Auf ihren Wunsch hatten wir die Pferderennen in Bandung besucht. Am zweiten Tag nahm Mutter ohne uns an einer Autofahrt nach Malabar und zurück teil, was offensichtlich zuviel für sie war. Danach ist sie eigentlich nie mehr ganz normal gewesen.

Autos haben Mutter immer übermäßig fasziniert. Der Besuch von Freunden, die wiederholt mit dem Auto herauffuhren, und sogar Eure Briefe, in denen Ihr von Autofahrten berichtet, versetzten sie immer in Erregung, zu der natürlich noch viele andere Dinge beitrugen.

Am Abend des dreizehnten ging Mutter ziemlich ruhig zu Bett. Ich hatte noch das eine und andere zu tun und ging dann zum Abschließen durch die verschiedenen Zimmer. Zu meinem Erstaunen merkte ich plötzlich, daß Mutter wieder aufgestanden war und eine Kerze angezündet hatte, wozu es eigentlich keinen Grund gab. Als ich an ihr Bett trat und das Moskitonetz zur Seite schob, war sie schon fast bewußtlos und stammelte nur noch etwas von Bertha und von Schlüsseln. Dann ging alles sehr schnell. Mutter hat Gott sei Dank nicht viel gelitten, es dauerte nicht lange.

Wir haben Bertha von ihr ferngehalten. Nur Emile und ich waren Zeugen von Mutters letzten Atemzügen. Der Arzt kam noch in derselben Nacht herauf, natürlich zu spät. Er hätte ohnehin nichts mehr tun können. Herzstillstand infolge Überreizung der Nerven, so lautete sein Befund. Schon mehrfach hatte ich ihn (wie auch andere Ärzte) über Mutters Zustand konsultiert, doch niemand konnte mir Hoffnung auf Besserung versprechen; man sagte mir sogar, Mutters plötzlicher Tod habe sie vor Schlimmerem bewahrt.

Mit Ru und Emile habe ich Mutter zur letzten Ruhe gebettet. Der Gedanke, daß fremde Hände sie berühren könnten, war uns unerträglich. Am vierzehnten, zur Mittagszeit, haben wir sie an einer Stelle am Waldrand, die Edu gut kennt, begraben. Möge Mutter dort die Ruhe finden, die ihr im Leben versagt war.

In letzter Zeit war sie auffallend ruhelos. Sie konnte nicht still auf einem Stuhl sitzenbleiben, sondern sprang ständig auf, um die Bedienten zu überwachen oder Hausarbeiten zu erledigen. Außerdem war es ihr zur Gewohnheit geworden, viel und laut und sehr schnell zu reden. Doch was sie sagte, war immer interessant, außer wenn sie über ihre Beschwerden klagte. Neuerdings geschah dies viel zu oft; auch Fremde erblickten darin ein Anzeichen, daß Mutter nicht mehr zurechnungsfähig war.

Ihr Heimgang hinterläßt eine unausfüllbare Leere, denn im Grunde sind wir alle davon überzeugt, daß sie durch und durch gut und hilfsbereit war und nahezu alle guten weiblichen Eigenschaften in sich vereinte. Wir können nur tief betrauern, daß die Nervenkrankheit ihr nicht gestattete, das Glück zu genießen, das ihr zu Füßen lag. Sie war dazu nicht fähig.

Was jetzt aus unserem Leben werden soll, weiß ich noch nicht.»

Gambung, der letzte Tag
1. Februar 1918

Er stand im tiefen, kühlen Schatten am Rand des Urwaldes. Sonnenflecken zitterten auf dem Boden vor seinen Füßen. Wenn er emporschaute, sah er hinter und über den wogenden Laubmassen den grellen Glanz des Mittagshimmels. Der Boden war noch feucht von dem letzten Regenguß. Er atmete den Duft des Grüns ein, den Geruch von Gambung. Er hörte das Rauschen des Windes in den Baumkronen, das Rascheln, Knistern und leise Knakken im wuchernden Unterholz.

In das gemauerte Grabmal vor ihm war eine Steinplatte mit ihrem Namen und den Jahreszahlen eingelassen. Die Steinplatte auf der rechten Seite trug keine Schrift. Ein wenig weiter war noch ein Grab, ohne Stein. Vor fünfundvierzig Jahren hatte er auf dieser Waldlichtung seinen ersten Tee angepflanzt.

Er stützte sich auf den Stock, ohne den er seit einiger Zeit nicht mehr gehen konnte. Das dumpfe, nagende Gefühl im Unterleib war kein Schmerz – noch nicht. Er wußte, daß es ihn nie mehr verlassen würde, daß etwas (er kannte den Namen seines Leidens nicht) ihn von innen auffraß, ihn aushöhlte. Die Grenze seines Daseins war in Sicht. Dies war sein letzter Besuch in Gambung.

Seit einem Jahr bewohnte er mit Bertha das Haus in Bandung, das er 1907 gekauft, aber nicht bezogen hatte. Der Mieter hatte es ihm für einige Zeit überlassen. Denn nicht weit davon entstand das dritte Gedung seines Lebens, ein fürstliches Anwesen, in dem Jenny glücklich gewesen wäre, mit geräumigen Veranden, hohen Zimmerdecken und Marmorfußböden. Zusammen mit Bertha hatte er, den Ernst seines Zustandes überspielend, noch eine Reise nach Batavia unternommen, um Möbel und Lampen zu bestellen, die Jenny gewählt hätte. Das Haus war herrlich gelegen, auf Kebun Karet, einer Stelle, die wegen einer Gruppe alter Waringin-Bäume von den Einheimischen fast als heilige Stätte verehrt wurde. Das weiße Haus, in klarem, modernem Stil erbaut, wollte er seinen Kindern als Ort der Begegnung hinterlassen, als Treffpunkt für alle, die von Gambung, Malabar oder Negla in die Stadt kamen: ein Familienhaus der Kerkhovens, ein ostindisches Hunderen.

Nun stand er hier und nahm Abschied von Gambung. Noch einmal hatte er einen Rundgang durch die Fabrik gemacht und die Hallen mit den neuen Maschinen zum Rollen, Trocknen und Sortieren besichtigt. Unter den Menschen, die dort arbeiteten, hatte er Männer und Frauen gesehen, die im Kampong Gambung aufgewachsen waren, die Nachkommen von Martasan, Muhiam, Kaidan, Muntajas und Sastra, den Getreuen der ersten Stunde.

Da ihm das Gehen schwerfiel und er nicht mehr auf einem Pferd sitzen konnte, mußte er auf den geplanten Besuch der Gärten verzichten. Emile und seine Frau, die jetzt Gambung verwalteten, hatten auf der vorderen Veranda einen bequemen Sessel für ihn hingestellt und ihn dann in Ruhe gelassen, damit er die Aussicht genießen konnte. Doch auch mit geschlossenen Augen sah er die Landschaft: die weiten, wellenförmigen Hänge bis zum Tal des Tji Enggang, den Wall der Rasamala-Bäume, die einst von Jenny gepflanzten und jetzt zu majestätischen Bäumen herangewachsenen *tjemaras*, *damars* und Zypressen, das Grün, Blau und Violett der nahen und ferneren Berge. Diese Aussicht hatte er ein Menschenleben lang vor Augen gehabt, sie war ein Teil von ihm geworden. Während er so dasaß, fiel ihm eine Bemerkung von Julius ein: «Du solltest danach streben, etwas von bleibendem Wert zu schaffen.» Damals hatte er mit einem Lächeln darauf reagiert. Auch damals hatte er von der vorderen Veranda aus seinen Blick in alle Richtungen schweifen lassen. Von bleibendem Wert? Dies ist meine Antwort!

Aber diese stolze Sicherheit besaß er nicht mehr. Seit er Jenny verloren hatte, fragte er sich, wieviel Wahrheit in dem steckte, was sie ihm so oft im Zorn an den Kopf geworfen hatte: daß er alles, sein Leben und das ihre, wie auch die Jugend ihrer Kinder seinem verbissenen Geltungsdrang geopfert habe; daß er nicht imstande war, Kritik oder Tadel zu vergeben und zu vergessen, wenn er darin eine Beleidigung oder Mißachtung zu spüren glaubte.

Eitel war er nie gewesen. Es lag auch nicht in seiner Art, anderen mit Mißtrauen zu begegnen. Für seine nächsten Angehörigen hatte er buchstäblich alles getan, was er konnte. In langen, schlaflosen Nächten prüfte er sich im biblischen Sinne «auf Herz und Nieren». Henny hatte nicht recht mit seiner Behauptung, er, Rudolf, habe nicht den Mut zur Selbsterkenntnis.

Er betrachtete wieder den Stein, in dem ihr Name gemeißelt stand. Darunter, in der Erde von Gambung, war der geliebte Körper zu Staub vergangen. Die Sträucher und Blumen, die das Grab umringten, wurden genährt von der Erde, die winzige Partikel von ihrem Fleisch und Blut enthielt.

Aus den Briefen ihrer Schwester Marie hatte er bestürzt zur Kenntnis genommen, wie früh in ihrer Ehe, lange bevor er selbst das geringste ahnte, Jenny sich dem Gefühl bitterer Enttäuschung überlassen hatte. Marie hatte ihm den Ausschnitt eines alten Briefes aus 1890 geschickt, mit Jennys vertrauter, fließender Handschrift: «... Ich will mir selber nichts vormachen. Ich bin nicht glücklich, kann es nicht sein. Ich halte mir vor Augen, daß der Überschwang der Leidenschaft lediglich eine Form des Glücks ist. Diese Art Leidenschaft habe ich nicht gekannt. Und doch: Mein Leben hat ein Ziel. Man kann auch in Pflichterfüllung, in der Aufopferung seines Ichs Befriedigung finden. Meine Kinder sind mein Glück.»

«Überschwang der Leidenschaft». Wo hatte er versagt? Für ihn war sie die einzige gewesen. Alle Leidenschaft, deren er fähig war, hatte er ihr geschenkt. Unendlich viel mehr als nur eine Geliebte war sie für ihn gewesen. Und an Marie, die ihm sein mangelndes Verständnis für das Wesen und die Bedürfnisse seiner Frau vorhielt, hatte er zurückgeschrieben: «Noch täglich überkommt mich plötzlich der Wunsch, das eine oder andere, das ich gehört, gelesen oder gedacht habe, mit Jenny zu besprechen. Wir haben über alles geredet, sogar über die Kleinigkeiten, die uns beide interessierten – zumindest in ihren guten Jahren und auch später noch in den Momenten, wenn Nervosität und Wahnvorstellungen sie nicht beherrschten. – Durch Jennys Tod habe ich mein Lebensziel im Grunde verloren. Ich habe immer gern gearbeitet und mich an dem Erfolg gefreut. Aber ich habe es hauptsächlich ihretwegen getan. Seit unserer Hochzeit erfüllte mich der Gedanke an sie; und dieses Lebensziel ist mir jetzt genommen worden. Wie oft sehne ich mich nach der Zeit zurück, als wir arm waren und mit unseren fünf Kindern in dem kleinen Holzhaus wohnten, obwohl wir es manchmal sehr schwer hatten. Was gäbe ich darum, meine liebe, freundliche Jenny von damals wieder bei mir zu haben...»

Die Erinnerung an ihre «schlimmen» Jahre überfiel ihn immer wieder, als sei es gestern gewesen. Am tiefsten hatte sie ihn durch ihre Zwangsvorstellung gekränkt, er habe ihre Erbschaft an sich gerissen – wo doch gerade seine sorgsame Verwaltung, seine wohlüberlegten Investitionen die Summe zu einem ansehnlichen Kapital hatten anwachsen lassen. Anfangs hatte er geglaubt, ihr krankhafter Argwohn entspringe der Angst, gegebenenfalls ohne Witwenpension von Fremden oder unwirschen Angehörigen abhängig zu sein, ihr «Gnadenbrot» essen zu müssen. Doch auch als die Erträge von Gambung, Malabar und Talun ihr ein Gefühl der Sicherheit hätten geben müssen, hatte sie sich weiterhin darüber beklagt, daß sie nach dem Gesetz seine Zustimmung brauchte, um über ihr eigenes Geld verfügen zu können.

Dinge, die er niemals nahe an sich hatte herankommen lassen, erschienen ihm jetzt in einem neuen Licht. Als Jenny Ru und Edu 1893 nach Holland brachte, hatte sie aus für ihn unerfindlichen Gründen ihre Rückkehr immer wieder verschoben. Eine Zeitlang hatte sie auf seine wöchentlichen Briefe gar nicht oder nur knapp geantwortet. Und bevor sie sich schließlich in Genua einschiffte, hatte er zeitweilig nicht gewußt, wo er sie erreichen konnte. Ihre spätere Erklärung, sie habe die Gelegenheit benutzt, Italien ein wenig kennenzulernen – Florenz, Verona –, hatte er in seiner Freude über ihre Heimkehr ohne weiteres akzeptiert. Jene Jenny, die von Tjikalong an stolz zu Pferd, in einem eleganten, schwarzen Reitkostüm, wie er noch nie eines gesehen hatte, neben ihm nach Gambung geritten war, zu ihren Kindern Emile, Karel und Bertha, hatte ihn durch eine aufregende Mischung von Vertrautheit und etwas anderem, das er dem günstigen Einfluß der europäischen Luft und der Seereise zuschrieb, entzückt wie nie zuvor. Seit der Enthüllung in ihrem Brief an Marie fragte er sich, was – oder wer – diese in Wirklichkeit nur vorübergehende Metamorphose bewirkt hatte. Hatte sie daran gedacht, ihn zu verlassen?

Sie war, wie er jetzt erkannte, nach 1893 nie mehr ganz dieselbe gewesen. Sie wollte Übersetzungen machen, sich damit ein «Nadelgeld» verdienen, wie sie ironisch sagte, Reisebeschreibungen und aktuelle Beiträge moderner französischer und englischer Autoren an die großen ostindischen Tagesblätter schicken, und hatte es ihm, Rudolf, übelgenommen, daß er sie beiläufig, als ginge es um eine entfernte Bekannte, bei der Redaktion des *Java-Bode* empfohlen hatte (Mevrouw X., die anonym zu bleiben wünscht und, bevor sie etwas einschickt, wissen möchte, welches Honorar sie erwarten darf). Die Antwort der Zeitung lautete, an Amateuren hätten sie keinen Bedarf.

Außerdem hatte Jenny ihm vorgeworfen, er verschließe sich

vor den Ereignissen und Entwicklungen, die die gebildete Welt bewegten. Doch sein Interesse galt nun einmal den handfesten täglichen Problemen seines Betriebs, den er überschaute und für den er verantwortlich war. Diese pragmatische Einstellung bestimmte auch seine Haltung gegenüber dem Weltgeschehen. Aufmerksam las er die Berichte in den Zeitungen, wollte wissen, wie die internationale Lage, vor allem in wirtschaftlicher Sicht, sich auf die Niederlande und Ostindien auswirkte. Die Ereignisse des großen Krieges, der jetzt zwischen den Alliierten und den Mittelmächten wütete, verfolgte er mit demselben Interesse wie seinerzeit die Kämpfe zwischen Engländern und Transvaalen oder den russisch-japanischen Konflikt.

Jennys engagierte Anteilnahme an politischen und sozialen Angelegenheiten, die sich vor allem in endlosen Telefongesprächen mit Gleichgesinnten äußerte, hatte er immer respektiert und nichts dagegen gehabt, daß sie einen guten Zweck tatkräftig unterstützte, wenn ihre finanzielle Lage es erlaubte. Jennys Einsatz war es in hohem Maße zu verdanken gewesen, daß auf den Pferderennen 1899 in Bandung, ein halbes Jahr nach Erscheinen der aufsehenerregenden Anklage *J'accuse* von Emile Zola, auf den Tribünen und in den Clubs Unterschriften gesammelt wurden zu einer ostindischen Sympathiekundgebung für «le capitaine Dreyfus».

Als Student hatte er geglaubt, er brauche von Natur aus mehr Raum als die anderen Menschen, die er kannte, aber das war eine Selbsttäuschung gewesen. In Wirklichkeit hatte seine Welt immer nur aus den Eltern und Geschwistern bestanden, mit einer Peripherie einzelner Mitglieder aus der weitverzweigten Familie, die von den Urgroßeltern Van der Hucht abstammten. Mit Jenny und seinen Kindern hatte er einen neuen «Ausläufer» gebildet. Innerhalb dieses bescheidenen Verwandtenkreises hatte er alle Varianten von Bündnis und Krieg, von Konflikt und bewaffnetem Frieden durchlebt. Beschämt mußte er sich eingestehen, daß sein ganzes Sinnen und Trachten zeitlebens darauf gerichtet war, in diesem Kreis einen Ehrenplatz zu erlangen und von den einzigen Menschen, die er im wortwörtlichen Sinn als seinesgleichen betrachtete, anerkannt, bewundert und geliebt zu werden. Der Raum, der seinem Dasein unverzichtbare Dimensionen verlieh, war nicht menschlicher Natur. Raum, das bedeutete für ihn: Gambung.

Zehn Jahre lang hatte er jeden Tag, den er auf Gambung verbrachte, in Gedanken versunken an dieser Stelle unter den Rasamalas am Waldrand gestanden, möglichst am frühen Morgen, wenn der Urwald erwachte, wenn Tau an den Blättern hing und der tausendstimmige Vogelchor die Sonne begrüßte.

Er glaubte im Geiste Jennys zu handeln, indem er seine ganze Sorge und beschützende Aufmerksamkeit seiner Tochter Bertha zuwandte; Gefährtin seiner Einsamkeit, Gastgeberin in seinem Haus (sie verwahrte nun Jennys Schlüssel), seine Gesellschafterin, wenn er in Geschäften nach Bandung oder Batavia reiste, sein ganzer Stolz, wenn sie auf ihrem schwarzen Sandalwood mit ihm über die Bergpfade galoppierte. Sie durfte soviel und sooft sie wollte Kleider und modisches Zubehör in Paris bestellen; Bücher, Musiknoten, Nippes, Dekorationsstoffe aus allen Ecken der Welt für ihr Zimmer kommen lassen, Gäste einladen und Einladungen annehmen (doch lange konnte er seinen Schatz nicht entbehren). Um Bertha Abwechslung zu verschaffen und um die drei Söhnchen von Edu und Madeleine, seine einzigen Enkelkinder, kennenzulernen, hatte er 1912 mit ihr einen längeren Urlaub in Holland verbracht. Geld spielte keine Rolle. Wie Fürsten hatten sie im Amstelhotel in Amsterdam und im Kurhaus in Scheveningen residiert. Bertha war viel ausgegangen. Er nahm an, daß sie sich prächtig amüsiert hatte. Ihretwegen hatte er seine Befremdung und seinen Ärger über die Menschen und Dinge in Holland hinuntergeschluckt.

Nach ihrer Heimkehr hatten sie ihr Leben im alten Stil fortgesetzt. Karel hatte geheiratet und sich auf Negla niedergelassen. Emile war verlobt, er sollte nach der Hochzeit auf Gambung wohnen bleiben. Ru war noch immer zweiter Mann auf Malabar; es irritierte Rudolf, daß Kar Bosscha vorerst nicht gesonnen schien, die Funktion des Oberverwalters an Ru abzutreten, wie sie seinerzeit abgesprochen hatten. Aber Kar erledigte seine Arbeit vorzüglich, war hoch angesehen bei der Arbeiterschaft des Unternehmens und schien in die Fußstapfen von Karel Holle treten zu wollen. Ru und Jo fühlten sich offensichtlich wohl im Schatten des entfernten Cousins, dessen Ambitionen, als Freund und Wohltäter der Menschen im Preanger aufzutreten, viel weiter reichten als die kühnsten Träume von Karel Holle; aus seinen Erträgen zweigte Kar große Summen für soziale und kulturelle Einrichtungen des Bezirks ab, vor allem in Bandung.

In Berthas Gegenwart fand Rudolf Stütze und Trost. Die Haushälterinnen, so geschickt und gut ausgebildet sie auch sein mochten, empfand er als Eindringlinge. Die Erfahrung hatte gelehrt, daß Bertha am besten allein ihren «Stab» dirigierte: drei Hausdiener, drei Babus, zwei Köche, zwei Wäscher, die Gärtner, eine Hausschneiderin, das Stallpersonal und die Botenjungen. Mit Respekt und Genugtuung sah er sie tagaus, tagein in den Morgenstunden den Leuten ihre Anweisungen geben; sie feilschte mit den Reis-, Obst-, Gemüse-, Hühner- und Entenhändlern, zählte die Wäsche und gab sie aus, und nachmittags und abends, vor allem wenn sie Gäste hatten (was sehr oft der Fall war), schenkte sie den Tee ein und überwachte mit Argusaugen, ob der Tisch richtig gedeckt war und die Gäste es bequem hatten. Hatte sie einmal im Haus nichts zu tun, so lief sie mit den Hunden in den Garten. Der beruhigende Anblick ihrer Gestalt schmückte das Panorama, das er durchs Bürofenster überblicken konnte. Was ihn anbelangte, konnte es immer so bleiben. Mehr wünschte er sich nicht.

Aber eines Tages hatte Bertha gesagt: «Vater, nächstes Jahr werde ich dreißig.»

Und Jo, die aus ihrem Herzen keine Mördergrube machte, hatte ihm unter vier Augen unverblümt mitgeteilt, er begehe einen «moralischen Mord», wenn er Bertha länger auf Gambung festhalte.

Er hatte versucht, sein «Kätzchen» mit den Augen eines Außenstehenden zu betrachten. Zum erstenmal fiel ihm auf, wie sich in der etwas schwerer gewordenen Figur und in den nicht mehr ganz glatten und festen Konturen von Wangen und Kinn das Alter ankündigte. Am tiefsten erschütterte ihn ihr resignierter Blick.

Darauf hatte er seinem chinesischen Bauunternehmer den Auftrag erteilt, sofort mit dem Bau von Gedung Karet in Bandung zu beginnen.

In der Ferne hörte er das Rumpeln von Rus Automobil, das aus dem Tal des Tji Enggang über den Kiesweg herauffuhr. Er brauchte sich nicht umzudrehen; er wußte, sobald das Auto vor der Treppe der vorderen Veranda hielt, würden Ru und Jo von ihren Sitzen steigen, er in makellosem Tropenanzug mit Leinenmütze und «goggles», der Staubbrille, sie ebenfalls ganz in Weiß mit einem Schleier um den Kopf, dessen lange Enden sie, wie Rudolf meinte, mit lebensgefährlicher Unbekümmertheit weit hinter sich flattern ließ.

Er selbst benutzte das Transportmittel nicht gern, mußte aber zugeben, daß es schnell war. Er konnte sich kaum vorstellen, daß er vor vierzig Jahren für eine Entfernung, die man mit dem Auto in einer knappen Stunde zurücklegte, einen halben Tag gebraucht hatte.

Er stützte sich auf den Stock, das lange Stehen ermüdete ihn. Er dachte an Cateau und Henny, die beide verstorben waren und deren Gräber er niemals besuchen würde. Als er anläßlich der Übersiedlung nach Bandung seine Papiere geordnet hatte, war ihm Hennys Brief in die Hand gefallen, den er seinerzeit als «perfide» empfunden hatte, weil er seiner Ansicht nach alles absichtlich verdrehte, was er selber über Gambung, das neue Haus, einen Urlaub in Europa und finanzielle Sicherheit für Jenny und die Kinder geschrieben hatte. Jetzt, nach vielen Jahren, ergriff ihn Mitleid, als er den Brief las. Zwischen den Zeilen spürte er den Kummer des kinderlosen Ehepaares, als es die Jungen, seine Jungen, gehen lassen mußte. Er verstand nun, warum Henny wider besseres Wissen sein Gesuch um eine Gehaltserhöhung abgelehnt hatte. Was zählten das ärmliche Haus, die harte Arbeit in Gärten und Urwald, alles Ungemach und Sorgen verglichen mit dem Glück, eine Familie zu haben? Er begriff, daß nicht nur Cateau, sondern auch Henny die Jungen, die dreieinhalb Jahre bei ihnen im Hause lebten, wirklich ins Herz geschlossen hatte, und schämte sich, daß er in seiner eigenen Gekränktheit ihre Betroffenheit und ihren Schmerz nicht erkannt hatte.

Blitzartig, schneller als der Schatten des Vogels, der über seinem Kopf von einem Baumwipfel zum anderen huschte, sah er sich wieder als kleines Kind im Park von Hunderen mit seiner Schwester Bertha spielen; sie hatte ihm gerade einen tüchtigen Klaps verpaßt, weil er mit seinen schlammigen Händchen ihr Sonntagskleid aus karierter Taftseide beschmutzt hatte. Er heulte vor Wut, nicht wegen des Klapses, sondern weil sie ein Jahr älter war als er, das älteste der Kinder überhaupt, und weil alle sie lieb und brav und hübsch fanden, ihn aber einen lästigen kleinen Jungen nannten, obwohl er doch sein Bestes tat. Cateau war ein Säugling auf dem Arm der Mutter; Julius, August und Paulientje waren noch nicht geboren und konnten ihm die Aufmerksamkeit der Eltern noch nicht streitig machen. Altes Leid, ein Leben lang mitgeschleppt und verdrängt, ließ sich plötzlich in Worte fassen. War die innige Verbundenheit mit Cateau, August und Julius verlorengegangen, weil er damals, vor so langer Zeit, in seiner Gekränktheit nicht hinzunehmen vermochte, daß er nicht der einzige Liebling seiner Mutter, nicht er allein der Stolz und die Hoffnung seines Vaters war?

Als sein Vater 1880 auf Ardjasari so ernsthaft erkrankt war, daß man um sein Leben fürchten mußte, war Rudolf von Gambung herübergekommen, um bei der Pflege zu helfen. Nachts hatte er in einer engen, hohen Kammer, dem sogenannten «Kleiderzimmer», das man für den Kranken hergerichtet hatte, am Bett gewacht. Meist lag sein Vater reglos und halb bewußtlos da. Das Nachtlämpchen spendete zuwenig Licht zum Lesen. Rudolf saß still neben der Bettstelle, betrachtete durchs Moskitonetz das Gesicht in den Kissen oder folgte mit den Augen den *tjitjaks*, kleinen Eidechsen, die über die geweißten Wände flitzten und nach Insekten schnappten.

Eines Nachts begann sein Vater zu sprechen. Rudolf setzte sich unter das Moskitonetz auf die Bettkante und nahm die ausgestreckte Hand in die seine. «Du bist der Älteste», hatte sein Vater gesagt und ihm flüsternd mitgeteilt, wo bestimmte Ardjasari betreffende Papiere aufbewahrt wurden. Er hatte ihm die Stelle angewiesen, wo er begraben sein wollte: «Im Garten hinter meinem Gedung, auf meinem Land, meinem Boden.» Trotz des feierlich ernsten Augenblicks schenkten die vertraulichen Worte, der schwache Druck der Finger seines Vaters Rudolf ein Gefühl des Glücks. Er war seit fast zwei Jahren verheiratet und hatte selber ein Kind, aber in diesem Moment war er nur noch Sohn, der endlich wußte, daß er zu seinem Vater gehörte. Sein Vater hatte sich in dem Glauben, er liege im Sterben, an *ihn* gewandt, nicht an August oder Julius, die im selben Haus schliefen, hatte nicht einmal die Mutter aus dem Nebenzimmer rufen lassen. Später jedoch, nach der Genesung, hatte sein Vater niemals mehr jene Annäherung in extremis erwähnt.

Schritte näherten sich auf dem Pfad hinter ihm, er hörte das Rauschen eines Rocks.

«Bertha?»

«Kommen Sie mit, Vater? Ru und Jo warten beim Auto, um uns nach Bandung zu fahren. Und Sie sollten heute Mittag noch ein wenig ruhen. Warum lachen Sie?»

«‹Repos ailleurs!› So lautete die Devise von Marnix van Sint-Aldegonde. Vetter Karel Holle hat sie sich als Grabschrift gewünscht. Welche Grabschrift soll ich wählen?»

Sie trat an ihn heran, nahm gewohnheitsmäßig seinen Arm. «Darüber brauchen Sie sich noch keine Gedanken zu machen.»

«Mein Vater wollte auf Ardjasari begraben werden. Nun liegt er in Amsterdam. Ich will nicht in Bandung liegen.»

«Bitte, Vater!» sagte Bertha abwehrend.

Er schaute auf den Boden zu seinen Füßen.

«Hier!» sagte er leise. «Hier.»

QUELLENNACHWEIS

Heren van de Thee ist ein Roman, aber keine Fiktion. Die Charaktere und Ereignisse beruhen auf Briefen und anderen Dokumenten, die mir von der Stiftung «Het Indisch thee- en familie-archief» (Das ostindische Tee- und Familien-Archiv) zur Verfügung gestellt wurden: von den Nachkommen und Verwandten der Personen in meinem Buch. Insbesondere danke ich Dr. K. A. van der Hucht für seine anspornende Aufmerksamkeit und für die Bereitwilligkeit, mit der er mich im Laufe der Jahre mit wichtigem Material versehen hat.

Auch Herrn J. Ph. Roosegaarde Bisschop bin ich für die Informationen aus seinem Familienarchiv sehr verbunden.

Der Stoff wurde also nicht ersonnen, sondern nach den Kriterien eines Romans ausgewählt und geordnet. Das bedeutet auch, daß viele Einzelheiten, die bei streng historischem Vorgehen der Vollständigkeit halber hätten aufgenommen werden müssen, außer acht gelassen wurden und ich dafür das Schicksal und die Entwicklung der einzelnen Personen in den Mittelpunkt gestellt habe.

Aus den Briefen habe ich außerdem einige heute etwas veraltete Wendungen übernommen.

H. S. H.

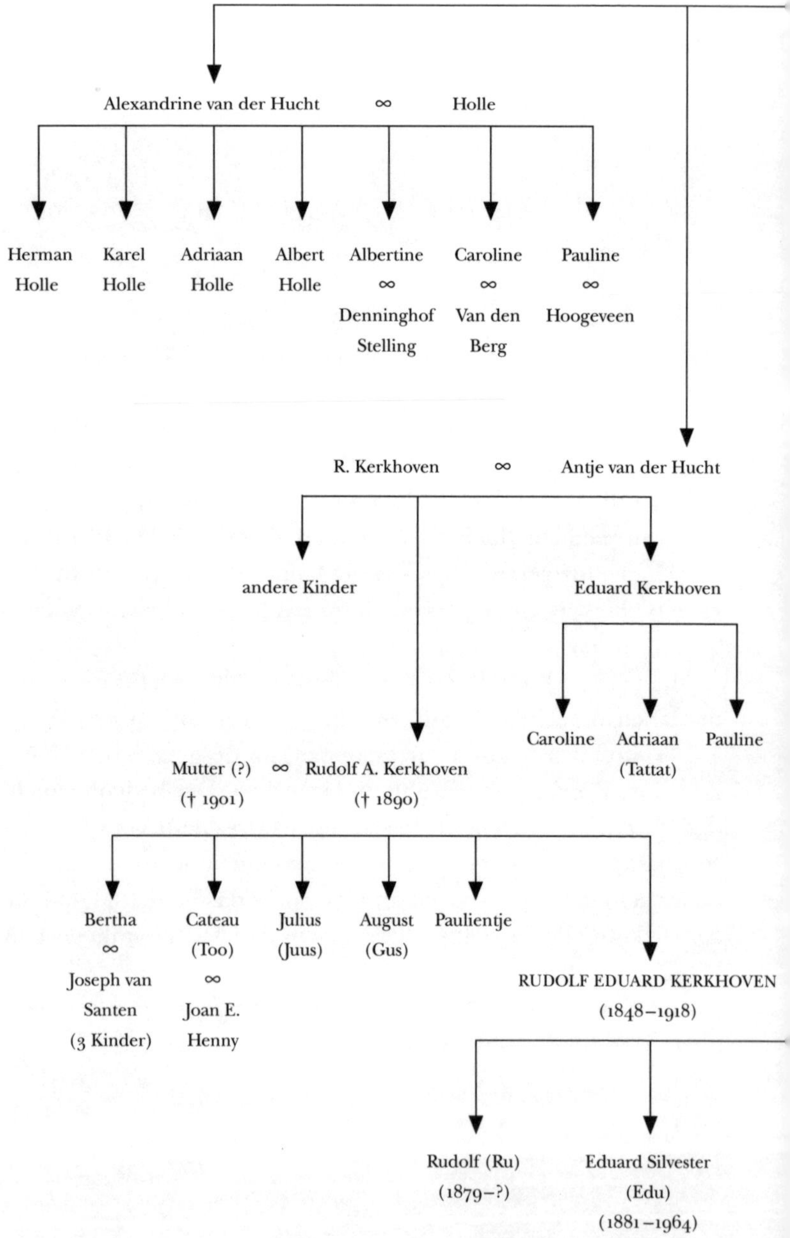

Alexandrine van der Hucht ∞ Holle
Herman Holle
Karel Holle
Adriaan Holle
Albert Holle
Albertine ∞ Denninghof Stelling
Caroline ∞ Van den Berg
Pauline ∞ Hoogeveen
R. Kerkhoven ∞ Antje van der Hucht
andere Kinder
Eduard Kerkhoven
Caroline
Adriaan (Tattat)
Pauline
Mutter (?) († 1901) ∞ Rudolf A. Kerkhoven († 1890)
Bertha ∞ Joseph van Santen (3 Kinder)
Cateau (Too) ∞ Joan E. Henny
Julius (Juus)
August (Gus)
Paulientje
RUDOLF EDUARD KERKHOVEN (1848–1918)
Rudolf (Ru) (1879–?)
Eduard Silvester (Edu) (1881–1964)

STAMMBAUM DER FAMILIE KERKHOVEN

Guillaume
(Willem)
n der Hucht

Jan Pieter
van der Hucht
(Kolonialminister)

H.W. Daendels, Generalgouverneur
(Eiserner Marschall)

Vizepräsident Daendels

15 weitere
Kinder

Betsy Daendels ∞ Roosegaarde Bisschop
Vizepräsident am
Obersten Gerichtshof

Rose

Marie
∞
Udo de
Haes

Frits

August

Herman

Philip

Henri

Constant

∞ JENNY ROOSEGAARDE BISSCHOP
(1858–1907)

Emile
(1883–1975)

Karel Felix
(1887–1966)

Bertha
(1888–1972)

DIE TEE-UNTERNEHMEN IM PREANGER

Unternehmen	*Größe*	*Höhe*	*Produkte*		
Parakan Salak	± 1500	625–950 m	Tee, später auch Kautschuk	1844	G. L. J. van der Hucht erwirbt die Hälfte der Anteile
Sinagar-Mundjul	± 1400	400–500 m	Tee, später auch Kautschuk	1865	G. L. J. van der Hucht erwirbt Anteile für A. Holle und E. J. Kerkhoven
Waspada	± 200	1250 m	Tee, Cinchona, wenig Kaffee	1865	K. F. Holle übernimmt die Pacht
Ardjasari	± 620	950–1250 m	Tee, Cinchona	1869	R. A. Kerkhoven übernimmt die Pacht
Gambung	± 620	1250–1400 m	Tee, Cinchona, wenig Kaffee	1873	R. E. Kerkhoven übernimmt die Pacht
Sukawana	± 455	1500 m	Cinchona, später auch Tee	1877	W. F. Hoogeveen erhält Erbpacht
Malabar	± 1710	1500 m	Tee, Cinchona	1890	erste Erbpacht R. E. Kerkhoven
Negla	± 1120	1800 m	Tee, Cinchona	1899	erste Erbpacht R. E. Kerkhoven
Talun	± 930	1600 m	Tee, Cinchona	1902	erste Erbpacht R. E. Kerkhoven

GLOSSAR

adat Gesamtheit der Traditionen, überlieferte Gebräuche
agan kleiner Herr
ama Vater
amat rajin, gètol übereifrig
angklung aus Bambus hergestelltes Musikinstrument
asam Tamarinde
atjar in Essig eingelegtes Gemüse oder Obst
baadje hemdartiges, weites Kleidungsstück mit Ärmeln
baar «baru», Neuling
babu Dienstmädchen, Kindermädchen
badak Nashorn
bagong Wildschwein
bandjir Überschwemmung, über die Ufer getretener (Berg-)Fluß
bèngkat einfaches Kegelspiel
benteng Festung, Bollwerk
besar groß
betul ja gewiß, sicher
bibit junge Reispflanzen
bingung verwirrt sein, von etwas genug haben
Bismillah etwa: Möge Gottes Segen darauf ruhen
bonang, saron, gender Schlaginstrumente
bouw Flächenmaß auf Java, etwa 71 Ar
Brauttränen Kletterpflanze mit weißen und rosa Blütenrispen
bubur Brei
budjang unverheirateter Arbeiter auf einer Plantage
budug-Seuche Rostpilzkrankheit

bungur Lagerstroemia, Baum mit dunkelrosa und lila Blüten
cultuurstelsel kolonialer Anbauplan, nach dem die Bevölkerung verpflichtet war, bestimmte Agrargewächse für das Gouvernement anzubauen
damar große Koniferenart
dapur Küche
dendeng gewürztes, getrocknetes Fleisch
desa Dorf mit eigener Verwaltung
djait Hausschneiderin
djamu ganze oder zerstoßene (Heil-)Kräuter
djokdjok, dudut troktrok, sesèt Vogelarten
djongos Diener, Hausbursche
djuragan Gutsherr, Chef, Besitzer
djuragan istri Gutsherrin
djuragan sepuh vornehmster, ältester Gutsherr
djurutulis Büroangestellter
Dominee Pfarrer, Pastor
dos-à-dos Einspänner, zweisitziger Mietwagen mit einheimischem Kutscher
dukun Medizinmann
gamelan javanisches Orchester, hauptsächlich Schlaginstrumente
geduk ausgehöhlter Baumstamm, auf dem Signale getrommelt werden
gedung großes Steinhaus
gending Melodie, musikalisches Thema
golok Buschmesser
gudang Vorratskammer
gunung Berg
ipukan Saatfeld
kabupatèn Wohnsitz des Regenten
kain Tuch aus Baumwollstoff
kain sarong längliches Tuch aus Batikstoff, das an den Schmalseiten zusammengenäht ist
kalong Fledermaus
kampong Stadtbezirk der Indonesier, auch: Arbeitersiedlung auf einer Plantage
kasian jämmerlich, bedauernswert
kasintu Waldhuhn
kassir grillenartiges Insekt
kebaja auch kabaja, Frauenjäckchen aus dünnem Stoff
kebun Garten, Plantage
kepiting Krabbe, Krebs

Kerabau indischer Wasserbüffel
ketjil klein
ketjubung Datura arborea, Stechapfel; Sträucher mit weißen, trompetenförmigen Blüten
klambu Moskitonetz
kolong Hohlraum unter einem auf Pfosten stehenden Haus
kraton javanischer Fürstenpalast
kree Sonnenschutz aus Bambuslatten
kumpulan Versammlung, Treffen, Zusammenkunft
kursimalas typisch indonesischer Liegestuhl
kwee-kwee kleine Kuchen
ladang Anbaufläche, Acker
latah nervös, verwirrt, leicht verrückt
lebè Priester
luwak Iltis
malu verlegen, beschämt, unbehaglich
mandi-Becken gemauertes Becken mit Badewasser
mandur ostindischer Aufseher
mangkè sofort
manuk Vogel
mantri tjatjar Gesundheitsbeamter, der Impfungen vornimmt
matjan tutul gefleckter Panther
menatu Wäscher
mentjèk Hirsch
nènèk Großmutter, Oma
njai Konkubine eines Europäers
njonja nèng liebste Frau
non Mädchen
nonna junge Mischlingsfrau
obat Medizin
orok Baby
padi auf dem Feld stehende oder frisch geerntete Reishalme
pagger Umzäunung, Zaun (aus Bambus)
pajung Sonnen- oder Regenschirm
pak (bapak) höfliche Anrede für einen alten Mann
pantjuran Wasserleitung aus hohlen Bambusstämmen
pasar Markt
patih Vizeregent
patjul Schaufel, Hacke, Spitzhacke

penghulu mohammedanischer Religionslehrer
peranakan auf Java geborener Chinese
perkara Meinungsverschiedenheit, Streit
petasan kleines Feuerwerk, Knallfrösche
pikul «Schulterlast»; Handelsgewicht (61,7 kg)
pinter busuk böser, verderblicher Geist
pisang Banane
pondok einfaches Haus, auch Gästehaus aus Holz oder Bambus
Preanger neue Schreibweise Priangan, Gebirge und Landschaft
ramah-tamah sehr freundlich
Ratu-Adil der Gerechte Fürst, eine Messiasgestalt
rebab zweisaitiges javanisches Streichinstrument
rimbu Dschungel, Busch
sambalan stark gewürzte Beilagen
sarong-kebaja javanische Frauenkleidung; ein um die Hüften geschlungenes Batiktuch und Jäckchen mit langen Ärmeln; bis etwa 1930 von europäischen Frauen statt eines Morgenrocks getragen
sawah Reisfeld
sedep malam Tuberose, auch Nachthyazinthe, die bei Anbruch der Dunkelheit zu duften beginnt
sedia fertig
selamatan, sedekah festliches Mahl
sembah Ehrenerweisung
seupah roter Speichel bei Betelkauern
sirih eine Art Kautabak aus Betelpfeffer
slendang langer Schal; Schultertuch, das quer über Schulter und Hüfte getragen wird
soka Pentas lanceolata, karminrote und weiße Scheinblüten
sumpitan Blasrohr
susah Last, Mühe, Ärger
spèn-Kammer Vorratskammer
tampir runde, flache Schüssel aus geflochtenem Bambus
tandu Sänfte
tani Bauer
terong Aubergine
tjamat Assistent des Bezirksvorstehers
tjemara einheimische Koniferenart
tjitjak kleine Eidechsenart
totok Europäer

tua alt
tudung schüsselförmiger Sonnenhut
udik Binnenland, Wildnis
warung kleines Geschäft, Kiosk
wedana (einheimischer) Bezirksvorsteher